CHRISTIANE
DIECKERHOFF
VERGEBENS

AF178510

atb aufbau taschenbuch

CHRISTIANE DIECKERHOFF lebt am nördlichen Rand des Ruhrgebiets, wenn sie nicht gerade im Spreewald für ein neues Buch recherchiert.

Im Aufbau Taschenbuch liegen ihre Spreewald-Krimis »Vermisst«, »Verfehlt« und »Verlassen« vor.

Mehr zur Autorin unter www.krimiane.de

Sommer im Spreewald. Klaudia Wagner steht vor einer schwierigen beruflichen Entscheidung. Wird sie die Revierleitung im Spreewald übernehmen? Doch dann wird der Gerichtsvollzieher Rollenhagen ermordet im Hochwald vorgefunden, und sie muss sich auf einen neuen Fall konzentrieren. Mögliche Täter gibt es viele: nicht nur die überschuldeten Menschen, mit denen Rollenhagen jeden Tag zu tun hatte, sondern auch die eigene Ehefrau, die er offenbar mit einer Kollegin betrog. Während Klaudias Ermittlungen kaum vorankommen, wird alles noch komplizierter. Ausgerechnet die alte Frau, die Rollenhagen entdeckt hat, wird tot in ihrem Haus gefunden. Mord nicht ausgeschlossen.

CHRISTIANE
DIECKERHOFF

VERGEBENS

EIN SPREEWALD-KRIMI

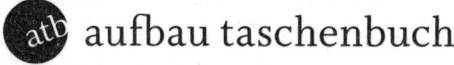 aufbau taschenbuch

MIX
Papier | Fördert
gute Waldnutzung
FSC® C083411

ISBN 978-3-7466-4031-0

Aufbau Taschenbuch ist eine Marke der Aufbau Verlage GmbH & Co. KG

1. Auflage 2024
© Aufbau Verlage GmbH & Co. KG, Berlin 2024
www.aufbau-verlage.de
10969 Berlin, Prinzenstraße 85
© 2024 by Christiane Dieckerhoff
Der Verlag behält sich das Text- und Data-Mining nach § 44b UrhG vor,
was hiermit Dritten ohne Zustimmung des Verlages untersagt ist.
Umschlaggestaltung Christin Wilhelm, www.grafic4u.de
unter Verwendung von Motiven von © Alexey Slyusarenko / Shutterstock,
Ivana Stevanoski / Shutterstock und gyn9037 / Shutterstock
Satz LVD GmbH, Berlin
Druck und Binden CPI books GmbH, Leck, Germany

Printed in Germany

VORBEMERKUNG

Den Spreewald gibt es natürlich, wenn auch nicht unbedingt exakt so, wie ich ihn in meinen Büchern beschreibe. Vielleicht gibt es auch die Irrlichter. Zumindest habe ich das an so manch einem Abend gedacht, wenn ich mit meinem Mann zwischen den Fließen unterwegs war. Ich habe mich dann immer bei ihm eingehängt: Sicher ist sicher.

Sie machen also auf jeden Fall nichts verkehrt, wenn Sie ein Schmalzbrot zur Hand haben, sollten Sie als einsamer Wanderer nachts entlang der Fließe spazieren gehen oder eine Mondscheinfahrt im Kanu unternehmen. Man weiß schließlich nie, wer einem begegnet.

Doch was Sie sicher wissen können: Die folgende Geschichte ist meiner morbiden Fantasie entsprungen, und sämtliche Ähnlichkeiten mit lebenden oder toten Personen sind zufällig und nicht beabsichtigt.

PERSONAL DER KRIPO LÜBBEN

Kriminalkommissarin Klaudia Wagner – 46 Jahre – steht
vor einer wichtigen beruflichen Entscheidung
Erster Kriminalhauptkommissar PH Naumann –
62 Jahre – geht in Pension
Kriminalhauptmeister Thang Rudnik – 37 Jahre – will
mal wieder länger als zwei Stunden am Stück schlafen
Kriminalhauptmeister Peter Demel – 49 Jahre – will
nicht, dass Klaudia seine Chefin wird
Kriminalhauptmeisterin Wibke Bredau – 41 Jahre – ist
frisch verheiratet
Revierpolizist Uwe Michalke – 46 Jahre – ist verliebt
Reviersekretärin Petra Bartke – 53 Jahre – hat ihre Seele
an den Kapitalismus verkauft

Neu im Team:
Kriminalkommissar Mark Meinert – 33 Jahre – ist
Klaudias Konkurrent um PHs Nachfolge
Kriminalkommissar Heiner Kade – 34 Jahre – redet gern
und viel
Kriminalkommissarin Walburga Samrei – 57 Jahre –
kennt ein dunkles Geheimnis
Kriminalhauptmeisterin Uta Watzke – 39 Jahre – steht
Uwe nahe
Einsatzleiter MEK Detlev Bach – 50 Jahre – will Klaudia
abwerben

PROLOG

ER ist wieder da.

Nur eine Einbildung.

Aber ich sehe IHN.

Er! Ist! Nur! Eine! Einbildung!

Du lügst. Ich sehe IHN doch. ER kommt über den Hof. Seine Klauen greifen nach mir.

Sie presst die Hände gegen die Ohren. Doch das hilft nichts. Die Stimmen stecken in ihrem Kopf. Die eine panisch, voller Angst. Das ist ihre eigene Stimme, die weiß, dass ER sie sucht, und die weiß, was ER mit ihr machen wird, wenn ER sie findet. Die andere ist bedächtig, beruhigend, liebevoll. Ein Trick. Sie weiß, dass es ein Trick ist. ER tut so etwas, schickt ihr eine Stimme, die sie beruhigen soll. ER will sie in Sicherheit wiegen. Aber sie ist nicht dumm. Sie weiß, dass ER da ist, auch wenn niemand ihr glaubt. Sie geben ihr Tabletten, die sie dumpf im Kopf machen. Sie sagen, das sei gut für sie. Es sei nur zu ihrem Besten. Die Stimmen seien böse, sagen sie. Dabei ist das gelogen. Nur die eine Stimme ist böse, die ihr einreden will, dass da niemand ist. Dass ihr keine Gefahr droht. Die andere Stimme ist ihre Freundin. Ohne sie ist sie wehrlos. Die Stimme warnt sie, weil die Stimme weiß, dass ER jederzeit zurückkommen kann. Sie braucht diese Stimme. Deshalb nimmt sie die Tabletten nicht mehr. Aber sie ist klug, niemand weiß es.

ER geht zum Haus, klopft, ruft. Als wenn sie antworten würde.

ER wendet sich um. ER hat sich verkleidet, sieht harmlos aus, doch sie erkennt IHN trotzdem. Der Blick seiner eisblauen Augen durchdringt die Mauer, hinter der sie sich verbirgt. Sie weicht zurück, stößt gegen einen Blecheimer.

ER hat sie gehört. Kommt näher. ER wird sie töten. ER darf sie nicht finden. Sie weicht weiter zurück, duckt sich. SEIN Schatten verdunkelt den Eingang. Panisch blickt sie sich um, sieht die Axt. Sie greift danach, ihre Finger umschließen den hölzernen Griff.

ER kommt näher, noch hat ER sie nicht gesehen. Sie hebt die Axt über den Kopf, lässt sie niedersausen. Ein Schrei. Sie reißt die Augen auf, sieht die Holzdecke über sich, sieht den Traumfänger und atmet erleichtert aus. Sie ist in Sicherheit. Wo der Traumfänger ist, kann ER nicht sein.

1. KAPITEL

Hanka vertäute ihren Kahn an der Uferböschung und hob Flocke über die Borte. Schwanzwedelnd und die Nase dicht am Boden nahm er Witterung auf. Obwohl sie lieber nicht dem Förster begegnen würde, hatte Hanka keine Skrupel, ihn frei herumlaufen zu lassen. Wie bei allen Maltesern war sein Jagdtrieb wenig ausgeprägt, er ignorierte Kaninchen, und wenn Damwild auftauchte, klemmte er den Schwanz ein und flüchtete sich hinter Hanka. Flocke war eben kein Held, aber er hatte eine Nase für Pilze. Günther hatte ihn ausgebildet. Für einen Augenblick spürte Hanka wieder den Schmerz im Herz und das Gewicht der Schuld auf ihren Schultern. Drei Jahre war Günther jetzt tot. Lange Zeit hatten sie gedacht, sein Darmkrebs sei die Gefahr, doch er hatte alles überstanden, sich sogar mit dem künstlichen Darmausgang abgefunden. Und nach der letzten Kontrolluntersuchung hatte der Arzt ihm gratuliert. Eine Woche später war Günther tot. Einfach so. Verzweiflung, Trauer und Schuldgefühle waren nicht mehr so stark wie zu Anfang, als dieses Durcheinander in ihrem Kopf sie fast niedergerungen hatte. Vor allem die Schuld, die ihr niemand nehmen konnte, hatte an ihrem Lebenswillen gezerrt. In ihrem Kopf kreischten die immer gleichen Fragen: Warum hast du nicht? Warum bist du nicht? Sie hatte nicht essen können, nicht schlafen. Kurz nach der Beerdigung hatte sie angefangen, überall Günthers blutiges Gesicht zu sehen: im Badezimmerspiegel, der Fensterscheibe, in der Bugwelle ihres Kahns. Als sie das Gefühl hatte, es wäre besser, sich Steine in die Taschen zu stecken und ins Wasser zu gehen, hatte sie mit dem Pfarrer gesprochen. Sie hatte ihm von ihren Schuldgefühlen erzählt und dass sie nicht mehr schlafen konnte. Der Pfarrer hatte ihr zugehört und sie zu ihrem Hausarzt geschickt. Der Doktor hatte ihr ein Schlafmittel verschrieben, und seitdem verfolgte sie Günthers blutiges Gesicht nicht mehr. Wenn sie ihn jetzt sah, was selten vorkam, lächelte er ihr zu.

Flocke kläffte einmal kurz. Das bedeutete, dass er Steinpilze gefunden hatte. Sofort griff Hanka nach dem Weidenkorb, den ihre Urgroßmutter geflochten hatte, und stieg aus dem Kahn. Dabei stützte sie sich am Stamm einer am Ufer stehenden Erle ab. Ihre Zehen krallten sich in den noch vom Morgennebel feuchten Boden. Flocke kläffte wieder. Er musste eine ganze Gruppe Steinpilze gefunden haben. Das war in diesem Jahr selten. Zu trocken war der Sommer gewesen. Sie schirmte die Augen gegen die Sonne ab und blickte hinauf zum Himmel. Die Schäfchenwolken, die träge über den Himmel zogen, sahen nicht aus, als würden sie Regen mitbringen. Hanka ging in die Richtung, in die Flocke verschwunden war. Jetzt im Spätsommer war es bis auf das Sirren der Insekten still im Wald. Nur hin und wieder hörte sie das Hämmern eines Spechtes oder das Gurren einer Taube. Noch hing Frühnebel über dem feuchten Waldboden. Spinnennetze glitzerten im Sonnenlicht. Hanka atmete tief ein. Der würzige Geruch des Waldes nach Erde und verrottendem Laub füllte ihre Lungen.

Als Hanka aus dem Schatten der Bäume trat, glitzerte die Lichtung im Sonnenlicht. Hanka schirmte mit der Linken die Augen ab. Eine Pfote erhoben, stand Flocke mit gerecktem Hals am anderen Ende der Wiese. Sie pfiff nach ihm. Ein

Ruck ging durch seinen zierlichen Körper, Flocke wandte sich um und raste schwanzwedelnd auf sie zu. Aufgeregt hechelnd sprang er an ihr hoch. Seine Pfoten hinterließen feuchte Abdrücke auf dem Hosenbein.

Hanka bückte sich und streichelte den Malteser, dabei zog sie eine Klette aus seinem Fell. Wie immer, wenn sie in den Pilzen war, trug sie die Arbeitshose ihres Mannes. Günther brauchte sie ja nicht mehr, und die Hose war so viel praktischer als sämtliche Hosen, die in ihrer Hälfte des Schrankes hingen. Überall hatte sie Taschen. Die Arbeitshose war eins der wenigen Kleidungsstücke, das noch auf Günthers Schrankseite hing. Das meiste hatte Hanka in die Altkleidersammlung gebracht, als Günthers Geruch aus den Kleidungsstücken verschwunden war. Ein Jahr hatte das gedauert. Die Sachen für seinen künstlichen Darmausgang hatte sie dem netten Paketboten mitgegeben.

Flocke stand jetzt mit erhobenen Vorderpfoten auf den Hinterbeinen. Auch das hatte Günther ihm beigebracht. Hanka nahm ein Leckerli aus der Brusttasche und warf es in die Luft. Geschickt fing Flocke es auf und zerknackte es zwischen den spitzen Zähnchen.

»Gut gemacht«, murmelte Hanka. Ächzend richtete sie sich auf. »Und nun los.«

Schwanzwedelnd und sich immer wieder nach ihr umwendend, lief Flocke voran. Hanka war sich sicher, dass er jedes Wort verstand. Seit Günthers Tod war der Malteser manchmal tagelang ihr einziger Gesprächspartner. Vor allem im Winter, wenn die Tage kurz und die Nächte lang waren. Kälte kroch Hankas Nacken hoch. Günther war im Winter gestorben.

Die Ausbeute war tatsächlich gut, und Hankas Korb füllte

sich mit Steinpilzen. Sie fand auch noch einige Rotkappen und kniete sich gerade nieder, um eine Rotkappe zu schneiden, die sie ganz ohne Flockes Hilfe gefunden hatte, als der Hund aufjaulte. Es klang, als würde dem kleinen Rüden das Herz herausgerissen. Vor Schreck schnitt Hanka sich in den Daumen. Diesen Laut hatte sie erst einmal von Flocke gehört. Damals, als der Hund Günther gefunden hatte.

2. KAPITEL

Klaudia parkte ihren Wagen am Spreeschlößchen und schaltete die Zündung aus. Céline Dion verstummte und schaffte Raum für das leise Sirren in Klaudias rechtem Ohr, das sich nach der Trennung von ihrem Ex ebenfalls verabschiedet hatte. Im Laufe der Jahre hatte Klaudia immer besser gelernt, ihre Beeinträchtigung zu verbergen, und wenn dieses Sirren in ihrem tauben Ohr nicht gewesen wäre, würde sie selbst nicht einmal mehr daran denken. So war es eine ständige Erinnerung an ihren Ex. Klaudia schüttelte den Kopf über sich selbst. Arno verschwendete sicherlich keinen Gedanken mehr an sie. Er hatte jetzt Frau und Kind, während sie …?

»Stopp!« Klaudia visualisierte ein Stoppschild, wie sie es nach dem Hörsturz in der Kur gelernt hatte. Es hatte keinen Sinn, in Selbstmitleid zu versinken. Sie hatte sich hier im Spreewald ein neues Leben aufgebaut, Freunde gefunden und Kollegen, die sie schätzten. Sie stieg aus und schlenderte zum Anleger. Marko half gerade einem älteren Herrn über die Borte. Seine Frau saß bereits und streckte ihrem Mann hilfreich die Hände entgegen, die dieser heldenhaft ignorierte. Wahrscheinlich war es ihm schon zu viel, dass der Kahnführer ihm helfen musste. Im Kahn saßen bereits zwei Japanerinnen und einige Familien.

»Wie war dein Urlaub?« Marko bückte sich nach dem Rudel und nickte ihr zu.

»Gut«, fasste Klaudia ihre Reise in die alte Heimat kurz zusammen. Sie hatte viel Zeit am Bett ihres Vaters verbracht. Es war erschreckend gewesen, zu sehen, was die Demenz aus dem ehemals so klugen und agilen Mann gemacht hatte. Mittlerweile war er in der Endphase der Krankheit, und Klaudia konnte nur hoffen, dass er es bald geschafft hatte und sein Körper seinem Geist folgen würde, wohin immer der sich verabschiedet hatte.

»Schiebschick wartet schon auf dich.«

»O Mist, die Deko!« Klaudia hastete zu ihrem Peugeot zurück und wuchtete das Paket aus dem Kofferraum. Schiebschick hatte sie letzte Woche gebeten, mit ihm zusammen etwas Gruseliges in diesem Internet, wie er sich ausdrückte, zu besorgen. Er wolle seinen Kahn für die jährliche Geisterfahrt schmücken. Klaudia hatte leichtfertig zugesagt, ihre Bereitschaft allerdings bereut, kaum hatte sie den Begriff in die Suchleiste ihres Browsers getippt. Die schiere Flut an Möglichkeiten war geradezu erdrückend, und sie klickte für Schiebschick durch die Bilderflut. Nach vielem Hin und Her entschied sich der alte Mann schließlich für Tischdecken mit Fledermausmotiv und Totenköpfen sowie Gespensterleuchten.

»Da ist ja meine holça.« Schiebschick erwartete sie am hinteren Teil des Anlegers und streckte, wie ein Kind, das es nicht erwarten kann, die Hände nach dem Paket aus. Unwillkürlich verglich Klaudia den alten Kahnführer mit ihrem Vater. Obwohl Schiebschick ein ziemliches Geheimnis um sein Alter machte, war Klaudia sich ziemlich sicher, dass er mindestens zehn Jahre älter als ihr Vater war. Aber im Gegensatz zu ihm war er voller Leben. Der Griff seiner knochigen Hände war fest, und seine Augen blitzten, als er das Paket auspackte.

»Auf dem Bild sahen die größer aus, wa?« Schiebschick kniff die Augen zusammen und musterte die Gespensterlampe, die er gerade auspackte.

»Im Internet wirkt immer alles größer«, erwiderte Klaudia, die damit beschäftigt war, die Tischdecken aus ihren Hüllen zu befreien.

»Das ist ja dann Betrug. Wa?«

»Nicht unbedingt«, widersprach Klaudia. »Irgendwo auf der Seite stehen schließlich auch die Maße.«

»Aber …«

»Ich finde sie groß genug.« Klaudia legte eine Decke auf einen der Tische und stellte zwei Lampen darauf. »Sieht doch gut aus. Außerdem müssen die Leute ja Platz für ihr Gedeck haben. Oder?«

»Stimmt«, räumte Schiebschick widerwillig ein. »Aber trotzdem: Im Internet sahen die größer aus.«

»Was gibt's denn zu essen?«

»Gurken und Schmalzstullen. Was sonst?«

»Hhm.« Klaudia faltete die nächste Tischdecke auf und reichte sie Schiebschick. »Vielleicht Blutsuppe oder Gruselkuchen.«

»Was ist denn das?«

»Keine Ahnung«, räumte Klaudia ein, »hab ich mir gerade ausgedacht.«

»Tss.« Schiebschick schnalzte mit der Zunge und schüttelte den Kopf. »Das ist eine Sagenfahrt, keine Geister-stunde.«

»Und warum wolltest du dann all dieses Gruselzeug?« Klaudia reichte Schiebschick zwei weitere Tischleuchten.

»Die funktioniert nicht.« Hektisch drückte Schiebschick auf den Schalter einer Lampe.

»Sorry«, entschuldigte sich Klaudia. »Da habe ich wohl vergessen, die Folie aus dem Batteriefach zu ziehen.«

»Welche Folie?« Verwirrt blickte Schiebschick auf.

»Diese hier.« Klaudia beugte sich vor und zog den Plastik-schnipsel aus dem Batteriefach. Sofort leuchtete die Lampe. »Funktioniert.«

»Kann ja keiner wissen.« Schiebschicks Wangen färbten sich rosig. Der alte Fährmann hasste es, wenn er das Gefühl hatte, nicht auf der Höhe der Zeit zu sein. Umständlich schal-tete er die Lampe wieder aus und stellte sie auf den Tisch.

»Mir gefällt's.« Klaudia packte die Umverpackungen in den Karton und stellte ihn auf den Anleger. »Kann ich dir sonst noch irgendwie helfen?«

»Hast du denn nichts Besseres vor?«

»Was gibt es Besseres, als einem alten Freund zu helfen?« Klaudia grinste.

»Eine Verabredung mit einem jungen Freund. Ich kenne da ...«

»Lass gut sein.« Klaudia hob die Hände. Seit dem Frühjahr kannte Schiebschick immer mal wieder jemanden, den er Klaudia vorstellen wollte. Für Klaudia war das eher lästig, weil seine Vorstellung davon, wer zu ihr passte, ihrer eigenen Vorstellung diametral entgegenstand. »Außerdem habe ich Kriminalbereitschaft.«

»Aber ...«

»Wie läuft das eigentlich ab?«, unterbrach Klaudia den alten Fährmann wieder.

»Wie das abläuft?« Schiebschick kicherte. »Ich bin viel zu alt, um mich daran noch zu erinnern.«

»Eigentlich spreche ich von der Sagenfahrt und nicht von irgendwelchen Dates.« Klaudia boxte ihn liebevoll gegen die Schulter.

»Ach so.« Schiebschick klang ein wenig enttäuscht. »Das wird schon gut.« Er kratzte sich die Nase. »Es gibt einige Stationen am Ufer, wo wir das eine oder andere aufgebaut haben.«

»Wie in einer Geisterbahn?«

»Haj«, bestätigte Schiebschick. »Außerdem lauern noch einige Lutkis und Irrlichter entlang der Fließe.

»Das ist jetzt ja nicht so gruselig.«

»Nur wenn die Trinkgelder anständig sind.« Schiebschick lachte dieses an eine schlecht gelaunte Ziege erinnernde Lachen, das zu ihm gehörte wie sein Kahn. »Wenn jemand geizig ist oder flucht, kann das böse enden.«

»Dann musst du ja ordentlich aufpassen, dass du nichts Falsches sagst. Wer weiß, wo du sonst mit deinem Kahn landest.«

»Pah.« Schiebschick spuckte ins Wasser. »In meinen Adern fließt die Spree. Mich führt hier niemand in die Irre. Ich bin ja kein Steuereintreiber.«

»Was?«

»Kennst du nicht die Geschichte vom Steuereintreiber, den die Irrlichter so tief in den Spreewald geführt haben, dass er nie wieder herausgefunden hat?«

»Das hast du dir jetzt ausgedacht.« Klaudia erhob sich. Das leichte Schwanken des Kahns ließ sie kurz taumeln. »Ist deine Steuererklärung fällig oder was?«

»Was du immer denkst«, brummelte Schiebschick. Trotzdem erzählte er ihr die Geschichte, in der ein Steuereintreiber, ein Fischer, ein Kahnführer und jede Menge Nachtgeister und Irrlichter eine Rolle spielten.

»Und das willst du deinen Gästen auftischen?«, fragte Klaudia, als Schiebschick die Geschichte mit einem bekräftigenden »Wa« beendete. »Für mich klingt das eher nach einem handfesten Streich als nach Geistern.«

»Trotzdem ist es eine gute Geschichte.« Schiebschick spuckte wieder ins Wasser.

»Die mehr über euch Spreewälder als über Geister erzählt«, beharrte Klaudia. »Was ist überhaupt mit dem Steuereintreiber passiert? Ist er ertrunken?«

»Wer weiß das schon.« Schiebschick griff sich an die Nase. »Auf jeden Fall ist er nie wieder aufgetaucht.«

»Und seitdem zahlt der gemeine Spreewälder an und für sich keine Steuern mehr?« Klaudia schmunzelte.

»Schön wär's.« Schiebschick spuckte ins Wasser. Das Thema behagte ihm offensichtlich nur sehr bedingt. »Was früher der Steuereintreiber war, ist heute der Gerichtsvollzieher.«

»Und mit dem hast du auch bereits Bekanntschaft gemacht?«

»Also wirklich.« Schiebschick spuckte in die Spree. »Was du immer denkst.«

»Wie auch immer.« Klaudia stieg aus dem Kahn. Ihre Lendenwirbel ächzten und schickten einen dumpfen Schmerz in ihre Pobacken. Ich sitze zu viel, dachte sie. PH feierte Überstunden ab, danach würde er in Pension gehen, und auch wenn seine Nachfolge noch nicht entschieden war, vertrat Klaudia ihn als ranghöchste Beamtin der Dienststelle. Oder besser gesagt, sie unterstützte Petra, die mehr oder weniger den Laden am Laufen hielt. Wer immer PHs Nachfolge antrat, sie oder Meinert, tat gut daran, sich gut mit der Reviersekretärin zu stellen. Ein Punkt für Klaudia. Sie konnte sich auf Petras weibliche Solidarität verlassen. Was ihr fehlte, war die Unterstützung des Personalrats. Hier war Meinert als Mitglied der Polizeigewerkschaft eindeutig im Vorteil. Trotzdem konnte sie ihn sich nicht mit einer Schäfchentasse in der Hand vor dem Flipchart vorstellen. Er würde sich auf jeden Fall mehr in ihre Arbeit einmischen, als PH es je getan hatte. Einfach, weil er sich besser auskannte. Klaudia hatte sich nie für konservativ gehalten, doch jetzt erwischte sie sich bei dem Gedanken, dass sie am liebsten die Zeit anhalten würde. Alles sollte so bleiben, wie es war. Nichts sollte sich verändern. Sie blies sich eine verirrte Haarsträhne aus dem Mundwinkel. Ich werde alt, dachte sie. Alt und bequem. Sie spürte geradezu die Last ihrer sechsundvierzig Lebensjahre auf den Schultern.

»Willst du schon gehen?«, fragte Schiebschick in ihre Gedanken hinein.

»Wir sind fertig, oder? Außerdem wartet Dickie auf mich.«

»Du verwöhnst das Vieh. Der fängt ja nicht mal mehr Mäuse.« Schiebschick hatte ein sehr pragmatisches Verhältnis zu Dickie. Das wusste der Kater und verzog sich immer, wenn der alte Mann kam.

»Er ist halt schon einen Tag älter«, verteidigte Klaudia den Kater, der irgendwann in ihrem Leben aufgetaucht war. »Außerdem ist er herausgefordert.«

»Was heißt das denn?« Schiebschick spuckte in die Spree.

»Na ja, so ohne Schwanz.« Nach einem Unfall im Frühjahr hatte Dickie der Schwanz amputiert werden müssen. »Stell dir vor, dir würde jemand …« Klaudia verschluckte sich an dem Wort, das sie hatte sagen wollen, und faselte schließlich irgendwas von Rudel wegnehmen.

»Willst du eine Runde staken?« Schiebschick strahlte. »Wird auch mal wieder Zeit, sonst kommst du ganz aus der Übung.«

»Ich glaube, das bin ich bereits.« Wie hatte Schiebschick sie nur so missverstehen können? Sie sah hinüber zum Spreeschlößchen. Natürlich waren um diese Zeit alle Sitzplätze auf der Terrasse besetzt. Sie spürte geradezu die Blicke der Leute. »Nicht, dass ich deinen schön geschmückten Kahn versenke.« Die Bemerkung war deutlich weniger scherzhaft gemeint, als sie klang, nützte ihr aber wenig. Wenn Schiebschick sich etwas in den Kopf gesetzt hatte, war er nicht zu bremsen.

»Ich würde dir mein Leben anvertrauen.« Theatralisch presste er sich die Hand auf die Brust. Dann bückte er sich nach dem Rudel, das auf dem Anleger lag.

»Na dann.« Klaudia gab nach. Sie war nicht unbedingt ein Fan des Stakens, ihr reichte ihr Kanu, das erheblich wendiger war. Doch wer im Spreewald lebte, sollte staken können. Das war zumindest Schiebschicks Meinung, deshalb hatte er es Klaudia in ihrem ersten Sommer in ihrer neuen Heimat beigebracht.

Er reichte ihr das Rudel. Der Holzstiel schmiegte sich warm in ihre Handfläche. Schiebschick löste die Leine und stellte sich neben Klaudia ins Heck des Kahns.

»Es fällt dir offensichtlich leichter, mir dein Leben anzuvertrauen als deinen Kahn.« Klaudia schmunzelte.

»Sicher ist sicher. Wa?« Schiebschick kratzte sich die Nase. »Sachte«, rief er, als Klaudia den Kahn vom Ufer abstieß. Wer bis jetzt noch nicht bemerkt hatte, dass eine unerfahrene Kahnführerin unterwegs war, wusste spätestens jetzt Bescheid. Klaudias Wangen brannten, aber sie schaffte es aus dem Hafenbecken, ohne mit dem Bug am gegenüberliegenden Ufer anzustoßen. Erleichtert atmete sie auf. Die erste Hürde war genommen. Unter der Brücke kam ihr Marko entgegen. Er tippte sich an die Mütze, und als er sah, wer Schiebschicks Kahn stakte, lenkte er seinen mehr ans Ufer. Dankbar nickte Klaudia ihm zu, sie brauchte allen Platz, den sie kriegen konnte, um ihren Kahn unfallfrei ins Bürgerfließ zu manövrieren.

»Einmal um den Erlenhorst?«, fragte sie.

»Wie du willst. Wa? Ick hab Zeit.«

»Einmal um die Insel reicht.« Klaudia stemmte das Rudel wieder in den Untergrund, dann ließ sie es etwas schleifen, weil der Wind den Bug Richtung Uferbefestigung drückte.

»Wie eine richtige Fährfrau gemacht«, lobte Schiebschick, nur um Augenblicke später Klaudia dabei zu helfen, das Rudel aus einer schlammigen Stelle zu ziehen, sonst hätte Klaudia zwar nicht den Kahn, aber sich selbst versenkt.

»Danke.« Nicht ungern überließ Klaudia ihm das Rudel und setzte sich auf die Bank. »Ist wohl doch besser, wenn ich mich staken lasse.« Ihr Smartphone spielte die Melodie von *I am alive*. Hastig wischte Klaudia sich die Hände an der Jeans ab und kramte es aus dem Rucksack. Sie hatte eindeutig zu viel Zeit am Bett ihres Vaters totschlagen müssen. Also war sie auf die Idee gekommen, ihr Telefon mit neuen Klingeltönen zu versorgen. Sie nahm das Gespräch an. Es war die Leitstelle.

3. KAPITEL

Hanka stand am Ufer. Neben ihrem Kahn dümpelte das Polizeiboot. Obwohl die Sonne an Kraft gewonnen hatte, zitterte sie vor Kälte. Es war eine Kälte, die in ihrem Magen begann und sich von dort in ihrem gesamten Körper ausbreitete. Flocke hockte zu ihren Füßen, dicht an ihr Schienbein geschmiegt. Auch der kleine Malteserrüde zitterte. Hanka bückte sich, und er sprang ihr in die Arme. Ihre Finger gruben sich in das weiche Fell. Armer Kerl, dachte sie und wusste nicht, ob sie ihren Hund oder den Menschen meinte, der dort im Wald lag. Flocke schmiegte sich an sie. Seine feuchte Nase berührte ihr Ohrläppchen. Und auf einmal war da dieser Gedanke in ihrem Kopf, was diese Nase noch alles berührt hatte. Hanka krümmte sich und erbrach in die Spree.

»Geht's wieder?«, fragte die Polizistin. Sie hatte Hanka ein Pflaster für ihren blutenden Daumen gegeben und war mit ihr am Ufer geblieben, während ihr Kollege die Fundstelle sicherte. Sie hatte sich als Polizeiobermeisterin Rebe, wie Traube, vorgestellt. Hanka schätzte sie auf Mitte bis Ende fünfzig. Eine patente Frau, die mit beiden Beinen fest im Leben stand und die ihr jetzt wieder auf die Füße half.

»Danke.« Hanka wischte sich mit dem Handrücken über die Lippen. »Ich hatte auf einmal nur wieder dieses Bild vor Augen. Komm her.« Sie schnalzte mit der Zunge, und Flocke kroch aus dem Busch hervor, unter den er sich geflüchtet hatte. »Ist ja nicht deine Schuld.« Sie holte ein Leckerli aus der Brusttasche und hielt es ihm hin. Schwanzwedelnd stellte Flocke sich auf die Hinterbeine. Hanka warf ihm das Leckerli zu. Die vertraute Handlung beruhigte sie. »Du kannst ja nichts für die Bilder in meinem Kopf«, murmelte sie, auch wenn es seine feuchte Nase gewesen war, die die Bilder getriggert hatte. Der Gedanke, dass Flocke an diesem ... Wieder sah sie die blutige Masse, die einmal ein Gesicht gewesen sein musste. Zitternd sackte Hanka ins Gras. Eine Hand legte sich auf ihre Schulter.

»Setzen Sie sich in Ihren Kahn.« Die Beamtin half ihr über die Borte und hob dann Flocke ebenfalls in den Kahn. »Die Kollegen von der Kripo werden gleich hier sein.«

»Aber ...« Fahrig rückte Hanka ihre Brille zurecht.

»Machen Sie sich keine Sorgen. Den Kollegen ist bewusst, dass Sie unter Schock stehen. Wenn Sie wollen, kann ich Sie anschließend nach Hause staken. Man findet ja nicht jeden Tag einen Toten.«

Wenn du wüsstest, dachte Hanka, sprach den Gedanken jedoch nicht aus. Ein Teil des Schreckens lag gerade darin, dass sie glaubte, dies alles schon einmal erlebt zu haben.

Motorenbrummen legte sich über das Sirren der Insekten.

Wenig später tauchte das Feuerlöschboot auf. Hanka griff nach der Borte. Ihr Kahn tanzte auf der Bugwelle des herannahenden Fahrzeugs. Die Motorengeräusche verebbten, und das Feuerlöschboot legte sich längsseits des Polizeibootes.

»Ganz schön voll hier«, hörte Hanka eine Frauenstimme sagen. Sie beobachtete, wie ein Feuerwehrmann einer blonden Frau ans Ufer half. Sie war schlank und hochgewachsen, trug Jeans und ein einfaches Polohemd. Ein Lederrucksack baumelte von ihrer Schulter. Sie sah aus wie eine Tagestouristin aus Berlin, doch an der Art, wie Frau Rebes Körper sich straffte, nahm Hanka an, dass es sich bei der Frau um die Kriminalbeamtin handelte. Irgendwie enttäuschend, dachte Hanka. Die Frau war so durchschnittlich. So ganz anders als die Polizistinnen im Fernsehen.

Die Frau bedankte sich bei dem Feuerwehrmann. Selbst ihre Stimme war durchschnittlich: weder zu hoch noch zu tief.

»Bis später«, sagte sie. Der Motor des Feuerwehrbootes wurde gestartet, und es tuckerte rückwärtsfahrend aus dem Fließ. Zurück blieb die Polizistin. Ihr Blick begegnete dem Hankas, verweilte kurz auf ihr und wanderte dann weiter. Sie nickte, als ihr Blick auf Frau Rebe traf.

»Hallo, Gudula«, begrüßte sie die uniformierte Kollegin. »Lange nicht mehr gesehen.«

»Ich wusste nicht, dass du noch Kriminalbereitschaft machst.«

»Noch ist nichts entschieden.«

Hanka fragte sich, wie es sein konnte, dass die beiden über etwas anderes als den Toten im Wald sprechen konnten. Aber vielleicht gewöhnte man sich an solche Dinge, wenn man häufiger mit ihnen zu tun hatte. Die Kriminalbeamtin nahm Frau Rebes Arm und ging mit ihr ein paar Schritte in den Wald hinein. Jetzt konnte Hanka nicht mehr verstehen, was die beiden miteinander sprachen. Wieder glitt der Blick der Polizistin über sie hinweg und verweilte auf Flocke, der sich auf dem Bug des Kahns zusammengerollt hatte. Auch Hanka spürte das Gewicht ihrer Lider auf den Augäpfeln. Sie fühlte sich elend und beneidete Flocke um seine Fähigkeit, das gerade Erlebte zu vergessen. Ihr selbst würde es schwerer fallen, und sie wusste, auch wenn sie jetzt das Gefühl hatte, von Müdigkeit niedergerungen zu werden, würde sie heute Nacht bestimmt eine Schlaftablette benötigen, obwohl sie diesen Moment hasste, in dem der Schlaf sie einfach überrollte. Doch heute wäre es genau das Richtige. Einfach die Augen schließen und nichts denken.

»Frau Kowar?«

Die Stimme der Kriminalbeamtin war jetzt ganz nah. Hanka hob die Lider. »Ja«, krächzte sie.

»Mein Name ist Wagner. Kripo Lübben. Ich weiß, dass das alles sehr schwer für Sie sein muss, aber ich würde Ihnen gern ein paar Fragen stellen. Ist das in Ordnung?«

Hanka nickte. Sie traute ihrer Stimme nicht.

»Darf ich mich zu Ihnen setzen?«

Wieder nickte Hanka.

Flocke floh ins Heck, als die Beamtin über ihn hinwegstieg.

»Netter Hund.« Die Kriminalbeamtin griff in ihren Rucksack und zog eine Wasserflasche heraus. »Ein Malteser, oder?«

Hanka räusperte sich.

»Trinken Sie.« Die Beamtin reichte Hanka die Flasche. »Das wird Ihnen guttun.«

Gehorsam nahm Hanka die Flasche und setzte sie an die Lippen. Da sie noch zur Generation derer gehörte, die mit dem Verbot aus Flaschen zu trinken aufgewachsen waren, konnte sie immer nur einen kleinen Schluck nehmen. Doch die Beamtin zeigte kein Zeichen von Ungeduld. Sie kramte wieder in ihrem Rucksack und zog schließlich einen etwas zerdrückten Schokoriegel heraus. »Hier!« Sie hielt ihn Hanka hin. »Zucker hilft, wenn man einen Schock erlitten hat.«

»Ich bin Diabetikerin.« Hanka reichte ihr die Wasserflasche zurück. »Aber trotzdem danke.«

»Behalten Sie die Flasche ruhig.« Die Beamtin steckte den Schokoriegel zurück in ihren Rucksack. Als sie ihre Hand diesmal hervorzog, hielt sie ein Smartphone in der Hand. »Würden Sie erlauben, dass ich unser Gespräch aufnehme?«

»Wenn es Ihnen hilft.«

»Unbedingt. Meine Schrift ist nahezu unleserlich, selbst für mich.« Die Beamtin lächelte kurz, dann wurde sie wieder ernst.

»Würden Sie bitte mit Ihrem Namen, Ihrem Geburtsdatum und Ihrer Adresse beginnen?«

»Sicher.« Hanka räusperte sich wieder, dann legte sie los.

»Prima«, sagte die Beamtin, als Hanka ihre Personendaten genannt hatte. »Wie war das denn nun?«

Stockend berichtete Hanka von den Pilzen. Wo war eigentlich ihr Korb? Suchend blickte sie sich um. Er stand am Ufer, im Schatten der Erle. Sie hatte keine Erinnerung daran, dass sie ihn zurückgetragen hatte. Unwillkürlich schüttelte Hanka den Kopf.

»Es war nicht so?« Die Beamtin stoppte die Aufnahme.

»Nein«, widersprach Hanka. »Ich meine: ja.«

»Okay, dann machen wir weiter?«

»Ja.« Hanka holte tief Luft, dann fuhr sie fort. »Ich wusste sofort, dass etwas nicht stimmt, als ich Flockes Jaulen gehört habe.« Sie stockte, ihre Augen füllten sich mit Tränen. Ihre Kehle war auf einmal so eng, dass sie Mühe hatte, zu atmen. Hanka schraubte die Wasserflasche auf und trank einen Schluck. Der Druck in ihrem Hals ließ nach.

»Und dann habe ich den Toten gesehen.«

»Haben Sie ihn angefasst?«

»Um Gottes willen nein.« Heftig schüttelte Hanka den Kopf. »Ich wusste ja, dass er tot war. Ich meine: die Fliegen und dieses zerschlagene Gesicht.« Hanka konnte gar nicht mehr aufhören, den Kopf zu schütteln. »Was denken Sie?«

»Es hätte ja sein können. Vielleicht, um sich zu vergewissern, ob er wirklich tot war.«

»So wie Flocke gejault hat, wusste ich, dass – wer immer da lag – tot war.«

»Das konnten Sie an seinem Jaulen erkennen?« Die Stimme der Beamtin klang skeptisch.

»Mein Mann ist im Hochwald verunglückt.« Nach drei Jahren fiel es Hanka nicht mehr ganz so schwer, über diesen Tag zu sprechen. »Wir hatten uns gestritten. Wir waren über vierzig Jahre verheiratet, da passiert das schon mal.«

Flocke kläffte und sprang auf Hankas Schoß. Er wusste, dass sie über Herrchen sprach.

»Ich weiß nicht einmal mehr den Grund«, fuhr Hanka nachdenklich fort. »Also, warum wir gestritten haben, aber er ist auf jeden Fall aus dem Haus und in den Wald. Als er am Abend nicht nach Hause kam, bin ich ihm hinterher. Flocke hat ihn gefunden. Am Tag vorher hatte es gestürmt. Ein Ast hat ihn erschlagen. Die Ärztin hat gesagt, er sei sofort tot gewesen, doch das sagen sie wohl immer.« Hanka schwieg, die Erinnerung nahm ihr die Stimme. Auch die Polizistin schwieg, gab ihr die Zeit, die sie brauchte. Schließlich fragte Hanka: »Haben Sie das auch aufgenommen?«

»Ich kann es löschen, wenn Sie wollen.«

»Ist egal. Es ändert ja nichts.« Hanka wischte sich die Augen. »An dem Tag hat Flocke genauso gejault.«

»Und deshalb wussten Sie Bescheid.«

»Ja.«

»Ich verstehe.« Die Kripobeamtin klang, als würde sie Hanka tatsächlich verstehen. »Wenn Sie wollen, kann ich unseren Notfallseelsorger bitten, Sie aufzusuchen. Er kann Ihnen …«

»Nicht nötig«, wehrte Hanka ab. »Wenn ich mit jemandem sprechen möchte, spreche ich mit unserem eigenen Pfarrer.«

»Es ist gut, dass Sie jemanden haben.« Die Polizistin strich sich eine blonde Haarsträhne hinters Ohr. »Es ist gut möglich, dass dieses Erlebnis ihr altes Trauma triggert. Haben Sie jemanden, der heute bei Ihnen sein kann?«

»Ich hab Flocke.« Hanka kraulte Flockes Nacken. Sie spürte etwas Weiches im Fell, das dort nicht hingehörte. Eine Zecke. Ein kleines blutsaugendes Ungeheuer. Darum würde sie sich später kümmern. Es tat geradezu körperlich gut, Worte wie später zu denken.

4. KAPITEL

Klaudia sah der Zeugin hinterher, bis der Kahn aus ihrem Blickfeld verschwunden war. Der Hund stand mit den Vorderläufen auf der Borte und kläffte das Ufer an. Sie hatte die alte Dame mit ihrem Hund schon häufiger gesehen, wenn sie die Fließe entlang joggte. Sie war ihr aufgefallen, weil sie sommers wie winters barfuß lief. Sie musste Fußsohlen aus Stahl haben. Doch ihr Nervenkostüm war deutlich fragiler. Sie dachte an das blasse Gesicht der Frau, ihr Zittern. Die Frau stand unter Schock. Sie hätte sie nicht einfach sich selbst überlassen sollen. Es gehörte schon viel Pech dazu, zweimal einen Toten zu finden. Auch wenn es diesmal nicht der eigene Mann war.

Pech oder kriminelle Energie. Klaudias Ermittlerader ließ keine noch so abwegige Variante unerwähnt.

Kaum war Kowars Kahn verschwunden, bog ein Kanu um die Kehre. Ein junges Paar mit Kind. Als sie das Polizeiboot sahen, berieten sie kurz und drehten ab.

»Ich geh dann mal zu dem Kollegen«, wandte sich Klaudia an Rebe.

»Brauchst du mich?« Die Stimme der Kollegin der Wasserschutzpolizei klang zögerlich.

Aus anderen Todesfallermittlungen wusste Klaudia, dass die Kollegin Leichen mied, wenn es ihr möglich war.

»Ich denke nicht«, erwiderte sie. »Ich will mir auch nur einen ersten Eindruck verschaffen.«

»Glaubst du, er wurde hier getötet?«

»Keine Ahnung.« Klaudia hob die Schultern und ließ sie wieder fallen. »Noch habe ich die Leiche ja nicht gesehen. Was meinst du?«

»Ich …«, stammelte Rebe. »Ich hielt es für wichtiger, bei der Zeugin zu bleiben. Der Frau ging es gar nicht gut. Außerdem war sie verletzt.«

»Verletzt?« Irritiert runzelte Klaudia die Stirn.

»Sie hat sich beim Pilzeschneiden in den Daumen geschnitten. Als der Hund losgebellt hat«, fügte Rebe hinzu. »Ist das wichtig?«

»Weiß man nie. Deshalb: Danke für die Info. Mir ist es nicht aufgefallen.«

»Außerdem …«, fuhr Rebe fort, die immer noch das Bedürfnis verspürte, sich zu rechtfertigen. »… dachte ich, es reicht, wenn einer den Tatort sichert. Hier ist ja nicht so viel los.«

»Wibke wird das begrüßen.«

»Wibke? Das ist die Kollegin von der Spurensicherung. Die Rothaarige, oder?«

»Genau die«, bestätigte Klaudia. Die kastanienbraunen Locken waren Wibkes hervorstechendes Merkmal. Sie selbst war da schon weniger gut zu beschreiben. Schlank und mausblond passte einfach auf zu viele Frauen ihres Alters.

»Ich habe gehört, sie hat geheiratet.«

»Stimmt.« Klaudia war zwar nicht nach Smalltalk zumute, andererseits schien es Rebe zu helfen, mit der Situation klarzukommen. Sie hatte die letzten Stunden mit einer traumatisierten Frau und dem Wissen um den Leichenfund verbracht. Das setzte jedem Kollegen zu. Egal, wie lange man bereits im Dienst war. Außerdem war Wibkes Hochzeit kein Geheimnis.

»Anfang August. Mit mir als Trauzeugin.«

»Wie nett«, sagte Rebe. »Bist du verheiratet?«

»Nein«, erwiderte Klaudia deutlich kürzer angebunden. Über Wibkes Hochzeit zu reden, war das eine. Etwas völlig anderes war es, einer zugegebenermaßen netten Kollegin etwas aus ihrem Privatleben zu erzählen.

»Ich war's mal.« Rebe schien die Frage nur als Einleitung gebraucht zu haben, um ihre eigene Geschichte zu erzählen. »Aber einen Morgen bin ich aufgewacht, mein Mann schnarchte neben mir, und im Schlafzimmer hing der Geruch nach Bier und Zigarettenrauch, und ich wusste, dass ich das nicht mehr will. Also bin ich gegangen. Jetzt geht's mir besser«, fügte sie hinzu.

»Der Kollege wird sich fragen, wo ich bleibe.« Klaudia war sich bewusst, dass sie dieses Gespräch nicht eben elegant beendete, doch es war ihr egal.

»Ich warte im Boot«, erwiderte Rebe hastig. »Tut mir leid. Ich weiß auch nicht, wieso ich dich ...«

»Mach dir keinen Kopf«, unterbrach Klaudia sie. »Manchmal ist einem halt nach Reden. Wahrscheinlich wird sich die Leitstelle gleich bei dir melden. Jemand muss die Kollegen von der Spurensicherung abholen.« Sie nickte Rebe noch einmal zu und folgte dann dem schmalen Pfad, der in den Wald hineinführte. Dabei hielt sie den Blick auf den Weg gesenkt und setzte ihre Schritte so, dass sie keine möglichen Spuren zerstörte. Es hatte lange nicht geregnet, und der Boden war staubig. Sie sah Schuheindruckspuren, Fußspuren von Frau Kowar – die Zehen gruben sich tief in den sandigen Boden – und kaum sichtbare Pfotenabdrücke des Maltesers. Außerdem – Klaudia bückte sich – schien es hier Schleifspuren zu geben, wie Fersen sie hinterlassen könnten. Es bestand also die Möglichkeit, dass die Leiche hierhergebracht worden war.

Der Kollege der Wasserschutzpolizei erwartete sie. Hinter ihm hing Flatterband schlaff zwischen zwei Bäumen. Das fast weiße und sehr kurz geschorene Haar bildete einen auffälligen Kontrast zu seinen dunklen Augenbrauen, von denen Schweiß perlte. Er war bleich um die Nase und hielt sich sehr gerade.

»Alles klar?« Klaudia setzte ihren Rucksack ab, nahm einen eingeschweißten Ganzkörperanzug heraus und stieg hinein. »Du hast die Leiche gesehen?«

Der Kollege schluckte. »Ja«, bestätigte er schließlich. »Ich musste mich ja vergewissern, ob er wirklich ... Ich meine, es hätte ja sein können ... Aber«, brach es aus ihm heraus. »Der ist so was von tot.«

»Es ist also ein Mann.«

»Ja«, antwortete der Kollege schmallippig. Ganz offensichtlich stand auch er unter Schock.

»Okay.« Klaudia nickte ihm aufmunternd zu. »Dann werde ich ihn mir wohl mal anschauen. Es kann noch dauern, bis die Kollegen von der Spurensicherung kommen. Am besten ist, du suchst dir ein schattiges Plätzchen.« Klaudia strich sich die Haare unter die Kapuze und schloss den Reißverschluss. »Wo kann ich langgehen?«

»Ich … Scheiße.« Die Blässe im Gesicht des Kollegen wich einem ungesunden Rot. »Tut mir leid, ich bin einfach geradeaus gegangen.«

»Kein Problem«, sagte Klaudia, obwohl es natürlich ein Problem war. Aber der Mann fühlte sich schon schlecht genug. Außerdem: Fehler passierten, und die Kollegen der Wasserschutzpolizei hatten es schließlich auch eher selten mit Landleichen zu tun. »Wir brauchen deine Schuhabdrücke sowieso.«

Sie bückte sich nach ihrem Rucksack und rief Wibke an. »Seid ihr schon unterwegs?«

»Was denkst du?«, antwortete die Kollegin der Spurensicherung.

»Dass du zuhause auf dem Sofa sitzt und …«

»Habe ich auch, bis ich aus meiner sonntäglichen Ruhe gerissen wurde. Ich konnte nicht einmal mehr den Kuchen aus dem Ofen nehmen. Das muss jetzt mein Mann machen.« Wibkes Stimme klang weniger vorwurfsvoll, als ihre Worte vermuten ließen. »Wir warten gerade auf das Boot der Wasserschutzpolizei. Wenn das nicht bald kommt, halte ich den Daumen raus.«

»Ich bin bereits vor Ort.« Klaudia berichtete ihr von ihrer Beobachtung auf dem Weg. »Ich habe versucht, keine Spuren zu zertreten, aber ich war leider nicht die Erste.« Sie sah zu dem Kollegen der Wasserschutzpolizei, der ihrem Blick auswich.

»Warum wundert mich das nicht?« Wibke seufzte theatralisch, und Klaudia hörte ein Lachen im Hintergrund.

»Die Auswahl an Wegen, die zum Fundort der Leiche führen, ist eher übersichtlich«, verteidigte Klaudia die Kollegen. »Entweder du gehst auf dem Weg, oder du versackst in Tümpeln.«

»Der Spreewald ist wirklich kein idealer Arbeitsplatz«, beschwerte sich Wibke.

»Die nächste Leiche packe ich euch direkt in die Kriminaltechnik nach Eberswalde.«

»Versprochen?«, fragte eine männliche Stimme aus dem Hintergrund.

»Mein Wort drauf.«

»Doch hoffentlich nicht deinen Mitbewerber?«, lästerte Wibke.

»Lasst euch überraschen.«

»Hast du die Hochzeitsfotos gesehen?«, wechselte Wibke das Thema.

»Noch nicht.« Sofort meldete sich Klaudias schlechtes Gewissen. Die Fotografin hatte ihr einen Link geschickt, den sie bisher erfolgreich ignoriert hatte. Sie war einfach nicht so der Bilderfreund. Außerdem hasste sie es, fotografiert zu werden, vor allem, wenn sie ein Kleid trug wie auf Wibkes Hochzeit. Jeder hatte ihr so oft versichert, dass sie großartig aussähe, dass sie sich wie die letzte Witzfigur vorgekommen war.

»Es war halt viel los«, fügte sie lahm hinzu. »Und jetzt muss ich los. Eine Leiche wartet auf mich.«

»Versuche möglichst zu fliegen.« Wibke lachte.

»Ich gebe mein Bestes«, versprach Klaudia und wischte das Gespräch weg.

»Danke«, sagte der Kollege der Wasserschutzpolizei.

»Wofür?«

»Dass du mich nicht wie den letzten Idioten dastehen lässt.«

»Beim nächsten Mal bist du vorsichtiger.«

»Ich gehe in drei Jahren, zwei Monaten und fünf Tagen in Pension«, erwiderte der Kollege. »Und das war meine zweite Leiche in über dreißig Jahren bei der Polizei. Die Chancen stehen also gut, dass es für mich kein nächstes Mal gibt.«

Wow, dachte Klaudia. Wie beschissen musst du deinen Job finden, wenn du auf den Tag genau weißt, wann du in Rente gehst?

Im Gegensatz zu dem Kollegen schlug Klaudia einen Bogen, entlang des Waldrandes. Schließlich stand sie vor dem Toten. Wie immer schaltete sie ihre Gefühle aus und katalogisierte in Gedanken, was sie sah. Dabei begann sie an den Füßen des Toten. Ein Schuh fehlte. Die Socken waren verrutscht und voller Sand, was zu den Spuren auf dem Weg passte. Flanellhosen, Hemd, Windjacke. Statur kräftig, aber nicht dick. Soweit erkennbar, keine Zeichen von Tierfraß. Das sprach dafür, dass der Tote noch nicht allzu lange hier lag. Klaudia Blick traf auf die Hände. In beiden waren tiefe Hiebwunden zu erkennen, ein Finger war im Gelenk abgetrennt und hing nur noch an einem Hautfetzen. Typische Abwehrverletzungen. Für einen Moment schloss sie die Augen, dann wanderte ihr Blick weiter zum Kopf des Toten. Sie pfiff leise, als sie den bis zur Unkenntlichkeit eingeschlagenen Gesichtsschädel sah. Um solche Verletzungen zu verursachen, brauchte es außer einer geeigneten Waffe Kraft und sehr viel Wut.

Wer hat dir das angetan?, fragte sie in Gedanken den Toten, doch natürlich antwortete der nicht. Also tat sie das Nächstliegende und rief die Leitstelle an.

»Irgendwelche Vermissten, die ungefähr eins fünfundsiebzig bis eins achtzig groß sind und zum Zeitpunkt des Verschwindens dunkelblaue Flanellhosen, ein hellblaues Hemd und eine beige Windjacke getragen haben?«

»Moment«, sagte der Kollege. Klaudia hörte Stimmen im Hintergrund. Jemand sagte: »Für mich mit Extrakäse.« Dann meldete sich der Kollege wieder.

»Im Moment ist in unserem Beritt nur eine Vermisstensache offen, die eine männliche Person betrifft. Aber der trug zum Zeitpunkt seines Verschwindens Jeans und T-Shirt. Größe passt. Gewicht etwa neunzig Kilo, kurzes grauschwarzes Haar. Vermisst wird er seit … warte mal … April.«

»April«, murmelte sie. »Und der ist nicht wieder aufgetaucht?«

»Der Vorgang ist offen.«

Klaudia blickte auf den Toten hinab. »Das Alter könnte passen.«

»Und die Haarfarbe?«

»Schwer zu beurteilen«, sagte Klaudia. »Da ist ziemlich viel Blut.« Sie beendete das Gespräch.

Ein Sirren ließ sie aufblicken. Über ihr kreiste eine Drohne in immer enger werdenden Kreisen. Unwillkürlich trat sie einen Schritt zurück, schirmte die Augen gegen die Sonne ab und blickte hinüber zur Absperrung. Straub stand dort mit dem Laptop vor dem Bauch. Ebenso wie sie trug er die Schutzkleidung der Spurensicherung. Er winkte ihr zu.

»Wibke und Wilms gießen noch Schuheintrittsspuren aus«, rief er zu ihr herüber.

»Na wunderbar.« Klaudia war froh, wenigstens einen Teil der Verantwortung los zu sein.

Es dauerte noch eine ganze Weile, bis Wibke so weit war,

dass sie die Leiche untersuchen konnte. Klaudia stand neben ihr, als sie die Taschen durchsuchte. »Ich glaube«, sagte Wibke. »Ich hab hier was für dich.«

5. KAPITEL

Im Haus war es still. Es war die gleiche Stille wie nach Günthers Tod. Eine Stille, die nicht die Abwesenheit von Geräuschen bedeutete wie dem Schlagen der Standuhr, dem Brummen des Kühlschranks, sondern die Abwesenheit von bestimmten Geräuschen wie Schritten, einem Räuspern, Zeitungsrascheln.

Hanka saß in der Wohnküche am Fenster und blickte aufs Fließ hinaus, doch sie sah weder das träge dahinfließende Wasser noch ihren Kahn, der am Anleger dümpelte. Sie sah auch nicht das zerschlagene Gesicht des Toten. Sie sah Diether, wie sie ihn in den schlaflosen Wochen nach seinem Tod gesehen hatte. Von einem Ast erschlagen. Tränen liefen ihr über die Wangen, doch das Bild blieb klar, verwischte mit keinem Wimpernschlag. Flocke lag auf ihrem Schoß, er war eingeschlafen, hin und wieder kläffte er noch im Schlaf, und seine Pfoten bewegten sich, als wollte er weglaufen. Den ganzen Weg nach Hause hatte er jede Bugwelle angekläfft, erst am Anleger hatte er aufgehört und war mit dem Schwanz zwischen den Hinterbeinen zum Haus gejagt, hatte an der Tür gekratzt und war unters Bett geflüchtet. Erst als sie sich in ihren Sessel ans Fenster setzte, war er aus seinem Versteck aufgetaucht und auf ihren Schoß gesprungen. Der Tote auf der Wiese hatte nicht nur ihr Trauma getriggert.

Hanka kraulte seinen Nacken. Dabei stießen ihre Finger wieder auf den weichen Zeckenkörper.

»Das haben wir ja ganz vergessen.« Hanka redete mit Flocke wie mit einem Kind. Sie nahm ihn hoch und ging mit ihm zur Küchentheke. Etwas zu tun zu haben, vertrieb die Bilder aus ihrem Kopf. Hanka nahm die Zeckenzange aus der Schublade und machte sich ans Werk. Flocke ließ das Prozedere geduldig über sich ergehen, und schon wenig später musterte Hanka die Zecke. Sie schien vollständig und gut gefüllt zu sein.

»Und was machen wir jetzt?« Sie warf die zerdrückte Zecke in den Abfall und setzte Flocke auf den Boden. Schwanzwedelnd lief er zu ihrem Sessel und kläffte auffordernd.

»Nein.« Energisch schüttelte Hanka den Kopf. »Wenn ich mich jetzt setze«, sagte sie zu Flocke, der sie mit zur Seite geneigtem Kopf musterte, als wollte er sagen: Worauf wartest du noch? »Dann stehe ich nie wieder auf.«

Flocke kläffte und legte sich flach auf den Boden, den Kopf zwischen den Pfoten. Das hieß dann wohl so viel wie: Das wäre doch eine gute Idee.

»Vielleicht sollte ich das wirklich tun«, sagte Hanka. »Eine von den Schlaftabletten nehmen und ins Bett gehen.«

Flocke lief zur Schlafzimmertür.

»Oder ich mache, was die Polizistin mir geraten hat, und rufe den Pfarrer an.«

Flocke zog den Schwanz ein. Er mochte den Pfarrer nicht. Der arme Mann reagierte allergisch auf Hunde, und so musste sie Flocke aussperren, wenn er sie besuchte.

»Ist ja gut.« Hanka bückte sich, und Flocke sprang ihr in die Arme. Fast hätte der kleine Rüde sie umgeworfen, doch

Hanka hielt sich noch gerade rechtzeitig am Stuhl fest. Das fehlte ihr noch, dass sie wie ein Maikäfer auf dem Rücken landete. »Aber zum Schlafen ist es mir jetzt doch zu früh.« Sie streichelte Flockes zuckendes Ohr. »Also muss ich was tun.« Suchend blickte sie sich um. »Wo ist eigentlich der Korb mit den Pilzen?«, fragte sie ihren Hund.

Flocke sprang auf die Pfoten und lief schwanzwedelnd zur Tür.

»Haben wir den im Kahn vergessen?« Hanka schnalzte mit der Zunge und folgte dem Rüden. »Na so was.« Sie öffnete die Tür. Flocke hielt sich so dicht bei ihr, dass Hanka höllisch aufpassen musste, nicht über ihn zu stolpern.

Am Steg angekommen, sprang er in den Kahn und stellte sich mit vorgestrecktem Kopf und erhobener Pfote vor die Sitzbank, unter der der Korb mit den Pilzen stand.

Die Bank hatte Günther für sie in den Kahn gebaut, damals, als sie jung verheiratet waren. Jetzt saß meist Flocke darauf, wenn sie die Mülltonnen an die Straße brachte. Er liebte es, durch den Spreewald gestakt zu werden.

Flocke kläffte enttäuscht, als Hanka nur den Korb aus dem Kahn nahm. Doch dann sprang er heraus und lief schnüffelnd über den Steg bis zum Fischkasten, der halb im Wasser hing. Kläffend hockte er sich davor und blickte sich immer wieder nach Hanka um, als wollte er sagen: »Nun komm endlich!«

»Ist ja gut.« Hanka stellte den Korb ab und löste die Kurbel, um den Fischkasten aus der Spree zu ziehen. Das Wasser im Kasten brodelte, und Hanka brauchte all ihre Kraft. Etwas atemlos arretierte sie die Kurbel. Ein Zander so lang wie ihr Unterarm zappelte auf dem Boden des Holzkastens. »Sieh mal, was Boris uns gebracht hat.« Hanka hob den aufgeregten Hund hoch. Von der sicheren Höhe ihres Armes aus kläffte Flocke den zappelnden Fisch an. Der Zander wog bestimmt zwölf Kilo. Wie nett von Boris. Seit dem Tod ihres Mannes kümmerten er und seine Frau sich um sie, brachten Fisch vorbei oder Beeren oder luden sie zu den Feiertagen zu sich ein, was Hanka meistens ablehnte. Sie wollte die Hilfsbereitschaft der beiden nicht über Gebühr beanspruchen.

Hanka ließ den Fischkasten wieder ins Wasser. Sie hatte keinen Appetit auf Fisch. Eigentlich hatte sie überhaupt keinen Hunger. Sie blickte zum Haus. Es duckte sich zwischen den Erlen, als wollte es sich vor ihr verstecken. Noch nie war es ihr so wenig einladend vorgekommen.

Seit fünfunddreißig Jahren lebte sie in diesem Haus. Es war das Haus ihrer Großmutter. Sie hatte es geerbt, und sie und Günther waren ein paar Jahre nach ihrer Hochzeit hier eingezogen. In diesem Haus wollten sie ihre Kinder großziehen. Aber erst einmal mussten sie das Haus komplett sanieren. Es war wie die DDR, marode und wurmstichig. Allerdings hatte es einen soliden Kern, der der DDR gefehlt hatte. Günther hatte das Dach neu gedeckt, die wurmstichigen Dielen herausgerissen und neue Kabel gezogen, während sie gefliest und die Wände neu verputzt hatte. Alles lief wie am Schnürchen. Nur mit den Kindern hatte es nicht klappen wollen. Irgendwann hatte er ihr dann einen Welpen geschenkt. Hanka dachte an die kleine Urne auf dem Wohnzimmerschrank. Das war der Erste von vielen Flocken gewesen. Jahrelang hatten sie die Hunde gezüchtet. Sie hatten gutes Geld damit gemacht, aber nach dem Tod ihres Mannes war Hanka die Arbeit zu viel geworden. Nur Flocke hatte sie behalten. Wenn es ihm nicht gefiel, mit ihr allein zu leben, ließ er es sich zumindest nicht anmerken. Und ihr reichte in der Regel die Gesellschaft des Hundes.

Doch jetzt wollte sie unter Menschen sein. Allein der Gedanke an ein einsames Pilzgericht drehte ihr den Magen um. Sie blickte in den Korb. Über eine der Rotkappen schlängelte sich eine Made und nahm ihr den letzten Rest Appetit. Sie warf den Pilz ins Fließ und schritt dann, den Korb über den Arm gehängt, an ihrem Haus vorbei. Sie würde ihren Nachbarn die Pilze bringen. Die würden sich freuen und sie auf einen Kaffee einladen. Das tat Svenja immer. Und Hanka würde ihr von dem Toten erzählen, das war fast so gut, wie mit Günther zu sprechen.

Auch Flocke genoss den Spaziergang. Schwanzwedelnd lief er zu Boris, der vor dem Haus saß und seine Netze flickte.

»Danke für den Fisch.«

»Nicht dafür.«

»Ich hab Pilze für euch.«

»Warst du so früh im Jahr schon unterwegs?«

»Ich hab gedacht, ich schau mal.«

»Und?« Boris nahm das Netz, an dem er gerade arbeitete, auf den Schoß, um Platz auf der Bank zu machen. »Iss die mal lieber selbst. Am besten zu Fisch. Was hast du denn gefunden?« Neugierig nahm er ihr den Korb ab und schaute hinein.

»Steinpilze und ein paar Rotkappen. Ich war auf der Wiese, du weißt schon.« Im letzten Jahr hatte sie ihren Nachbarn die Lichtung im Hochwald gezeigt. Sie hatte ja niemanden sonst, dem sie ihren geheimen Platz verraten konnte.

»Auf der Wiese?«

»Ja«, sagte Hanka. »Wieso wundert dich das?«

»Ich weiß nicht.« Boris stellte den Korb neben sich auf den Boden. »Vielleicht, weil ich letztens auch dort war, aber nichts gefunden habe. Mir fehlt Flockes Nase«, fügte er hinzu. »Sind die wirklich alle für uns?«

»Sicher«, antwortete Hanka, »sonst hätte ich sie doch nicht gebracht.«

»Danke.« Boris runzelte die Stirn. »Das sind aber eine Menge Pilze für einen Zander.«

»Nicht für den Zander«, sagte Hanka. »Aber ...«

»Aber was?« Boris musterte sie. »Bist du krank?«

»Das nicht«, wehrte sie ab. »Aber mir ist der Appetit vergangen. Ist Svenja da?«

»Nein.« Boris schüttelte den Kopf. »Geht's um 'ne Frauensache?« Seine Stirn legte sich in nachdenkliche Falten.

»Nein.« Hanka griff nach der Netznadel, die Boris neben sich auf die Bank gelegt hatte.

»Willst du dann vielleicht mit mir sprechen? Ich meine«, Boris legte seine Hand über ihre, »ich bin vielleicht nicht so ein guter Zuhörer wie Svenja, aber du siehst aus wie ein ausgenommener Fischbauch. Also was ist los?«

»Fischbauch?«, wiederholte Hanka.

»Tut mir leid«, entschuldigte sich Boris. »War vielleicht nicht der beste Vergleich. Aber nun schieß los.«

Und Hanka erzählte: von dem Toten und wie sie gar nicht mehr aufhören konnte, an Günther zu denken.

»Wie wär's mit einem Schnaps?«, fragte Boris, als sie sich erschöpft zurücklehnte.

»Nein, aber danke für das Angebot und fürs Zuhören.« Hanka erhob sich von der Bank. »Ich werde jetzt nach Hause gehen und eine Schlaftablette nehmen. Und das verträgt sich nicht mit Schnaps. Grüß Svenja von mir. Wo ist eigentlich

Flocke?« Sie pfiff nach dem Hund. Schwanzwedelnd kam er aus dem Schuppen und sprang an ihr hoch.

»Du bist aber aufgeregt.« Hanka bückte sich und nahm ihn auf den Arm. »Ach Gottchen«, sagte sie und musterte seine Pfoten. »Ist das Blut?«

Boris beugte sich vor. »Sieht so aus«, sagte er. »Da ist der Kleine wohl näher an der Leiche gewesen, als du gedacht hast.«

6. KAPITEL

»Willi Rollenhagen.« Klaudia fotografierte den Dienstausweis des Toten mit ihrem Handy und steckte ihn dann zurück in die Brieftasche, die außer diesem Ausweis noch einen Personalausweis, diverse Kreditkarten, 41 Euro und 67 Cent sowie eine Liste mit dem Datum 14.09. enthielt, auf der drei Namen und Adressen standen. Klaudia hatte auch diese Liste fotografiert.

»Gerichtsvollzieher«, murmelte sie.

»Niemand, den man gern zu Besuch hat«, unkte Wibke.

»Wie wahr.« Klaudia dachte an Schiebschicks Geschichte vom verschwundenen Steuereintreiber. Unwillkürlich blickte sie zum Kopf der Leiche. Das hier hatte nichts mit Nachtgeistern oder Irrlichtern zu tun. Das hier war ein brutaler Mord. Nicht einmal seine Mutter hätte den Mann jetzt noch erkannt.

Während Wibke den Toten untersuchte und abklebte, um eventuelle Spuren zu sichern, zog Klaudia ihre eigene Bilanz. Außer der Kopfverletzung und den Abwehrverletzungen an den Händen wies der Körper keine weiteren Verletzungen auf. Wenn Rollenhagen also keinen Herzinfarkt gehabt hatte, was Klaudia bezweifelte, waren die Kopfverletzungen todesursächlich.

»Lange scheint er noch nicht hier zu liegen«, sagte die Kollegin. Mittlerweile war der Tote entkleidet. Die Haut zwischen Hüftknochen und Oberschenkeln war deutlich heller als der Rest des Körpers, sein Geschlecht ruhte schlaff in der blassen Leiste.

»Hab ich auch gedacht«, bestätigte Klaudia. »Keine Fraßspuren und so.«

»Auch kein aufgetriebenes Abdomen, und die Venenzeichnung ist ebenfalls noch nicht sehr ausgeprägt.«

»Habt ihr den Schuh gefunden?«

»Bisher nicht, aber wir schicken die Drohne noch mal durch, wenn sie wieder aufgeladen ist.«

»Das könnte wichtig sein.«

»Alles könnte wichtig sein.« Wibke hob ein Bein der Leiche an. »Totenstarre in den Beinen nicht vollständig ausgeprägt.« Sie griff nach dem Arm, der steif und starr neben dem Toten lag. »Obere Extremitäten vollständig.«

»Was meinst du, wie lange er tot ist?«

»Keine Ahnung.« Wibke legte den Arm des Toten neben dem Körper ab.

»Kannst du mal mit anpacken?«

Klaudia bückte sich und half Wibke, den Toten auf die Seite zu drehen. Während die Kollegin mit einem Leichenthermometer die Körperkerntemperatur ermittelte, versuchte Klaudia vergeblich, die Totenflecken wegzudrücken. Sie wusste, dass diese nach spätestens achtundvierzig Stunden nicht mehr wegdrückbar waren. Sie half Wibke noch, den Toten in den Leichensack zu legen, dann richtete sie sich auf.

»Ist der Bestatter informiert?«, fragte sie.

»Ich habe ihm gesagt, wir bringen den Toten an die übliche Stelle.«

Die übliche Stelle lag an der Straße, zwischen Lübbenau und Lehde, und war damit weit genug vom Spreehafen entfernt, um neugierigen Touristen aus dem Weg zu gehen.

»Ich wäre dann so weit.« Wibke richtete sich auf. Dabei schwankte sie und hätte Klaudia sie nicht gestützt, wäre sie auf dem Leichensack gelandet.

»Alles in Ordnung?«, fragte Klaudia besorgt.

»Nur der Kreislauf«, beschwichtigte Wibke. »Geht schon wieder.« Sie zog die Handschuhe aus und telefonierte mit ihren Kollegen.

»Kein Schuh zu finden. Wenn hier nicht gerade ein Weitwurfmeister am Start war, hat er ihn zumindest nicht ins Gebüsch befördert.«

»Vielleicht haben der oder die Täter ihn ja mitgenommen?«

»Oder in der Spree versenkt.« Wibke zog die Kapuze vom Kopf und fuhr sich durch das schweißfeuchte Haar. »Wie wichtig ist dir der Schuh? Sollen wir Taucher bestellen?«

»PH würde mich einen Kopf kürzer machen.«

»Das müsstest du im Moment wohl selbst erledigen.« Wibke öffnete den Reißverschluss ihres Ganzkörperanzugs. Ihr T-Shirt war dunkel vom Schweiß. »Schon vergessen? Im Moment bist du der Chef. Hast du eigentlich jemals herausgefunden, wofür die Abkürzung PH steht?«

»Hast du keine anderen Sorgen?«, fragte Klaudia.

»Wenig«, räumte Wibke ein. »Und du?« Nachdenklich ruhte ihr Blick auf Klaudia. »Wie geht's deinem Vater?« Ihrer war im letzten Winter an den Folgen seines jahrelangen Alkoholismus gestorben.

»Kriegt nicht mehr viel mit.« Klaudia senkte den Blick auf ihre Schuhspitzen. »Und das ist wahrscheinlich auch gut so. Was ist denn das?« Sie bückte sich.

»Sieht aus wie ein Stück Nylonfaden«, sagte Wibke. »Meinst du, das ist wichtig?«

»Alles ist wichtig«, wiederholte Klaudia die Worte der Kollegin.

»Vielleicht sollten wir dann doch nach dem Schuh suchen.« Wibke nahm eine Pinzette aus dem Koffer und tütete den Nylonfaden ein.

Klaudia parkte ihren Peugeot vor dem freistehenden Einfamilienhaus, in dem der Tote gemeldet war. Es lag am Ende einer Sackgasse, direkt an der Spree. Pfarrer Vollmer, der Notfallseelsorger, erwartete sie bereits. Als ihr Wagen hielt, stieg er auf der Beifahrerseite ein.

»Wartest du schon lange?«, begrüßte sie ihn. »Tut mir leid, ich dachte, ich schaffe es eher, aber dann ...«

»Kein Problem«, unterbrach sie der Pfarrer. »Allerdings würde es mich nicht wundern, wenn gleich ein Streifenwagen auftaucht.«

»Wieso?«

»Ich glaube, ich habe das Misstrauen einer Nachbarin geweckt. Sie hat mich angesprochen.«

»Dann beeilen wir uns wohl besser.« Stichpunktartig versorgte Klaudia Vollmer mit den wichtigsten Fakten. Dann gingen sie zum Haus. Es war ein wunderschönes Fachwerkhaus mit den für die Gegend so typischen gekreuzten Giebeln. Ein schmaler Kiesweg führte durch eine Wildblumenwiese zum Eingang. Vor einer Garage parkte ein blauer Lada Niva.

Als Klaudia schellte, bellte ein Hund. Eine weibliche

Stimme rief ihn zur Ordnung, woraufhin das Bellen verstummte. Eine dunkelblonde, kräftig gebaute Frau, die Klaudia auf Mitte fünfzig schätzte, öffnete die Tür. Sie trug ein ausgeleiertes T-Shirt und eine Sweathose. Ihr Gesicht war gerötet, und ihre Wange zierte ein Schmutzstreifen.

»Frau Rollenhagen«, erkundigte sich Klaudia. Irgendwoher kannte sie die Frau.

»Ja.« Die Frau runzelte die Stirn.

»Mein Name ist Wagner.« Klaudia hielt ihren Dienstausweis hoch. »Und das ist Pfarrer Vollmer«, stellte sie ihren Begleiter vor. »Dürfen wir hereinkommen?«

»Ist was mit Ti …? Ich meine mit Luca?« Der Tote hieß Willi, also nahm Klaudia an, dass es sich bei diesem Luca um den Sohn der Familie handelte. Die meisten Frauen dachten zuerst an ihre Kinder, wenn die Polizei vor der Tür stand, Männer zunächst an ihre Frauen.

»Wir sind nicht wegen Luca hier«, erwiderte Klaudia sanft.

»Ja, aber …« Rollenhagen blickte von ihr zu Vollmer.

»Dürfen wir vielleicht hereinkommen«, wiederholte Pfarrer Vollmer Klaudias Bitte.

»Ich weiß nicht. Ich meine, da kann ja jeder kommen.«

»Ich schlage vor, Sie rufen die 110 an und erkundigen sich, ob es im Polizeirevier Lübben eine Kriminalkommissarin namens Wagner gibt.« Klaudia reichte der verwirrten Frau eine ihrer Visitenkarten.

Rollenhagen starrte darauf, als wollte sie den Text auswendig lernen. Schließlich blickte sie auf. »Sie hätten mir zugestimmt, wenn Sie nicht von der Polizei wären, oder?«

»Wahrscheinlich«, räumte Klaudia ein. »Außerdem hätten wir eher angerufen.« Die Strategie der sogenannten Schockanrufer war immer die gleiche. Sie riefen alte Menschen an und versetzten sie so sehr in Panik, dass sie nicht mehr klar denken konnten, um sie dann um ihre Ersparnisse zu bringen.

»Kommen Sie rein.« Frau Rollenhagen trat zur Seite.

Klaudia und Vollmer folgten ihr in ein gemütlich eingerichtetes Wohnzimmer mit einer Sitzgruppe.

»Möchten Sie etwas trinken?«

»Ein Wasser wäre gut.«

Auch Vollmer bat um Wasser.

Sie und der Pfarrer setzten sich auf die Couch, während Rollenhagen in der Küche verschwand. Klaudia hatte eigentlich keinen Durst, aber sie hatte die Erfahrung gemacht, dass es besser war, sich dem Rhythmus des Menschen anzupassen, dem sie die schlechte Nachricht zu überbringen hatte. Sie nutzte die Abwesenheit der Frau und blickte sich um. Ein gemütliches Wohnzimmer im Schwedenstil der 2000er Jahre mit Bücherschrank und Flachbildschirmfernseher. In einer Ecke des Raumes stand ein Hundekorb neben einem Waffenschrank, und an den Wänden hingen großformatige Acryl-stillleben. Klaudias Blick wanderte weiter. Vor der geschlossenen Terrassentür hockte hechelnd ein ziemlich großer Hund. So wie er aussah, gehörte er zu Korb und Gewehrschrank. Der Tote war also Jäger gewesen. Eine Waffe hatten sie allerdings nicht gefunden, kein Umstand, den Klaudia begrüßte. Sie blickte über den Hund hinweg in den Garten. Wie ihr eigener Garten endete auch dieser an der Spree. Am Anleger dümpelte ein mit Lampions geschmückter Kahn. Jetzt erinnerte sich Klaudia auch, woher sie die Frau kannte. Sie hieß Susanne und stakte für den kleinen Hafen. Na ja, dieser Kahn würde heute Abend wohl nicht bei der Geisterfahrt dabei sein. Klaudias Blick streifte einen Weidenkorb, über dessen Rand pinkfarbene Gartenhandschuhe hingen. Die Frau hatte also einen gemütlichen Sonntagnachmittag mit Gartenarbeit verbracht. Die ganz normale Tätigkeit einer ganz normalen Frau, an einem ganz normalen Tag. Oder hatte sie sich abgelenkt, weil sie sonst umkam vor Sorge um ihren Mann? Allerdings hatte sie nicht nach ihm gefragt, sondern nur nach ihrem Sohn.

Rollenhagen kehrte mit Gläsern, einer Wasserflasche und sauberem Gesicht zurück. Sie schenkte den Polizisten ein und ging dann zur Terrassentür, um den Hund hereinzulassen. Klaudia fühlte sich etwas unwohl mit dem riesigen Hund im Raum. Man wusste nie, wie Tiere reagierten, wenn ihre Besitzer emotional wurden. Doch sie schwieg. Als Frau Rollenhagen sich setzte, hockte sich der Hund neben sie und legte seinen wuchtigen Kopf auf ihren Oberschenkel.

»Ein schönes Tier«, sagte Vollmer. »Ein Weimaraner, oder?«

»Ich habe ihn selbst abgerichtet.« Rollenhagen tätschelte den Hundekopf.

»Sie jagen?«, fragte Vollmer.

»Ja«, bestätigte Rollenhagen. »Sind Sie deshalb hier? Ist was in meinem Revier passiert?«

»Jagt Ihr Mann auch?«

»Nein.« Rollenhagens Lippen wurden schmal. »Willi interessiert sich nicht für die Jagd.« Sie kniff die Augen zusammen. »Ist was mit ihm?«

»Frau Rollenhagen.« Klaudia hätte sich am liebsten vorgebeugt und die Hand der Frau ergriffen, aber der Hund hinderte sie daran. »Heute Morgen wurde ein Toter auf einer Lichtung im Hochwald gefunden. Er hatte die Ausweispapiere Ihres Mannes bei sich.«

»Willi ist tot?« Rollenhagens Unterkiefer sackte herab.

Alarmiert blickte der Hund von seinem Frauchen zu Klaudia.

»Mein Gott«, stöhnte Rollenhagen. »Wie sag ich das Luca?« Sie schlug die Hände vors Gesicht.

Der Hund bellte.

»Ist gut.« Rollenhagen legte ihm die Hand auf den Kopf, und der Hund beruhigte sich sofort wieder. »Wie sag ich ihr das nur.« Sie biss sich auf die Unterlippe.

»Ich kann Sie dabei unterstützen«, bot Vollmer an. »Ich bleibe hier, solange Sie mich brauchen.«

»Danke.« Rollenhagen schluckte. »Wie?«, fragte sie, ohne Klaudia anzusehen. »Ich meine: Hat er sich …?« Sie schloss die Augen, atmete tief ein. »Wie ist es passiert?«, stieß sie schließlich hervor.

»Dazu können wir Ihnen leider noch nichts sagen«, erwiderte Klaudia. »Doch es sieht nicht nach Selbsttötung aus.«

»Nicht?« Rollenhagen stockte. »Sie meinen, Willi wurde umgebracht? O mein Gott!« Sie schlug die Hände vor den Mund.

»Unsere Ermittlungen sind noch ganz am Anfang«, wich Klaudia aus. »Wann haben Sie Ihren Mann das letzte Mal gesehen?«

»Ich … Ich weiß nicht.« Rollenhagen schüttelte den Kopf.

Die Antwort war nicht ungewöhnlich für einen Menschen in einer Schocksituation, deshalb hakte Klaudia zunächst nicht nach.

»Wissen Sie denn, was er getragen hat?«

»Getragen? Ich verstehe nicht?«

»Kleidung«, präzisierte Klaudia.

»Keine Ahnung.«

»Aber vielleicht könnten Sie nachschauen, was in seinem Schrank fehlt?«

»Alles«, erwiderte Rollenhagen. »In seinem Schrank fehlt alles. Wir leben getrennt.«

7. KAPITEL

Am Montagmorgen hatte Klaudia Glück und versackte in keinem der Zeitlöcher, die ihr normalerweise zwischen Kaffeemaschine und Dusche auflauerten. Vielleicht lag das an dem neuen Kaffeevollautomaten, den sie sich selbst von ihrem Urlaubsgeld zum Geburtstag geschenkt hatte und der auf Knopfdruck funktionierte.

Sie lenkte also relativ pünktlich ihren Peugeot auf den Parkplatz hinter dem Revier. Seit PH seinen Schreibtisch geräumt hatte, benutzte sie seinen Parkplatz. Vielleicht würde sich das ändern, wenn Meinert das Rennen um die Nachfolge machte. Aber noch war der Kollege beim LKA beschäftigt.

»Moin.« Sie ging an den beiden rauchenden Kollegen der Nachtschicht vorbei. Im Gebäude war es kühl. Obwohl die Tage noch warm waren, wurden die Nächte bereits ziemlich kalt, und das alte, schlecht isolierte Gebäude, in dem Wache und Diensträume der Kripo untergebracht waren, kühlte ebenso schnell aus, wie es sich aufheizte.

»Was macht die Leiche?«, fragte der eine Kollege, während er seine Zigarette ausdrückte.

»Soweit ich weiß, ist er immer noch tot«, ging Klaudia auf den Scherz ein. »Es hat sich nicht zufällig ein Mörder bei euch gemeldet?« Ganz so abwegig war die Frage nicht. Gerade bei Beziehungstaten waren es oft die Täter, die sich bei der Polizei meldeten.

»Nicht bei mir«, antwortete der Kollege grinsend. »Da müsst ihr wohl weiter ermitteln.«

»Ich habe ihn auch nicht in der Hosentasche«, ergänzte der andere Kollege.

»Zu schade.« Klaudia drückte ihren Badge an das Sensorfeld. »Das hätte mir eine Menge Überstunden erspart.« Sie überließ die Kollegen ihren Zigaretten und stieg die Stufen zu den Büros der Kripo hinauf. Auch wenn ihr als PHs Stellvertreterin nicht nur sein Parkplatz, sondern auch sein Büro zustand, bevorzugte sie es, sich weiterhin das Büro mit Thang zu teilen. Der Kollege war seit einigen Wochen wieder voll im Dienst, wenn auch nicht immer voll diensttauglich. Die Zwillinge waren wohl recht nachtaktiv, und Thang war dazu übergegangen, im Revier zu schlafen, wenn er Kriminalbereitschaft hatte. Vorgeblich, um die Zwillinge nicht zu wecken, doch Klaudia vermutete, dass es ihm eher um die in der Regel ungestörte Nachtruhe ging. Irgendwie war es immer ruhig, wenn Thang Bereitschaftsdienst hatte.

Doch bevor sie sich in die *COMVOR*-Zone ihres Dienstcomputers begeben konnte, hatte Klaudia noch ein Date. Sie klopfte an Petras offene Bürotür und trat ein. »Moin«, begrüßte sie die Sekretärin, und obwohl Klaudia frisch geduscht war, fühlte sie sich ein wenig schmuddelig, als sie sich auf den Besucherstuhl vor Petras Schreibtisch setzte. Wie immer war Petra dezent geschminkt. Die Haare lagen, als wären sie lackiert, und sie trug eine weiße Bluse mit Schleifenkragen zu fliederfarbenem Blazer.

Wie aus dem Ei gepellt. Klaudia fiel dieser Spruch ihrer

Kindheit ein. Was immer das bedeutete. Wenn sie ein Ei pellte, bekam es Dellen und sah alles andere als adrett aus.

»Schon einer der Kollegen aus dem Bett gefallen?« Klaudia hob das Kinn Richtung Zimmerdecke.

»Du bist die Erste.«

»Irgendwann schaffe ich es noch, vor dir hier zu sein.«

»Unwahrscheinlich.« Petra schob einen dampfenden Becher über den penibel aufgeräumten Tisch.

»Danke.« Klaudia atmete den Duft ein, der aus der Tasse aufstieg. Nicht einmal ihr neues Kaffeecenter schaffte es, so guten Kaffee wie die Reviersekretärin zu kochen. »Wie geht's deiner Mutter?«

Im Sommer hatte Petra ihre pflegebedürftige Mutter, die seit dem Ende der DDR auf Kuba gelebt hatte, zurück nach Deutschland geholt.

»Sie vermisst den real existierenden Sozialismus.« Petra schüttelte den Kopf. »Aber da in dem Heim viele ihres Kalibers leben, ist sie ganz zufrieden, denke ich. Woll'n wir?«

»Dann mal los.« Klaudia nahm den Becher und lehnte sich zurück, während die Sekretärin sie auf den neuesten Stand brachte.

»Und Uwe hat einen Kinderkrankenschein eingereicht«, schloss Petra ihren Bericht. »Damit sind wir recht knapp. Kuloth ist ja in Urlaub.«

»Schon wieder?«

»In seinem Alter hat man halt eine Menge Urlaubstage.«

»Ich meinte Uwe.«

Für diese Bemerkung kassierte Klaudia einen strafenden Blick.

»So meinte ich das nicht.« Entschuldigend hob sie die Hände. »Ich weiß ja, wie beschissen seine Situation ist.«

Seit dem Tod seiner Frau war Uwe alleinerziehender Vater zweier Töchter, von denen eine bereits studierte. Außerdem war da noch Tim, der in den Kindergarten ging und als ehemaliges Frühchen jeden Virusinfekt mitnahm, der auch nur in seine Nähe kam.

»Was ist es denn diesmal?«

»Hat er nicht gesagt.«

»Ich schau heute Abend mal bei ihm vorbei, vielleicht kann er Hilfe gebrauchen.« Auch wenn Klaudia sich mittlerweile nicht mehr die Schuld am Tod von Uwes Frau gab, fühlte sie so etwas wie Verantwortung gegenüber der Familie. Uwe und sie waren Freunde oder waren es zumindest gewesen, bis Uwe angefangen hatte, sich einzubilden, in sie verliebt zu sein. Ein Gefühl, das Klaudia nicht erwiderte.

»Frau Demeter-Anders hat sich übrigens für die Frühbesprechung angekündigt.«

»Puh«, schnaubte Klaudia. Die Staatsanwältin war nicht unbedingt ihre beste Freundin. Sie neigte dazu, ihre Kompetenzen zu überschreiten und sich in Dinge einzumischen, die sie nichts angingen.

»Damit war zu rechnen, oder?« Petras Mitleid hielt sich in Grenzen. »Einen Mordfall lässt die sich nicht entgehen.«

»Noch wissen wir nicht, ob es ein Mord war«, wiegelte Klaudia ab. Worte schafften Realitäten, und so mancher scheinbar lupenreine Mord hatte sich im Laufe der Ermittlungen als Selbsttötung erwiesen.

»Ich habe die Bilder gesehen«, beharrte die Sekretärin. »Als ich den Besprechungsraum vorbereitet habe. Außerdem habe ich euch …«

»Es wird alles perfekt sein«, unterbrach Klaudia die Sekretärin. »Sind wir dann fertig hier? Ich muss hoch. Sonst haben wir zwar ein Einsatzzentrum, aber keinen Vorgang.«

»Bist du dir eigentlich sicher, dass du diesen Job hier willst?« Petra nickte in Richtung von PHs Büro.

»Natürlich«, sagte Klaudia mit mehr Überzeugung in der Stimme als im Herzen. Sie mochte Petra, doch wenn sie ihre Zweifel der Reviersekretärin anvertraute, konnte sie gleich ein Memo ans Schwarze Brett pinnen. »Es ist die logische Fortsetzung«, fügte sie hinzu. Und das stimmte natürlich auch. Trotzdem fragte sie sich, ob sie wirklich eine gute Nachfolgerin sein würde. Verwaltungsarbeit war nicht so ihr Ding, und was Mitarbeiterführung anging, waren ihre Fähigkeiten ausbaufähig. »Außer du streichst die Segel«, fügte sie hinzu. »Dann würde ich es mir vielleicht überlegen. Aber wir beide zusammen sind ein gutes Team.« Klaudia presste die Zähne aufeinander, während sie Petra angrinste, um nicht noch ein bestätigungsheischendes »Oder« anzuhängen.

»Frauenpower eben.« Die Sekretärin bot Klaudia ein High Five an, das diese abschlug.

»Ich koch dann mal Kaffee für euch.«

»Danke. Ach«, Klaudia nahm ihr Handy vom Schreibtisch und scrollte sich durch die Fotos. »Ich schicke dir eine Liste, kannst du bitte drei Mal kopieren?«

Zwei Stufen auf einmal nehmend, erreichte Klaudia ihr Büro und versank wenig später in den Untiefen der computergestützten Vorgangsbearbeitung, kurz ComVor genannt.

»Der frühe Vogel …« Thang hängte seinen Fahrradhelm an den Garderobenständer und wuchtete die Fahrradtasche auf seinen Schreibtisch.

»Dir auch einen wunderschönen guten Morgen.« Klaudia lehnte sich in ihrem Bürostuhl zurück und machte ein paar Dehnübungen. »Du siehst aus wie das blühende Leben.« Sie musterte die Augenringe des Kollegen.

»Im Gegensatz zu der Leiche, die du am Wochenende aufgetan hast?«

»Nicht gerade aufgetan«, korrigierte Klaudia den Kollegen.

»Ausgerechnet jetzt«, murrte er. »Lienh kriegt Zähne.«

»Klingt übel.«

»Ist es auch.«

»Wir werden dich trotzdem brauchen.«

»Ich weiß.« Thang gähnte. »Vielleicht springt meine Mutter ja ein.«

»Was immer funktioniert.« Klaudia loggte sich aus. Ihr Magen knurrte.

»Hast du schon wieder nicht gefrühstückt.« Thang schüttelte missbilligend den Kopf, doch anstatt ihr einen Vortrag über die Wichtigkeit eines gesunden Frühstücks zu halten, kramte er eine Bäckereitüte aus den Tiefen seiner Fahrradtasche.

»Keine Frühlingsröllchen?« Normalerweise versorgte Frau Rudnik ihren Sohn und damit die Kripo Lübben mit vietnamesischen Spezialitäten.

»Nur ein Schinkenbrötchen mit Salat und Gurke.«

»Auch gut.« Klaudia nahm die Tüte.

»Seit Lien und Linh auf der Welt sind, muss ich mich selbst versorgen. Du kannst von Glück reden, dass das kein Milchbrei ist. Das war nämlich mein Frühstück heute Morgen. Sozusagen Reste essen.«

»Willst du das dann nicht lieber selbst essen?« Klaudias schlechtes Gewissen meldete sich.

»Nee, iss mal. Ich hol mir nachher einen Döner.«

»Du? Einen Döner?« Klaudia glaubte, sich verhört zu haben. Thang, der Inbegriff eines Athleten, sprach von einem Döner?

»Der Schlafmangel bringt wohl das Schlechteste in mir zum Vorschein«, räumte der Kollege ein. »Ich träume sogar von Fett und Röststoffen. Ich meine, wenn ich mal schlafe.«

»Na dann ist das ja irgendwie …«

»Deine gute Tat des Tages«, bestätigte Thang, »und nun iss. Ich glaube, die Woche wird mehr als anstrengend.«

8. KAPITEL

Wenig später betrat Klaudia gut gesättigt Petras Büro.

Thang war noch oben geblieben und telefonierte mit seiner Frau. Ich verstehe das nicht, dachte Klaudia. Er ist gerade erst im Büro angekommen, und schon ruft sie an. Was kann so wichtig sein?

»Deine Kopien.« Die Reviersekretärin reichte ihr die Blätter. »Wir haben übrigens hohen Besuch.«

»Ach ja?« Klaudia nahm die Blätter. »Wen denn?«

»Lass dich überraschen.«

»Na dann.« Klaudia öffnete die Tür zum Besprechungsraum. Es war nicht nur Demeter-Anders, die sie mit ihrer Anwesenheit beehrte, sondern sie hatte auch noch jemanden mitgebracht, auf den Klaudia im Moment gut verzichten konnte. Meinert saß auf PHs üblichem Platz und flüsterte mit der Staatsanwältin. Die beiden blickten nur kurz auf, als Klaudia eintrat.

Das Stirnrunzeln, mit dem Meinert sie musterte, ließ

Klaudia innerlich die Wangen aufpusten. Hebt der gerade sein Bein, oder was wird das hier? Sie musterte den LKA-Kollegen. Meinert war mittelgroß, blond und hatte freundliche Falten in den Augenwinkeln. Selbst wenn er den LKA-Fuzzi raushängen ließ, war er der Typ Kollege, dem jeder Bulle vertraute. Und das, obwohl er mindestens zehn Jahre jünger war als sie. Auch heute sah er so sehr nach Chef aus, dass Klaudia sich fragte, ob sie in diesem Bewerbungsprozess überhaupt eine Chance hatte. Zur Jeans trug er ein gestreiftes Hemd, keine Krawatte, jedoch eine Tweedjacke. Genau die richtige Mischung, um sowohl von den jüngeren als auch von den älteren Kollegen anerkannt zu werden. Die Kolleginnen schwärmten sowieso für ihn. Außerdem war er ein neues Gesicht und versprach allein dadurch einen Neuanfang. Während die Kollegen von ihr bestenfalls ein »Weiter so« erwarteten. Sie war eine von ihnen, sie kannte jedermanns Stärken und Schwächen, so wie jeder ihre Stärken und Schwächen zu kennen glaubte. Denn bisher war es ihr gelungen, ihre wirkliche Schwäche vor allen zu verbergen. Klaudia lauschte in sich hinein. Das Sirren, das sie seit der Trennung von ihrem Ex begleitete, war heute sehr leise. Ein gutes Zeichen. Klaudia war im Spreewald angekommen. Und nach ihrem furiosen Fehlstart bot sie auch nicht mehr viel Stoff für Klatsch und Tratsch. Nicht einmal ihre Kleidung taugte dazu. Jahrein, jahraus trug sie Jeans, im Sommer in Kombination mit pastellfarbenen Polohemden, im Winter mit Rollkragenpullis in gedeckten Farben. Selbst Demel baggerte sie nicht mehr an, und das wollte was heißen. Klaudia setzte sich auf ihren üblichen Platz neben Demel, der auf seinem Handy daddelte. Er nickte ihr kurz zu und wandte sich wieder seinem Spiel zu. Der Kollege überschlug sich ja geradezu vor

Einsatzwillen. Klaudia zog die Kaffeekanne zu sich heran. Meinert unterdrückte ein Gähnen. Ganz so interessant schienen Demeter-Anders' Ausführungen wohl nicht zu sein. Aber vielleicht hatte er auch nur wie Thang eine schlaflose Nacht hinter sich. Die beiden waren ungefähr gleichzeitig Vater geworden, und Meinerts kleiner Sohn war der Grund, warum er sich auf PHs Posten bewarb. Eine krasse Fehlentscheidung, wie Klaudia fand. Meinert war ein Chamäleon. Er konnte so aussehen und agieren wie die Idealbesetzung eines Revierleiters. Genauso wie er als verdeckter Ermittler wie ein Rechter ausgesehen und agiert hatte. Trotzdem war er kein Fascho gewesen, er hatte einen dargestellt. Ebenso wie er jetzt den Revierleiter eines kleinen Reviers im Spreewald darstellte. Meinert war ein Adrenalinjunkie. Er konnte hier nicht glücklich werden. Und?, fragte sie sich selbstkritisch. Kannst du es? Klaudia nippte an ihrem Kaffee, der geradezu verboten heiß war. Eine gute Frage, auf die sie leider keine gute Antwort hatte. Sie war geradezu erleichtert, als Wibke und Thang eintraten und das Team damit vollständig war. Sie wartete noch, bis beide ihre Plätze eingenommen hatten, dann öffnete sie den Mund, um die Sitzung zu eröffnen, doch Demeter-Anders kam ihr zuvor.

»Ich denke, wir sind vollständig«, ergriff die Staatsanwältin das Wort. Etwas, was sie in PHs Gegenwart nie getan hätte. Doch Klaudia sprang schon lange nicht mehr nach jedem Stock, den ihr die Staatsanwältin hinhielt. Demeter-Anders hörte sich halt gern reden. Außerdem gehörte sie eindeutig zum Lager Meinert, was eher ein Nachteil für den Bewerbungsprozess war. Kein anständiger Polizist ließ sich gern von der Staatsanwaltschaft in die Kompetenzen pfuschen. Zu Klaudias Lager gehörten Wibke, Thang und Petra.

Bei Demel war sie sich nicht so sicher. Er hatte immer mal wieder chauvinistische Anwandlungen, in denen er über Frauenquoten lamentierte. Dann solle er doch PHs Job machen, hatte sie ihm bei einer dieser Gelegenheiten vorgeschlagen, das hatte ihn für eine Weile zum Schweigen gebracht. Demel war zu faul, um noch einmal die Schulbank zu drücken. Er würde als Kriminalhauptmeister pensioniert werden.

»Frau Wagner?«

Demeter-Anders' Stimme riss Klaudia aus ihren Gedanken. Sie berichtete über den Stand der Ermittlungen.

»Ein Gerichtsvollzieher.« Demel schnaubte kurz. »Ist da nicht letztens einer erschossen worden?«

»Dieser wurde eher erschlagen«, mischte sich Wibke ein. »Soweit wir das bisher sagen können«, schränkte sie nach einem Blick in die Runde ein.

»Sind Sie sich denn sicher, dass es sich bei dem Toten um Willi Rollenhagen handelt?«, fragte Demeter-Anders.

»Er trug entsprechende Papiere bei sich«, beantwortete Klaudia die Frage der Staatsanwältin. »Allerdings ist er nicht anhand des Fotos zu identifizieren.«

»Wer ist das schon«, warf Demel ein.

»Das Gesicht ist bis zur Unkenntlichkeit entstellt«, fuhr Klaudia fort. »Wir arbeiten gerade daran, Material für einen DNA-Abgleich zu erhalten. Doch das gestaltet sich etwas schwierig. Rollenhagen lebt nicht mehr an der gemeldeten Adresse, und seine Freundin, bei der er laut Aussage der Ehefrau wohnt, haben wir nicht in der gemeinsamen Wohnung angetroffen.«

»Vielleicht ist sie auf der Flucht.« Wieder war es Demel, der diese Bemerkung machte.

»Kann sein«, räumte Klaudia ein. »Möglicherweise aber auch nicht. Von der Ehefrau weiß ich, dass die Freundin im Amtsgericht arbeitet. Ich werde es also erst einmal dort versuchen. Sollte sie wider Erwarten nicht an ihrem Arbeitsplatz sein, und es keinen guten Grund für ihre Abwesenheit geben, kann ich sie immer noch zur internen Fahndung ausschreiben.«

»Das klingt doch alles sehr gut.« Demeter-Anders klappte ihr Laptop zusammen und schob es in ihre Citybag. »Wenn Sie meine Hilfe brauchen, klingeln Sie einfach durch. Ich habe allerdings den Rest des Tages«, sie blickte auf ihre goldene Armbanduhr, »Verhandlungen. Vielleicht schreiben Sie mir doch besser eine Mail. Ansonsten nehme ich an«, Demeter-Anders blickte von Klaudia zu Meinert, »Sie kommen zurecht?«

»Ich denke.« Klaudia zwang sich ein Lächeln ins Gesicht. Nur nicht übers Stöckchen springen. Das Lächeln fiel aus Klaudias Mundwinkeln, sobald sich die Tür hinter der Staatsanwältin schloss.

»Was ist mit dir?«, fragte sie Meinert, und ihre Stimme klang selbst in ihren eigenen Ohren um einiges unfreundlicher als noch vor wenigen Augenblicken. »Warum bist du hier?«

»Ich soll euch verstärken«, antwortete Meinert ruhig. Auch er sprang nicht über hingehaltene Stöckchen. »Und da ich ja möglicherweise hierher wechsele ...«

»Okay.« Abwehrend hob Klaudia die Hände. Sie hatte genug gehört. Es gab also interessierte Kreise, die Meinert in Stellung bringen wollten.

»Ich kann dich zum Amtsgericht begleiten«, bot der Kollege an.

»Ich hätte etwas anderes für dich.« Das fehlte Klaudia noch, ihren Arbeitstag ausgerechnet mit Meinert zu verbringen. »Es gibt eine Adressliste, die der Tote bei sich trug.« Klaudia schob eine der Kopien über den Tisch, die andere reichte sie Demel. »Wahrscheinlich handelt es sich um berufliche Termine.«

»Schon wieder Montag«, murmelte Demel.

Klaudia hatte keine Ahnung, was diese Bemerkung bedeuten sollte, also ignorierte sie sie.

»Meinst du, es ist eine gute Idee, Demel und Meinert zusammen loszuschicken?«, fragte Thang, als sie in Klaudias Wagen stiegen.

»Wärst du lieber mit ihm gefahren?« Klaudia lenkte ihren Peugeot vom Hof der Dienststelle. »Ich meine, ihr hättet euch prima über Windeln und Zahnen unterhalten können.«

»Ich rede auch über andere Dinge«, verteidigte sich Thang.

»So?« Klaudia warf ihm einen schnellen Seitenblick zu, dann konzentrierte sie sich wieder auf den Verkehr.

Das Amtsgericht lag zusammen mit der Kreisverwaltung direkt gegenüber der Schlossinsel. Klaudia sah hinüber zum Schloss. Dort gab es ein nettes Café, in dem sie früher häufiger gewesen war. Doch mittlerweile war sie schon lange nicht mehr in diesem Teil der Stadt gewesen. Eigentlich schade, dachte sie.

Der Weg zur Gerichtsvollzieherverteilstelle – die deutsche Sprache kannte Worte, die in anderen Sprachen waffenscheinpflichtig waren – führte die beiden Polizisten an Schautafeln zur nicht immer ruhmreichen Lübbener Rechtsgeschichte vorbei. Schließlich standen sie vor dem richtigen

Büro, und Klaudia klopfte an. Obwohl niemand antwortete, drückte Thang die Klinke herunter. Die Tür schwang auf und gab den Blick frei auf ein Büro von der Größe eines Besenschranks.

Eine junge mittelblonde Frau sah sie stirnrunzelnd an. Zwischen Schulter und Ohr klemmte ein Handy. »Wir haben keine Sprechzeiten.« Ihre Stimme klang schroff.

Die Frau war höchstens Anfang dreißig und eher der sportliche Typ mit hübschem Gesicht und einem etwas kantigen Kinn. Die mittelblonden Haare waren asymmetrisch geschnitten und berührten mit den Spitzen die Schultern. Ihr Kleidungsstil war eher konventionell, sie trug ein lindgrünes Twin-Set, dazu beige Leinenhosen und Sneaker. Am Daumen hatte sie ein Pflaster, und zwischen ihren schlanken Fingern wirbelte ein Bleistift hektisch auf und ab.

»Wenn Sie einen Vollstreckungsauftrag erwirken wollen«, fuhr die Sachbearbeiterin fort, »müssen Sie diesen schriftlich einreichen. Sie finden das Dokument unter ...«

»Wir sind von der Kripo Lübben«, unterbrach Klaudia sie.

Klackernd landete der Bleistift auf der Schreibtischplatte.

»Mein Name ist Wagner, das ist mein Kollege Herr Rudnik.« Klaudia hielt ihren Dienstausweis hoch. »Sind Sie Jana Saling?«

»Ja.« Die Frau nahm das Smartphone vom Ohr und legte es auf den Schreibtisch. Sie tat dies so langsam und vorsichtig, als sei es aus hauchdünnem Glas.

»Sie sind wegen Willi hier«, sagte sie schließlich.

Klaudia nickte. »Können wir irgendwo reden?« Sie kämpfte gegen die spontane Abneigung an, die sie gegenüber der Frau empfand und die sich aus ihrer eigenen Biografie nährte. Ihr Ex hatte sie wegen einer deutlich jüngeren Kollegin verlassen. Jetzt war er verheiratet und hatte ein Kind. Beides hatte in ihrer gemeinsamen Lebensplanung keine Rolle gespielt. Weder das Heiraten noch das Kinderkriegen. Und in dem einen oder anderen düsteren Augenblick fragte sich Klaudia, ob nicht zumindest Letzteres ein Fehler gewesen war. Reiß dich zusammen, rief sie sich selbst zur Ordnung. Arno war Vergangenheit und auch ihr Kinderwunsch. Sie hatte jetzt einen Kater, der war Kind genug für sie, auch wenn er wahrscheinlich in Katerjahren gerechnet deutlich älter war als sie.

»Ist ihm etwas passiert?« Jana Saling starrte Klaudia aus großen Augen an. »Ich versuche die ganze Zeit, ihn zu erreichen. Er war nicht zuhause und es meldet sich nur die Mailbox.«

Natürlich, dachte Klaudia. Das Handy! Sie hatten zwar keins bei dem Toten gefunden, aber natürlich musste er eins besitzen. Sobald sie die Nummer hatte, würde sie es orten lassen. Vielleicht half ihnen das weiter.

»Es tut mir leid«, sagte Klaudia, und dann fasste sie kurz und angehörigentauglich die Ereignisse zusammen. Saling reagierte erstaunlich gefasst.

»Wir können also nicht mit letzter Sicherheit sagen«, schloss Klaudia, »ob es sich bei dem Toten um Willi Rollenhagen handelt.«

Saling öffnete den Mund.

»Auch wenn viel dafürspricht«, fuhr Klaudia fort. Sie wollte der Frau keine falsche Hoffnung machen.

»Muss ich ihn identifizieren?« Salings Stimme klang wie die eines Kindes, eines sehr ängstlichen Kindes.

»Nein, das müssen Sie nicht«, beruhigte Klaudia sie. Außerdem würdest du ihn wahrscheinlich auch nicht erkennen, fügte sie in Gedanken hinzu. Sie dachte an das zerschlagene Gesicht. »Sie haben sich verletzt?«

»Was?«

»Ihr Daumen.«

»Ach so.« Saling blickte auf ihre Hand. »Nicht verletzt, sondern eine aufgeplatzte Blase. Ich habe eine Radtour mit Freunden gemacht.«

»Ohne Herrn Rollenhagen?«

»Willi hatte keine Lust.« Jetzt füllten sich Salings Augen doch mit Tränen. »Wir haben uns deshalb gestritten.« Sie presste die Faust gegen die Lippen.

Klaudias Abneigung verpuffte. Und auch dieser abrupte Stimmungswechsel hatte seinen Grund in ihrer Vergangenheit. Sie kannte dieses Gefühl, etwas nie wieder richtig machen zu können. Auch sie und ihre Mutter hatten sich im Streit getrennt, und als Klaudia von der Schule nach Hause gekommen war, lag sie tot in der Küche. Klaudia schob die Erinnerung von sich. »Kommen Sie«, sagte sie sanft zu der verzweifelten Freundin des Toten. »Wir bringen Sie nach Hause.«

Klaudia hielt vor einem Mietshaus, dessen weiß getünchte Mauern in der Mittagssonne leuchteten. Um diese Tageszeit wirkte die Siedlung wie ausgestorben, und Klaudia fand ohne Probleme einen Parkplatz.

In der Wohnung duftete es nach Lavendel und Zitrone. Saling führte die Polizisten ins Wohnzimmer.

»Entschuldigen Sie mich.« Die junge Frau ließ sie einen Moment allein. Wie immer, wenn sie in einer fremden Wohnung war, blickte Klaudia sich sorgfältig um. Räume verrieten viel über ihre Bewohner. Dieses Wohnzimmer wurde von einem riesigen Flachbildschirm beherrscht, der schwenkbar war. Der Grund dafür war offensichtlich. Das Wohnzimmer wirkte wie ein exklusiver Fitnessklub. Gegenüber des Bildschirms standen auf der einen Seite des Raums ein Laufband und ein Stepper. Beide sahen hypermodern aus, und Klaudias Herzfrequenz stieg schon, wenn sie die Sportgeräte nur anschaute. Sie steuerte die Sitzlandschaft auf der anderen Seite des Wohnzimmers an und setzte sich. Vor ihr auf dem Couchtisch lagen zwei Spielekonsolen und ein Stapel Zeitschriften mit dem reißerischen Titel »Deutsche Gerichtsvollzieherzeitung«. Das war aber auch alles, was sich an Lesbarem in diesem Raum befand. An den Wänden hingen vorwiegend Fotodrucke von Sonnenuntergängen. Wenig Krimskrams, keine Blumen. Der Duft kam aus der Steckdose.

»Ob die den Strom für den Fernseher selbst produzieren?« Thang nickte in Richtung der Sportgeräte, während er sich neben Klaudia setzte. »Irgendwoher kenne ich die Frau«, murmelte er. »Ich komm nur nicht drauf.«

»Muss ich Janina warnen?«

Wasser rauschte, und Thang begnügte sich mit einem Schnauben. Kurze Zeit später kehrte Saling zurück. Sie setzte sich auf das Eckstück des Sofas, die Hände zwischen den Knien. »Und wie geht's jetzt weiter?«, fragte sie. »Ich meine«, fuhr sie hastig fort, »wann werden Sie wissen, ob der Tote Willi ist?«

»Deshalb sind wir hier.« Klaudia sprach jetzt sehr langsam. »Um sicher zu sein, dass es sich bei dem Toten um Ihren Freund ...«

Saling schniefte.

»... handelt«, sagte Klaudia. »Bräuchten wir Material für einen DNA-Vergleich.«

»Ich weiß nicht.« Saling blickte sich im Wohnzimmer um. Ihr Blick blieb an den Zeitschriften hängen.

»Zahn- oder Haarbürste«, erklärte Klaudia. Wie immer übernahm sie das Reden, und Thang hielt sich zurück. Viele Leute reagierten mit Misstrauen auf sein exotisches Äußeres, sprachen lauter mit ihm als nötig und reagierten verwirrt, wenn er ihnen in lupenreiner Brandenburger Tonart antwortete.

»Ja, natürlich.«

»Der Kollege würde sich darum kümmern. Wenn Sie ihm das Bad zeigen?«

»Ja, sicher.«

»Und könnten Sie bitte nachschauen, was im Kleiderschrank Ihres Freundes fehlt?«

»Ich weiß nicht, ich …«

»Es würde bei der Identifizierung helfen«, erklärte Klaudia.

»Das verstehe ich schon, wirklich«, versicherte Saling. »Aber ich kenne mich in seinem Schrank nicht so gut aus.« Verlegen knibbelte sie an ihren Fingern herum. »Er trug meistens Anzughosen und Hemden.«

»Besaß er eine beige Windjacke?«

»Ich denke«, Saling runzelte die Stirn. »Ich glaube ja.« Sie räusperte sich.

Etwas lag ihr auf dem Herzen, das konnte Klaudia erkennen. Saling räusperte sich noch einmal. Was immer sie sagen wollte, schien ihr nur schwer über die Lippen zu kommen, doch schließlich fragte sie: »Weiß seine Frau Bescheid?«

Klaudia nickte.

»Und … wie hat sie reagiert?«

»Sie war betroffen und hat sich gefragt, wie sie es ihrem Sohn sagt.«

»Sohn?« Saling blickte von einem zum anderen. »Aber Willi hat doch ...«

Bevor sie den Satz beenden konnte, klingelte es an der Tür. Saling sprang auf, als hätte sie auf einem Katapult gesessen.

»Entschuldigen Sie mich.« Sie hastete aus dem Wohnzimmer.

Klaudia erhob sich und folgte ihr bis zur Tür, die einen Spalt breit offen stand. Saling öffnete gerade die Wohnungstür.

»Ich habe gesehen, dass du zurück bist«, sagte eine männliche Stimme. »Hast du mit ihm ...?«

»Nicht jetzt«, unterbrach Saling den Sprecher, »die ...«

Was die junge Frau sonst noch sagte, konnte Klaudia nicht verstehen, denn Saling trat in den Flur und zog die Wohnungstür hinter sich zu.

9. KAPITEL

Demel drückte seine Zigarette im Ascher aus. Er wartete am Hinterausgang des Reviers auf Meinert, der noch etwas erledigen musste.

Dauert nicht lange, hatte der Kollege gesagt, geh schon mal vor, und jetzt stand Demel sich die Beine in den Bauch. In der Zeit, die er hier den uniformierten Kollegen im Weg stand, hätte er schon einiges erledigen können. Automatisch griff er zur Brusttasche seines Hemdes, in dem die Zigarettenpackung steckte. Bevor seine Finger die Schachtel erreichten, zog er sie zurück und versenkte die Hände in den Hosentaschen. Mann, dachte er, du hast gerade erst eine ausgemacht. Wenn du so weitermachst, ist deine Lunge bald besser geteert als die L49. Demel wusste, dass es der Job war, der ihn so fertigmachte. Wenn er mit dem Rad und dem Fotoapparat unterwegs war, hatte er seine Sucht im Griff. Aber von montags bis freitags keifte seine Lunge geradezu nach Nikotin. Vor allem, wenn er sich ärgerte. Und gerade jetzt ärgerte er sich sehr. Wobei er nicht wusste, worüber genau. Weil er hier dumm herumstand? Oder weil Klaudia ihn einfach an Meinert weiterreichte? Oder weil ihn das fuchste? Seit er aus Königswusterhausen in dieses Revier gewechselt war, bildeten Klaudia und er das Ermittlungsteam. Seit dem Tag war Thang Rudnik der Mann für die Akten und als Sachbearbeiter hinter seinem Schreibtisch bestens aufgehoben. Unterm Dach gefährdete es niemanden, wenn aus seinem Handy dieses unaussprechliche »Auferstanden aus Ruinen« dröhnte. Da draußen konnte der Telefonterror seiner Frau gefährlich werden, wie ihr letzter Fall gezeigt hatte. Warum konnte der Mann nicht einfach sein Telefon auf lautlos stellen? Aber der fürchtete sich mehr vor seiner Janina als vor einer bewaffneten Geiselnahme. Ob die wusste, welchen Rufton Thang für sie reserviert hatte?

Demels linke Hand befreite sich wie von selbst aus ihrem Hosentaschengefängnis und wanderte zu den Kippen. Diesmal steckte er sich eine an. Meinert oder Klaudia? Pest oder Pocken. Überstunden oder Gammelleiche? Stimmt nicht, dachte Demel. Klaudia war weder Pest noch Gammelleiche. Jetzt, wo sie die »Neue-Besen-kehren-gut«-Phase überwunden hatte, machte sie ihre Sache ordentlich. Aber noch vertrat sie PH nur, noch war sie nicht seine Nachfolgerin. Noch waren sie ein Team. Doch damit würde es vorbei sein, wenn die Sache erst einmal offiziell war. Aber das konnte dauern.

Wie immer in solchen Fällen ließ sich die Polizeidirektion Zeit mit der Entscheidung. Und diesmal war Demel sogar dankbar für die Sparmaßnahmen. Er hatte keine Lust, mit irgendwelchen Praktikanten von der Polizeihochschule, einem neuen Kollegen oder mit Thang arbeiten zu müssen. Nichts davon war ein Beinbruch, aber nichts davon war Klaudia. Demel machte sich selten Gedanken über seine Gefühle für die Kollegin aus dem Ruhrgebiet. Nach einem holprigen Start waren sie jetzt ein gutes Team. Mehr war da nicht. Und mehr würde da auch nie sein, auch wenn er sie immer mal wieder anbaggerte. Aber das tat er nur, um im Training zu bleiben. Sie war ihm zu knochig. Wibke war da eher sein Typ, doch die war jetzt verheiratet. Eigentlich schade. Klaudia war einfach ein guter Bulle. Sie war die Art Kollege, auf die man sich in jeder Situation verlassen konnte. Auch wenn sie manchmal Sachen nicht mitkriegte. Demel hatte den Verdacht, dass mit ihren Ohren etwas nicht in Ordnung war, doch das war ihre Sache. Nachdenklich zog er an seiner Zigarette. Das Nikotin breitete sich in seinen Lungenflügeln aus. Vielleicht wollte sie deshalb PHs Job? Aber jemand wie Klaudia gehörte nicht in den Innendienst. Sie war patent und erfahren, und er wollte weiter mit ihr Bürger befragen und Fälle aufklären. Er wollte auf der Kante ihres Schreibtisches sitzen und mit ihr Varianten durchspielen, wie andere Leute Ping Pong spielten. Also blieb Meinert? Demel entließ einen perfekten Rauchring in den Himmel. Der Kollege war ein hervorragender Ermittler und so was von überqualifiziert, dass Demel schon allein bei dem Gedanken an Meinert als Chef Lungenschmacht bekam. Der Typ würde sich hinter PHs Schreibtisch zu Tode langweilen, und sie würden es auszubaden haben.

»Du solltest nicht so viel rauchen.«

Demel zuckte zusammen. Wenn man an den Teufel dachte. »Schleichst du dich immer so an?«, schnauzte er.

»Sorry«, entschuldigte sich der Noch-LKA-Kollege und möglicherweise zukünftige Leiter der Polizeiwache Lübben. »Liegt mir im Blut. Hast du die Liste?«

»Jepp.« Demel entsorgte die Zigarette im Ascher und folgte Meinert zum Parkplatz.

Wir fahren mit meinem Wagen, hatte der Kollege gesagt. Als Meinert einen metallicgrauen Zweisitzer ansteuerte, der mit offenem Verdeck im Hof parkte, wusste Demel auch, warum.

Der Wagen war ein feuchter Traum für jeden Endvierziger mit gesunden Bandscheiben. Kritisch musterte er den Sportwagen. Wie sollte er sich denn da zusammenklappen? »Nettes Teil.« Er quetschte sich auf den Beifahrersitz. Die Knie fast unterm Kinn, kämpfte er mit dem Vier-Punkt-Gurt. »Wenn auch nicht unbedingt eine Familienkutsche.«

»Die fährt meine Frau. Das hier«, Meinert legte beide Hände auf das lederbezogene Lenkrad, »ist mein letztes Stück Freiheit.«

»Cool.« Den Bauch einziehend gelang es Demel, die Gurtlasche einrasten zu lassen. So holte Meinert sich also seinen täglichen Adrenalinkick. Als verdeckter Ermittler hatte er jeden Tag damit rechnen müssen, aufzufliegen. So etwas hielten nur Leute aus, die in Situationen, wo bei anderen die Nerven flatterten, zu Hochform aufliefen.

»Wohin geht's?«

»Zu Aaron Klaus, er ist der Vorletzte auf der Liste.«

»Der wohnt aber ziemlich abseits«, Demel musterte die Adresse, »sollten wir nicht zuerst die anderen …?«

»Ich habe meine Gründe.« Meinert klemmte sein iPhone in die dafür vorgesehene Halterung.

»Und die wären?«

»Lass dich überraschen.« Er verzog den Mund zu diesem »Du-hast-ja-keine-Ahnung«-Grinsen, das zur Grundausstattung der Kollegen vom LKA gehörte. Er schaltete die Zündung ein und ließ den Motor einmal aufheulen. Der sportliche Effekt verpuffte jedoch, weil gerade die Regionalbahn durchfuhr.

Das konnte ja heiter werden. Demel ergab sich in sein Schicksal und legte den Unterarm auf der Beifahrertür ab. Wenn er schon nicht entspannt war, wollte er wenigstens so aussehen, doch dann fuhr Meinert den Sportflitzer erheblich sozialverträglicher vom Parkplatz, als Demel befürchtet hatte. Erst auf der Landstraße gab er Gas. Der brausende Fahrtwind machte eine Unterhaltung unmöglich, und das war noch das Beste an der Fahrt.

Aaron Klaus lebte in einem Haus mit Holzschuppen und Anleger. Im Vorgarten rosteten Skulpturen, die von violett blühenden Klematis überwuchert waren und wie die versoffene Verwandtschaft der Figuren im Lübbenauer Sagenbrunnen aussahen.

»Scheint jemand zuhause zu sein«, murmelte Meinert.

Aus dem Schornstein stieg ein dünner Rauchfaden, der Demels Lunge vorsichtig anfragen ließ, ob nicht vielleicht Zeit für eine kleine Zigarette wäre. Wenn er mit Klaudia unterwegs gewesen wäre, hätte er sich eine angesteckt. Bei Meinert ließ er das lieber. Er konnte gut auf dessen abschätziges Grinsen verzichten. Demel spielte mit dem Feuerzeug in seiner Hosentasche. »Idyllisch.« Er musterte die verfilzte Katze, die lang ausgestreckt auf der Fußmatte vor dem Eingang lag. Sie reagierte nicht, als sich die Polizisten auf dem von Löwenzahn überwucherten Fußweg näherten.

Vielleicht ist sie tot, dachte Demel. Der Gedanke behagte ihm nicht. Doch da hob sie träge den Kopf und gähnte herzhaft. Sie musterte die Polizisten, als wüsste sie nicht, ob sie ihren Platz behaupten oder der Übermacht weichen sollte, entschied sich dann jedoch für den Rückzug. Nicht, ohne zu fauchen, bevor sie unter einem verdorrten Rosenbusch verschwand.

»Hoffentlich ist der Hausherr gastfreundlicher.« Demel drückte auf den Klingelknopf neben der Tür.

»Eher weniger«, antwortete Meinert.

Demel schenkte sich die Nachfrage. Er spielte keine Verliererspiele, und dies war eindeutig eins. Meinert gefiel sich in der Rolle des Klassenbesten. Er hatte die Leute auf der Liste also durchs System laufen lassen, während Demel sich vor dem Revier die Beine in den Bauch gestanden hatte. So viel zum Thema: Ich komme gleich, warte unten auf mich! Vielleicht arbeitete man so beim LKA, aber in so einer kleinen Dienststelle wie Lübben ging es nicht darum, Karriere zu machen, sondern um Zusammenhalt. Das würde Meinert noch lernen müssen, ansonsten würde der vermeintlich ruhige Job, den er anstrebte, ausgesprochen stressig werden.

Demel drückte erneut die Klingel: immer noch nichts. Wie ein Einbrecher legte er das Ohr an die Türfüllung. Ein Radio dudelte, und jemand hustete. Also drückte Demel erneut auf die Klingel, und diesmal ließ er den Zeigefinger liegen.

»Verpiss dich!«, schrie auf einmal eine Stimme, die so klang, wie die Skulpturen im Vorgarten aussahen.

»Du mich auch«, murmelte Demel. »Herr Klaus?«, rief er

lauter. Er wollte noch seinen Standardspruch loswerden, doch er wurde rüde unterbrochen.

»Bist du taub, oder was? Du sollst dich verpissen, oder ich ruf die Bullen.«

»Das trifft sich gut.« Meinerts Gesicht verzog sich zu einem breiten Grinsen. »Wir sind nämlich die Bullen.«

Das Schweigen aus dem Inneren des Hauses dauerte so lange, dass Demel schließlich wieder die Klingel drückte, um Klaus an ihre Anwesenheit zu erinnern.

»Ich komm ja schon!« Endlich wurde die Tür geöffnet. Der Mann, der vor Demel stand, reichte ihm bis zur Schulter. Er trug eine eckige Brille, die verdächtig nach DDR-Produktion aussah, und das graue Haar war im Stil der Nationalen Volksarmee geschnitten. Ansonsten trug er Hosen, die sich an den Knien ausbeulten, und einen fleckigen Pullover.

»Ausweis?«, stieß er barsch hervor.

Meinert hielt seinen Dienstausweis bereits in der Hand.

»Scheint ja zu stimmen.« Klaus machte keine Anstalten, sie hereinzulassen. »Wat immer der Typ gesacht hat«, knurrte er, »is gelogen. Ick hab den nich anjefasst. Ick kenne meine Rechte. Wa?«

»Welcher Typ?«, hakte Demel nach.

»Na der …« Klaus kratzte sich am Kopf. »Seid ihr etwa nicht wegen der Pfandkrähe hier?«

10. KAPITEL

»Komische Situation, oder?« Thang stieg auf der Beifahrerseite ein und packte den Spurenbeutel ins Handschuhfach.

»Vergiss den bloß nicht da drin«, ermahnte Klaudia ihn. »Wibke macht uns einen Kopf kürzer.« Sie startete den Wagen. »Was genau hast denn du als komisch empfunden?« Sie war neugierig, was Thang aufgefallen war. Es war immer gut, zu zweit unterwegs zu sein. Jeder Kollege nahm andere Details wahr, die das Bild abrundeten.

»Du meinst außer dem Riesenflachbildschirm und den Sportgeräten?«

»Und ich dachte, die wären genau dein Ding? Ich meine, du als Triathlet, da fehlte ja eigentlich nur noch das Schwimmbecken mit Gegenstromanlage. Das wär doch was, oder?«

»Also für mich gehört Sport nicht ins Wohnzimmer«, erwiderte Thang. »Aber mal im Ernst. Ein Mann, zwei Witwen?«

»Stimmt«, räumte Klaudia ein. »Da denkst du, du bist den Typen los, und musst plötzlich seine Beerdigung organisieren.«

»Oder du denkst, du hast den Mann fürs Leben gefunden, und dann bist du nicht einmal auf seiner Beerdigung erwünscht.«

»Oder so«, räumte Klaudia ein. »An dir ist echt ein Romantiker verloren gegangen.«

»Das wäre jetzt nicht das Erste, was Janina zu mir einfallen würde«, murmelte Thang.

»Alles in Ordnung bei euch?« Klaudia beunruhigte Thangs sibyllinische Bemerkung. Er und Janina hatten schwere Zeiten hinter sich gebracht und waren trotzdem noch zusammen. Für Klaudia waren die beiden irgendwie der Inbegriff der Hoffnung, dass nicht jede Beziehung irgendwann scheiterte.

»Klar.« Thang rieb sich die Augen. »Wir könnten nur beide

mal wieder mehr als zwei Stunden Schlaf am Stück gebrauchen.«

»Was ist dir denn sonst noch aufgefallen?«, lenkte Klaudia das Gespräch wieder in professionelle Bahnen.

»Der Typ vor der Tür?«

»War ein Nachbar«, wiederholte Klaudia Salings Worte.

»Oder ein Freund.« Thang malte Anführungszeichen in die Luft. »Sie war auf jeden Fall ziemlich durch den Wind, als du sie darauf angesprochen hast.«

»Sie war so oder so durch den Wind«, gab Klaudia zu bedenken. »Immerhin ist ihr Freund tot.«

»Du meinst ihr Sugardaddy?« Thang schnaubte verächtlich.

So viel zum Thema Romantiker.

»Mach mal halblang«, verteidigte Klaudia die Freundin des Toten. »Nicht jede junge Frau, die mit einem deutlich älteren Mann zusammen ist, hat es auf sein Geld abgesehen.«

»Du musst es ja wissen.«

»Was soll das denn heißen?«, fuhr Klaudia auf.

»Na ja, du und Schiebschick …« Thang grinste so breit, dass seine Goldzähne aufblitzten.

»Du mich auch.« Klaudia grinste nun ebenfalls, wurde jedoch sofort wieder dienstlich. »Wie fandst du das eigentlich mit dem Sohn? Ich meine: irgendwie strange, oder?« Klaudia lenkte den Wagen aus der Parkbucht. »Die Saling ist doch aus allen Wolken gefallen, als wir ihn erwähnt haben.« Sie gab Gas.

»Hier ist eine Spielstraße«, mäkelte Thang. Seit er Vater war, achtete er auf solche Dinge.

»Aber warum sollte er seinen Sohn vor seiner Freundin geheim halten?«, spann Klaudia den Faden weiter, nicht ohne den Fuß vom Gaspedal zu nehmen. Gemächlich rollten sie die Straße entlang.

»Vielleicht um sein wahres Alter zu verschleiern?« Thangs Telefon unterbrach die Diskussion mit der Nationalhymne der DDR.

»Wann änderst du das endlich?«, fauchte Klaudia ihn an, die jedes Mal zusammenzuckte, wenn der unsägliche Rufton ertönte.

»Warum sollte ich?«, erwiderte Thang. »›Auferstanden aus Ruinen‹ passt doch prima.«

»Wenn du meinst.« Thang hatte nicht ganz unrecht, allerdings war Klaudia sich relativ sicher, dass Janina das anders sehen würde. Wer wurde schon gern mit der Nationalhymne eines untergegangenen Staates angekündigt? Sie lauschte dem monotonen Brummen, mit dem Thang Janinas Redefluss kommentierte. Schließlich sagte er: »Ich dich auch«, und beendete das Telefonat.

»Sie haben zusammengearbeitet«, setzte Klaudia das Gespräch fort, als Thang sein Handy zurücksteckte. »Meinst du, da kann man so einfach sein Alter verschleiern?«

»Wie alt bin ich?«

»Du bist …« Klaudia stockte. »Okay, der Punkt geht an dich. Trotzdem … man weiß doch etwas von Kollegen«, beharrte sie. »Zum Beispiel, ob jemand verheiratet ist und Kinder hat.«

»Ich weiß nicht.« Bedächtig wiegte Thang den Kopf. »Saling hat die Anträge an die Gerichtsvollzieher weitergeleitet. Ist das schon zusammenarbeiten?«

»Okay«, räumte Klaudia ein. »Es ist möglich, dass sie nichts von dem Sohn wusste. Was sagt das dann über das Opfer aus?«

»Also sympathisch macht es ihn nicht.«

»Die meisten Leute fänden ihn allein schon seines Jobs wegen unsympathisch.«

»Was ich gut verstehen kann«, erwiderte Thang. »Einem Kumpel von mir hat so ein Obergerichtsvollzieher mal Haft angedroht, weil der seine Rundfunkgebühren nicht bezahlt hat. Kannst du dir das vorstellen? Wegen der GEZ in den Bau wandern?«

»Das glaube ich jetzt nicht.« Klaudia blickte kurz zu Thang hinüber, während sie in die Bahnhofstraße einbog.

»Das ist genau so passiert«, beharrte Thang.

»Nun ja«, räumte Klaudia ein. »Aber als Bulle weißt du schon, dass der Gerichtsvollzieher die Gesetze ebenso wenig macht wie wir.«

»So furchtbar beliebt sind wir ja nun auch nicht.«

»Das stimmt natürlich auch wieder.« Klaudia lenkte den Wagen in den Hof des Polizeireviers. »Manche Kollegen geben sich auch recht viel Mühe, unseren Ruf zu ruinieren.«

»Arschlöcher gibt es überall.«

»Aber nicht überall können sie sich so uneingeschränkt auf die Solidarität der Kollegen verlassen.« Klaudia schaltete die Zündung aus.

»Solidarität ist wichtig.« Thang löste den Sicherheitsgurt und öffnete die Beifahrertür, blieb jedoch sitzen. »Schließlich ist es nicht einfach, wenn man an der Front steht.«

»Vielleicht wäre es einfacher, wenn wir unsere Einsätze nicht als Kriegseinsätze begreifen.« Klaudia stieg aus.

»Du klingst schon sehr nach Dienststellenleiter.«

»… in«, korrigierte Klaudia ihn. »Wenn schon, dann Dienststellenleiterin. So viel Zeit muss sein.«

»Noch hast du den Job nicht«, erinnerte Thang sie. »Was machst du eigentlich, wenn du ihn nicht kriegst?«

»Keine Ahnung.« Klaudia kramte nach ihrem Badge. »Darüber zerbreche ich mir den Kopf, wenn es so weit ist.«

»Du würdest doch nicht weggehen, oder? Ich meine ...« Thang hielt ihr die Tür auf.

»Danke.« Klaudia betrat das Revier und fühlte sich gleich daheim. Im Essener Polizeipräsidium hatte sie sich nie so gefühlt. Vielleicht lag es an dem Geruch des Lübbener Reviers. Diese Mischung aus Bohnerwachs, eingekochtem Kaffee und feuchtem Keller war schon ziemlich einmalig. »Ich weiß nicht, was ich tun würde«, beantwortete sie Thangs Frage.

»Wenn Meinert Chef wird, können wir dich erst recht gut gebrauchen.«

»Du meinst als Gegengewicht?« Klaudia schmunzelte. »Solange wir Petra haben, kann uns überhaupt nichts passieren. Nicht einmal ein Meinert würde sich trauen, sich mit ihr anzulegen.«

»Mit wem würde ich mich nicht anlegen?«, fragte eine nur allzu bekannte Stimme über Klaudias Kopf.

»Mist«, zischelte Thang so leise, dass selbst Klaudia, die neben ihm stand, ihn kaum verstand. »Wenn man vom Teufel spricht.«

»Mit unserer Reviersekretärin natürlich«, beantwortete Klaudia die Frage des Kollegen, dabei bemühte sie sich um einen beiläufigen Ton. Letzteres gelang ihr nur mittelprächtig. Sie fühlte sich ertappt. Was alles hatte Meinert gehört? Sie biss sich auf die Unterlippe. Wenn sie könnte, würde sie jedes Wort zurücknehmen. Was war nur in sie gefahren? So konnte sie als Kollegin agieren, aber nicht als Chefin. Und genau das war sie im Moment. Die Chefin. Es war ihr Job, das Team zusammenzuhalten, nicht es zu spalten. Sie wollte keinen Krach mit dem Kollegen. Sie hatten einen Mord aufzuklären, da konnte man sich nicht gegenseitig fertigmachen.

»Ich geh dann mal und hol mir 'nen Döner«, verabschiedete sich Thang hastig. »Soll ich dir was mitbringen?«

»Die Zweiundzwanzig«, bat Klaudia. Auch wenn sie sich ihren Appetit gerade selbst verdorben hatte, wusste sie, dass der Tag lang werden würde, und Falafel mit Brot und Salat konnte man auch gut kalt essen.

Die Arme hinterm Rücken verschränkt und auf den Fußballen wippend, stand Meinert vor dem Schwarzen Brett. Wie immer hing hier ein wilder Mix aus dienstlichen Mitteilungen, Menükarten von Pizzerien und einem Inder sowie Postkarten. Eine davon hatte Klaudia geschickt, als sie auf Familienbesuch in Essen war. Sie hing direkt neben der Karte, mit der Thang und Janina sich für den Windelgutschein der Kollegen bedankt hatten.

»Das habe ich mir auch schon gedacht.«

»Was?« Klaudia stellte ihren Rucksack auf Petras Schreibtisch.

»Das mit der Sekretärin.« Meinert kratzte sich den Nacken.

Wenn er mehr als Klaudias letzten Satz verstanden hatte, ließ er es sich zumindest nicht anmerken.

»Hier geht's ganz schön familiär zu, oder?« Seine Stimme verriet nicht, ob er diesen Umstand nun gut oder schlecht fand.

Manchmal empfand Klaudia Meinerts Pokerface als unerträglich, und es juckte sie in den Fingern, an seiner Fassade zu knibbeln. Aber natürlich tat sie das nicht. Schließlich war sie erwachsen, zumindest die meiste Zeit des Tages. »Wir sind eben eine kleine Dienststelle.« Gerade weil Meinert so undurchsichtig war, hatte sie das Gefühl, sich und die Kollegen verteidigen zu müssen. »Wo ist Demel?«

»In seinem Büro. Ich wollte mir auch gerade ein ruhiges Plätzchen suchen. Ich dachte, ich könnte das Büro neben dem Besprechungsraum nutzen.«

»Äh.« Klaudia blickte von Meinert zu PHs Bürotür.

»Aber Frau Bartke hat gesagt, ich solle auf dich warten. Du würdest das entscheiden. Pass auf, Klaudia.« Ein Nerv in seinem Augenwinkel zuckte. »Ich will hier niemandem auf die Füße treten. Am wenigsten dir. Das ist für uns beide gerade nicht einfach.«

»Ist schon in Ordnung«, erwiderte Klaudia. »Du kannst es haben. Es steht sowieso die meiste Zeit leer und ...« Sie stockte. Ich rede zu viel, dachte sie.

»Und?«, hakte Meinert nach.

»Nichts.«

»Ich könnte auch unterm Dach arbeiten. Ich meine: Noch ist es eigentlich dein Büro.«

»Nein, nicht nötig.« Nun nimm es schon! »Thang und ich haben uns gut miteinander eingerichtet. Es wäre jetzt echt zu aufwendig für diese eine Ermittlung. Ich meine: Danach gehst du doch erst wieder zum LKA, oder?« Die letzte Frage hatte sie eigentlich nicht stellen wollen. Sie wussten beide, was es bedeutete, wenn Meinert blieb.

»Ich denke schon«, antwortete der Kollege. »Und danke.« Er grinste schief.

»Nicht dafür.« Klaudia räusperte sich. »Ich muss noch meinen Bericht schreiben. Wo ist eigentlich Petra?«

»Du meinst Frau Bartke?«

»Ja, entschuldige. Klar.«

»Irgendwas mit einem Heim, wenn ich das richtig mitgekriegt habe. Sie ist ziemlich abrupt aufgebrochen.«

»Ach herrje.« Die Ärmste, war Klaudias erster Gedanke. Der zweite war: Hoffentlich fällt Petra nicht aus.

11. KAPITEL

Kurz nach der Mittagspause trafen sich die Kollegen in der Einsatzzentrale. Der Begriff war hochgegriffen für den Besprechungsraum, der über nicht mehr verfügte als einen Konferenztisch, ausreichend Stühle und ein Flipchart. Petra hatte Klaudia eine SMS geschickt, dass sie für den Rest des Tages ausfallen würde. Trotzdem duftete es im Treppenhaus nach Kaffee, als Klaudia und Thang ihr Büro verließen. Sie klopften kurz bei Demel, der mit einem mürrischen »Komme gleich!« reagierte.

»Was ist dem denn über die Leber gelaufen?«, fragte Thang.

»Keine Ahnung.« Demel war in letzter Zeit ständig schlecht gelaunt. »Vielleicht PMS.«

»PM was?« Thang drehte sich zu Klaudia um.

»Vergiss es.«

Als sie den Besprechungsraum betraten, saß Meinert bereits vor dem Flipchart. Auf dem Tisch standen zwei Thermoskannen, frische Tassen, Kekse. Die Laptops der Sachbearbeiter waren aufgeklappt und einsatzbereit.

»Wow!« Klaudia ließ sich auf ihren Stuhl sinken und griff nach der Kaffeekanne.

»Ich dachte, wenn ich schon das Büro hier unten in Beschlag nehme, könnte ich mich auch ein bisschen nützlich machen.«

»Um welchen Job bewirbst du dich noch gleich?« Thang setzte sich neben Klaudia und schob ihr seinen Becher hin.

»Auf keinen Fall will ich Frau Bartke ersetzen«, versicherte Meinert. »Das wäre wahrscheinlich auch nicht möglich. Sind wir vollständig?«

»Peter kommt gleich.« Thang bediente sich an den Keksen. Und dabei hatte er gerade erst einen Döner vertilgt.

»Vielleicht fängst du schon mal an«, sagte Klaudia nach einem Blick auf die Uhr. »Ich habe noch einen Termin in Cottbus.«

»Gut.« Meinert lehnte sich zurück und faltete die Hände auf der Tischplatte. »Auf der Liste waren die Namen und Adressen von drei Bürgern verzeichnet«, referierte er das, was sie ohnehin schon wussten. »Eine Person haben wir nicht angetroffen. Zwei Personen bestätigen, dass Rollenhagen an dem Tag bei ihnen gewesen sei. Eine dieser Personen heißt Aaron Klaus.« Meinert blickte von Klaudia zu Thang.

Nun mach's nicht so spannend! Klaudia nippte an ihrem Kaffee und verzog die Lippen. Viel zu bitter. Hastig griff sie nach dem Zuckerstreuer.

»Hat schon mal einen Gerichtsvollzieher verprügelt.« Es war Demel, der Meinert die Show stahl. Er setzte sich neben Klaudia, nahm sich eine Kaffeetasse und füllte sie aus der Thermoskanne. »Dafür hat er drei Monate gesessen, was wahrscheinlich sein Verhältnis zum Staat nicht nachhaltig verbessert hat.« Er blickte in die Runde und nippte an seinem Kaffee. »Himmel hilf! Will Petra uns vergiften?«

»Ich habe den Kaffee gekocht«, sagte Meinert. »Ist er zu stark?«

»Nein.« Demel schob die Tasse von sich. »Ich bin wohl nur zu schwach.«

»Okay.« Klaudia schüttelte den Kopf. »Über den Kaffee könnt ihr ja dann vielleicht später diskutieren. Was sagt denn dieser Klaus?«

»Nicht viel«, antwortete Meinert.

»Er schien allerdings mit unserem Besuch gerechnet zu haben«, ergänzte Demel. »Zumindest hat er nach der«, Demel machte eine Kunstpause, »Pfandkrähe gefragt. Ansonsten behauptet er, dass er Rollenhagen nicht ins Haus gelassen und auch nicht angefasst habe. Letzteres war ihm so wichtig, dass ich versucht bin, das Gegenteil anzunehmen.«

»Was mich wundert.« Thang klopfte sich mit einem Stift gegen die Zähne. Das tat er immer, wenn er nachdachte. »Warum ist Rollenhagen da allein hin? Der muss doch auch gewusst haben, was für ein Vertreter dieser Klaus ist.«

»Die Frage habe ich mir auch gestellt«, sagte Demel. »Und ich habe nachgeforscht. Er hat nicht um Amtshilfe gebeten. Zumindest nicht für Freitag.«

»Aber?«, hakte Klaudia nach.

»Für morgen.«

»Okay. Das bedeutet dann wohl, dass er Klaus noch einen Besuch abstatten wollte. Was dafür spricht, dass er das Haus lebend verlassen hat.«

»Das wäre logisch«, räumte Meinert ein. »Kann aber auch anders gewesen sein.«

»Wir werden sehen.« Klaudia blickte auf ihre Armbanduhr. »Was ist mit den anderen Namen auf der Liste?«

»Eine junge Mutter mit vier Kindern, die als Täterin ausscheidet.« Meinert blickte zu Demel. »Oder bist du da anderer Ansicht?«

Für einen Moment sah es so aus, als wollte Demel etwas sagen, doch dann schüttelte er nur den Kopf.

»Und wer fehlt euch noch von der Liste?«, fragte Klaudia.

»Justine Meerländer«, antwortete Meinert.

»Gegen die liegt nichts vor«, ergänzte Demel.

»Unterbrich mich bitte nicht«, fuhr ihn Meinert an.

Was ging denn hier ab? Klaudia blickte zu Thang hinüber. Vielleicht war es doch keine so gute Idee gewesen, die beiden zusammen loszuschicken. Teamspirit sah anders aus.

»Zumindest nicht in *InPol*.« Nun war es Demel, der sich entspannt zurücklehnte.

»Wird das jetzt: heiteres Hinweisraten?«, schnaubte Klaudia. »Was soll das?« Sie musterte erst Demel, dann Meinert. »Ein Mensch ist tot, und es sieht leider weder nach Selbsttötung noch nach Unfall aus. Wir haben nur ein sehr begrenztes Zeitfenster, um seinen Mörder oder seine Mörderin zu finden. Also hört auf mit diesen Hahnenkämpfen und macht euren Job.«

»Es tut mir leid«, entschuldigte sich Meinert zu Klaudias Erstaunen bei Demel. »Ich hätte dich ins Bild setzen sollen.«

»Schon okay.« Demel räusperte sich. »Ich denke, wir sind quitt. Ihr Schufa-Eintrag ist länger als mein Unterarm.«

»Ist jetzt nicht so verwunderlich«, meldete sich Thang zu Wort. »Immerhin hat ihr jemand den Gerichtsvollzieher auf den Hals gehetzt.«

»Okay, das hätten wir dann jetzt ja wohl.« Klaudia berichtete nun kurz von ihrem Besuch.

»Im Paradies hat es also gekracht.« Meinert beugte sich vor, um sich einen Keks zu nehmen.

»Sind die aus Petras Vorrat?«, fragte Demel.

»Die sind aus einem Schrank.« Für einen Moment sah es so aus, als wollte Meinert den Keks zurücklegen.

»Sie wird dich langmachen«, unkte Thang.

»Leute«, rief Klaudia die Kollegen wieder zur Ordnung, »lasst uns weitermachen.«

Demel murmelte etwas, das Klaudia nicht verstand, weil er rechts von ihr saß. Sie fragte nicht nach, manchmal war es besser, nicht alles zu hören.

»Also haben wir bisher noch nichts«, fasste sie das Ergebnis ihres Vormittags zusammen.

»Wir haben eine verlassene Ehefrau«, Thang hob den Daumen. »Eine Freundin, mit der das Opfer Krach hatte.« Es folgte der Zeigefinger. »Und diesen einschlägig vorbestraften Aaron Klaus.« Er tippte sich gegen den Mittelfinger.

»Und den sprichwörtlichen Unbekannten«, ergänzte Meinert. »Die meisten Morde sind Beziehungstaten. Schade, dass wir keine Tatwaffe haben.« Er seufzte. »So wie die Leiche aussieht, handelt es sich meiner Ansicht nach um einen Mord im Affekt.«

»Aber wer immer es war, hat genügend Kaltblütigkeit besessen, die Leiche in den Hochwald zu bringen.«

»Hat einer der Verdächtigen die theoretische Möglichkeit dazu?«, fragte Meinert.

»Die Ehefrau.« Klaudia dachte an den geschmückten Kahn.

»Bei Klaus habe ich keinen Kahn gesehen.« Demel kniff nachdenklich die Augen zusammen. »Allerdings wohnt er an einem Fließ. Er kann also einen haben.«

»Von Saling wissen wir es nicht. Allerdings«, Klaudia wiegte den Kopf hin und her, »sieht sie eher nach Kanu als nach Kahn aus. Okay«, schloss sie. »Ich muss los. Was liegt bei euch an?«

»Wir fahren noch mal bei dieser Meerländer vorbei. Vielleicht treffen wir sie jetzt an.«

»Ich kümmere mich um die Akte und arbeite weg, was sonst so angefallen ist«, bot Thang an.

»Ich glaube, mehr können wir heute nicht machen.« Klaudia seufzte. »Ich hoffe, die Kriminaltechnik hat bald was für uns.«

»Was ist mit der Zeugin?«, fragte Meinert. »Sollten wir nicht noch mal mit ihr reden?«

»Petra wird ihr einen Termin schicken, damit wir ihre Aussage aufnehmen können«, antwortete Klaudia.

»Wie du meinst.« Meinert wirkte so betont desinteressiert, dass Klaudia nachhakte. »Verdächtigst du sie?«

»Gibt es einen Grund?«

»Soweit ich weiß, nicht.«

»Oder weißt du wieder mehr?«, mischte sich Demel ein. »Wenn ja, wäre es schön, wenn du jetzt damit herausrückst.«

»Oder für immer schweige?« Meinert grinste.

»Schluss jetzt!« Klaudia erhob sich, und die Kollegen folgten ihrem Beispiel.

»Gut gecheft«, murmelte Demel und diesmal hörte Klaudia ihn.

12. KAPITEL

Nach der Besprechung in Cottbus, die ziemlich lange dauerte und in der es im Wesentlichen um die überregionale Zusammenarbeit ging, fuhr Klaudia direkt zu Uwe. Obwohl bereits September war, fühlte sich der Abend an, als sei Hochsommer. Sie parkte ihren Peugeot neben Uwes Sharan und schlenderte zum offen stehenden Garagentor.

»Ich hoffe, ich störe nicht«, machte sie sich bemerkbar.

Uwe stand von Rauch umnebelt am Grill und hantierte mit einer Holzzange.

»Du kommst genau richtig.« Er musterte das leicht angekohlte Würstchen, das er gerade wendete. »Wenn du es vegan magst.«

»Klingt verlockend«, sagte Klaudia, ohne es zu meinen. »Zumindest sehen sie interessant aus.« Sie musterte die leicht angebrannten Würstchen, die Uwe auf einen Teller packte.

»Sie schmecken auf jeden Fall erheblich besser, als du denkst.« Annalene trat mit einer Salatschüssel aus dem Haus. Sie war schlank und hochgewachsen, mit einer leichten Neigung zum Rundrücken. Das dünne, ehemals dunkelblonde Haar leuchtete lindgrün.

»Wow«, entfuhr es Klaudia verblüfft. »Ist deine Haarfarbe ein Statement?« Sie bereute die Bemerkung sofort. Wenn sie gewusst hätte, dass Annalene zu Hause war, wäre sie nicht vorbeigekommen. Es war nicht so, dass sie das Mädchen nicht mochte. Sie und Uwes Tochter hatten zu viel miteinander durchgemacht, um sich nicht zu mögen. Doch seit Annalene sie vergeblich angefleht hatte, die Hochzeit ihres Vaters mit der Mutter ihrer damaligen besten Freundin zu verhindern und ihr mehr oder weniger zu verstehen gegeben hatte, dass sie die richtige Frau für ihren Vater wäre, war ihr Verhältnis – vorsichtig ausgedrückt – kompliziert.

»Papa findet sie grässlich.« Annalene stellte die Salatschüssel auf den Tisch.

»Das habe ich so nicht gesagt«, verteidigte sich Uwe.

»Weil du dich nicht traust.« Annalene musterte ihren Vater mit der spöttischen Nachsicht der Jugend, die jeden Erwachsenen auf die Palme brachte.

»Was ist mit Kaninchen-City passiert?« Erst jetzt fiel Klaudia auf, dass ein Sandkasten den Platz einnahm, der sonst den Kaninchen gehört hatte. Der Garten wirkte geradezu nackt ohne den Kirchturm mit dem roten Dach und all den anderen Gebäuden, die Uwes Schwiegervater für Bhanus Kaninchen gebaut hatte.

»Ganz schwieriges Thema«, sagte Annalene. »Die Kurzfassung ist: Petra Pan ist gestorben …«

Wie all ihre Vorgängerinnen, dachte Klaudia, während sie die Stirn in teilnahmsvolle Falten legte.

»Und Bhanu wollte kein neues Kaninchen«, ergänzte Uwe. »Also habe ich gedacht, mach ich Nägel mit Köpfen.«

»Und nun sind Oma und Opa sauer«, übernahm wieder Annalene. Die beiden ergänzten sich hervorragend, und Klaudia war froh, sie so entspannt miteinander umgehen zu sehen.

»Und wo ist Bhanu?« Sie blickte sich um.

»Unterwegs. Und was treibt dich hierher?«, fragte Annalene. »Ich meine: Du warst lange nicht mehr hier.«

»Stimmt«, räumte Klaudia ein. »Es ist halt viel zu tun.«

»Papa sagt, du wirst seine Chefin?«

»Vielleicht«, wiegelte Klaudia ab. »Noch ist nichts entschieden.« Sie fragte sich, ob sie jemals eine gute Chefin sein konnte, wenn ihr schon der Gedanke daran nicht behagte.

»Zumindest bist du es jetzt, oder?«, hakte Annalene nach. Die Leichtigkeit in ihrem Ton war auf einmal verschwunden.

»Ja, schon.« Klaudia fragte sich, worauf sie hinauswollte.

»Dann ist das jetzt ein Kontrollbesuch?«

»Was?« Klaudia starrte Annalene an. Hatte sie sich gerade verhört?

»Na ja, nachschauen, ob Papa nicht blaumacht.« Uwes Große lachte auf, doch es war kein fröhliches Lachen.

Klaudia klappte der Unterkiefer herunter. Was soll das denn?, dachte sie. Erst willst du mich mit deinem Vater verkuppeln, und jetzt bin ich was? Der Feind? War Annalene echt sauer, dass Klaudia sich Uwe nicht als Lebenspartner vorstellen konnte? Dabei hatte sie ihr Ziel doch erreicht. Uwe und Tanja hatten sich getrennt. Soweit Klaudia wusste, war er jetzt mit Uta zusammen. Die Kollegin von der Kripo Senftenberg passte nicht nur wegen ihres Vornamens sehr viel besser zu ihm als seine impulsive Exfreundin. Ob Annalene von ihr wusste? War das der Grund, warum sie verbal um sich schlug?

»Annalene!« Uwe klopfte mit der Zange auf den Rand des Grills.

»Was denn?« Annalene hob die Hände, als wollte sie beweisen, dass sie unbewaffnet war. Dabei war es ihre spitze Zunge, für die sie einen Waffenschein brauchte. »Ist das so abwegig?«

»Ja, ist es.« Klaudia hatte sich so weit von Annalenes Attacke erholt, dass sie ruhig antworten konnte. Auch wenn Uwes Tochter völlig falschlag, fühlte sie sich schuldig. Sie dachte an ihre erste Reaktion, als sie von Uwes Fehlen erfahren hatte.

Für einen Moment starrten sich die beiden Frauen an, dann senkte Annalene den Blick.

»Tut mir leid«, murmelte sie.

»Alles gut.« Klaudia wusste, wie es sich anfühlte, wenn Verstand, Hormone und Gefühle Amok liefen. »Wie geht's Tim?«

»Er schläft«, warf Uwe hastig ein. »Das Fieber haben wir

im Griff, und seit heute kriegt er Antibiotika, und er inhaliert auch.«

»Du musst mir das nicht alles erzählen«, wiegelte Klaudia ab.

»Aber du hast doch …« Hilfesuchend starrte Uwe auf die Grillzange in seiner Hand. »Willst du ein Bier?«, fragte er dann. Auf seiner Stirn stand in Leuchtlettern geschrieben: Versteh einer die Frauen!

»Ja, gern.« Klaudia setzte sich zu Annalene an den Tisch, und es wurde noch ein vergnügter Abend, auch wenn die veganen Würstchen gewöhnungsbedürftig schmeckten.

Später kamen noch Uta und Bhanu dazu. Es versetzte Klaudia einen kleinen Stich, als sie sah, wie herzlich Annalene Uwes Freundin umarmte. Sie fragte sich, ob die Verstimmung zwischen Uwe und den Eltern seiner verstorbenen Frau nicht eher mit seiner neuen Beziehung zusammenhing. Aber Uwe hatte es verdient, glücklich zu sein, und ihr nahm es einen Teil der Schuld, die sie immer noch empfand. Auch wenn sie wusste, dass dieses Gefühl irrational war.

Als schließlich Tim hustend und barfuß auf die Terrasse kam und sich auf Utas Schoss kuschelte, verabschiedete sie sich nicht ohne ein Gefühl von Neid. Auf sie wartete zu Hause nur der Kater, und nicht einmal das war sicher.

Allerdings war es dann doch nicht der Kater, der sie erwartete, sondern Schiebschick. Der alte Fährmann stand mit Pinsel und Eimer bewaffnet auf einer Trittleiter und strich die Fensterläden in einem Grün, das nur etwas dunkler war als Annalenes neue Haarfarbe.

»Musst du keine Geistertour fahren?« Obwohl Klaudia sich denken konnte, warum er gerade heute auftauchte, freute sie sich, ihren alten Freund zu sehen. Ein einsamer

Abend hätte nur zu Selbstmitleid und Chips geführt. Sie stieg aus ihrem Wagen und streckte sich.

»Aber doch nicht heute!« Schiebschicks Gesicht legte sich vorwurfsvoll in Falten. »Montags happich immer frei. Wa?«

»Ah.« Klaudia nickte. »Du bist also der Friseur unter den Kahnführern?«

»Bin ick wat?« Schiebschick blies die Wangen auf. »Ick schnibbel doch keinem die Glatze krumm?«, empörte er sich. »Wie kommste denn auf so 'nen Scheiß?«

»Weil Friseure auch immer montags frei haben.«

Schiebschick starrte sie an, als würde sie sich vor seinen Augen in einen Frosch verwandeln. Schließlich wackelte er mit dem Kopf. »Wat du immer sachst.«

»Schöne Farbe.« Klaudia wechselte lieber das Thema, bevor sie den alten Kahnführer noch mehr verwirrte. Sie kniff die Augen zusammen und musterte die frisch gestrichenen Fensterläden. »Hab ich die ausgesucht?« Sie konnte sich erinnern, mit Schiebschick über die Fensterläden gesprochen zu haben, aber an keinen konkreten Plan. Und grün war zwar recht nett, aber jetzt nicht unbedingt ihre erste Wahl.

»Hattich noch im Schuppen.« Schiebschick stieg von der Leiter und rückte sie ein Stück zur Seite. Der Farbeimer geriet ins Rutschen, und Klaudia wich zurück. Auf keinen Fall wollte sie aussehen wie ihre Fensterläden. Auch wenn die Farbe vielleicht gerade hochaktuell war. Sie dachte an Annalenes Haarfarbe.

»Und wurd ja auch Zeit. Wa?« Schiebschick polterte noch ein bisschen über den Zustand von Klaudias Haus, dann stieg er wieder auf die Leiter. Er tauchte den Pinsel in die Farbe und strich gleichmäßig weiter.

»Kann ich dir helfen?« Klaudia war nicht der Typ Mensch, der anderen bei der Arbeit zusah. Es machte sie kribbelig.

»Nee, lass mal«, Schiebschick strich die überschüssige Farbe vom Pinsel, »ist sowieso das letzte.« Den Kopf schiefgelegt und die Augen zusammengekniffen, musterte er sein Werk. Vorsichtig tupfte er mit dem Pinsel auf eine Stelle, die sich in Klaudias Augen durch nichts vom Rest des Fensterladens unterschied.

»Magst du ein Bier?«, fragte sie.

»Ich dachte, du fragst nie«, knurrte der Alte.

Als Klaudia mit zwei Flaschen Babbenbier aus dem Haus zurückkehrte, hatte er Leiter, Pinsel und Farbe in seinen Kahn verstaut und hockte auf der Küchentreppe. Dickie hatte nun auch den Weg nach Hause gefunden. Laut schnurrend strich der Kater um Klaudias Beine. Die Haare an seinem Stummelschwanz, den er seit einem Unfall im Frühjahr hatte, standen in alle Richtungen ab. Klaudia reichte dem alten Fährmann eine Flasche und setzte sich neben ihn. Der Kater sprang ihr auf den Schoß und rollte sich dort zusammen.

»Hast du bis jetzt gearbeitet?« Schiebschick musterte sie. »Ganz käsig bisse und zu dünn auch.«

»Ich bin weder das eine noch das andere.« Klaudia rollte mit den Augen. Für Schiebschick war jede Frau zu dünn, die nicht rund wie ein Gurkenfass war.

»Bestimmt haste wieder den ganzen Tag nichts gegessen«, fuhr Schiebschick unbeirrt fort.

»Stimmt nicht«, widersprach Klaudia. »Ich komme nämlich gerade von Uwe. Wir haben gegrillt.« Sie kühlte sich mit ihrer Flasche die Stirn. Zu viel Fürsorge bereitete ihr Kopfschmerzen.

»Wie geht's dem Jung denn?«

»Er ist krank.«

»Tss. Der Jung braucht 'ne Frau.«

Schiebschicks Bemerkung verriet Klaudia, dass sie von unterschiedlichen Jungs sprachen. Er prostete ihr zu und trank mit zurückgelegtem Kopf.

»Das tat gut.« Leise rülpsend wischte er sich den Schaum von der Oberlippe. »Was ist mit dir?«

»Mit mir? Wieso?« Klaudias Kopfschmerzen verstärkten sich. Wenn jetzt Schiebschick wieder einen Bekannten erwähnte, blieb ihr eigentlich nur noch die Flucht. Um Zeit zu gewinnen, nippte sie an ihrem Bier.

»Du weißt, was ich meine.«

»Tue ich das?« Klaudia starrte Schiebschick in die Augen, bis er den Blick senkte. Das war schon ihr zweiter Wer-starrt-länger-Sieg des Tages. Vielleicht hatte sie doch das Zeug zum Chef.

»Ist ja auch egal«, sagte er in den Flaschenhals hinein. Dann hob er den Kopf. Seine Altmänneraugen blitzten. »Ich hab gehört, ihr habt 'nen Toten?«

»Puh!« Klaudia tat so, als wische sie sich den Schweiß von der Stirn. »Ich dachte schon, du machst mir jetzt einen Heiratsantrag.«

»Was du immer sagst.« Schiebschicks Ohrmuscheln röteten sich. »Einen alten Mann so auf die Schippe zu nehmen.«

»Ach komm.« Klaudia stieß ihn mit dem Ellbogen an. »Ich wusste doch, weshalb du hier bist. Schlechte Nachrichten wandern schnell.«

»Ist schließlich der Mann von der Susanne.«

»Kennst du sie näher?«

»Geht so.« Schiebschick kratzte sich die Nase. »Stakt für den Kleinen Hafen.«

»Ja, ich habe den Kahn gesehen, als ich bei ihr war. Ich glaube, ich bin ihr auch mal auf dem Lehder Fließ begegnet.«

»Außerdem singt sie im Chor. Im Alt«, ergänzte Schiebschick fachmännisch.

Seit etwas über zwei Jahren wandelte er mehr oder weniger ernsthaft auf Freiersfüßen, und der Kirchenchor mit seinem chronischen Männermangel und all den sangesfreudigen Witwen war sozusagen sein Tinder.

»Sie hat ihn rausgeschmissen.«

»Hätte ich wahrscheinlich auch.« Klaudia dachte an die jüngere Freundin.

»Wegen dem Mädchen.« Schiebschick wackelte bedächtig mit dem Kopf. »Ich mein, ich versteh's ja auch nicht.«

»Was gibt's daran nicht zu verstehen?« Klaudia dachte an ihren eigenen Ex.

»Das war früher anders.« Nachdenklich schob Schiebschick die Unterlippe vor.

»Die Frauen hatten vielleicht weniger Möglichkeiten, aber anders war es nicht.« Klaudia nahm einen ordentlichen Schluck aus der Flasche. Sie war schrecklich durstig und fragte sich, ob das an den veganen Würstchen lag. Der Kater streckte sich, seine Krallen drückten sich in ihre Oberschenkel, dann sprang er von ihrem Schoß und verschwand in den Büschen zwischen Schuppen und Fließ.

»Also hier nicht.« Schiebschick setzte sich aufrecht hin, um seinen Worten Nachdruck zu verleihen. »Vielleicht bei euch drüben, aber wenne hier ein Mädchen warst, dann biste eins geblieben. Wa?«

13. KAPITEL

»Weißt du«, sagte Hanka zu Flocke, während sie die Hände in die Schüssel mit Seifenlauge tauchte, in der ihr Büstenhalter schwamm. »Ist ja mal gut, dass Herrchen keine Lebensversicherung hatte. Wa?« Sie dachte über die etwas wirre Handlung des Polizeirufs nach, bei der die Lebensversicherung des Toten eine große Rolle gespielt hatte. Also es war nicht so, dass Günther keine gehabt hatte, aber die war zwei Jahre vor seinem Tod abgelaufen. Fünfundzwanzigtausend Euro hatten sie gekriegt. Das war viel Geld gewesen, und eigentlich hatte Hanka von dem Geld verreisen wollen. Doch mit Hunden war das schlecht, also hatten sie das Dach neu gedeckt, und mit dem Geld, das übrig war, hatte Hanka die Beerdigung bezahlt.

Flocke schnaubte vorwurfsvoll. Das hieß so viel wie: Klüngele nicht herum, ich muss raus.

»Ist ja gut«, sagte Hanka und drückte den BH zusammen, bis es schäumte. Früher hatten ihre Hände einfach weitergemacht, wenn ihre Gedanken abschweiften, doch heute ertappte sie sich immer häufiger dabei, dass sie einfach nichts tat. Hanka beobachtete, wie der Schaum die Farbe änderte. Ihre Büstenhalter auszuwaschen gehörte für sie zur Abendroutine wie das Zähneputzen. Nur dass sie heute die Zähne zum Putzen herausnahm. Sie hatte sich schon vor dem Krimi umgezogen, damit der BH einweichen konnte. Außerdem war es bequemer. Sie trug einen von Günthers Schlafanzügen, die schon längst nicht mehr nach ihm dufteten. Trotzdem fühlte sie sich geborgen, wenn sie sich damit ins Bett legte. Er war wie eine Umarmung.

»Du würdest mich verstehen, wenn du nicht wieder die

Sendung verschlafen hättest.« Hanka seufzte. Ihr fehlten die gemeinsamen Krimiabende mit ihrem Mann. Seit sie ihren ersten Fernseher besessen hatten, hatten sie sich zusammen den Polizeiruf angeschaut. Dabei hatten sie zu Abend gegessen: dünn mit Gewürzgurkenstreifen belegte Leberwurststullen und dazu Pfefferminztee. Seit Günthers Tod aß Hanka Käse. Der heutige Fall war eine Wiederholung gewesen. Das hatte Hanka geholfen, die Erinnerung an den gestrigen Tag zurückzudrängen, weil sie bei jeder Wendung, die der Fall nahm, Günthers Stimme im Ohr hatte. Günther hatte immer alles kommentiert. Damals hatte sie das aufgeregt. Schreib doch selbst ein Drehbuch, hatte sie ihm gesagt, wenn er mal wieder kauend den Film kritisierte. Heute fehlte ihr seine Stimme.

Wieder schnaufte Flocke.

»Ist ja gut.« Hanka spülte den BH aus, bis das Wasser klar wurde, dann wrang sie ihn aus und hängte ihn auf die Wäscheleine über der Wanne.

»So«, sagte sie und trocknete sich die Hände ab. »Nun zu dir.«

Flocke kläffte und lief schwanzwedelnd zur Tür. Seine Krallen klackerten über den Steinboden. Hanka folgte ihm und nahm noch ein Wolltuch vom Haken. Zwar war es heute noch sehr warm gewesen, doch sobald die Sonne unterging, kühlte die Luft zwischen den Fließen rasch ab. Und auch wenn Hanka, seit sie barfuß lief, immer warme Füße hatte, war der Rest ihres Körpers doch recht fröstelig. Sie entriegelte die Tür zum Garten. Als Günther noch lebte, hatten sie den Riegel nie vorgelegt, Hanka hatte ihn erst einmal ölen müssen, damit sie ihn überhaupt vorschieben konnte. Doch früher hatte sie auch gedacht, dass schlimme Dinge nur anderen Menschen passierten. Seit Günther tot war, wusste sie es besser. Und der gestrige Tag hatte ihr einmal mehr gezeigt, wie schlimm es um diese Welt bestellt war. Flocke schoss an ihr vorbei. Im Licht des Halbmondes wirkte sein weißes Fell grau. Wie immer schnüffelte er erst am Haus, bevor er zu den Tannen hinüberlief und das Beinchen hob. Hanka schloss die Tür hinter sich und klappte den Briefkasten auf, in dem sie ihre Zigaretten und Streichhölzer aufbewahrte. Sie rauchte genau eine Zigarette am Tag, früher hatte sie es heimlich vor dem Zähneputzen getan, damit Günther nichts merkte. Er hatte es nicht gemocht, wenn sie rauchte. Das sei nicht gesund, hatte er gesagt. Günther hatte immer sehr viel Wert auf Gesundheit gelegt. Und dann hatte ihn ein Ast erschlagen. Hanka zündete die Zigarette an und inhalierte wehmütig. Das ganze Gesundleben hatte ihm dann doch nichts genützt. Sie strich die Asche ab. Sie würde nie auf die Idee kommen, im Haus oder an einer anderen Stelle des Gartens, oder mehr als diese eine Zigarette zu rauchen, doch diese eine genoss sie. Sie schloss die Augen und spürte dem Kratzen des Rauchs nach, der ihre Lungenflügel weitete. Für einen Moment hielt sie die Luft an, und erst als das Kratzen nachließ, blies sie den Rauch in den Nachthimmel. Flocke kläffte. Augenblicklich setzte Hankas Herzschlag aus. Auf einmal war es Tag und sie im Hochwald und … Hanka kniff sich in den Arm. Dieser Tote hatte nichts mit ihr zu tun. Er war nicht Günther, sondern ein Fremder. Trotzdem konnte sie nicht verhindern, dass ihre Gedanken bei diesem Mann verweilten. Vermisste ihn jemand, so wie sie ihren Günther vermisste? Oder war er eine arme Seele, der allein auf der Welt war, wie sie? Was für ein Mensch war er gewesen? War er ein Verbrecher? Hatte er Familie? Kinder? Hanka versuchte sich den Mann vorzustellen, wie er lachte oder sprach. Doch dazu fehlte ihr das Gesicht. Wie sehr musste jemand ihn gehasst haben, um ihn so zuzurichten? Hanka hatte genügend Krimis gesehen, um den Begriff Übertötung zu kennen, doch bisher hatte sie sich nicht so recht etwas darunter vorstellen können. Jetzt wusste sie es. Und wie schrecklich musste es erst für die Menschen sein, die er zurückließ, wenn sie erfuhren, wie er zu Tode gekommen war. Kein Unfall, keine Krankheit, sondern die Tat eines Menschen, der diesen Mann so sehr gehasst hatte, dass er sein Gesicht zerstört hatte. Oder vielleicht hatte das auch einen anderen Grund, vielleicht sollte die Zerstörung des Gesichtes die Identifizierung verhindern? Aber war das überhaupt möglich? Schließlich gab es ja DNA-Tests oder wie das hieß. Hanka hätte gern mit Günther über all dies gesprochen, wie über einen Film, den man zusammen schaut. Sie zog noch einmal an der Zigarette und pfiff nach dem Hund.

»Komm, Flocke«, rief sie, als er nicht reagierte. »Nun lass dich nicht bitten.«

Manchmal tat Flocke das, weil die Gerüche der Nacht zu verlockend waren, um ins Haus zurückzukehren. Vielleicht hatte er wieder einen Igel getroffen, dann lag er vor der Stachelkugel und wedelte mit dem Schwanz.

»Flocke!«

Ein kurzes Bellen war die Antwort, dann raste er über den Weg. Hanka öffnete die Tür, um ihn hereinzulassen, doch Flocke sprang an ihr hoch. Er kläffte und jaulte.

»Was soll das denn?« Hanka bückte sich und griff nach dem Hund, aber Flocke sprang zurück auf den Weg. Auffordernd kläffend setzte er sich und hob bittend die Vorderpfoten.

»Was hast du denn gefunden?«

Wieder kläffte Flocke. Hanka wünschte sich nicht zum ersten Mal, dass sie ihren Hund ebenso gut verstand wie er sie. Flocke kläffte erneut. Ein kurzer heller Laut, dann lief er in Richtung Fließ. Bevor er zwischen den Tannen verschwand, wandte er sich zu ihr um.

»Warte.« Hanka lief ins Haus und kramte die Taschenlampe aus der Küchenschublade, schaltete sie ein – nichts geschah. »Mist«, fluchte sie. Jetzt brauchte man einmal im Jahr diese Taschenlampe, und dann funktionierte sie nicht. Bestimmt die Batterien. Sie hatte keine Ahnung, wann sie das letzte Mal diese Lampe benutzt hatte. Sie kramte nach den Ersatzbatterien. Günther hatte immer welche im Haus. Schließlich fand sie die Packung in der Besteckschublade. Mit fliegenden Fingern wechselte sie die Batterien, schaltete die Taschenlampe ein, immer noch nichts. Frustriert knallte sie die Taschenlampe auf den Tisch. Ein heller Strahl leuchtete in den Garten.

»Warum nicht gleich so!« Hanka griff nach der Lampe und lief hinaus. Flocke hockte noch immer an den Tannen. Erst als er sie sah, verschwand er zwischen den Bäumen. Mit der Taschenlampe in der Hand folgte sie ihm. Sie hatte Mühe, Schritt zu halten. Unter den Tannen war der Boden weich und nachgiebig. Es duftete nach Harz.

»Flocke?« Der Hund war jetzt nicht mehr zu sehen. Er musste zum Fließ gelaufen sein. Hanka zögerte. Sie sollte vielleicht besser die Polizei rufen. Aber was sollte sie sagen? Mein Hund bellt und möchte, dass ich ihm folge? Die würden sie auslachen. Oder vielleicht …? Sie dachte an ihre Nachbarn, doch die schliefen bestimmt schon. Boris musste immer früh raus.

Flocke kläffte wieder. Es klang nicht ängstlich, eher so wie: Wo bleibst du denn? Nun komm endlich!

Das gab den Ausschlag. Hanka atmete tief durch und folgte ihrem Hund. Flocke lief schwanzwedelnd auf dem Anleger auf und ab. Ein Kahn dümpelte auf dem Fließ. Hin und wieder spannte Flocke den Körper an, als wollte er springen, doch traute er sich nicht. Flocke hatte nicht nur Angst vor großen Tieren, er war auch wasserscheu. Hanka lief zu ihrem Hund und leuchtete in den Kahn.

»Um Gottes willen.« Vor Schreck ließ sie die Taschenlampe fallen, der Lichtstrahl erlosch.

14. KAPITEL

Auch diesmal hockte Meinert auf PHs Platz. Demel straffte die Schultern. Ob der Typ überhaupt nicht wusste, dass er damit das Bein hob? Irgendwer würde es ihm mal stecken müssen. Demels Blick streifte Klaudia. Wenn es ihr etwas ausmachte, ließ sie es sich zumindest nicht anmerken. Sie flüsterte mit Wibke, die ebenfalls anwesend war.

»Moin«, begrüßte sie ihn, als er sich neben sie setzte. »Du siehst fertig aus.«

»Ist spät geworden.« Demel griff nach der Kaffeekanne wie nach einem Rettungsseil. Sein Sohn wohnte im Moment bei ihm. Seine Ex machte Urlaub mit ihrem Freund. Sie würden erst am Freitag zurückkehren, und bis dahin war Justin bei ihm. Das mache ihm doch nichts aus, hatte sie gefragt. Und schließlich sei es ja auch wichtig, dass Justin mehr Zeit mit ihm verbringen würde. Das habe sich schließlich im Frühjahr gezeigt.

Was hätte er darauf antworten sollen? Also hatte er Manuelas Reisepläne zähneknirschend abgenickt. Malediven! Demel spürte geradezu, wie sein Blutdruck stieg. Bei dem Unterhalt, den er für Justin berappte, reichte es bei ihm gerade mal für eine Woche Camping am Müritzsee, und Manu fuhr mit ihrem Lover in ein Ressort.

»Hast du schon mal versucht, einen Teenager von seinem Computer zu lösen?« Die Frage war rhetorisch.

»Wie wär es mit Strom abstellen?«, schlug Klaudia vor.

»Hat meine Ex mal versucht.« Die Erinnerung machte Demel immer noch höllisch Spaß. »Am nächsten Tag funktionierte bei ihr nichts mehr. Kein Internet, kein Telefon.«

»Weil sie den Strom abgestellt hat?«, hakte Wibke ungläubig nach.

»Indirekt.« Demel schenkte sich einen Kaffee ein. Jeder Mensch mit Teenagern hätte gewusst, was passiert war. »Wo ist Thang?«

»Keine Ahnung. Vielleicht ist was mit den Kindern?«

»Und Petra?«

»Kommt später«, beantwortete Klaudia seine Frage. »Aber der Kaffee ist trotzdem genießbar«, flüsterte sie, bevor sie die Besprechung eröffnete.

Wie nicht anders zu erwarten gewesen war, hatte Wibke noch nicht viel beizutragen. Was sie mit Sicherheit sagen konnte, war, dass der Tote nicht am Fundort ums Leben gekommen war. Aber das hatte sowieso niemand vermutet.

»Wir hätten zumindest einen möglichen Kahn.«

»Denkst du an die Ehefrau?«

Klaudia nickte. »Sie ist Kahnführerin.«

»Das macht sie nicht automatisch zu einer Verdächtigen«, mischte sich Meinert ein. »Die beiden leben schon eine Weile getrennt. Da dürfte die erste Wut verraucht sein.«

»Möglich.« Klaudia strich sich eine Haarsträhne zurück. Demel fragte sich, ob ihr bewusst war, dass sie das immer tat, wenn sie sich unwohl fühlte. Meinert ging ihr also doch unter die Haut. Das konnte ja heiter werden.

»Aber möglicherweise war die Freundin auch nicht der Grund für die Trennung.« Klaudia schob das Kinn vor. Ein sicheres Zeichen dafür, dass sie noch einen Pfeil im Köcher hatte.

»Sondern?« Meinert klappte sein Laptop zu. Welche Mails er auch immer gerade gecheckt hatte, jetzt hatte Klaudia seine Aufmerksamkeit.

Mach es nicht so spannend, dachte Demel.

»Also«, sagte Klaudia und wurde durch das Aufstoßen der Tür unterbrochen.

»Tut mir leid.« Thang ließ sich auf seinen Platz fallen. »Ich habe den Wecker nicht gehört. Es war eine ziemlich unruhige Nacht. Aber kommt nicht wieder vor.« Ganz automatisch blickte er während seiner wortreichen Entschuldigung zu Meinert. Einfach weil der auf PHs Platz saß. Als ihm der Fehler bewusst wurde, wandte er sich an Klaudia. »Tut mir leid«, sagte er. »Ich …«

»Du hast nichts verpasst«, unterbrach sie ihn. »Ich wollte gerade berichten, warum die Freundin des Toten so verwirrt auf die Erwähnung seines Sohnes reagiert hat.«

»Hat sie das?«, fragte Meinert.

»Auf jeden Fall«, bestätigte Thang Klaudias Behauptung. Er hätte es auch getan, wenn es anders gewesen wäre, einfach weil er ein schlechtes Gewissen ihr gegenüber hatte.

Dieses Revier wird nicht mehr das Gleiche sein, wenn Meinert Chef wird, dachte Demel. Er konnte sich einfach nicht vorstellen, dass der LKA-Kollege und Klaudia auf Dauer miteinander klarkamen. Andererseits, auch sie beide waren auf dem falschen Bein miteinander gestartet und waren jetzt ein gutes Team. Er griff nach seinem Becher. Der Kaffee war wenigstens genießbar, also war der durchschnittliche LKA-Kollege lernfähig.

»Nun sag schon.« Wibke blickte auf die Uhr. »Auf mich wartet ein Berg Arbeit.«

»Der Sohn ist eine Tochter.«

»Äh, was?« Demel verschluckte sich. Hustend stellte er den Becher auf die Tischplatte.

Klaudia wartete, bis er sich beruhigt hatte, dann fuhr sie fort. »Der Sohn ist ein Transmann. Also auf dem Weg von Frau zu Mann. Und laut meiner Quelle ist das der Grund für die Trennung der Eheleute.«

»Okay.« Demel wischte mit dem Handballen Kaffeespritzer von der Tischplatte. »Und ich dachte, ich hätte Sorgen mit meinem Teenager.« Er blickte von Thang zu Meinert. »Geht euch gerade der Arsch auf Grundeis?«

Beide ignorierten die Frage. Demel hatte nichts anderes erwartet. Ein Teil seiner Scherze flog immer direkt ins Aus. Das machte seinen besonderen Charme aus.

»Aber auch das wäre quasi«, Meinert ließ sich nicht aus der Ruhe bringen, »Schnee von gestern.«

»Vielleicht sollten wir trotzdem mal mit ihr sprechen?«, mischte sich Thang ein.

»Frau Rollenhagen?«, hakte Klaudia nach.

»Nein.« Thang griff nach der Kaffeekanne, als wollte er sich daran festhalten. Seine Gesichtshaut wurde einen Hauch dunkler, als sie ohnehin war. »Ich meine die Tochter, äh den Sohn.«

»Bist du sicher«, mischte sich Meinert ein, »dass du genügend Feingefühl für diese Befragung aufbringst?«

»Ich bin das personifizierte Feingefühl«, behauptete Thang.

Mimose trifft es eher, dachte Demel, behielt den Gedanken jedoch für sich.

»Dann kümmern wir uns um den Sohn«, sagte Klaudia, »und ihr ...«

»Arbeiten unsere Liste ab«, fiel ihr Meinert ins Wort. »Meerländer haben wir immer noch nicht angetroffen.«

Schlimmer geht immer. Demel sagte nichts. Die Würfel waren gefallen. Er und Meinert würden miteinander klarkommen müssen. Unwillkürlich knirschte er mit den Zähnen. Das konnte heiter werden.

»Ich kann fahren«, bot er an, als sie aus dem Revier traten. Ein Zug rauschte vorbei. Demel sah zwar, dass Meinert den Mund bewegte, verstand jedoch kein Wort.

»Was?«

»Wenn es dir nichts ausmacht, fahre ich lieber.« Meinert grinste wieder dieses LKA-Grinsen. »Ich bin ein grottenschlechter Beifahrer«, fügte er hinzu. »Frag meine Frau.«

»Wie du willst.« Demel wäre lieber in seinem eigenen Wagen gefahren, trotzdem steuerte er den Sportwagen an, der neben Klaudias Peugeot parkte.

»Ich glaube ja nicht, dass das mit dem Sohn etwas bringt.« Meinert entriegelte den Wagen und stieg ein. »Bisschen weit hergeholt, oder?«

»Es ist eine Variante.« Demel würde sich eher die Zunge abbeißen, als gegen Klaudia Stellung zu beziehen.

»Sie hat eine gute Nase«, gab Meinert zu. »Das hat sie mehr als einmal bewiesen.«

»Kannst du laut sagen.« Demel stieg ebenfalls ein. »Hast du was von Petra gehört?«

Meinert schüttelte den Kopf. »Ich hoffe, sie bleibt, sollte ich den Job kriegen.«

»Wo soll sie denn sonst hin?«

»Na ja.« Meinert schaltete den Anlasser an. Der Motor erwachte mit einem satten Brummen zum Leben. »Sie hat schon einmal gewechselt.«

»Wer hat das nicht.« Demel kratzte sich den Nacken. »Aber sie war froh, als sie nicht mehr in die Schule musste. Das hat sie gehasst.«

»Echt?« Meinert runzelte die Stirn.

»Ja«, erwiderte Demel. »Dieses Hin und Her war aber auch lästig. Und als dann hier die Stelle aufgestockt wurde, hat sie sofort zugegriffen.«

»Vom wem redest du?«

»Na von Petra. Du nicht?«

»Ich dachte eher an Klaudia, aber natürlich fände ich es ebenso scheiße, wenn Petra uns verlassen würde.«

»Oh. Ja. Klar.« Demel fühlte sich wie der letzte Idiot. »Klaudia wäre ein echter Verlust. Jeder würde sie vermissen.« Meinert sollte ruhig wissen, dass Klaudia eine starke Basis im Revier hatte. »Aber was ist, wenn du den Job nicht kriegst?«, fragte er. »Willst du dann trotzdem wechseln? Ich meine ...« Er schnallte sich an. »... es wird ja eine Planstelle frei. Und ruhiger ist es bei uns allemal.«

»Ich weiß es nicht.« Meinert legte den Rückwärtsgang ein und rollte vom Hof.

Die Siedlung, in der Justine Meerländer lebte, lag am Rande der Neustadt. Die Wohnungsbaugesellschaft hatte einiges investiert, um die Wohnblöcke zu sanieren. Trotzdem galt die Siedlung nicht als die beste Wohngegend, dafür war sie die kinderreichste.

Die Polizisten hatten Glück, gerade verließ ein Paketbote das Haus und ließ sie hinein. Justine Meerländer öffnete ihnen nach dem zweiten Klingeln. Die Tür war durch eine Kette gesichert.

»Oh.« Ihre Augen wurden erst groß, dann zogen sie sich zu Schlitzen zusammen. »Hat die Alte Sie reingelassen?« Ihre Stimme klang resigniert.

»Mein Name ist Demel, und das ist mein Kollege Kriminalkommissar Meinert.« Peter hielt der Frau seinen Dienstausweis vor die Nase. Heute würde er nicht den Wackeldackel für Meinert machen. »Dürfen wir hereinkommen?«

»Ich weiß nicht.« Meerländer biss sich auf die Unterlippe, doch schließlich trat sie zur Seite und löste die Kette. Im Flur war es so eng, dass Demel Mühe hatte, nicht gegen eins der Pakete zu stoßen, die sich an der Wand aufgereiht, stapelten.

»Die müssen zurück.« Meerländer verspürte offensichtlich das Bedürfnis, sich zu rechtfertigen. »Aber ich komme einfach nicht dazu.« Sie strich sich eine Haarsträhne hinters Ohr. Taten das eigentlich alle Frauen, wenn sie verlegen waren?

Auch im Wohnzimmer standen überall Pakete herum, manche waren geöffnet, die meisten jedoch nicht einmal das. Es roch nach Gras, und die Gardine blähte sich leicht im Durchzug. Demel war sich ziemlich sicher, dass Kaufsucht die Frau auf die Liste des Gerichtsvollziehers gebracht hatte.

»Ich war krank, wissen Sie.« Meerländer blickte zu Meinert und dann zu ihm. Verlegen knetete sie die Hände. An einem Arm trug sie Freundschaftsbänder. Sie waren verblasst und sahen aus, als würden sie bald abfallen.

Demel nickte. »Können wir uns vielleicht setzen?« Er musterte die Frau. Sie war der eher üppige Typ mit glatter Haut und runden Armen. Ihr Gesicht war etwas gerötet, und ihr kurz geschnittenes Haar lockte sich feucht am Halsansatz.

»Ich schicke das wirklich alles zurück.« Meerländer nahm ein Paket von einem Stuhl und setzte sich, die Hände auf den Knien, die Füße dicht beieinander.

Auch Demel nahm Platz, während Meinert es vorzog, an die geöffnete Balkontür zu treten.

»Aber es sind so viele.«

Demel nickte.

»Und ich will ja auch bezahlen. Wirklich.«

»Haben Sie das auch dem Gerichtsvollzieher gesagt?«, fragte Meinert.

»Wem?«

»Dem Gerichtsvollzieher«, wiederholte Demel die Frage. »Herrn Rollenhagen. Er war doch hier, oder? Zumindest steht Ihr Name auf seiner Liste.«

»Warum fragen Sie ihn nicht selbst?« Meerländer biss sich wieder auf die Unterlippe, dann klappte ihr Unterkiefer herab. »Ist er etwa der Tote, den ihr gefunden habt?«

»Würden Sie bitte unsere Frage beantworten?«, bat Meinert.

»Ich weiß nichts von einer Liste.« Meerländer sprang auf. Sie blickte von Meinert zu Demel. »Ich meine, ich weiß, dass ich Schulden habe, und ich versuche wirklich, die in den Griff zu kriegen. Aber von einer Liste weiß ich nichts.«

»Heißt das, dass Herr Rollenhagen Freitag nicht hier war?«, hakte Demel nach.

»Möglicherweise war er hier. Aber ich war den ganzen Tag unterwegs. In Berlin«, fuhr sie fort. »Stadtbummel. Das mache ich manchmal, wenn mir hier die Decke auf den Kopf fällt. In den Nachrichten hieß es, er wurde ermordet.« Sie schluckte.

»Gibt es jemanden, der das bestätigen könnte?«, fragte Meinert.

»Dass er ermordet wurde?«

»Dass Sie in Berlin waren.«

»Verdächtigen Sie etwa mich?« Meerländer griff sich an die Kehle. »Das ist jetzt nicht Ihr Ernst, oder?« Ihr Kinn zitterte. »Bitte gehen Sie.« Theatralisch streckte sie den Arm aus und wies zur Tür. »Verlassen Sie sofort meine Wohnung!« Sie erhob sich von ihrem Stuhl und wich an die Schrankwand zurück, dabei stolperte sie über eins der Pakete. Sie strauchelte, fing sich jedoch wieder. Instinktiv sprang Demel auf und streckte die Hände nach ihr aus.

»Fassen Sie mich nicht an«, fauchte Meerländer, die Arme vor der Brust gekreuzt.

Demel und Meinert tauschten einen Blick, dann verließen sie den Raum.

Kaum standen sie im Flur, hörten sie, wie sich der Schlüssel im Schloss drehte.

»Da hat aber jemand schnell eins und eins zusammengezählt.« Meinert versenkte die Hände in den Hosentaschen. »Wenn es stimmt, dass Rollenhagen nicht hier war, dann ist Aaron Klaus die letzte Person, die ihn lebend gesehen hat.«

»Du willst dich nicht von dem Gedanken verabschieden, dass er der Täter ist, was?«

»Er bleibt eine Variante«, beharrte Meinert.

»Wenn Gott dir eine Tür zuschlägt ...«, murmelte Demel.

»Was?« Meinert kniff die Augen zusammen und musterte ihn, als habe er den Verstand zwischen all den Paketen verloren.

Demel nickte in Richtung der Nachbarin, die am Ende des Flurs stand und sie aufmerksam musterte. Sie war klein, hager, und alles in ihrem Gesicht folgte der Schwerkraft. Nach Demels Erfahrung war sie genau der Typ Nachbarin, der seine Nase in alles steckte.

»Sie sind von der Polizei«, sagte sie.

Keine Frage, sondern eine Feststellung.

»Wurde ja auch Zeit«, fügte sie hinzu. Ihre Lippen schlossen sich zu einem schmalen Schlitz.

Das konnte interessant werden. »Und warum wurde es Zeit?« Freundlich lächelnd ging Demel zu ihr. Er ließ die Schultern ein bisschen heruntersacken, um nicht bedrohlich zu wirken.

»Na ja.« Die Nachbarin leckte sich hastig über die Lippen, dann reckte sie das Kinn. »Sie sind doch wegen Freitag hier. Oder?«

15. KAPITEL

Klaudia griff gerade nach ihrem Rucksack, als ihr Smartphone klingelte. Es war Saling. Die Stimme der jungen Frau klang belegt. Sie schniefte.

»Ich war gerade im Keller«, sagte sie.

»Ja.« Klaudia gab Thang ein Zeichen und nahm einen Stift zur Hand. Durch das geöffnete Fenster hörte sie das Bimmeln der Schranke.

»Sie haben gesagt, ich könnte Sie jederzeit anrufen, wenn mir was auffällt.«

»Natürlich.« Klaudia stand von ihrem Schreibtisch auf, um das Fenster zu schließen, doch genau in diesem Moment rauschte die Regionalbahn vorbei. Salings Stimme ging in dem Lärm unter.

»Was haben Sie gesagt?«

»Sein Rad ist nicht da«, wiederholte Saling. »Ich hab das nicht sofort gemerkt. Weil meins in der Garage steht, aber da ist nicht genug Platz für zwei Räder, also stellt Willi seins in den Keller. Und heute war ich im Keller, ich hab Altpapier runtergebracht. Ich musste einfach was tun, also hab ich aufgeräumt. Sonst …«, Saling schluchzte. »Und da hab ich gesehen«, fuhr sie schniefend fort, »dass es nicht da ist.«

»Okay.« Klaudia setzte sich wieder hinter ihren Schreibtisch. Rollenhagen war also mit dem Fahrrad unterwegs gewesen. Was bedeutete das für ihre Ermittlungen? »Kann es sein, dass er Ihnen gefolgt ist?«

»Ich weiß nicht«, schluchzte Jana Saling. »Dann hätte ich ihn doch gesehen, oder?«

»Was für ein Rad ist es?«, hakte Klaudia nach.

»Ein …« Saling nannte eine Marke, die Klaudia nichts sagte. »Warten Sie.« Klaudia griff wieder nach dem Stift. »Können Sie das bitte wiederholen?«

»Ja, natürlich.« Saling wiederholte die Marke so langsam, dass Klaudia sie auf ihrer Schreibtischunterlage notieren konnte.

»Danke.«

»Wissen Sie schon …« Saling schluchzte.

»Nicht mehr als gestern.« Man musste kein Hellseher sein, um zu wissen, was die junge Frau hatte fragen wollen.

»Die Kleidung des Toten passt zum Kleidungsstil Ihres verschwundenen Freundes. Die DNA-Untersuchungen stehen noch aus.«

»Aber einen Fahrradhelm haben Sie nicht gefunden?« So etwas wie Hoffnung schwang in Salings Stimme mit. »Willi ist nie ohne Helm gefahren.«

Die Hoffnung stirbt zuletzt, dachte Klaudia. Was sich von Illusionen nährt, überlebt eben einiges. »Sie haben uns sehr geholfen.« Es hatte wenig Sinn, dieses Gespräch fortzuführen. »Danke für Ihren Anruf. Ich melde mich bei Ihnen wegen eines Termins, damit wir Ihre Aussage aufnehmen können.«

»Ja, natürlich«, schniefte Saling. »Ich dachte nur, Sie sollten das wissen.«

»Sie haben alles richtig gemacht. Ich melde mich.« Klaudia drückte das Gespräch weg und zog die Tastatur zu sich heran. Sie tippte die Marke in die Suchfunktion des Browsers und schickte eins der Bilder, die der Computer ausspuckte an die Leitstelle, mit der Bitte, dass sämtliche Streifenwagenbesatzungen die Augen aufhielten. Vielleicht fanden sie das Rad ja.

»Was war?« Thang gähnte so ausgiebig, dass seine Goldzähne aufblitzten.

Klaudia berichtete ihm von dem Telefonat.

»Tolles Teil.« Thang stieß einen bewundernden Pfiff aus. Im Gegensatz zu Klaudia brauchte er keine Onlinesuche, um zu wissen, um was für ein Fahrrad es sich handelte. »Klingt das für dich nach einem dienstlichen Termin?«

»Keine Ahnung.« Klaudia biss sich auf die Unterlippe. Sie hätte Saling fragen sollen, ob ihr Lebensgefährte seine Termine mit dem Rad wahrnahm.

»Hast du es zur internen Fahndung ausgeschrieben?«

»Was meinst du?« Klaudia musterte ihn von oben bis unten.

»Sorry.« Thang schrumpfte geradezu unter ihrem Blick. »Ich bin nicht ganz auf der Höhe meiner geistigen Fähigkeiten. Können wir?« Er schob die Computertastatur von sich und stand auf. »Während du telefoniert hast, habe ich mich mal schlaugemacht. Wusstest du, dass sich die Zahl der Transsexuellen in den letzten Jahren nahezu verzehnfacht hat?«

»Echt?«

»Ja. Und im Gegensatz zu früher sind es jetzt mehr Mädchen als Jungen, die sich im falschen Geschlecht fühlen. Und die Kids werden immer jünger.«

»Vielleicht liegt es daran, dass die Mädchenwelt immer pinker wird«, erwiderte Klaudia.

»Meinst du?« Thang kniff die Augen zusammen. Wahrscheinlich dachte er gerade an die Strampler seiner Töchter.

»Ich habe keine Ahnung«, räumte Klaudia ein. »Alles was ich zu diesem Thema weiß, ist mehr oder weniger Küchenpsychologie. Lass uns losfahren.«

»Kennst du irgendjemanden, der so ist?«

»Nein.« Klaudia schüttelte den Kopf. »Also nicht persönlich.«

»Ich hatte mit welchen zu tun, als ich bei der Sitte war.«

»Das natürlich auch«, räumte Klaudia ein.

»Die meisten waren recht nett.« Thang tippte sich mit dem Zeigefinger gegen die Zähne. »Wenn auch ziemlich aufgetakelt.«

»Das waren dann aber Transmänner«, erinnerte ihn Klaudia.

»Stimmt.« Wieder gähnte Thang. »Einmal eine Nacht durchschlafen«, murmelte er.

»Du hast doch ab heute Bereitschaft. Die kannst du ja wieder hier verbringen.«

»O Mist, ich wollte dich fragen, ob …«

»Ist okay«, unterbrach ihn Klaudia. »Ich hab eh nichts vor.«

»Du bist die Beste.«

»Sag das den Kollegen vom Personalrat.« Klaudia grinste schief.

»Wann hast du den Termin?«

»Nächste Woche.«

»Du schaffst das. Gegen dich ist dieser Meinert doch 'ne Niete.«

»Ist er eben nicht.«

»Aber er ist auch nicht besser als du, und du bist eine Frau.«

»Kommst du mir jetzt auch mit der Quote?«

»Ich weiß nicht, was du willst«, rechtfertigte sich Thang. »Wenn beide die gleiche Qualifizierung haben, ist das erst mal in Ordnung.«

»Seit wann bist du Feminist?« Klaudia musterte ihn. Die Gleichstellungsbeauftragte hätte ihre reine Freude an ihm. Es gab wenige Kollegen, die sich offen gegen die Quote aussprachen, doch die meisten waren dagegen. Und Klaudia verstand das auch. Schließlich senkte es ihre Aufstiegschancen.

»Zwei Töchter verändern schon mal die Perspektive.«

»Hättest du lieber Söhne gehabt?«

»Meine Mutter war enttäuscht«, räumte Thang ein. »Sie meinte, mit einer Vietnamesin wäre das nicht passiert.«

»Weiß Janina davon?«

»Bist du verrückt?« Thang kreuzte die Finger, als wolle er einen bösen Geist abwehren. »Ich habe Mutter gesagt, dass nicht die Frau für das Geschlecht des Kindes verantwortlich ist, da hat sie Ruhe gegeben.«

»Jungen machen Jungen, Männer machen Mädchen«, murmelte Klaudia.

»Wo hast du das denn her?«

»Keine Ahnung.« Klaudia strich sich eine Haarsträhne hinters Ohr. »Wahrscheinlich von meinem Vater. Als Hausarzt war er ein stets übersprudelnder Quell von Lebensweisheiten.« Auf einmal wurde Klaudia die Kehle eng. Sie vermisste ihren klugen und immer zu Späßen aufgelegten Vater.

»Männer, Mädchen«, murmelte Thang hinter ihr, als sie die Treppe hinunterstiegen.

Petras Bürotür stand offen, die Sekretärin stand mit dem Rücken zu ihnen und beugte sich über ihren Schreibtisch.

»Warte unten auf mich«, bat Klaudia und klopfte an den Türrahmen. »Wie geht's deiner Mutter?«, fragte sie, als Petra sich zu ihr umwandte.

»So weit ganz gut«, erwiderte die Sekretärin. »Sie haben ihr Infusionen gegeben, und jetzt ist sie wieder etwas klarer im Kopf.«

»Also kein Schlaganfall.«

»Nein.« Petra kniff die Lippen zusammen. »Sie hat einfach keinen Durst und hat wohl nicht genug getrunken«, presste sie hervor.

»Führen die denn kein Trinkprotokoll?«

»Doch und sie haben es mir auch gezeigt, also wie viel Flaschen Wasser sie ihr am Tag hingestellt und ausgetauscht haben, aber sie vermuten, meine Mutter hat das Wasser weggeschüttet.«

»Und nun?«

»Keine Ahnung.« Petra seufzte. »Jetzt ist sie ja erst mal im Krankenhaus.«

»Mein Vater bekommt Subcutan-Infusionen.«

»Das hat der Pfleger auch erwähnt. Aber ich weiß nicht. Ich meine ...« Petra stockte. »Ach«, sagte sie schließlich, »ich weiß nicht, was ich meine.«

»Wenn du irgendwas brauchst, ruf mich an«, bot Klaudia an.

»Mach ich.« Petra nickte zu PHs geschlossener Bürotür. »Ist das eine gute Idee, dass er sich da bereits häuslich einrichtet?«

»Es ist nur ein Büro«, rechtfertigte sich Klaudia. »Meinert braucht eins, und das steht leer.«

»Noch ist PH nicht offiziell ausgeschieden.«

»Bei der Menge an Überstunden und Resturlaub, die er angesammelt hat, wird das auch noch ein paar Monate dauern. Aber er kommt nicht zurück. Vermisst du ihn?«

»Ja.« Petra nickte. »Natürlich tue ich das. Wir sind, ich meine«, korrigierte sie sich, »wir waren ein eingespieltes Team. Aber ich arbeite auch gern mit dir zusammen«, fügte sie vielleicht eine Spur zu hastig hinzu.

»Und wenn es Meinert wird?«

»Dann werde ich mit ihm zusammenarbeiten. So schnell wirst du mich nicht los, falls das deine Frage war.«

»Ich bin sehr froh.« Klaudia umarmte Petra und drückte sie einen Moment an sich.

Klaudia parkte ihren Peugeot vor dem Haus der Familie Rollenhagen. Als sie ausstiegen, bewegten sich die Gardinen im Nachbarhaus. Diesmal öffnete ihnen nicht Frau

Rollenhagen die Tür, sondern ein schmaler junger Mann mit kurz geschorenem blondiertem Haar und etwas kantigen Gesichtszügen. Die Augen hinter der dunklen Hornbrille waren geschwollen und gerötet. Auch wenn Luca Rollenhagen auf den ersten Blick männlich wirkte, sah Klaudia die Brüche. Er war schmal gebaut, und die vereinzelt wachsenden Bartstoppeln wirkten verloren zwischen geröteten Pickeln. Er trug ein weites Sweatshirt, das eigentlich zu warm war für diesen Spätsommertag, und dazu Baggyjeans. Seine knochigen Füße steckten in Flip-Flops.

Klaudia stellte sich und Thang vor. Sie war froh, dass ihr halbvietnamesischer Kollege, der auch eher zierlich gebaut war, sie begleitete und nicht Demel mit seiner betont männlichen Ausstrahlung. »Wir würden gern mit Ihnen sprechen.«

»Wissen Sie?« Luca räusperte sich. »Ich meine: Haben Sie ...?« Er wischte sich hastig mit dem Handrücken über die Wange.

»Können wir das vielleicht im Haus besprechen?« Klaudia lächelte beruhigend. Der Junge steckte in einer schwierigen Lebenslage und hatte seinen Vater verloren, mit dem er sich nicht mehr hatte aussöhnen können. Für den Rest seines Lebens würde er mit dieser Tatsache leben müssen. Man musste schon sehr stark sein oder ein gutes Hilfenetz haben, um damit klarzukommen. Sie schätzte Luca Rollenhagen auf Mitte zwanzig, doch er hatte den Körper und die Stimme eines Jungen zu Beginn der Pubertät. Allzu lange konnte er noch nicht Testosteron nehmen.

»Natürlich.« Luca trat zur Seite. »Entschuldigen Sie.« Er fuhr sich mit der Hand über den Kopf. Seine Fingernägel waren schmutzig und abgebrochen, als würde er viel draußen arbeiten.

Er führte sie in das gemütlich eingerichtete Wohnzimmer, das Klaudia bereits von ihrem ersten Besuch kannte. Er nahm eine Wolldecke von der Sitzgruppe und forderte die Beamten auf, Platz zu nehmen. Für einen Moment kämpfte er mit der Wolldecke, dann knüllte er sie in einen Korb. Etwas verloren stand er vor dem Bücherschrank. Er konnte die Hände nicht stillhalten. Es war, als führten sie ein Eigenleben. Mal zupften sie an seinem Sweatshirt herum, mal richteten sie die Brille, mal zogen sie am Hosenbund. Schließlich versenkte er sie in den Taschen seiner Baggyjeans. Doch auch da blieben sie nicht lange. »Möchten Sie was trinken?«

»Ist Ihre Mutter da?«

»Sie hat sich hingelegt«, erwiderte Luca. »Es geht ihr nicht gut.«

»Natürlich.« Klaudia nickte. »Es ist für Sie alle nicht einfach.«

»Das stimmt«, Luca räusperte sich, »ich kann sie holen.« Er eilte zur Tür, froh, aus der Situation zu kommen.

»Noch nicht.«

Obwohl Klaudia nicht laut gesprochen hatte, stoppte ihre Stimme ihn mitten in der Bewegung. Seine Schultern sackten nach vorn.

»Wenn es okay ist für Sie, würden wir gern erst einmal mit Ihnen sprechen.« Mit einer Handbewegung lud sie Luca ein, sich ebenfalls zu setzen.

»Verdächtigen Sie mich?« Von jetzt auf gleich verwandelte sich Luca in einen zornigen jungen Mann.

»Ihr Vater wurde ermordet.« Klaudia blieb ruhig. »Die meisten Morde sind Beziehungstaten.« Wir möchten einfach mehr über Ihren Vater erfahren, hatte sie noch hinzufügen wollen, doch Luca unterbrach sie.

»Und da meinen Sie, fragen wir doch mal den Freak? Bestimmt hat er oder sie oder was immer er ist, seinen Papa umgebracht?«

»Ihre Eltern leben getrennt.«

»Und ich bin schuld.« Luca sackte auf den Sessel, auf dem bei ihrem ersten Besuch seine Mutter gesessen hatte. Seine Wut verpuffte ebenso schnell, wie sie aufgeflammt war. Er räusperte sich. »Mein Vater konnte es einfach nicht ertragen, dass seine Tochter nicht mehr sein glückliches Mädchen war, dass seine heile Welt Risse bekam. Und wissen Sie was?« Er blickte von Thang zu Klaudia. »Irgendwie war dieses Ich«, er zeigte auf sich, »für ihn ein Mörder. Und zwar der Mörder seiner Tochter, der Einser-Abiturientin, der Studentin, mit der er prahlen konnte. Mein Vater war ein Feminist, hat er immer von sich behauptet. Mädchen könnten alles erreichen. Ich könnte alles erreichen. Nur nicht ich selbst sein. Er hat es nicht mehr ausgehalten, mich zu sehen, also bin ich ausgezogen. Aber auch das reichte nicht. Weil Mutti mich unterstützt hat, ist er gegangen. Und das Beste daran ist?« Lucas Gesicht verzog sich voller Abscheu. »Er leidet«, Luca malte imaginäre Anführungsstriche neben seinem Gesicht, »weil er sein kleines Mädchen verliert, und flüchtet sich in eine Beziehung mit einer Frau, die kaum älter ist als ich.« Luca räusperte sich wieder. »Wer ist hier der Perverse?«

»Sei still!«

Klaudia fuhr zusammen. Susanne Rollenhagen stand in der Tür. Der große Hund hockte neben ihr. Aufmerksam musterte er die Gäste, dann lief er schwanzwedelnd zu Luca und legte seinen Kopf auf dessen Knie.

»Du redest dich um Kopf und Kragen«, fuhr Rollenhagen ihren Sohn an.

»Ich hab Papa nichts getan.« Lucas Stimme überschlug

sich. »Warum hätte ich ihn umbringen sollen?« Die Frage richtete sich an seine Mutter. »Davon hätte ich ihn auch nicht zurückbekommen«, schrie er sie an und schlug schluchzend die Hände vors Gesicht.

»Ich weiß.« Rollenhagen eilte zu ihrem Sohn und kniete neben ihm nieder. Sie schlang die Arme um seinen schmalen Körper. Den Schwanz eingezogen, verkroch sich der Hund in seinen Korb. Klaudia verstand ihn gut. Die Luft kochte geradezu vor Emotionen.

»Ich kenn die Tussi.« Geräuschvoll zog Luca die Nase hoch.

Klaudia und Thang tauschten einen Blick. Es war nicht nur dieser Ausbruch, der sie überraschte. Jana Saling hatte nichts von Lucas Existenz gewusst. Zumindest hatte sie das behauptet.

»Du warst da?« Susanne Rollenhagen wich vor ihrem Sohn zurück. Schwankend kam sie auf die Füße.

Klaudia eilte zu ihr, um sie zu stützen, doch Rollenhagen winkte ab.

»Wieso?«, fuhr sie ihren Sohn an.

»Wissen Sie«, Luca ignorierte seine Mutter und sah von Klaudia zu Thang, »dass die süße Jana ein zweites Eisen im Feuer hat?«

»Wie meinen Sie das?«, fragte Klaudia.

Luca schnaubte. »Wie wohl?«

16. KAPITEL

»Natürlich sind wir wegen Freitag hier«, übernahm Meinert, bevor Demel reagieren konnte. »Aber das können wir ja schlecht«, er senkte die Stimme, »hier im Flur mit Ihnen besprechen. Nicht wahr?«

Die Nachbarin nickte eifrig. Ihre Augen leuchteten geradezu. Wahrscheinlich hatten sie ihr nicht nur den Tag, sondern gleich die ganze Woche gerettet.

»Dürfen wir reinkommen?«, fragte Meinert. Auch er hatte die Schultern etwas nach vorne genommen. Sie waren wohl auf dem gleichen Lehrgang zum Thema Bürgernähe gewesen.

Die Frau führte sie in ihr Wohnzimmer. Die Rollläden waren heruntergelassen. Auf Sofa und Sesseln lagen Kissen, über Armlehnen und Kopfteile waren Spitzendeckchen ausgebreitet. Der Fernseher lief, wenn auch ohne Ton. Vor einem der Sessel stand ein leeres Fußbad auf einem Handtuch.

Schweiß bildete sich unter Demels Haaransatz, und auch seine Achselhöhlen wurden unangenehm feucht. Im Raum war es warm, es roch muffig. Ein Geruch aus seiner Kindheit. So hatte es bei seiner Oma gerochen. Am liebsten hätte er die Balkontür aufgerissen, wie sein Vater es bei den seltenen Besuchen immer getan hatte, doch natürlich unterdrückte er den Impuls und nahm auf der Couch Platz, als die Frau ihn dazu aufforderte. Meinert setzte sich neben ihn. Seine Knie stießen an den Couchtisch. Die Frau nahm einen Stuhl, der an der Wand stand und den Demel bisher nicht bemerkt hatte, und setzte sich so nah wie möglich zu den Polizisten.

Da Meinert offensichtlich entschlossen war, dieses Gespräch zu führen, überließ Demel es ihm, sie beide vorzustellen. Die Frau hieß Wondra, geborene Sowieso, ihr Mädchenname rauschte durch seine Hirnwindungen, ohne sich irgendwo festzusetzen. Im nächsten Atemzug erzählte Frau Wondra, wann ihr Mann gestorben sei und dass ihre Kinder im Ausland lebten. Demel schaltete um auf »Blickkontakt halten und nicken«. Er versank im Stand-by-Modus, aus dem er erst erwachte, als es Meinert gelang, das Gespräch auf den vergangenen Freitag zu lenken.

»Ich wollte ja die Polizei rufen.« Frau Wondra schüttelte den Kopf bei der Erinnerung an den Tag. »Aber dann war es ja auch vorbei.«

»Was war vorbei?«, mischte sich Demel in die Befragung ein. Sie saßen seit einer gefühlten Ewigkeit in diesem stickigen Raum, und er spürte geradezu, wie sich zwischen dem Kunstledersofa und seinem Körper ein mit Schweiß gefüllter Adhäsionsspalt bildete.

»Na der Streit.« Frau Wondra beugte sich so weit vor, dass Demel unwillkürlich zurückwich, trotzdem streifte ihn ihr schaler Atem. »Geschrien hat sie.« Sie setzte sich wieder aufrecht hin, die Füße, die in Hausschuhen und Stützstrümpfen steckten, dicht beieinander, die Hände auf den Knien. Ihre Mundwinkel reichten jetzt bis fast zum Kinn.

Hatte sie bemerkt, dass er vor ihr zurückgewichen war? Oder was hatte ihren Unmut hervorgerufen?

»Sie haben also einen Streit beobachtet.« Meinert begriff eher als Demel, dass die Wondra gefragt werden wollte. Wenn Demel nicht so ausgetrocknet wäre, hätte er ebenfalls schneller geschaltet. Aber je länger er hier saß, umso träger wurde sein Gehirn. Wondras Verhalten war nicht ungewöhnlich. Die meisten Nachbarn hatten eine Beißhemmung, wie Demel es nannte, wenn es darum ging, ihr Wissen an Behörden weiterzugeben. Bis zu einem gewissen Grad konnte Demel das auch verstehen, schließlich lebte man Tür an Tür mit den Nachbarn, und das konnte recht anstrengend werden, wenn die herausfanden, wer mit der Polizei oder dem Jugendamt gesprochen hatte. Doch in diesem Fall ging es, auch wenn Wondra das nicht wusste, um einen Mord. Da gab es kein Verstecken.

»Ja«, bestätigte Frau Wondra. »Also nicht, dass ich gelauscht hätte«, fuhr sie fort, obwohl sie wahrscheinlich genau das getan hatte. Demel kannte diese Art Wohnung, wenn es beim Nachbarn klingelte, bekam man das mit. Er sah förmlich, wie die Wondra durch den Türspion linste. Vielleicht hatte sie sogar die Tür einen Spalt breit geöffnet. »Aber das war so laut.«

»Was war so laut?«

Demel beneidete Meinert um dessen Geduld, andererseits half bei dieser Art Zeugin nur Geduld. Ihm würde ein Schluck Wasser helfen, doch die Wondra machte keine Anstalten, ihnen etwas zu trinken anzubieten. Wahrscheinlich hatte sie schon so lange niemanden in ihrer Wohnung gehabt, dass sie schlichtweg die Grundregeln der Gastfreundschaft vergessen hatte.

»Na der Streit.« Auch wenn es anatomisch nicht möglich war, schienen Wondras Mundwinkel noch weiter herabzusinken. Ganz eindeutig entsprach dieses Gespräch nicht ihren Erwartungen.

Mit einem Ruck löste Demel seinen Oberkörper von der Sofalehne und beugte sich vor. »Frau Wondra.« Er räusperte sich. »Wer hat sich wann mit wem gestritten?«

»Na die Meerländer. Die glaubt ja, die sei was Besseres, und immer kriegt sie die Pakete. Wie oft die bei mir klingeln, aber ich nehm ja nichts an für die. Hat man nur Ärger mit. Wa? Deshalb sind Sie doch hier. Oder?« Sie blickte von ihm zu Meinert.

»Natürlich!« Einem Impuls folgend, nahm Demel sein

iPhone aus der Tasche und legte es auf den Tisch. »Dürfen wir das Gespräch aufnehmen? Es ist sicher von großer Wichtigkeit, was Sie uns zu sagen haben.«

»Das können Sie mir glauben.« Wondra faltete die Hände vor dem Bauch und legte los. »Ich war gerade in der Küche und wollte mein Abendbrot vorbereiten. Ich esse immer früh zu Abend, wissen Sie. Ein voller Bauch schläft nämlich nicht gern ...«

»Sie waren also in der Küche und haben was beobachtet?«

»Ein Mann, also eher ein Herr hat bei der Meerländer geklingelt.«

»Das konnten Sie sehen?«, fragte Meinert.

»Ich hab's gehört«, bestätigte Wondra Demels Vermutung über die Hellhörigkeit des Hauses.

»Und weiter?« Wenn er aus diesem stickigen Raum herauskommen wollte, bevor sein Körper eingetrocknet war, mussten sie Gas geben.

»Na ja«, wand sich Wondra. »Ich wusste ja, dass sie zu Hause war. Also sie ist ja eigentlich immer zu Hause. Aber zu faul, den Flur zu wischen ...«

»Der Mann«, unterbrach Demel sie.

»Ja.« Wondra nickte. »Der hatte eine Aktentasche dabei. Mein Mann hatte auch eine, auch wenn er meistens ...«

»Also haben Sie ihm die Tür geöffnet.« Demel hielt es für höchst unwahrscheinlich, dass, was immer der verstorbene Gatte in der Aktentasche gehabt hatte, ermittlungsrelevant war.

»Ja.« Wondra senkte den Blick. »Weil es so ein feiner Herr war«, rechtfertigte sie sich. »Sonst hätte ich das nicht getan. Ich lass ja keine Fremden ins Haus.«

»Das ist sehr vernünftig«, sagte Demel. Was hatte Meerländer gesagt, als sie die Wohnungstür geöffnet hatte? *Hat die Alte Sie reingelassen?*

»Und Frau Meerländer hat sich also mit diesem Mann gestritten.«

»Zuerst wollte sie ihn gar nicht in die Wohnung lassen, aber dann hat sie es doch getan. Er hat ihr irgend so einen Zettel gezeigt. Nicht, dass Sie glauben, ich würde schnüffeln, aber weil ich ihn doch hereingelassen hatte … Ich meine, mein Mann sagte immer …«

»Was passierte dann?« Diesmal war es Meinert, der Wondra unterbrach. Seine Stimme klang so erschöpft, wie Demel sich fühlte.

»Also!« Wondra atmete tief ein. Für einen Moment sah es so aus, als wollte sie sich jegliche Einmischung verbieten, doch dann fuhr sie fort. »Ich wollte gerade die Gurken zurück in den Kühlschrank stellen, ich kaufe die immer am Hafen, da sind sie zwar teurer, aber …

»Was hat Sie so erschreckt«, unterbrach Demel die Frau.

»Na, wie sie gekeift hat!« Wondra musterte ihn, als zweifle sie an seiner Intelligenz. »Wie ein Fischweib!« Missbilligend schüttelte sie den Kopf und versetzte damit die schlaffe Haut an ihrem Hals in sanfte Schwingungen. »Mir ist fast das Glas Gurken aus der Hand gefallen. Können Sie sich vorstellen …?«

»Ja«, sagte Demel knapp. »Konnten Sie verstehen, was Frau Meerländer gesagt hat?«

»Also ich habe wirklich nicht gelauscht.« Wondra rang die Hände.

»Das haben wir auch nicht angenommen«, sagte Meinert in einem Ton wie Zuckerwatte. Er lächelte dabei.

Wondra strahlte. »Aber es war halt nicht zu überhören.«

Ihre Wangen röteten sich. Für Augenblicke wie diese, lebte sie.

Endlich, dachte Demel und nickte ihr aufmunternd zu.

»Und ich habe auch überhaupt nicht verstanden, was sie gesagt hat.«

Demels Geduldsfaden war nicht einmal mehr einen Nanometer dick. Das konnte nicht sein. Er wurde hier nicht auf kleiner Flamme gekocht, und alles, was diese alte Wichtigtuerin zu sagen hatte, war: *Und ich hab überhaupt nichts verstanden?*

»Aber«, Wondra wusste genau, was sie tat, »was er gesagt hat, das habe ich ganz genau verstanden. Deshalb wusste ich ja, dass Sie kommen. Ich muss doch nicht vor Gericht aussagen?« Ihre Stimme schwankte zwischen Panik und Begeisterung.

»Der Mann hat Ihrer Nachbarin also mit der Polizei gedroht«, vergewisserte sich Demel.

»Ja«, bestätigte Wondra, »und dann ist er weg. Und sie ist hinterher.«

17. KAPITEL

Susanne Rollenhagen starrte ihren Sohn an, und auch Klaudia verschlug es für einen Augenblick die Sprache. Sie fing sich jedoch schnell wieder. »Sie waren also bei Frau Saling?«, hakte sie nach.

»Nein«, widersprach Luca. »Obwohl ich mehr als einmal darüber nachgedacht habe.«

»Das hast du?« Rollenhagen starrte ihren Sohn an. »Aber ...«

»Ich weiß, Mama«, unterbrach Luca sie. »Die haben mich ja auch nicht gesehen.«

»Du warst an seiner Wohnung?«

»Einmal. Ich hatte gerade den Schrieb vom Gericht gekriegt.«

Klaudia fragte sich, von was für einem »Schrieb« er sprach, doch diese Frage hatte Zeit.

»Sie kamen von einer Radtour. So richtig mit Radlerhosen und Helmen. Voll albern. Er hat mich nicht gesehen, oder wenn, hat er es sich nicht anmerken lassen. Als sie die Räder abschlossen, wollte ich rübergehen, ich war auf einmal so wahnsinnig wütend …«

»Aber«, unterbrach ihn seine Mutter.

»Ich hab's ja nicht gemacht«, rechtfertigte sich Luca. »Ich wusste ja, dass es das Testo ist, das mich so wütend macht.«

Klaudia vermutete, dass Testo die Abkürzung für Testosteron war.

Luca fuhr fort: »Ich hab's damals noch nicht so lange genommen«, erklärte er. »Und ziemlich heftig darauf reagiert.« Sein Blick glitt über Klaudia hinweg. »Mittlerweile geht's besser, obwohl ich immer noch eine ziemlich kurze Zündschnur habe. Also«, er räusperte sich, »tut mir leid, dass Sie das abgekriegt haben.«

»Kein Problem.« Klaudia nickte ihm zu. »Sie stehen unter Schock.« Die nächste Frage fiel ihr schwer, doch sie war notwendig. »Darf ich unser Gespräch aufzeichnen? Falls ich noch Fragen habe.« Sie legte ihr Smartphone auf den Tisch.

»Von mir aus.« Luca blickte zu seiner Mutter. Die öffnete den Mund, als wollte sie widersprechen, schwieg dann jedoch.

»Also verstehen Sie das jetzt nicht falsch«, begann Luca. »Aber ich fühle mich schuldig. Ich habe Papa nicht umgebracht, das nicht, doch vielleicht bin ich trotzdem schuld.«

»Sag das nicht«, unterbrach ihn seine Mutter.

»Vielleicht erzählen Sie es uns einfach«, mischte sich nun auch Thang ein. »Es wird Ihnen helfen und uns auch.«

»Ja, klar.« Luca räusperte sich wieder. »Vielleicht wäre alles anders gelaufen, wenn ich damals einfach zu den beiden gegangen wäre. Dann hätte sie gewusst, wer ich bin und nicht …« Luca nahm die Brille ab und wischte sich die Augen.

Ohne die Brille wirkte sein Gesicht deutlich weiblicher, vor allem die hellbraunen Augen, die von langen, gebogenen Wimpern umrahmt waren.

»Aber ich war so verletzt«, flüsterte Luca. »Und jetzt …«

Ist es zu spät, ergänzte Klaudia den Satz in Gedanken.

»Wie dem auch sei.« Luca straffte den Oberkörper und setzte die Brille wieder auf. Sofort wirkte sein Gesicht weniger weiblich. »Wenn ich also damals einfach über die Straße gegangen wäre und gesagt hätte: ›Hallo Papa, ich bin jetzt übrigens der Luca, und da kannst du gar nichts gegen machen. Hier ist nämlich der Wisch vom Gericht.‹ Dann hätte sie mich gekannt.« Er senkte den Blick. Seine Schultern zuckten. Rollenhagen griff nach seiner Hand, doch er schüttelte den Kopf, und sie zog die Hand zurück. »Aber ich bin ja nicht rübergegangen«, fuhr er schließlich fort. »Weil ich sonst Dinge gesagt hätte, die … das hätte ich nicht gewollt. Ich war so aggressiv damals, so wütend und hatte so eine üble Energie. Aber ich wusste ja, dass das vom Testo kommt, und ich war ja auch keine fünfzehn mehr. Trotzdem …«

Jetzt war es Luca, der nach der Hand seiner Mutter griff.

»… wie würden Sie das finden, wenn Ihr Vater eine Frau pimpert, die nicht viel älter ist als Sie selbst?«

»Sie sind also nicht rübergegangen«, mischte sich Thang

ein. Ganz offensichtlich wurde ihm die Situation zu emotional.

»Entschuldigung.« Luca räusperte sich ausgiebig. Seine Stimmlage schien noch nicht zu seinem Kehlkopf zu passen.

Klaudia fragte sich, wie er wohl als Frau geklungen hatte? Wie war es wohl für seine Mutter, ihn so zu hören? Sie musterte Susanne Rollenhagen, die neben ihrem Sohn saß, als wollte sie ihn mit ihrem Körper verteidigen. Von Schiebschick wusste Klaudia, dass Rollenhagen ihren Sohn vorbehaltlos unterstützte, trotzdem musste es ein Schock für sie gewesen sein. Niemand – außer vielleicht diese *Münchhausen-by-proxy*-Irren, die ihre Kinder krank machten, um Aufmerksamkeit zu bekommen – wünschte sich, dass sein Kind im eigenen Körper unglücklich ist.

»Also der Punkt ist: Wäre ich rübergegangen, hätte sie mich gekannt, und dann hätte sie wahrscheinlich nicht vor meiner Nase mit dem Typen rumgemacht.«

Klaudias Smartphone vibrierte. »Entschuldigung.« Sie nahm es auf. Unterdrückte Rufnummer. Wer immer es war, würde noch einmal anrufen müssen. Sie wischte den Anruf weg. »Also«, nahm sie den Faden wieder auf, nachdem sie sich vergewissert hatte, dass die Aufnahme lief. »Frau Saling hat mit einem Typen rumgemacht?«

»Ja«, bestätigte Luca. »Letzte Woche im Bellevue.«

»Ist das der Club hier in Lübben?«, fragte Thang.

»Genau der. Die hatten Re-Opening nach der Sommerpause, und wir sind zum Abtanzen hin. Und da hab ich sie gesehen. Ich hab erst 'nen Schreck gekriegt, weil ich dachte … Na ja, dass mein Vater …« Wieder räusperte sich Luca. »Wer will schon gern seinem Alten in einem Club begegnen? Aber der war nicht dabei, trotzdem war sie nicht allein, sondern hat heftig mit einem Typen rumgemacht, der altersmäßig sehr viel besser zu ihr passte. Die haben nichts mitgekriegt, nicht mal, als ich Fotos gemacht habe.«

»Du hast Fotos gemacht?« Susanne Rollenhagen klang überrascht und entsetzt zugleich. »Warum?«

»Ich wollte was in der Hand haben.«

»Und du hast mir nichts gesagt?«

»Wir reden nicht über ihn, schon vergessen?«

»Aber …«

»Sie haben also Fotos gemacht«, mischte sich Klaudia ein. Wieder vibrierte ihr Smartphone. Sie warf Thang einen entnervten Blick zu, dann nahm sie das Gespräch an.

»Wagner«, meldete sie sich kurz angebunden.

»Schön, dass ich dich erreiche«, meldete sich eine Stimme, die Klaudia zwar bekannt vorkam, die sie jedoch nicht sofort zuordnen konnte.

»Ich sitze hier und warte auf dich.«

»Äh.« Klaudia durchforstete ihr Gehirn, doch sie hatte keine Ahnung, worum es ging.

Das dämmerte wohl auch ihrem Gesprächspartner. »Ich hab gehört, du suchst eine neue Stelle, und vielleicht hätte ich etwas für dich. Und weil ich deine Nummer nicht hatte, hab ich an die Dienststelle geschrieben. Ist die Mail nicht weitergeleitet worden?«

»Du hast jetzt meine Nummer.« Klaudia hatte keine Ahnung, was sie von diesem Anruf halten sollte. Sie gab Thang ein Zeichen und verließ das Wohnzimmer. Im Flur lehnte sie sich gegen die Wand. »Mit wem spreche ich überhaupt? Ich kenne deine Stimme, aber ich weiß gerade keinen Namen dazu, sorry.«

»Also deine Nummer habe ich von einem Kollegen. Ich

sitze hier nämlich ziemlich dumm in eurem Besprechungszimmer rum. Nette Leiche.«

»Geht so«, erwiderte Klaudia mechanisch.

»Und ich bin Detlef Bach. Wir sind uns bei einigen Ein-
sätzen begegnet.« In seiner Stimme klang ein Schmunzeln
mit.

»Als ob ich das vergessen könnte.« Klaudia entschuldigte
sich noch einmal, doch Bach unterbrach sie.

»Mach dir keinen Kopf«, sagte er. »Typen wie mich ver-
gisst man schnell.«

Das war reine Koketterie. Selbst wenn Detlef nicht die
schwarze Uniform der Einsatzhundertschaft trug, blieb
einem der bullige Typ mit den kurzgeschorenen, an den
Schläfen ergrauten Haaren im Gedächtnis.

Klaudia hielt das Smartphone etwas vom Ohr ab, um zu
hören, was im Wohnzimmer vor sich ging, doch da herrschte
Schweigen. Sie musste unbedingt zurück. »Also wenn du unsere Leiche bereits kennst, weißt du, dass ich gerade keine
Zeit habe. Und leider hat mich deine Mail nicht erreicht. Petra – ich meine – unsere Verwaltungsangestellte ist gerade
nicht da.«

»Alles gut«, beruhigte sie Detlef. »Ich hab ja jetzt deine
Nummer, und vielleicht können wir uns mal zusammenset-
zen und über deine Zukunft bei der Polizei sprechen.«

»Du bist nicht zufällig im Personalrat?«

»Nein.« Detlef klang verblüfft. »Sollte ich das?«

»Vergiss es. Anfang nächster Woche habe ich einen Termin
bei denen.«

»Ich weiß«, erwiderte Detlef.

»Ach wirklich?« Klaudia fragte sich, woher er das wissen
konnte.

»Das ist auch der Grund, weshalb ich mit dir sprechen möchte.«

»Und worüber genau?«

»Ungern am Telefon«, wehrte Detlef ab. »Sonst hätte ich mich doch nicht auf den Weg ins idyllische Lübben gemacht. Hast du heute Abend was vor?«

»Du meinst außer einer Todesfallermittlung?« Klaudia fühlte sich überrumpelt.

»Auch Kriminalbeamte müssen essen. Ich habe gehört, das *La Casa* hätte gute Tapas. So gegen acht?«

»Okay.« Klaudia war zu neugierig, um abzulehnen. Erst als das Gespräch beendet war, dämmerte ihr, dass sie schon einmal eine Verabredung mit einem Kollegen im *La Casa* gehabt hatte. Sie schüttelte den Kopf. Bach würde sie schon nicht umbringen wollen.

Klaudia ignorierte Thangs fragenden Blick und schaltete die Aufnahme wieder ein. »Sie haben also Fotos von Frau Saling und einem jungen Mann gemacht«, fasste sie kurz zusammen, bevor sie Luca bat, fortzufahren.

»Die beiden sind nicht lange geblieben.« Luca blickte hastig zu seiner Mutter. »Ich meine, die haben so wild geknutscht, die brauchten eindeutig mehr privacy. Also sind sie zu ihr nach Hause.«

»Woher wissen Sie das?«

»Woher wohl?« Luca kaute auf der Unterlippe. »Ich bin ihnen gefolgt und stand dann vor dem Haus, in dem sie mit meinem Vater wohnte. Ganz schön dreist, was? Am nächsten Tag hab ich ihm die Fotos in den Briefkasten geschmissen.«

»Sie meinen, Ihr Vater wusste von der Affäre?«

»Wenn er den Brief gekriegt hat?«

»Warum haben Sie ihm die Fotos nicht per Mail geschickt?«, fragte Thang.

»Ich …« Luca senkte den Blick. Seine Hände zuckten. »Ich wollte nicht, dass er weiß, wer ihm die Bilder geschickt hat.«

»Haben Sie die Bilder noch?«

Luca nickte.

18. KAPITEL

»Das ist doch mal interessant.« Meinert zupfte sich das feuchte Polohemd vom Rücken.

»Es kann der Frömmste …«, setzte Demel an, wurde jedoch rüde von Meinert unterbrochen.

»Verschone mich mit deinen Kalendersprüchen.« Der Kollege legte den Zeigefinger auf Frau Meerländers Türklingel. »Und fromm würde ich die Dame nicht nennen.«

»Du glaubst doch nicht wirklich, dass sie uns noch einmal reinlässt?« Demel sehnte sich nach einer Zigarette, um diesen faden Geschmack, den der Geruch in Wondras Wohnung auf seinen Schleimhäuten hinterlassen hatte, loszuwerden.

»Entweder so oder wir nehmen sie mit.« Meinerts Kinn wirkte auf einmal sehr viel kantiger. »Sie hat ganz offensichtlich gelogen.«

»Das tun die meisten«, krächzte Demel.

»Was ist los mit dir?« Meinert musterte ihn.

»Nichts.« Demel würde sich eher einen Finger abhacken, als zuzugeben, dass er eine rauchen musste. Bei Klaudia wäre das nicht nötig gewesen, sie kannte seinen Rhythmus. Doch Meinert war ein anderes Kaliber. Demel musterte den athletischen Kollegen. Er gehörte sicherlich nicht zu den Chefs, die Aschenbecher für ihre süchtigen Kollegen aufstellten.

»Dann ist ja gut.« Meinert legte den Zeigefinger wieder auf den Klingelknopf, und diesmal ließ er ihn da liegen.

Meerländer reagierte damit, dass sie die Musik lauter stellte. Durch die immer noch geschlossene Tür dröhnte *Born in the USA*.

»Frau Meerländer! Machen Sie die Tür auf!« Meinert schlug jetzt mit der Faust gegen die Türfüllung. »Wir haben noch einige Fragen an Sie.«

»Ich geh über den Balkon.« Zwei Stufen auf einmal nehmend, verließ Demel den Flur. Kaum hatte sich die Haustür hinter ihm geschlossen, steckte er sich eine Zigarette an. Hier draußen war *Bruce Springsteen* noch besser zu hören als im Hausflur. Hastig zog Demel an seiner Zigarette, und seine Lunge seufzte erleichtert, als sich der Rauch in ihr ausbreitete. Noch ein letzter Zug, dann zertrat Demel die Kippe und zog sich am Balkongeländer hoch. Er hatte einige Mühe, das Bein an den Petunien vorbei über die Brüstung zu hieven, doch schließlich stand er auf dem Balkon, der gerade genügend Platz für einen kleinen Tisch und einen Stuhl bot. In einem Aschenbecher lehnte ein angerauchter Joint. Demel stieß die Balkontür auf, Meerländer stand mit dem Rücken zu ihm mitten im Raum, die Hände gegen die Ohren gepresst. Er trat zu ihr und tippte ihr mit dem Zeigefinger auf die Schulter. Sie zuckte zusammen und fuhr, die Augen schreckensweit aufgerissen, zu ihm herum.

»Vielleicht sollten Sie die Musik leiser stellen«, brüllte er über das Gitarrensolo hinweg. »Wir müssen reden.«

»Die Alte spinnt doch«, sagte Meerländer, als sie Meinert hereingelassen hatten und wieder um den Wohnzimmertisch saßen.

»Dann erzählen Sie uns doch einfach Ihre Version.« Demel räusperte sich.

»Gar nichts muss ich«, fauchte Meerländer.

»Wir können Sie auch mitnehmen. So wie es aussieht, sind Sie die letzte Person, die Rollenhagen am Freitag lebend gesehen hat, und es gibt eine Zeugin, die aussagt, dass Sie ihm gefolgt sind.«

»Aber das war doch alles ganz anders.« Meerländer blickte sich gehetzt um, ihre Beine zuckten.

Für einen Moment sah es so aus, als wollte sie auf dem gleichen Weg ihre Wohnung verlassen, auf dem Demel eingedrungen war. Unwillkürlich strafften sich seine Muskeln, doch dann war der Augenblick vorbei, und Meerländers Oberkörper sackte nach vorn.

»Dürfen wir das Gespräch aufnehmen?«

»Müssen Sie mich nicht über meine Rechte aufklären?«

»Dies ist kein Verhör«, erwiderte Meinert, »sondern lediglich eine Befragung.«

»Sie verdächtigen mich also nicht?«

»Sie waren Freitag nicht in Berlin, oder?«, begann Demel, ohne auf Meerländers Frage einzugehen.

»Nein.« Sie umschlang sich mit beiden Armen und machte keine Anstalten, weiterzusprechen.

Wenn sie jetzt nach einem Anwalt fragt, war's das, dachte Demel.

Aber Meerländer fragte nicht nach einem Anwalt. Eine ganze Weile sagte sie nichts, doch dann legte sie los. Ja, der Gerichtsvollzieher sei da gewesen. So wie sie, habe er vor der

Tür gestanden. Wahrscheinlich habe die Wondra ihn ins Haus gelassen. Er habe sich in ihrer Wohnung umgeschaut. Sie habe ihm die Situation erklärt, und er sei wieder gegangen. Punkt. Ende. Aus.

»Und der Streit?«, fragte Demel. »Was ist mit dem Streit, für den wir eine Zeugin haben? Und warum sind Sie Rollenhagen gefolgt?«

»Frau Meerländer«, mischte sich nun auch Meinert ein. Seine Stimme klang eindringlich. »Wenn Sie Rollenhagen nicht getötet haben, müssen Sie uns die ganze Wahrheit erzählen.«

»Was ist schon die Wahrheit?«, fuhr Meerländer auf. »Jeder hat doch seine eigene.«

Nicht das jetzt auch noch. Innerlich verdrehte Demel die Augen. Er hatte schon zu viele philosophische Exkurse über das Wesen der Wahrheit gehört. »Also noch mal von vorne.« Aufmunternd nickte er Meerländer zu. »Sie haben die Tür geöffnet.«

Eine halbe Stunde später wussten sie, dass Meerländer dem Toten Sex gegen Stundung angeboten hatte und er daraufhin wütend abgerauscht war.

»Irgendwie hat das einen Schalter bei mir umgelegt. Sie hätten seinen Gesichtsausdruck sehen sollen. Er hat geguckt, als sei ich ein schleimiges Haarbüschel, das man aus dem Ausguss zieht. Ich bin ausgerastet, und als er dann weg war, hab ich gedacht: O Gott, was hast du getan? Und bin hinterher. Das war's.« Sehnsüchtig blickte Meerländer zur Balkontür. Demel verstand sie gut, auch wenn er nicht kiffte. Er hätte jetzt eine Woche Lebenszeit für eine Zigarette gegeben.

19. KAPITEL

Nachdem Klaudia die Fallakte auf den neuesten Stand gebracht hatte, war keine Zeit mehr, noch nach Hause zu fahren, bevor sie sich mit Bach traf. Sie fühlte sich verschwitzt und schmuddelig. Also ging sie hinunter in die Frauenumkleide, die in den Räumen des ehemaligen Archivs untergebracht war. Wie alle Kollegen hatte sie eine Garnitur Wechselkleidung im Spind. Und was immer Bach von ihr wollte, war dienstlich, daher reichten eine Katzenwäsche und ein frisches Polohemd. Doch dann tuschte sie sich doch noch Wimpern und Augenbrauen und steckte die Haare zu einem lockeren Knoten auf. Auch für dienstliche Verabredungen konnte es nicht schaden, seinem besseren Ich zu ähneln.

Jetzt am Abend war es für Klaudia kein Problem, am Rathaus zu parken. Sie schlenderte über den Marktplatz. Noch immer war es fürchterlich warm, und Klaudia fragte sich, wann dieser Sommer wohl vorbei sein würde. Sie sehnte sich geradezu nach kühlem Wind und Regen und atmete auf, als sie in den Schatten der Häuserzeile trat, in deren Mitte das *La Casa* lag. Sie schob die Sonnenbrille hoch. Alle Tische unter der gelb gestreiften Markise waren besetzt. Die Gespräche der Menschen und das Klappern von Gläsern und Besteck legten sich wie eine Decke über ihren Tinnitus. Bach saß an einem Zweiertisch zwischen Schaufenster und Eingang und erhob sich, als Klaudia auf ihn zukam. Er trug ein hellblaues Hemd und dazu eine beige Leinenhose.

Er sieht gut aus, dachte Klaudia, die ihn bisher nur in Uniform gesehen hatte. Und kaum war der Gedanke gedacht, kippte die Welt. Sie stoppte, als wäre sie gegen eine Wand gelaufen, ihr Herz raste. Für einen Moment hatte sich Bachs

Gesicht in das von Joe verwandelt. Doch Joe war tot. Sie hatte ihn getötet. Klaudia taumelte. Nicht jetzt, dachte sie panisch.

»Alles in Ordnung?«

»Äh.« Blut schoss Klaudia in die Ohrläppchen. Sie lehnte an Bachs Brust. Er hielt sie. Schlimmer geht immer, dachte sie und trat einen Schritt zurück.

»Alles gut.« Immerhin hatte er wieder sein eigenes Gesicht, und das Haus kippte auch nicht mehr weg.

»Wann hast du denn das letzte Mal was gegessen?« Detlef nahm ihren Arm und führte sie zum Tisch, dabei winkte er eine Kellnerin herbei.

»Ich …«, setzte Klaudia an, verschluckte dann jedoch den Rest des Satzes. Die Erklärung, die Bach für ihren »*Schwächeanfall*« – selbst in Gedanken setzte sie das Wort kursiv – gefunden hatte, war auf jeden Fall besser als die zwei Varianten, die sie auf Lager hatte. Ihre Hand wanderte zu ihrem kranken Ohr.

Lass das!, rief sie sich selbst zur Ordnung und visualisierte zur Sicherheit noch ein Stoppschild. Das war eine Panikattacke, kein Drehschwindel.

»Erst mal ein großes Glas Apfelsaft«, sagte Bach in ihre Gedanken hinein, »und zwar möglichst schnell.« Er sprach mit der Selbstsicherheit eines Menschen, der gewohnt war, dass seine Anordnungen befolgt wurden.

»Danke …«

»Nicht dafür«, wehrte Bach ab. »Ich weiß doch, wie das bei euch Ermittlern ist. Sobald ihr euch in einen Fall verbeißt, vergesst ihr alles. Zumindest die guten«, fuhr er mit einem Seitenblick auf Klaudia fort. »Ich meine, ich kenne auch den einen oder anderen, der Fett ansetzt.« Er klopfte sich auf den flachen Bauch.

»Es gibt aber auch Stressfresser«, nahm Klaudia die unbekannten Kollegen in Schutz. Arno war so ein Typ gewesen. Je heißer die Ermittlungen wurden, umso mehr Junkfood hatte er in sich hineingestopft.

»Kommt ihr voran?« Bach beugte sich vor.

»Wir haben ...« verschiedene Ansätze, hatte Klaudia sagen wollen, doch die Kellnerin kehrte an ihren Tisch zurück.

»Trink erst mal«, forderte Bach Klaudia auf. »Apfelsaft ist das Beste, wenn du unterzuckert bist.«

»Gut zu wissen.« Klaudia griff nach dem Glas, das ihr die Kellnerin reichte. Sie war zwar nicht unterzuckert, dafür hatte sie einfach zu viele Gummibärchen während der Lagebesprechung gefuttert, doch fürchterlich durstig war sie schon. Wahrscheinlich verdankte sie das ebenfalls den Gummibärchen. Während sie langsam trank, blickte sie sich um. Bis auf die Schürzen der Kellnerinnen, die jetzt schwarz waren, hatte sich nicht viel verändert. Alle Tische im Außenbereich waren besetzt, und die Angestellten hatten alle Hände voll zu tun. Es duftete nach gegrilltem Fleisch und Fisch. Mit jedem Schluck entspannte Klaudia sich mehr, und als sie das geleerte Glas abstellte, war die Episode, die sie in Bachs Arme hatte sinken lassen, nur noch eine Seifenblase am Rande ihres Bewusstseins. Sie erzählte Detlef von der Befragung des Sohnes und Meerländers unmoralischem Angebot.

»Trink«, forderte er sie wieder auf. »Bei der Hitze braucht der Körper Flüssigkeit.« Bach füllte Klaudias Glas mit Wasser aus der Karaffe, die auf dem Tisch stand. »Über einen Mangel an Ermittlungsansätzen könnt ihr euch dann wohl nicht beklagen. Was sagt denn dein Bauchgefühl?«

»Das hält sich bedeckt. Bisher haben wir nur Aussagen, keine Spuren, nichts. Ich hasse es, mich zu früh festzulegen.«

»Kann ich gut verstehen«, erwiderte Bach. »Vor allem, wenn die Spurenlage so wenig hergibt.«

»Selbst wenn sie viel hergibt, ist es nicht immer sicher.«

»Erzähl«, forderte Bach sie auf.

»Wieso denkst du, es gibt eine Geschichte zu dieser Bemerkung?« Klaudia erwischte sich dabei, wie sie sich eine Haarsträhne hinters Ohr strich. Warum war sie hier? Was wollte Bach von ihr?

»Du hast diesen Blick.« Bach legte den Kopf schief und starrte in die Luft.

»Machst du mich gerade nach?«

»Wenn«, Bach legte die Hand auf die Brust, »ist es eine schlechte Imitation.«

»Also gut«, räumte Klaudia ein. »Es gibt tatsächlich eine Geschichte.« Sie räusperte sich. »Ich war damals noch auf der Polizeischule und mit einem älteren Kollegen auf Streife. Kleines Kaff im Ruhrgebiet.« Klaudia erinnerte sich noch gut an den Tag, es war Anfang November gewesen, früh am Morgen. Sie wusste nur nicht mehr, wie die Stadt hieß. Sie wurde wohl langsam alt. »Wir wurden zu einer Leiche in einer Garage gerufen«, fuhr sie fort. »Die Zeitungsfrau hat sich gewundert, dass der Briefkasten so voll war, dass sie die Zeitung nicht einwerfen konnte. Um nachzuschauen, ob der Abonnent zu Hause ist, hat sie das Garagentor probiert. Er hat die Garage wohl immer offen gelassen, wenn er mit dem Auto unterwegs war.«

»Ich würde dann ja eher abschließen.« Bach gab der Kellnerin ein Zeichen.

»Wenn der Wagen nicht drinstand, gab's da wohl nicht viel zu holen.«

»Und die Zeitungsfrau wusste das?«

»Sie war seine Nachbarin. Alle Nachbarn wussten das.«

Die Kellnerin kam und stellte diverse Steingutteller und Schälchen zwischen ihnen ab. Erst jetzt fiel Klaudia auf, dass die Kellnerin ihnen kein Menü gebracht hatte.

»Ich war so frei.« Bach rieb sich die Hände. »Und habe einfach alles bestellt. Erzähl weiter.«

»Na, wie auch immer. Die Garage war nicht abgeschlossen, doch der Wagen stand drin, die Fahrertür war geöffnet, und die Frau hat ein Bein gesehen. Sie hat gerufen, keine Antwort, dann ist sie hin, und da saß ihr Nachbar und war mausetot. Also hat sie die Nachbarschaft zusammengekreischt.«

»Was verständlich ist.« Bach warf sich eine Olive in den Mund. »Bedien dich. Oder schlägt dir die Geschichte auf den Magen?«

»Nein.« Klaudia füllte ihren Teller mit nach Knoblauch duftenden gebratenen Champignons, Schafskäse im Schinkenmantel und ofenwarmem Weißbrot.

»Als wir am Tatort eintrafen, war die gesamte Straße auf den Beinen, und während ich Absperrbänder gezogen habe, ist der Kollege in die Garage.« Sie träufelte Zitrone über die Platte mit den gegrillten Sardellen, die die Kellnerin gerade gebracht hatte, und knabberte an einer. »Er war nicht lange drin«, fuhr sie kauend mit ihrem Bericht fort, »und hat dann die Kriminalwache informiert, sie sollten mal eine MOKO einrichten.«

»Eine Mordkommission?« Bach spießte eine Dattel im Speckmantel auf.

»Datteln!«, stieß Klaudia hervor.

»Was?«

»Datteln! Der Ort hieß Datteln.«

»Interessant.« Die Dattel verschwand zwischen Bachs Zähnen. »Aber um auf meine Frage zurückzukommen. Wieso hat der Kollege sofort an Mord gedacht? Ich meine, wenn ich Garage, Auto und Toter höre, denke ich zunächst an Suizid. Zumindest zu der Zeit.« Bach nahm sich eine weitere Dattel. »Seit es Katalysatoren gibt, ist das ja auch nicht mehr so einfach. Also: Was hat der Kollege gesehen?«

»Ich hab's nachher selbst gesehen«, Klaudia erinnerte sich gut an den Toten. »Zusammen mit dem Dienstgruppenleiter der Kriminalwache.«

»Der DGL hat dich da einfach so mit reingenommen?« Bach schüttelte den Kopf. »Wie war der denn drauf?«

»Ach, der war richtig gut drauf.« Klaudia erinnerte sich mit sehr viel Respekt an den unscheinbaren Mann, dem sie eine wichtige Lektion verdankte.

»Jetzt bin ich aber wirklich gespannt.« Bach griff nach dem Brot und bestrich es mit Aioli. »Willst du?« Er reichte ihr die Scheibe.

»Also«, Klaudia biss ab und kaute, während sie weitersprach. Mit halb vollem Mund verständlich zu reden, war eine der ersten Fähigkeiten, die man als Polizist erwarb. »Stell dir folgendes Szenario vor: dunkler Tatort, Taschenlampe. Fahrertür geöffnet, ein Bein des Toten ist außerhalb des Fahrzeugs.«

»Er wollte also aussteigen«, schloss Bach.

»Hat der Kollege auch gedacht. Der Tote saß auf dem Fahrersitz, aber der Oberkörper klemmte zwischen den Sitzen.«

»Als wäre er vor etwas zurückgewichen.«

»Auch diesen Schluss hat der Kollege gezogen.«

»Okay. Weiter.« Bach zerbröselte Brot zwischen den Fingern.

»Der Kopf war nach hinten überstreckt. Aus dem Mund lief Blut, und vom Hinterkopf tropfte es ebenfalls. Für den Kollegen sah es so aus, als habe sich der Tote in den Mund geschossen.«

»Aber es gab keine Waffe.« Bach häufte sich gebratene Leber auf den Teller. »Deshalb hat er an ein Tötungsdelikt gedacht.«

»Du wärst ein guter Kriminaler geworden.« Klaudia trank einen Schluck, um ihre Kehle anzufeuchten, bevor sie einen Champignon aufspießte, der herrlich nach Knoblauch und Basilikum schmeckte.

»Warum habe ich dann das Gefühl, dass ich gerade mit Volldampf in die falsche Richtung rase?«

»Vielleicht, weil du genau das tust.«

»Also habe ich etwas übersehen. Erzähl weiter.« Bach wischte sich den Mund mit der Serviette ab und griff nach seinem Glas.

»Der DGL der Kriminalwache ...«

»Der Kollege, der dich mit zu einem Tatort genommen hat«, unterbrach Bach sie. Allein der Gedanke ließ ihn mit dem Kopf schütteln.

»Hör erst mal zu, bevor du ihn verurteilst.« Natürlich wusste Klaudia, was den Kollegen so fassungslos machte. Ein Tatort war gesperrtes Gebiet, das stand in jedem Lehrbuch. Jeder verteilte ständig seine DNA, und das alles zu sortieren in »gute« und »schlechte« DNA war schlimmer, als Aschenputtels Erbsen zu lesen.

»Er ist also rein und hat sich den Toten angeschaut, und dann ist er rausgekommen und hat gesagt: Wir brauchen keine MOKO, der Mann hat sich selbst getötet.«

»Einfach so.« Bach runzelte die Stirn. »Trotz der Spurenlage.«

»Gerade wegen der Spurenlage«, erwiderte Klaudia.

»Aber …«

»Spuren sind zwar objektiv, doch man kann sie falsch interpretieren.«

»Und das hat der Kollege, der den Toten zuerst gesehen hat, getan.«

»Ja.« Klaudia spießte eine verschrumpelte Kartoffel auf die Gabel. »Sein Film war: Jemand will aussteigen, wird in den Mund geschossen, der Oberkörper prallt zurück, und das Opfer blutet aus Ein- und Austrittswunde.«

»Und der andere Film?«

»Als Erstes hat der Dienstgruppenleiter den Kollegen gefragt, ob er versucht habe, den Wagen zu starten.«

»Das hat er natürlich nicht.«

»Nein, natürlich nicht. Der Kollege war gut in seinem Job. Er hat nichts angefasst.«

»Aber ich nehme an, der DGL hat es versucht.«

»Hat er.«

»Und?« Bach beugte sich vor.

»Nichts«, sagte Klaudia. »Die Batterie war so tot wie ihr Besitzer.«

»Aber ihr habt nichts gerochen?«

»Jede Garage hat eine Zwangsentlüftung.«

»Stimmt«, räumte Bach ein. »Sonst könnte man sie nicht schließen. Aber …« Er nahm einen Zahnstocher. »Was ist mit dem Blut?«

»Das ist der Grund, weshalb der DGL uns beide noch einmal mit in die Garage genommen hat.«

»Zwielicht und Taschenlampe«, murmelte Bach hinter vorgehaltener Hand.

»Es war alles so, wie der Kollege es beschrieben hat. Der

Tote auf dem Fahrersitz, das Bein, das aus dem Fahrzeug ragte, der zwischen die Vordersitze geklemmte Oberkörper. Also beide Kollegen haben das Gleiche gesehen.«

»Aber nicht dasselbe.«

»Nein«, bestätigte Klaudia. »Der Film des DGL war ein anderer. Und wie die Obduktion später ergab, war es der richtige. Folgendes hat der erfahrene Kripokollege gesehen:

Ein Auto in einer Garage, einen Toten, der mit dem Fuß die Tür aufhält, einen Oberkörper, der nach Eintreten der Bewusstlosigkeit zwischen die Sitze rutscht, dann die totale Erschlaffung, der Körper rutscht tiefer zwischen die Sitze, der Kopf fällt nach hinten. Dann setzt die Totenstarre ein.«

»So weit verstehe ich das«, unterbrach sie Bach. »Aber das erklärt noch nicht das Blut.«

»Doch.« Klaudia nahm sich einen Chorizospieß und dippte ihn in ein Schälchen mit roter Soße. Ihre Mundschleimhaut stand sofort in Flammen, und Tränen schossen ihr in die Augen, als sie ein Stück von der Wurst abbiss. Sie griff nach dem Wasserglas.

»Er hat uns das so erklärt«, sagte sie noch immer etwas heiser von der Schärfe. »Und die Obduktion hat es bestätigt.« Um diese Soße würde sie in Zukunft einen großen Bogen machen. »Dadurch, dass der Tote zwischen die Sitze gerutscht ist und dort eingeklemmt wurde, entstand Druck auf die Lunge, und schließlich ist sie geplatzt, und das erklärt das Blut.«

»Und die Austrittswunde?«

»Existierte nur in der Vorstellung des Kollegen, der zuerst am Tatort war. Das Blut ist aus dem Mund geflossen, hat sich in den Haaren gesammelt und ist dann wie Wasser von den Haarspitzen getropft.«

»Erstaunlich. Willst du?« Bach zeigte auf den Teller mit der gegrillten Leber. »Die schmeckt nicht mehr, wenn sie kalt wird.«

»Iss ruhig.« Klaudia legte die Serviette auf ihren Teller. »Das war der Tag, an dem ich beschlossen habe: Das will ich auch können. Und deshalb bin ich später zur Kripo gegangen.«

»Und trotzdem bewirbst du dich jetzt auf eine eher administrative Stelle. Passt das?«

»Warum interessiert dich das so?« Klaudia griff nach ihrem Glas. »Sag nicht, dass du dich ebenfalls auf PHs Stelle bewirbst. Oder wirst du strafversetzt?«

»Weder noch«, erwiderte Bach. »Weißt du, dass du eins meiner beruflichen Highlights warst?« Er wischte mit dem Brot über seinen Teller und lehnte sich dann entspannt kauend zurück.

»Und welcher meiner Einsätze genau?« Klaudia griff nach einer Dattel im Speckmantel. Auch wenn sie satt war, Datteln passten immer. »Hoffentlich nicht der Einsatz auf dem Spreewaldfest!« Sie erinnerte sich noch gut daran, wie der MEK-Leiter sie aus der Leitstelle komplimentiert hatte. Meinert war auch dabei gewesen, und auf einmal fragte sie sich, ob der LKA-Kollege der Grund ihres Treffens war.

»Du meinst die messerwerfende Gurke?« Bach griff nach seinem Wasserglas. »Das nicht, obwohl es Seltenheitswert hatte. Ich meine eher deine Kamikazeaktion im Krankenhaus.«

»Oh!« Klaudia verschluckte sich fast an der Dattel. Der Geiselnehmer hatte verlangt, dass sie sich bis auf die Unterwäsche entkleidete. »Also ich hatte schon bessere Tage. Aber immerhin haben wir den Geiselnehmer ausgeschaltet.«

»Du«, widersprach Detlef. »Du hast ihn ausgeschaltet. Und das war ganz großes Kino.«

»Eher Krav Maga.« Klaudia senkte den Blick. Sie war es nicht gewohnt, so offensiv gelobt zu werden, und das brachte sie auf den Grund ihres Treffens zurück. »Also«, sagte sie, wurde jedoch von ihrem Smartphone unterbrochen.

20. KAPITEL

Klaudias GPS führte sie zu einem Haus in der Nähe von Straupitz. Sie parkte ihren Peugeot hinter einem gelben DHL-Sprinter und stieg aus. Für einen Moment schloss sie die Augen und konzentrierte sich auf die nächsten Schritte. Das Flattern unterhalb ihres Zwerchfells, das sie seit dem Anruf hatte, beruhigte sich. Zwei Leichen innerhalb einer Woche waren mindestens eine zu viel.

»Das ist ja die reinste Idylle.«

Bach hatte darauf bestanden, sie zu begleiten. Das müsse er wirklich nicht, hatte sie abgewehrt. Doch der ranghöhere Kollege hatte sich nicht abwimmeln lassen. Irgendwie hatte sie das Gefühl, in eine Prüfung geraten zu sein.

»Stimmt.« Klaudia war so in ihrem Ermittlungstunnel, dass sie erst jetzt ihre Umgebung wahrnahm. Das hier war wirklich eine abendliche Postkartenidylle. Die Hecke, das reetgedeckte Haus mit dem Schlangengiebel, die Spree, die in der Abenddämmerung wie ein dunkles Band wirkte. Der Weg endete hier, und für einen Moment hatte Klaudia das Gefühl, dass sie von einer Sackgasse in die andere geriet. Das Gefühl verstärkte sich, als die Praktikantin der Polizeihochschule, die mit Uwe zum Tatort gerufen worden war, ihr den Namen der Toten nannte.

»Wie heißt sie?« Unterhalb ihres Zwerchfells breitete sich Kälte aus. Das konnte nicht sein.

»Hanka Kowar, zweiundsiebzig Jahre alt«, wiederholte die Praktikantin, dabei färbten sich ihre Ohrmuscheln rosa. Wahrscheinlich dachte sie, sie hätte einen Fehler gemacht. Dabei war es Klaudia, die sich schuldig fühlte.

»Kennst du die Frau?«, fragte Bach. Sein Gespür für Stimmungen war deutlich besser ausgeprägt als das der Praktikantin. Was nicht weiter verwundern konnte, schließlich war er seit Jahrzehnten im Polizeidienst.

Uwe stieg aus dem Streifenwagen und kam mit dem üblichen breitbeinigen Schlendergang des Uniformträgers zu ihnen. Wenn er sich fragte, warum der Leiter des MEK Klaudia begleitete, ließ er es sich zumindest nicht anmerken.

»Sie hat unsere Leiche gefunden.« Klaudia schüttelte den Kopf: über sich, die Situation, das Leben. Was hatte sie übersehen?

»Ach du Scheiße.« Uwe blickte zum Haus hinüber.

»Sie war traumatisiert.« Klaudia konnte gar nicht mehr aufhören, den Kopf zu schütteln. »Ich hätte mich kümmern müssen. Hat sie ...« Ihr Blick wanderte zu Uwe, hielt sich daran fest.

»Vielleicht ist sie ja einfach so gestorben«, mischte sich die Praktikantin ein. Ganz offensichtlich wollte sie Klaudia trösten. »Sie war schon alt. Und sie sieht ganz friedlich aus. Das tut sie doch, oder?«, wandte sich die Praktikantin an Uwe.

»Das weiß ich nicht«, erwiderte Uwe. »Was ich weiß ist: Sie liegt in ihrem Bett, das Gesicht in den Kissen. Auf dem Nachttischchen neben dem Bett steht ein Glas Wasser mit Pulverresten, und daneben liegt eine leere Packung *Zoplicon*. Die Kollegen der Spurensicherung sind informiert.«

»Danke.« Klaudia biss sich auf die Unterlippe. »Ich hätte sie nicht für suizidal gehalten.«

»Denk an die Geschichte, die du mir erzählt hast«, mischte sich nun auch Bach ein.

Nicht das auch noch. Klaudia straffte die Schultern. Es war schon schlimm genug, dass eine Praktikantin versuchte, sie zu trösten, jetzt tat es auch noch Detlef, auf dessen Anwesenheit sie gut hätte verzichten können. Sie wollte Demel hier haben oder Thang. Von ihr aus auch Meinert, aber keinen ranghöheren Kollegen, von dem sie nicht wusste, was er eigentlich von ihr wollte. Das Ganze stank geradezu nach Prüfung, und Klaudia hatte das sichere Gefühl durchzufallen.

»Manchmal ist alles ganz …«

»Was ist mit dem Hund?«, wandte sie sich wieder an Uwe. Er schien im Moment der Einzige zu sein, der nicht den dringenden Wunsch hatte, sie zu trösten.

»Ist in Sicherungsverwahrung.« Uwe zeigte auf den Streifenwagen.

»Okay«, Klaudia nickte. »Ich will die Leiche sehen.«

»Und der Paketbote?« Uwe kratzte sich den Nacken.

Diese Geste war Klaudia so vertraut, dass sie wieder zu sich selbst fand. Was immer passiert war, ließ sich nicht mehr ändern. »Der die Tote gefunden hat?«, vergewisserte sie sich.

»Eben der«, bestätigte Uwe. »Er wartet in seinem Sprinter und ist ziemlich durch den Wind.« Uwe rückte seine Dienstmütze gerade. »Seine Erfahrungen mit der Polizei scheinen nicht die besten zu sein«, fügte er hinzu. »Ein Wunder, dass er trotzdem die Hundertzehn gewählt hat.«

»Dann spreche ich zunächst mit ihm.«

Der Paketbote trug das schwarz-rot-gelbe Firmenhemd seines Arbeitgebers und telefonierte. Um sich bemerkbar zu machen, klopfte Klaudia gegen die Fahrertür des Sprinters. Der Mann klappte zusammen wie ein Taschenmesser, und das Smartphone entglitt seiner Hand. Klaudia trat einen Schritt zurück und wartete, bis er ausgestiegen war. Er war einen Kopf kleiner als sie und musterte erst sie, dann Bach mit so weit aufgerissenen Augen, dass die Augäpfel rund um die Iris zu sehen waren. Er war ein kräftig gebauter junger Mann mit kleinem Bierbauch und Dreitagebart. Er schwitzte stark und roch ein wenig muffig.

Klaudia kannte diesen Geruch von der Pflegestation, auf der ihr Vater betreut wurde. Wie merkwürdig! Sie stellte sich und Bach vor. »Und Sie sind …?«

»Baschar«, antwortete der junge Mann. »Baschar Al Jasim«, verbesserte er sich, bevor Klaudia nachfragen konnte. »Ich Syrer«, fuhr er hastig fort. »Anerkannter Asylbewerber.« Er benutzte die beiden Worte wie einen Schild, den er vor sich hielt.

»Davon bin ich überzeugt«, sagte Klaudia. »Herr Al Jasim …«

»Ich nichts getan. Ich nur Job gemacht.« Seine Stimme klang panisch.

»Wir befragen Sie als Zeugen«, versuchte Klaudia ihn zu beruhigen. Sie widerstand dem Impuls, lauter zu sprechen. Das taten zwar viele Menschen, wenn sie mit Ausländern redeten, doch nach Klaudias Erfahrung erhöhte Lautstärke nicht die Verständlichkeit des Gesagten. Sie begnügte sich also damit, etwas langsamer und deutlicher zu sprechen als üblicherweise. »Wenn Sie wollen, können wir einen Dolmetscher hinzuziehen. Das würde dann jedoch noch dauern.«

»Ich genug verstehe«, sagte Al Jasim hastig. Der Gedanke, hier auf einen Dolmetscher zu warten behagte ihm offensichtlich nicht. Der Mann wollte nur noch weg. Klaudia fragte sich, ob es an seiner Angst vor der Polizei lag oder ob er sich eher vor seinem Arbeitgeber fürchtete.

»Nur Grammatik schwierig«, versicherte Al Jasim. »Verstehe gut.« Seine Gesichtsfarbe wechselte zu einem fahlen Grau. Der Mann stand kurz vor einem Zusammenbruch.

»Wir könnten uns vors Haus setzen«, schlug Klaudia vor.

»Nein!«, widersprach Al Jasim heftig. »Aber kann ich setzen?« Er zeigte auf den Einstieg der Fahrertür.

»Natürlich«, stimmte Klaudia zu.

Als er sich setzte, ging sie in die Hocke. Er sollte nicht zu ihr aufblicken müssen, während er seine Aussage machte. Bach tat es ihr nach.

»Am besten erzählen Sie uns einfach alles der Reihe nach.« Klaudia nahm ihr Smartphone in die Hand. »Darf ich das Gespräch aufnehmen?«

»Aufnehmen?« Al Jasims Augenlider zuckten.

»Das würde helfen«, versuchte Klaudia ihm die Angst zu nehmen.

»Brauch ich Anwalt?«

»Haben Sie Frau Kowar getötet?«

Al Jasim stieß etwas in seiner Muttersprache hervor. »Nein«, fügte er, heftig den Kopf schüttelnd, hinzu. »Sie war tot. Ganz kalt und steif.«

»Sie haben sie berührt?« Klaudia fragte sich, warum der Mann überhaupt im Haus und dann noch im Schlafzimmer gewesen war. Doch vorerst würde sie den Zeugen nicht durch Fragen unterbrechen. Er sollte in seinem eigenen Tempo berichten.

»Ich dachte: schläft oder krank. Lag da mit Gesicht auf …«
Er suchte nach Worten. »Kopfkissen«, sagte er schließlich.

»Warum waren Sie überhaupt im Haus?«, mischte sich
jetzt Bach in die Befragung ein.

Klaudia presste die Backenzähne aufeinander.

»Ich.« Al Jasim blickte zu ihm. »Hund ist mir vor Wagen
gelaufen und hat gebellt und …« Er stieß einen Laut aus, der
wie ein Jaulen klang. »Ist zum Haus gelaufen. Hund wollte,
dass ich ihn reinlasse.«

»Stand die Haustür denn offen?«

Al Jasim schüttelte den Kopf. »Ich Schlüssel.«

»Sie haben einen Schlüssel?«

Schon wieder unterbrach Bach den Zeugen. Natürlich war
die Frage wichtig, aber erst einmal ließ man Zeugen reden.
Diesmal begnügte Klaudia sich nicht damit, die Zähne zu-
sammenzubeißen, sondern runzelte die Stirn. Wir spielen
hier nicht guter Bulle, böser Bulle, dachte sie und konnte nur
hoffen, dass ihn dieser Gedanke zusammen mit dem Stirnrunzeln erreichte.

»Nein. Aber ist einer im Holzstapel.«

»Erzählen Sie einfach weiter«, bat Klaudia ihn. »Wenn
wir dann noch Fragen haben, stellen wir sie, wenn Sie fertig
sind.« Dieser Teil des Satzes richtete sich an Bach. Der Kollege nickte und wirkte tatsächlich etwas zerknirscht. Aber
vielleicht hatte er auch nur Probleme mit dem Hocken. Zumindest Klaudia ging es so. Sie eierte auf den Fußballen herum und hielt nur mit Mühe das Gleichgewicht. Scheiß
drauf, dachte sie und setzte sich in den Schneidersitz. Jeans
konnte man waschen, ihr Selbstbewusstsein wäre hingegen
nicht zu retten, sollte sie vor dem Zeugen und Bach wie ein
Marienkäfer auf dem Rücken landen.

»Also ich nehm Schlüssel«, wiederholte Al Jasim und berichtete dann, wie er die Tote gefunden und den Notruf abgesetzt hatte. Diesmal unterbrach ihn Bach nicht, auch wenn eine Menge Fragen offenblieben.

»Danke«, sagte Klaudia, als der Zeuge schwieg. »Eine Frage hätte ich noch. Woher wussten Sie von dem Schlüssel?«

»Tante mir gezeigt, wegen Klo.«

»Frau Kowar hat Ihnen erlaubt, ihre Toilette zu benutzen?« Klaudia stemmte sich in die Höhe und klopfte sich die Jeans ab.

Al Jasim nickte. »Wegen Mann.«

»Welchem Mann?« Auch Bach richtete sich auf, seine Knie knackten vernehmlich.

Diesmal störte es Klaudia nicht, dass er sich einmischte.

»Von Tante Kowar«, antwortete Al Jasim. »Er tot.«

»Kannten Sie ihn?«, fragte Klaudia.

Al Jasim schüttelte den Kopf. »Sie hat gesehen, wie ich …« Er biss sich auf die Lippen, dann hob er das DHL-Shirt an.

Klaudia starrte auf seinen vernarbten Bauch. Was sie für einen kleinen Bierbauch gehalten hatte, war ein Stomabeutel, der prall gefüllt war. Das also war der Grund für diesen muffigen Geruch.

»Sie gesagt: Wenn du hier, du kannst Klo benutzen, und sie hat mir«, er zeigte auf den Beutel, »das gegeben. Nicht den«, fügte er hinzu. »Besser. Hatte sie noch.«

»Von ihrem verstorbenen Mann.« Es brauchte keine kriminalistische Ausbildung, um diesen Schluss zu ziehen.

»Ja.« Al Jasim zog das Hemd wieder über den Beutel.

»Danke für Ihre Aussage.« Klaudia stoppte die Aufnahme. Was war diesem Mann zugestoßen?

»War schrecklich.« Wieder machte der Paketbote das Jaulen eines Hundes nach. Es klang herzzerreißend. »Hat an Tür gekratzt. Ich sonst nicht aufgemacht.«

Und täglich grüßt das Murmeltier, dachte Klaudia. Der arme Mann würde noch einige Zeit mit diesen Flashbacks zurechtkommen müssen und sie wollte sich lieber nicht vorstellen, welche Traumata durch dieses Ereignis reaktiviert wurden. Sie legte ihm die Hand auf die Schulter. Wahrscheinlich hätte er eine Umarmung gebraucht, doch die konnte sie ihm nicht geben.

»Tante Kowar lag im Bett.« Er schlug die Hände vors Gesicht und wiegte den Oberkörper vor und zurück. Klaudia ließ ihm die Zeit, die er brauchte. Schließlich wischte er sich übers Gesicht.

»Kann ich fahren?«, bat er.

»Ja.« Klaudia nickte. Wahrscheinlich würde er hinter der nächsten Kurve anhalten und den Beutel am Straßenrand entleeren. »Wenn Sie wollen, kann ich Ihnen die Telefonnummer unseres Notfallseelsorgers geben. Sie sind traumatisiert.«

»Nicht nötig«, wehrte Al Jasim ab.

»Haben wir Ihre Adresse?«

Der Zeuge nickte.

»Wir schicken Ihnen dann einen Termin. Und wenn Ihnen noch etwas einfällt, oder Sie doch Kontakt zu unserem Notfallseelsorger wünschen, hier ist meine Karte.«

Er steckte die Visitenkarte ein und stieg in den Sprinter. Die Reifen drehten durch, als er losfuhr.

»Meinst du, es war richtig, ihn einfach so gehen zu lassen?« Bach trat neben Klaudia. »Ich meine: bisschen spät für DHL!«

»Du hast lange nichts mehr bestellt, oder?«, erwiderte Klaudia. »Er war einfach nur zur falschen Zeit am falschen Ort.« Doch das hatte sie auch von Frau Kowar gedacht, und nun war sie tot. Klaudia blickte sich um: Auf einmal wirkte die Idylle bedrohlich.

21. KAPITEL

Klaudia stand in der Tür des Schlafzimmers. Auf den ersten Blick sah Hanka Kowar aus, als schliefe sie. Sie lag im Bett, das Gesicht in den Kissen. Ein friedliches Bild, wären da nicht die Kollegen in den weißen Schutzanzügen gewesen. Wie immer kümmerte sich Wibke um die Tote. Bach stand dicht neben ihr. Der Schutzanzug spannte an seinem wuchtigen Körper. Er hatte darum gebeten, die Spurensicherung beim Erstangriff zu begleiten. Dankbar, seiner Aufmerksamkeit zu entkommen, hatte Klaudia sofort zugestimmt. Dem finsteren Blick nach zu schließen, den Wibke ihr zugeworfen hatte, war die weniger erfreut. Sie hatte etwas von überflüssigem DNA-Abgleich gemurmelt.

»Was soll ich mit dem Hund machen?«, rief Uwe von der Haustür.

»Ich weiß nicht.« Klaudia ging zu ihm. »Vielleicht gibt es Angehörige.« Gleich morgen würde sie sich darum kümmern müssen. Nicht wegen des Hundes, sondern weil der Dienstweg es vorsah. Jeweils eine Sterbefallanzeige würde an die Staatsanwaltschaft, das Ordnungsamt und das Amtsgericht gehen.

»Ich könnte ihn mit zu mir nehmen«, bot Uwe an.

»Hältst du das für eine gute Idee?« Klaudia hob die Haare

über ihrem verschwitzten Nacken an und genoss für einen Moment den milden Luftzug, der ihr die Haut kühlte. »Was ist, wenn Tim und Bhanu ihr Herz an ihn verlieren? Und das werden sie.« Klaudia hatte das weiße Fellknäuel noch gut vor Augen. Selbst sie könnte schwach werden, würde sie ihr Haus nicht mit einem schielenden Kater teilen. »Bring ihn mal lieber ins Tierheim, bis klar ist, ob es Angehörige gibt, die sich um ihn kümmern wollen.« Ihr Blick wanderte über den Weg und blieb an einem hochgewachsenen Mann hängen, der mit hängenden Schultern und schlecht sitzender Jeans an der Absperrung stand. Die Hände hatte er in den Hosentaschen vergraben und schaute zu ihnen hinüber. Sein graues Hemd verschmolz mit der Dämmerung. Er sagte etwas zur Praktikantin, doch die schüttelte nur den Kopf. Dabei hielt sie sich mit beiden Händen an ihrem Gürtel fest.

»Du solltest nachher noch einmal alles in Ruhe mit dem Mädchen durchsprechen«, sagte Klaudia zu Uwe. »Wahrscheinlich ist es ihre erste Leiche.«

»Kein Thema.« Er kratzte sich die Nase. »Ich lade sie auf ein Bier ein.«

»Klingt nach 'nem Plan.« Klaudia nickte. Auch ihrer ersten Leiche war ein Bier gefolgt. »Und nun lass uns mal schauen, wer der Zaungast ist.«

»Zaungast?« Uwe blickte über die Schulter. »Ach«, sagte er. »Das ist Boris. Er wohnt nicht weit von hier.«

»Er ist also der Nachbar.«

»Jepp«, erwiderte Uwe. »Verheiratet, keine Kinder.«

»Du bist ja besser informiert als Tanja«, spottete Klaudia. Tanja war Uwes Exfreundin, die in der Lübbenauer Klatschzentrale, dem Café Bubner, arbeitete.

»Ich kenne eben meine Pappenheimer.« Uwe klemmte die

Daumen hinter den Gürtel und ging im Polizistenschlender-gang zur Absperrung. Klaudia folgte ihm.

»Hallo, Uwe«, hörte Klaudia den Mann sagen. Er schien in Uwes Alter zu sein. Vielleicht waren sie gemeinsam zur Schule gegangen. »Ist was mit Hanka?«

»Kennen Sie Ihre Nachbarin gut?«, mischte sich Klaudia ein, bevor Uwe antworten konnte, und stellte sich im nächs-ten Atemzug vor.

»Sie sind die Polizistin, die Hanka befragt hat.«

»Sie hat Ihnen davon erzählt?«

»Ja.« Der Mann nickte.

Freundlich, besorgt. Das waren die Adjektive, die Klaudia einfielen, während sie ihn musterte. Er stand mit hängenden Schultern vor ihr und trug ein Fischerhemd, wie es Klaudia in ihrer Teenagerzeit getragen hatte. Bei ihm sah es richtig aus.

»Mit irgendjemandem musste sie ja reden«, sagte der Nachbar in ihre Gedanken hinein. »Sie hat uns Pilze ge-bracht und wollte mit Svenja reden, aber die ist nicht da. Also hat sie es mir erzählt.«

»So funktioniert das hier bei uns.« In Uwes Stimme schwang so etwas wie Stolz mit.

»Man passt halt aufeinander auf.« Es klang wie eine Recht-fertigung. »Vor allem seit Günther tot ist. Sie lebt ja ganz al-leine hier.« Er zeigte zum Haus. »Ich bring ihr immer Fisch.«

»Boris ist einer der letzten Spreewaldfischer, die wir noch haben«, mischte sich wieder Uwe ein. »Früher …«

»Wann haben Sie Ihre Nachbarin das letzte Mal gesehen, Herr …?«, unterbrach Klaudia den Kollegen.

»Glaubitz«, warf der Nachbar ein. »Am Sonntag«, fügte er hinzu. »Wie gesagt: Sie hat mir Pilze gebracht und war ziemlich durch den Wind. Aber das wissen Sie wahrscheinlich besser als ich.«

Die letzte Bemerkung, so harmlos sie gemeint war, triggerte Klaudias schlechtes Gewissen.

»Und danach haben Sie Frau Kowar nicht mehr gesehen?«

Glaubitz schüttelte den Kopf. »Ich hätte vielleicht nach ihr schauen sollen, aber …« Er senkte den Blick. »Ich hab's halt nicht. Ich hatte es vor, aber dann: Sie wissen ja, wie das ist. Man tut dies und das, und plötzlich ist der Tag vorbei.«

»Wissen Sie, ob Frau Kowar noch Verwandte hat?«

»Verwandte?« Glaubitz kniff die Augen zusammen. »Sie hat mal eine Schwester erwähnt und auch einen Bruder, aber der ist tot. Die Schwester lebt irgendwo in Bayern.«

»Und Freunde?«

»Ich glaube, das waren wir und natürlich Flocke.«

»Flocke?«, hakte Klaudia nach.

»Ihr Hund«, sagte Glaubitz. »Was wird jetzt mit ihm?«

»Ich bringe ihn ins Tierheim nach Luckau«, beantwortete Uwe die Frage, »oder willst du ihn nehmen?«

»Ich würde, aber …«, Glaubitz schüttelte den Kopf. »… im Moment geht's nicht.«

»Woher wissen Sie, dass Frau Glaubitz tot ist?«

»Der Paketbote hat's mir gesagt. War völlig fertig, der Mann. Er mochte Hanka, hat sie Tante genannt. Wenn Sie so wollen, war er auch ihr Freund. Sie hat ihm geholfen. Aber so war sie, hat immer jedem geholfen.« Glaubitz spuckte in den Staub zu seinen Füßen. »Hat sie? Ich meine …« Seine Stirn legte sich in Falten.

»Sich selbst getötet?«, vollendete Klaudia die Frage.

Er nickte.

»Warum glauben Sie das?«

»Na ja«, stotterte Glaubitz. »Nach dem Tod ihres Mannes hat sie es einmal versucht. Svenja hat sie damals gefunden. Ich fühle mich so schuldig«, stieß er hervor. »Ich hätte mehr für sie da sein sollen. Aber nach unserem Gespräch wirkte sie ganz ruhig. Nicht einmal einen Schnaps wollte sie.«

»Du hast dir nichts vorzuwerfen«, tröstete Uwe ihn.

Zumindest nicht mehr als ich, fügte Klaudia in Gedanken hinzu.

»Entschuldigung!« Wibke stand in der offenen Haustür und winkte.

Klaudia bedankte sich bei Glaubitz und ging zur Kollegin hinüber.

»Wer war das?«, fragte Wibke.

»Der Nachbar.« Klaudia blickte dem Mann hinterher, der langsam von der Nacht verschluckt wurde. »Er wollte wissen, was los ist.«

»Hast du es ihm gesagt?«

»War nicht nötig. Die Post war schneller. Wo kommt die denn jetzt her?« Klaudia blickte der Praktikantin entgegen, die mit Flocke den Weg entlang kam.

»Woher hast du die Leine?«, fragte sie.

»Die hing an der Garderobe. Ich dachte …«

»Und wenn die Tote erdrosselt wurde und das die Tatwaffe ist?«

»Oh. Ich dachte …« Im Licht, das aus dem Flur fiel, sah Klaudia, wie die Praktikantin blass wurde.

»Man nimmt nicht einfach was von einem potenziellen Tatort«, fuhr Klaudia sie an. Sie wusste, dass sie ungerecht war und die junge Kollegin gerade ihre Frustration abkriegte.

»Es sieht nicht danach aus, als wäre Frau Glaubitz erdrosselt worden.« Wibke lächelte der Praktikantin beruhigend zu und forderte sie mit einer Kopfbewegung auf, sich aus der Schusslinie zu begeben.

Erleichtert zog die Kollegin den widerstrebenden Hund zum Streifenwagen.

»Sie kann nichts dafür«, sagte Wibke. »Und du auch nicht. Was immer hier passiert ist, du hättest es nicht verhindern können.«

»Und trotzdem fühlt es sich so an.« Klaudia sah sich um. »Wo ist Bach?«

»Unterhält sich gerade mit Wilms über Drohnen und ihre Einsatzmöglichkeiten. Mich hat er mit irgendwelchen Sachen über Verfolgungsjagden auf Autobahnen zugetextet. Ich habe keinen blassen Schimmer, wie er darauf gekommen ist.«

»Wahrscheinlich gehört er zu den Kollegen, die nervös werden, wenn sie länger neben einer Leiche stehen.«

»Und wieso ist er dann hier?«

»Gute Frage, nächste Frage«, erwiderte Klaudia. »Oder auf gut Deutsch: Ich weiß es nicht. Bevor er es mir sagen konnte, hat die Leitstelle angerufen.«

»Ein Date?« Wibke grinste.

»Schön wär's.« Die Bemerkung rutschte einfach so an Klaudias innerem Zensor vorbei.

»Ist er nicht verheiratet?«

»Weiß ich auch.« Klang das jetzt zu defensiv? »Außerdem war das kein Date.« Das klang auf jeden Fall eindeutig nach Rechtfertigung. Sie würde sich hier um Kopf und Kragen reden. Trotzdem konnte sie nicht aufhören. »Irgendwas wegen meiner Bewerbung auf PHs Stelle«, fügte sie noch hinzu, bevor es ihr gelang, ihren Redestrom einzudämmen.

Wibkes Lippen formten ein lautloses Oh.

»Hanka Kowar wurde also nicht mit der Hundeleine erdrosselt.« Einigermaßen unelegant lenkte Klaudia das Gespräch wieder auf die Ermittlung. Wenn sie schon spekulieren mussten, dann wenigstens über die akut wichtigen Dinge in ihrem Leben. Und das war eindeutig die Tote im Schlafzimmer.

»Nein«, bestätigte Wibke. »Wie es aussieht, kann es gut so gewesen sein, wie es aussieht.« Sie hob abwehrend die Arme und grinste schief. »Das klang jetzt komisch, oder?«

»Nicht merkwürdiger als so manch anderer Satz, den wir von uns geben«, tröstete Klaudia die Kollegin. Seufzend atmete sie aus.

»Bist du in Zaziki gefallen?« Wibke wich vor ihr zurück und wedelte sich mit der Hand frische Luft zu.

»So ungefähr.« Klaudia blickte auf ihre Uhr. Es war halb elf, ihr Kopf schmerzte, ihre Finger fühlten sich steif an. Sie musste dringend pinkeln, und zu allem Überfluss nagte dieses Scheißgefühl an ihr, dass sie gegen Windmühlen kämpfte.

»Warum denkst du, dass sie es nicht selbst getan hat?« Wibke war nicht nur gut in ihrem Job, sie konnte auch Gedanken lesen.

»Ich weiß nicht.« Resigniert hob Klaudia die Schultern und ließ sie wieder fallen. »Vielleicht weil ich mich dann weniger schuldig fühlen würde. Andererseits, wer hätte einen Grund gehabt, die Frau zu töten?«

22. KAPITEL

»Vielen Dank, dass ich dabei sein durfte.« Bach trat aus dem Haus, den zerknüllten Schutzanzug in der Faust. Sein Hemd war dunkel vor Nässe, und die Haare klebten an seinem Schädel.

»Jederzeit wieder«, antwortete Wibke. »Wir sind immer auf der Suche nach Nachwuchs.«

»Vielen Dank für das Angebot, aber ich habe andere Pläne«, wehrte Bach lachend ab.

»Und die wären?«, hakte Wibke nach.

»Das ist alles noch in der Schwebe.« Bach blickte von ihr zu Klaudia. »Ich melde mich«, sagte er. »Wo kann ich das entsorgen?«

»Gib ihn einfach dem Kollegen, der deine DNA-Probe nimmt.« Wibke nickte in Richtung des Spusi-Busses.

»Der macht's aber spannend«, sagte sie zu Klaudia, als Bach sie verlassen hatte.

»Soll er.« Klaudia massierte sich die Schläfen. Ihr Kopf brummte, und außerdem hatte sie schrecklichen Durst. Nie wieder Sardellen.

»Sieh zu, dass du nach Hause kommst.« Wibke legte ihr die Hände auf die Schultern und musterte sie kritisch. »Deine DNA haben wir ja.«

»Ich warte noch, bis die Leiche abgeholt wird.«

»Das kann Uwe erledigen. Sie wird so oder so in Potsdam landen. Also mach dich vom Acker! Dusch heiß! Und putz dir die Zähne. Ich wette, selbst die Tote riecht nach Knoblauch.«

»Ich war nur kurz in ihrer Nähe«, wehrte Klaudia ab. »Und da war ich eingetütet.«

»Ich wünschte, du wärst es jetzt.« Wibke trat einen Schritt zurück. »Wir sehen uns morgen.«

Klaudia blickte ihr hinterher. Sie beneidete die Kollegin nicht. Spuren waren weniger geduldig als Leichen. Sie mussten fachgerecht aufgearbeitet werden, um verwertbar zu bleiben. Vor Wibke lag also noch eine lange Nacht. Klaudia blickte auf ihre Uhr. Wenn sie nicht bald nach Hause kam, würde ihre Nacht ebenfalls extrem kurz werden.

Und das wurde sie auch. Trotzdem versackte Klaudia in keinem ihrer Zeitlöcher. Was allerdings der Tatsache geschuldet war, dass sie die Nacht im Lübbener Revier auf der Bereitschaftscouch verbrachte. Beziehungsweise das, was von der Nacht übrig gewesen war, nachdem sie die Akte angelegt hatte. Entsprechend gerädert fühlte sie sich, als die Putzfrau das Licht einschaltete.

»Ham Sie mich erschreckt.« Die Hand auf ihren ausladenden Busen gepresst, starrte die Frau Klaudia an.

»Entschuldigung.« Klaudia befreite ihre Füße aus der Wolldecke und stemmte sich in die Höhe. Ein Blick auf ihre Armbanduhr verriet ihr, dass sie gerade einmal drei Stunden geschlafen hatte. Doch das musste reichen.

»Warum hamse denn nicht das Schild umgedreht?«, fragte die Putzfrau vorwurfsvoll. »Dann hätt' ich doch woanders angefangen.« Sprach's und verschwand in der Teeküche.

Klaudia dehnte Schultern und Nacken und ging ins Bad, das neben dem Bereitschaftszimmer lag. Dort warf sie sich erst einmal einige Handvoll Wasser ins Gesicht, dann schnüffelte sie an sich und beschloss, dass sie unbedingt duschen musste, wollte sie nicht den Rest des Tages von den Kollegen gemieden werden.

Als Klaudia frisch geduscht und mit einem Poloshirt aus dem Fundus – ihr letztes sauberes hatte sie am Vorabend aus dem Spind genommen – wieder die Stufen zu den Büros hochstieg, duftete es nach frisch aufgebrühtem Kaffee.

»Ich dachte, du könntest einen gebrauchen.« Petra reichte ihr eine Schäfchentasse.

»Woher wusstest du?«

»Frau Chmielewski hat es mir gesagt.«

»Ich hab der Putzfrau wohl einen Riesenschreck einge-jagt«, bekannte Klaudia reumütig. Sie nippte an ihrem Kaffee. Fast hätte sie sich verschluckt, so stark war er. Sie setzte die Tasse ab und musterte sie wehmütig. Sie hätte nie gedacht, dass ihr PH so fehlen würde. »Ich dachte, PH hat die mitgenommen?«

»Hat er auch«, bestätigte Petra, »aber nur eine.«

»Es gibt mehr als eine?« Klaudia blies über ihren Kaffee hinweg. »Und ich dachte, diese Tasse wäre so einmalig wie ihr Besitzer. Wie geht's deiner Mutter?«, wechselte sie das Thema.

»So gut, dass ich ihr auf die Nerven gehe«, antwortete Petra, das Gesicht so neutral wie ein Passfoto.

»So schlimm?«

Petra nahm einen Brief zur Hand und schlitzte den Umschlag auf. »Sie meint halt, ich habe meine Seele an den Teufel verkauft.«

»Weil?« Klaudia setzte sich auf ihren üblichen Platz vor Petras Schreibtisch. Erstaunlich, dachte sie. PH ist gerade zwei Monate fort und schon gibt es »übliche Plätze«.

»Weil …« Petra griff nach dem nächsten Umschlag und öffnete ihn mit einem Ruck. »… ich den kapitalistischen Polizeistaat unterstütze, der die DDR zwangsangegliedert hat.«

»Klingt … anstrengend.« Klaudia nippte wieder an ihrem Kaffee. Die bauchige Schäfchentasse lag wirklich gut in der Hand. »Dann unterstütze ihn mal weiter und sag mir, was anliegt. Und kannst du bitte den Dienstplan so umstellen, dass Uwe in die MOKO kommt. Zumindest bis wir Verstärkung von anderen Dienststellen bekommen.«

»Soll ich in Cottbus anrufen?«

»Mach das.« Klaudia war immer froh, wenn sie nicht als Bittstellerin auftreten musste.

»Ich könnte aber auch …« Petra runzelte die Stirn.

»Ja?«

»Ach nichts. War nur so eine Idee«, wiegelte sie ab. »Nichts Konkretes.«

»Dann lass uns anfangen«, bat Klaudia. »Der Tag wird auch so lang genug.«

»Die Mails habe ich bereits gecheckt«, begann Petra. »Ein Herr Bach wollte sich mit dir treffen. Hat er sich bei dir gemeldet?«

»Oh ja.« Klaudia dachte an den vergangenen Abend.

»Ist es wegen der Beförderung?« Petra schlitzte den nächsten Umschlag mit deutlich weniger Schwung auf. Offensichtlich war sie jetzt im Plaudermodus.

»Keine Ahnung.« Klaudia stellte die Tasse ab. »Mir ist eine Leiche dazwischengekommen.«

»Noch eine?« Petra musterte den Umschlag, den sie gerade in der Hand hielt. »Der ist für dich.« Sie reichte ihn Klaudia. »Vom Personalrat.«

»Warum schicken die denn keine Mail?« Klaudia öffnete den offiziell aussehenden Briefbogen und überflog die kurze Nachricht.

»Was ist es denn?« Man konnte Petra nicht nachsagen, dass sie sich nicht für »ihre« Beamten interessierte.

»Die haben den Termin verschoben.« Klaudia faltete den Brief zusammen und steckte ihn ein.

»Ich drück dir auf jeden Fall die Daumen.«

»Und Meinert?«, fragte Klaudia. »Drückst du dem auch die Daumen?«

»Wo denkst du hin?« Petra blickte sich um, bevor sie weitersprach. Eine überflüssige Geste. An ihr kam niemand ungesehen vorbei. »Der passt nicht zu uns. Ich meine, er ist ein sehr netter junger Mann, wirklich, aber ...« Sie machte eine Kunstpause, um ihren Worten mehr Nachdruck zu verleihen. »Er ist nicht der Typ, den wir hier brauchen.«

»Und was brauchen wir?«, hakte Klaudia nach.

»Jemanden, dem das Revier am Herzen liegt und der keine Ambi ...« Petra brach mitten im Wort ab. »Was auch immer«, fügte sie hastig hinzu. »Die Kollegen vertrauen dir.«

»Auch Kollegen wie Kuloth?«, scherzte Klaudia, obwohl ihr der Scherz fast im Hals stecken blieb. Ambitionen hatte Petra sagen wollen. War das hier, sie blickte sich um, wirklich das Ende ihrer persönlichen Fahnenstange? Würde sie bis ans Ende ihrer Tage zufrieden damit sein, Verwaltungsarbeit zu machen? Würde sie jeden Morgen mit einer Schäfchentasse in der Hand in der Lagebesprechung sitzen, sich berichten lassen, Kollegen in Einsätze schicken und selbst zwischen Besprechungen und Einsatzplänen vertrocknen?

»Moin.« Demel unterbrach ihren Gedankengang. »Wie ich sehe«, fuhr er gut gelaunt fort, »haben wir mehr als eine Leiche im Keller.«

»Sind wir so weit durch?« Klaudia erhob sich, und als die Sekretärin nickte, folgte sie Demel in den Besprechungsraum. Ohne darüber nachzudenken, steuerte sie den Sitz am Flipchart an und stellte die Schäfchentasse vor sich ab.

Die anderen Kollegen trudelten nun auch so langsam ein. Wibke hielt sich an einem To-Go-Becher fest. In ihren Augenwinkeln hatte sich ein erschöpftes Zucken eingerichtet. Kaum saß sie, bettete sie den Kopf auf die Unterarme.

»Nur fünf Minuten«, murmelte sie.

Meinert kam wenige Minuten später in Begleitung einer

schwangeren Frau, die er als Heike von der Pressestelle vorstellte. Ihnen folgte Demeter-Anders, die eine Tüte mit Plunderteilchen auf den Tisch legte.

»Ich dachte«, sagte sie, »ein bisschen Zucker kann nicht schaden.«

»Danke«, presste Klaudia zwischen zusammengebissenen Zähnen hervor. Was wollte die Staatsanwältin schon wieder hier, und wieso hatte Meinert jemanden von der Pressestelle im Schlepptau?

»Sollst du uns verstärken?«, fragte Klaudia die schwangere Kollegin.

»Ich bin nur hier«, wiegelte die ab, »falls Fragen auftauchen.«

»Und was für Fragen sollten das sein?« Demel legte sein Handy zur Seite und griff nach einem klebrigen Teilchen.

»Das öffentliche Interesse ist groß.« Ein klassischer Pressestellensatz. »Vor allem nach diesem zweiten Todesfall.«

Uwe kam herein. »Hhm«, sagte er und griff nach einem Liebesknochen. »Wenn das hier so ist, komme ich öfter.« Er setzte sich auf den freien Platz neben Klaudia.

»Sind wir vollzählig?«, fragte Demeter-Anders.

»Noch nicht«, erwiderte Klaudia. »Wir warten noch auf den Kollegen Rudnik.«

Demeter-Anders griff nach ihrem Smartphone.

Wenn dir die Zeit hier zu schade ist, dachte Klaudia, dann verschone uns doch mit deiner Anwesenheit. »Wie geht's der Praktikantin?«, fragte sie Uwe mit gesenkter Stimme. Obwohl ihr Magen knurrte, würde sie sich eher die Zunge abbeißen, als eins der Teilchen zu nehmen.

»Nach ein paar Bier war ihre Welt wieder in Ordnung.« Uwe wischte sich Zucker von der Oberlippe.

»Sie sollte sich nicht daran gewöhnen.« Klaudia griff nach ihrem Kaffee. »Alkohol ist keine Lösung.« Es gab viel zu viele Kollegen, die ein Alkoholproblem hatten.

»Es war ihre erste Leiche.« Uwe leckte sich den Zucker von den Fingern. »Ich konnte sie ja nicht einfach so nach Hause schicken.«

»Entschuldigung.« Thang ließ sich auf den freien Stuhl neben Demeter-Anders fallen. Sein Haar klebte ihm am Schädel, und auf der Stirn war der Abdruck seines Fahrradhelms zu sehen.

»Dann können wir ja anfangen«, eröffnete Klaudia die Besprechung, bevor Demeter-Anders es tun konnte. Während die Kollegen kauten, berichtete sie über den Leichenfund in dem Haus am Fließ.

»Es weist also alles auf Suizid hin«, ergriff die Staatsanwältin das Wort, bevor Klaudia nach ihrem letzten Satz Luft holen konnte. Sie und diese Heike von der Pressestelle tauschten einen Blick, der Klaudia überhaupt nicht gefiel. Was ging hier ab? Sie blickte zu Meinert, doch dessen Gesicht war so ausdruckslos wie die Tischplatte.

Nicht zum ersten Mal fragte sie sich, was die Staatsanwältin und den LKA-Kollegen verband.

»Auf den ersten Blick ja.« Wibke hob den Kopf von den Unterarmen. »Aber Genaueres wird die Obduktion ergeben.«

»Haben Sie die Tote untersucht?«

Wieder so eine überflüssige Frage. Klaudia bemühte sich um einen neutralen Gesichtsausdruck. Was Meinert konnte, konnte sie schon lange.

»Natürlich.« Wibke griff sich ein Plunderteilchen, musterte es und legte es dann zurück. »Und ich habe nichts gefunden, was auf Fremdeinwirkung hinweist.«

»Sie sagen, die Tote sei traumatisiert gewesen?«, wandte sich Demeter-Anders an Klaudia.

»Sie hat vor wenigen Jahren ihren Mann tot aufgefunden. Ein Ast hat ihn erschlagen. Das Auffinden der Leiche hat wohl die Erinnerung getriggert.«

»Haben Sie ihr Hilfe angeboten?«, hakte die Kollegin von der Pressestelle nach. Auf einmal war es erschreckend still im Raum. Es war, als hielten die Kollegen kollektiv die Luft an.

»Ich …« Klaudia hatte Mühe, den Mund zu schließen. Pinkelte ihr dieses Küken gerade ans Bein? Sie blickte zu Meinert, der den Kopf gesenkt hielt. War das der Plan? Wollte er sie wirklich öffentlich kaltstellen?

23. KAPITEL

»Natürlich hat sie das!« PH lehnte wie ein ziemlich großes Rumpelstilzchen am Türrahmen. Er nickte Klaudia zu. »Sie ist eine hervorragende Beamtin, die weiß, was sie tut.«

»Was machst du denn hier?«, krächzte Klaudia. »Du hast Resturlaub.«

»Jetzt nicht mehr.« PH zog sich einen Stuhl heran und setzte sich. »Wie ich hörte, könnt ihr Verstärkung gebrauchen.« Mit seinen langen Armen langte er über den Tisch und griff nach der Schäfchentasse, die vor Klaudia stand. Er trank einen Schluck und lehnte sich entspannt zurück. »Was liegt an?«

»Von meiner Seite gibt's nicht mehr viel zu berichten.« Wibke erholte sich als Erste von der Überraschung. Aber vielleicht war sie auch nur zu müde, um sich über PHs Auftauchen zu wundern.

Das war also Petras Idee gewesen. Klaudia knirschte mit den Zähnen. Sie würde ein ernstes Wörtchen mit der Reviersekretärin reden müssen.

»Außer dass die Obduktion bereits heute ist«, fuhr Wibke fort. »Ich weiß das von Irina«, fügte sie hinzu, als sie die erstaunten Blicke ihrer Kollegen bemerkte. »Stemmler hat die zweite Leiche vorgezogen.«

»Sein Sekretariat hat gerade angerufen«, ergänzte Petra, die frischen Kaffee brachte. Sie vermied Klaudias Blick, während sie die Thermoskannen auf dem Tisch austauschte.

»Danke«, sagte PH, und Klaudia fragte sich, ob er ihr für den frischen Kaffee dankte oder für den Anruf, der ihn zurück ins Revier gebracht hatte. »Setzt mich kurz ins Bild. Was ist mit diesem Rollenhagen?«

»Es gibt mehr als eine Spur, der wir nachgehen.« Meinert war schneller als Klaudia und berichtete von den letzten Entwicklungen.

»Sieht also nicht so aus, dass dieser Aaron Klaus oder die Meerländer als Täter in Frage kommen«, fasste PH am Schluss seiner Ausführungen zusammen.

»Nein«, räumte Meinert ein. »Auch wenn beide lügen, dass sich die Balken biegen.«

»Tun das nicht alle?«, fragte PH. »Was ist mit der Familie?«

»Da gibt es mehr Anhaltspunkte«, übernahm Klaudia. Sie berichtete von ihren Gesprächen und der Entwicklung, die daraus resultierte. »Wir müssen also unbedingt noch einmal mit Saling sprechen.«

»Könnt ihr das übernehmen?«, wandte sich PH an Demel und Meinert.

»Was?« Klaudia starrte ihren zukünftigen Ex-Chef an. »An den beiden sind wir dran.«

»Das habe ich durchaus verstanden.« PH hob entschuldigend die Hände. »Und normalerweise würde ich dich da nicht abziehen. Aber du bist die Kollegin, die bei beiden Todesfällen den Erstangriff geleitet hat. Du musst nach Potsdam!«

»Dann bringe ich die Akte auf Vordermann«, bot Thang an, bevor PH ihn dazu verdonnern konnte, ebenfalls an den Obduktionen teilzunehmen. Geschäftig scrollte er sich durch den Bildschirm. »Was ist eigentlich mit dem Schuh des Toten?«

»Ebenso verschwunden wie das Handy«, antwortete Wibke. Ihre Stimme klang schläfrig.

»Ich könnte beim Fundbüro nachhaken«, bot Thang an. »Manchmal ist es so einfach«, verteidigte er seinen Vorschlag.

»Tu das.« PH nickte ihm zu. »Was hat die Handyortung ergeben?« Er leitete die Besprechung, als wäre er nie fort gewesen. Klaudia fing einen Blick zwischen Demeter-Anders und Meinert auf. Die beiden schienen alles andere als begeistert von der Entwicklung zu sein, während die schwangere Kollegin von der Presseabteilung einfach nur verwirrt wirkte. Allein dafür verzieh Klaudia Petra ihr eigenmächtiges Handeln.

»Nichts, was uns weiterbringen würde.« Wibke nahm nun doch das Plunderteilchen, das sie eben noch verschmäht hatte, und biss hinein. »Die Masten stehen hier ziemlich weit auseinander«, führte sie kauend aus. »Ganz zu schweigen von den Löchern im Netz.«

»Wenn wenigstens das Fahrrad des Toten auftauchen würde.« Klaudia widerstand gerade noch rechtzeitig dem Impuls, nach dem letzten Plunderteilchen zu greifen.

»Das Fahrrad?« PH sah fragend zu ihr hinüber.

»Es ist ein *Ciclista Adventure* 29 Zoll, Rahmenfarbe: grau, weiß, orange und schwarz«, sprang Thang Klaudia bei. »Eigentlich recht auffällig. Trotzdem bisher Fehlanzeige, aber die Kollegen vom Streifendienst halten die Augen offen.«

»Wahrscheinlich ist es in der Spree gelandet.« Demel sprach das aus, was vermutlich jeder hier am Tisch dachte.

»Wäre echt schade.« Thang klopfte sich mit dem Stift gegen die vorderen Schneidezähne. »Mir ist übrigens gerade eben eingefallen, woher ich diese Jana Saling kenne.«

»Und ich dachte, du würdest konzentriert bei unserem Fall sein«, spottete Demel.

»Eben darum.« Thang ging auf den scherzhaften Ton ein.

»Nun spann uns nicht auf die Folter«, unterbrach ihn Klaudia. »Woher kennst du sie?«

»Vom Sommerfest des Radsportvereins«, erwiderte Thang. »Und?«

»Nichts und.« Thang rieb sich das Kinn. »Mir ist nur wieder eingefallen, woher ich sie kenne.«

»Wenn sonst nichts mehr ist.« PH blickte auf seine Armbanduhr, und alle Kollegen standen auf. Als Klaudia sich ebenfalls erhob, bat er sie, noch einen Moment zu bleiben. Demeter-Anders und die Pressefrau blieben ebenfalls sitzen.

»Wir können die Sache in meinem Büro besprechen«, sagte PH zur Staatsanwältin. »Ich komme gleich.«

Er wartete, bis die beiden den Raum verlassen hatten, bevor er sich an Klaudia wandte. »Du wusstest nicht, dass ich kommen würde?«

»Nein.« Sie griff nun doch nach dem letzten Plunderteilchen. »Aber ich bin froh, dass du da bist.«

»Zwei Leichen sind eine zu viel, was?«

»Selbst mit dir im Team«, bestätigte Klaudia. »Wir brauchen mehr Leute hier, und weil du jetzt ja wieder an Bord bist, ist das dann wohl deine Aufgabe.«

»Warum habe ich mich nur breitschlagen lassen«, seufzte PH gut gelaunt.

»Weil du dich zu Hause langweilst«, mischte sich Petra ein, die hereingekommen war, um den Tisch abzuräumen. »Also habe ich gedacht, ich schlage zwei Fliegen mit einer Klappe. Du kannst etwas Nützlicheres tun, als deine Hecke zu schneiden, und Klaudia kann ermitteln.«

»Schön wär's«, murrte Klaudia. »Auf mich wartet die Rechtsmedizin.«

Klaudia fragte sich, wie ihr Chef Demeter-Anders davon überzeugen wollte, sich nicht wie ein Terrier an ihre Hacken zu heften. Eigentlich hätte sie bei dem Gespräch dabei sein sollen, schließlich ging es um sie. Andererseits war ihr selbst Professor Stemmler lieber als die Staatsanwältin. Trotzdem seufzte sie, als sie ihren Peugeot auf dem Besucherparkplatz des Brandenburgischen Landesinstituts für Rechtsmedizin abstellte. Sie konnte nur hoffen, dass genügend Studenten bei den Autopsien anwesend waren, an denen der Rechtsmediziner sein Mütchen kühlen konnte.

Das rechtsmedizinische Institut des Landes Brandenburg lag idyllisch inmitten eines Waldgebietes. An der Anmeldung traf Klaudia auf Irina Klaas.

»Hi!« Erstaunt musterte sie die Rechtsmedizinerin. »Ich hätte dich fast nicht erkannt.«

»Sieht langweilig aus, oder?« Klaas strich sich über die nunmehr haselnussbraunen Haare.

»Würde ich so nicht sagen.« Klaudia musterte die raspel-kurzen Stoppeln der Ärztin. »Nur ungewohnt.« Bei ihrer letzten Begegnung hatten die Haare der Rechtsmedizinerin noch neongrün geleuchtet, und auch vorher hatte Klaas eher eine Neigung zu Extremhaarfarben gehabt.

»Ist das Natur?«

»Jepp«, antwortete Klaas. »Selbst ich werde langsam er-wachsen.«

»Schade eigentlich.«

»Dass ich erwachsen werde?«

»Zum Beispiel.« Klaudia seufzte. »Irgendwie wird Er-wachsensein überbewertet.«

»Wenn ich mir so unseren Autopsieplan ansehe, bist du gerade sehr erwachsen. Außer du hast sie selbst umge-bracht«, schränkte Klaas ein.

»Du meinst, wie ein Feuerwerker, der als Brandstifter un-terwegs ist, um mit dem Löschzug ausrücken zu können?«

»So ungefähr.«

»So doll steh ich nun auch nicht auf Leichen.«

»Da bin ich aber beruhigt. Wie war die Fahrt?«

»Ging so. Übrigens danke, dass ihr die beiden an einem Tag drannehmt.«

»Wir hatten nichts, was dagegen gesprochen hätte. Wo ist eigentlich dein flirtaktiver Kollege?«

»Du meinst Peter?« Außer Demel kannte Klaudia keinen Kollegen, auf den das Adjektiv gepasst hätte. »Der ist leider verhindert. Soll ich ihn von dir grüßen?«

Unter solcher Art Geplänkel erreichten die beiden Frauen den Obduktionssaal. Klaas reichte Klaudia einen grünen Kit-tel und verschwand dann in einem Nebenraum. Nachdem sie den Kittel übergezogen hatte, öffnete Klaudia die Schwingtüren. Der Raum war angenehm kühl, und auf dem Tisch lag bereits der mit einem grünen Tuch abgedeckte Körper des ersten Opfers. Eine Sektionsassistentin blickte von einem Klemmbrett auf, das sie in der Hand hielt.

»Wagner«, stellte Klaudia sich vor. »Kripo Lübben.«

»Sie können sich hierhin stellen.« Die Assistentin zeigte auf die linke Seite des Toten. »Wir fangen gleich an.«

»Danke.« Klaudia nahm den ihr zugewiesenen Platz ein.

Als die Sektionsassistentin sich wieder ihrer Liste zuwandte, schloss Klaudia die Augen und konzentrierte all ihre Gedanken auf diesen Mann, den sie nur tot kennengelernt hatte. Wie immer in dieser Situation versprach sie dem Opfer, alles zu tun, um seinen Mörder zu finden. Denn auch wenn das dem Toten nicht mehr half, für die Lebenden war die Wahrheit wichtig, um den Verlust verarbeiten zu können.

»Wie schön, Sie auch mal wieder bei uns begrüßen zu dürfen.« Professor Stemmler, ein hochgewachsener Mann, dessen graues Haar mittlerweile bis an den Hinterkopf zurückgewichen war, betrat den Obduktionssaal. Er trug grüne OP-Kleidung, und seine Füße steckten in pinken Crocs. »Sie waren das mit dem Tierfraß, nicht wahr?« Er stand nun auf der anderen Seite des Toten und lächelte Klaudia über den Rand seiner Brille hinweg an.

»Genau«, bestätigte Klaudia.

»Diesmal sind Ihre Leichen frischer.« Er zog das Tuch vom Körper. »Und das stammt auch nicht von einem Wildschwein.« Die Stirn in nachdenkliche Falten gelegt, musterte er das brutal zerschlagene Gesicht. Für einen Moment schloss auch er die Augen, und Klaudia fragte sich, ob auch er Zwiesprache mit dem Toten hielt und wenn ja, was er ihm versprach.

Stemmler wandte sich ab und streifte die sterilen Handschuhe über, die die Sektionsassistentin vorbereitet hatte. Währenddessen legte seine Assistentin das Klemmbrett ab und schaltete die OP-Lampe ein.

»Haben Sie eine Idee, was diese massiven Verletzungen verursacht haben könnte?« Klaudia wusste es eigentlich besser, trotzdem rutschte ihr die Frage heraus.

»Worauf würden Sie denn tippen?« Stemmler griff nach dem zweiten Latexhandschuh. Er gehörte nicht zu den Rechtsmedizinern, die eine Frage einfach so beantworteten.

»Ich gebe mir sehr viel Mühe, erst einmal keine Meinung zu haben.« Klaudia fühlte sich unbehaglich. Einfach mal die Klappe halten, dachte sie. Doch jetzt war es zu spät. »Ein Beil?«, sagte sie schließlich. »Oder eine Axt.«

»Und was ist der Unterschied?«

»Äh.« Hilfesuchend blickte Klaudia zu Klaas, die gerade eben an den Tisch trat. Auch sie trug jetzt grüne OP-Kleidung. »Es gibt einen Unterschied?« Das letzte Mal hatte Klaudia sich während ihrer mündlichen Abiturprüfung so unwohl gefühlt.

»Natürlich gibt es den.« Stemmlers breiter Mund verzog sich zu einem Grinsen. »Das sollten Sie als Kriminalbeamtin eigentlich wissen.«

Ein Königreich für einen Studenten, dachte Klaudia.

»Äxte sind in der Regel schwerer als Beile.« Klaas schob eine fahrbare Lupe an den Tisch und richtete sie so ein, dass der Kopf des Opfers darunter lag. Als sie zufrieden war, schaltete sie in einer einzigen fließenden Bewegung die OP-Lampe aus und die LED-Leuchten der Lupe ein. »Mit einer Axt fällst du einen Baum, mit einem Beil machst du

Kleinholz aus ihm.« Sie lächelte Klaudia aufmunternd zu, während sie nun ebenfalls sterile Handschuhe überzog.

»Dann wollen wir mal schauen, ob uns die Wunde mehr verrät.« Stemmler und Klaas beugten sich so dicht über die Lupe, dass ihre Köpfe beinahe zusammenstießen.

Stemmler sagte einiges über die Tiefe der Wunde, die Beschaffenheit der Ränder. Alles Dinge, die sich gut im Bericht machten, doch dann sagte er: »Aber was ist denn das?« Er griff nach einer bereitliegenden Pinzette, und unwillkürlich beugte Klaudia sich vor, um besser zu sehen. Doch sie sah nichts weiter als die Pinzette.

»Das ist ja interessant«, sagte Klaas nun ebenfalls.

Klaudia befolgte exakt fünf Sekunden ihren guten Vorsatz, einfach mal die Klappe zu halten. »Was sehen Sie denn?«

»Es sieht aus wie ein Stück Nylon.« Stemmler ließ, was immer er mit der Pinzette hielt, in einen Spurenbeutel fallen, den die Sektionsassistentin bereithielt. »Sie sagen, der Fundort war nicht der Tatort?«

»Das schließen wir anhand der Spurenlage aus.« Klaudia runzelte die Stirn. »Auf dem Weg haben wir ebenfalls etwas gefunden, das aussah wie Nylon.«

»Euch entgeht aber auch nichts.« Klaas schob die Lupe zur Seite.

»War eher zufällig«, gab Klaudia zu.

»Auch Zufall ist oft nur das Produkt sorgfältigen Handelns.«

Klaudia glaubte, sich verhört zu haben. Lobte der Professor gerade wirklich ihre Arbeit? »Netze sind aus Nylon«, murmelte sie.

»Das muss aber ein großes Netz gewesen sein«, schnaubte Klaas.

Ja, dachte Klaudia. Ein sehr großes Netz. Sie biss sich auf die Unterlippe. Auf einmal hatte sie das Gefühl, dass nur noch eine Papierwand sie von der Wahrheit trennte.

24. KAPITEL

»Was sollte das eigentlich?« Demel verschränkte die Arme vor der Brust und starrte Meinert über das Faltdach des Sportwagens hinweg an, den der Kollege für den besonderen Kick brauchte.

»Was?«, fragte Meinert. Seine Stimme klang wie: Was will dieser Idiot jetzt schon wieder von mir!

»Stell dich nicht dümmer, als die Polizei erlaubt.« Demel war auf hundertachtzig.

»Wir haben eine Zeugenbefragung durchzuführen.«

Meinert öffnete die Fahrertür, machte jedoch keine Anstalten, einzusteigen.

»Komm mir nicht dienstlich«, stieß Demel hervor. »Wieso schlägst du hier mit Demeter-Anders und einer Schnepfe von der Pressestelle auf?«

»Das denkst du also.« Meinert richtete den Schnellhefter, den er in der Hand hielt, wie eine Waffe auf Demel. »Klar.« Er nickte. »Das denkt ihr alle, oder? Klaudia, Thang, ihr alle. Auf die Idee, dass ich die beiden einfach nur hier auf dem Parkplatz getroffen haben könnte, kommt keiner von euch.«

»Für wie bescheuert hältst du uns eigentlich?«, zischte nun auch Demel. »Das war doch eine abgekartete Sache, da gerade eben. Wenn nicht PH aufgekreuzt wäre, hätten die beiden Klaudia doch langgemacht.«

»Wenn sie immer noch PH braucht, um mit Demeter-Anders auf Augenhöhe zu sein, ist sie nicht die Idealbesetzung für den Job.«

»Ach leck mich«, knurrte Demel. Es ärgerte ihn, dass er Meinert diese Steilvorlage geliefert hatte. »Die wollten ihr den Tod der Zeugin in die Schuhe schieben.«

»Die wollten eine Strategie entwickeln, falls irgendwer auf die Idee kommt, unangenehm nachzufragen. Aber das begreift ihr ja nicht. Eine tote Zeugin ist ein gefundenes Fressen für die Presse und für jeden, der der Polizei ans Bein pinkeln will. Und da reicht es nicht, sich reflexhaft vor seine Beamten zu stellen. Da muss man auch mal Strategien entwickeln. Und das war wohl Demeter-Anders' Plan. Weil: Wer hätte es sonst tun sollen? Etwa Klaudia?« Meinert seufzte. »Können wir dann jetzt?« Er stieg ein, und nach einem Moment des Zögerns folgte Demel seinem Beispiel. Sie legten die Fahrt zur Wohnung der Zeugin schweigend zurück.

»Ich will Klaudia nichts wegnehmen«, sagte Meinert, während er seinen Sportwagen in eine Parklücke vor dem lang gestreckten Mietshaus lenkte, in dem Saling wohnte. Er schaltete die Zündung aus. »Aber ich will eine gerechte Chance.«

»Dann halt dich von Demeter-Anders fern.«

»Die Staatsanwältin ist nicht euer Feind«, seufzte Meinert.

»Du musst es ja wissen.« Demel war klar, dass er sich gerade wie sein pubertierender Sohn in einer Argumentationsschleife verbiss.

»Ach leck mich.« Meinert nahm den Schnellhefter vom Rücksitz und stieg aus.

»Dazu müsstest du erst einmal aus Demeter-Anders' Arsch

herauskriechen«, murmelte Demel so leise, dass Meinert ihn auf keinen Fall hören konnte.

Jana Saling öffnete erst nach mehrmaligem Schellen. Sie hatte die Türkette vorgelegt. Misstrauisch kniff sie die Augen zusammen und ließ sich die Ausweise durch den Türspalt reichen.

Die Kollegen Wagner und Rudnik, mit denen Sie bisher gesprochen haben, seien leider verhindert, erklärte Meinert, während sie die Ausweise in den Händen drehte.

»Kommen Sie herein.« Saling reichte ihnen die Dienstausweise zurück, löste die Kette und ließ sie eintreten. »Ich muss eingeschlafen sein.« Sie fuhr sich mit beiden Händen durchs Haar. »Entschuldigen Sie.«

»Alles gut«, beruhigte Demel die junge Frau. Er hätte sich deutlich wohler mit Klaudia an seiner Seite gefühlt, doch die war auf dem Weg nach Potsdam.

Im Flur roch es muffig, und auch Saling sah aus, als könnte sie frische Luft gebrauchen. Ihre Augen waren verquollen, die Gesichtshaut war fleckig, und ihr Körper, der in Sweat-Shirt und Leggins steckte, roch nach Schweiß.

Das Wohnzimmer sah exakt so aus, wie Klaudia es beschrieben hatte.

»Das ist mein Nachbar«, stellte Saling den jungen Mann vor, der sich bei ihrem Eintreten vom Sofa erhob. Auch er trug legere Freizeitkleidung und Sportsocken. Keine Schuhe. Auf einer Wange war noch der Abdruck eines Kissens zu sehen. Ansonsten war er dunkelhaarig, zierlich und ähnelte dem Mann auf den Fotos im Schnellhefter.

»Guten Tag.« Demel streckte dem Mann die Hand entgegen und stellte sich und den LKA-Kollegen vor.

Salings Nachbar wischte sich die Hände an den Sweatpants ab, bevor er Demels Hand ergriff, trotzdem waren die Handflächen feucht.

»Heck«, stellte er sich vor. »Nils Heck. Ich ...« Er blickte zu Saling. »Ich geh dann wohl besser.«

»Ich bring dich zur Tür.«

»Ich denke, es ist besser, wenn Sie bleiben«, mischte sich Meinert ein.

»Gibt es etwas Neues?« Hastig blickte Saling auf den Schnellhefter in Meinerts Hand. »Haben Sie? – Ich meine ...«

»Dürfen wir uns setzen?«

»Ja natürlich.« Saling rang die Hände. »Wollen Sie, ich meine – möchten Sie ...?« Sie war so aufgeregt, dass ihr Gehirn keinen Satz beenden konnte.

»Danke, nein«, unterbrach Meinert die Frau. »Vielleicht setzen Sie sich ebenfalls.« Er blickte von ihr zu Heck. »Und Sie auch.« Seine Stimme klang, als würde er zum Kaffeeplausch bitten.

Trotzdem schluckte der Nachbar, es war offensichtlich, dass er sich sehr unwohl in seiner Haut fühlte. Für einen Moment sah es so aus, als wollte er widersprechen, doch dann ließ er sich in den nächsten Sessel fallen. Jetzt stand nur noch Saling im Raum. Sie wirkte desorientiert. Schließlich setzte auch sie sich.

»Es würde uns helfen«, Meinert nahm sein Smartphone aus der Tasche des Jacketts, »wenn wir dieses Gespräch aufzeichnen. Ist das in Ordnung für Sie?« Noch immer klang seine Stimme einladend.

»Ich weiß nicht.« Saling blickte zu Heck hinüber, doch der starrte auf seine Socken.

»Es würde es einfacher machen, das Protokoll zu schreiben.«

»Also gut.« Saling räusperte sich.

»Wunderbar, danke.« Nachdem Meinert das Datum und die Namen der Anwesenden ins Smartphone diktiert hatte, schlug er den Schnellhefter auf und tat, als würde er darin lesen. Ein Trick aus der Giftkiste der Zeugenbefragung. Demel hätte es nicht anders gemacht. Beim LKA wurde also auch nur mit Wasser gekocht.

»Sie haben ausgesagt.« Meinert startete die Aufnahme wieder. »Sie und der Tote hätten sich gestritten.«

Saling nickte.

»Würden Sie das bitte laut sagen?«, bat Meinert. »Wegen der Aufnahme.«

»Entschuldigung.« Saling räusperte sich. »Ja.«

»Worum ging es in dem Streit?«

»Ich?« Wieder blickte sie zu Nils Heck. »Wir wollten eigentlich eine Radwanderung machen. Mit dem Verein«, fügte sie hinzu. »Von Freitag bis Sonntag. Es war alles geplant. Aber dann wollte er doch nicht.«

»Und hat er Ihnen gesagt, warum er so plötzlich nicht wollte?«

»Nein.« Jana Saling blickte wieder zu ihrem Nachbarn, bevor sie hastig den Blick senkte.

»Es hatte also nichts mit diesen Fotos zu tun?« Meinert nahm ein Blatt aus dem Schnellhefter. Man sah Saling und Heck in inniger Umarmung zwischen tanzenden Menschen, eng umschlungen auf dem Weg nach Hause, küssend vor der Haustür, beleuchtet von dem kalten Licht der Türlampe.

Saling griff nach dem Blatt. Keuchend atmete sie ein, dann schlug sie die Hände vors Gesicht, das Blatt segelte zu Boden. Sie sprang auf und stolperte aus dem Wohnzimmer. Heck sprang ebenfalls auf. »Jana!«, rief er.

»Sie bleiben hier«, befahl Meinert. »Geh ihr nach«, forderte er Demel auf, der schon auf den Beinen war.

Ich bin kein Praktikant! Demel zählte in Gedanken bis zehn, damit er nichts sagte, was er später bereuen würde. Ich weiß schon, was ich zu tun habe. Froh, Meinert für ein paar Minuten los zu sein, folgte er der jungen Frau. Es war nicht schwierig, sie zu finden. Er musste nur einfach seinem Gehör folgen. Er blies die Wangen auf und straffte die Schultern, bevor er mit dem Zeigefinger gegen die angelehnte Badezimmertür tippte. Schluchzend und würgend hing Saling über der Toilettenschüssel. Demel konnte einiges ertragen. Er hatte Leichenteile von Bahngleisen eingesammelt, Wasserleichen, aus denen Krebse krochen, aus der Spree gezogen und mit Obdachlosen zu tun gehabt, die bei lebendigem Leib verfaulten. Es gab nur eine Sache, die er überhaupt nicht konnte. Sobald jemand in seiner Gegenwart würgte, krampfte sich auch sein Magen zusammen. Demel presste die Zähne aufeinander. Am liebsten hätte er auf dem Absatz kehrtgemacht, doch diese Blöße konnte er sich unmöglich geben. Er nahm einen Zahnputzbecher von der Ablage am Waschbecken und füllte ihn mit Wasser, dann ging er neben Saling in die Hocke und legte ihr die Hand auf die Schulter. »Geht's wieder?«, fragte er.

»Ja.« Ohne aufzublicken, drückte Saling die Spülung. Ein grünlicher Schleimfaden hing von ihrem Mundwinkel. Immer noch ohne aufzublicken, zog sie Toilettenpapier von der Rolle und wischte sich den Mund ab. Demel reichte ihr den Becher.

»Danke.« Sie ließ sich auf die Fersen zurückfallen und trank in kleinen Schlucken. »Woher haben Sie die Bilder?«

»Das kann ich Ihnen leider nicht sagen.« Demel richtete sich auf und setzte sich auf den Badewannenrand.

»Das war also der Grund, warum er nicht mitwollte.« Saling klappte den Toilettendeckel herunter und stellte den Becher darauf ab. Sie machte keine Anstalten, aufzustehen. »Ich hab's nicht verstanden.« Nachdenklich schüttelte sie den Kopf. »Ich wusste nicht, dass …«

Sie presste die Hand vor den Mund, und Demels Magen hob sich prompt.

Doch Saling fing sich. »Ich habe ihn wirklich gemocht.« Sie stemmte sich in die Höhe und starrte ihr Spiegelbild an. »Und zuerst war auch alles gut, aber …« Sie öffnete den Wasserhahn und hielt ihre Hände unter den Strahl. »Er war halt so viel älter.«

»Im Gegensatz zu Herrn Heck«, warf Demel ein.

»Ich habe Willi nicht getötet.« Saling überging Demels Einwurf. Sie beugte sich über das Waschbecken und benetzte mit beiden Händen ihr Gesicht. »Ich wollte es ihm ja sagen.« Sie stützte sich auf der Emaille ab. Demels und ihr Blick trafen sich im Spiegel. »Aber er war so verletzt. So sind wir auch zusammengekommen«, fuhr sie fort. »Egal, was seine Frau sagt.« Sie runzelte die Stirn. »Ich war nicht der Grund für die Trennung.«

»Wissen Sie, weshalb sich Rollenhagen von seiner Frau getrennt hat?«

»Nicht er hat sich getrennt«, widersprach Saling. »Seine Frau hat ihn vor die Tür gesetzt. Sie … Ach, ich weiß auch nicht.« Saling hob die Arme und ließ sie wieder fallen. »Nicht einmal seine Tochter hat mehr mit ihm gesprochen. Er wusste nicht, wohin. Er hat mir einfach leidgetan. Und ich habe gesagt, du kannst bei mir wohnen, bis du etwas gefunden hast. Ich habe ein Gästezimmer.« Was immer sie in Demels Blick las, brachte sie dazu, sich zu rechtfertigen.

»Aber in dem Gästezimmer ist er nicht geblieben.«

»Nein.« Saling senkte den Blick. »Eins kam zum anderen, und plötzlich waren wir ein Paar. Er hat von Heirat gesprochen ...« Ihre Mundwinkel hoben sich zu einem zittrigen Lächeln, Wasser tropfte von ihrem Kinn. »... von Kindern. Das hat mir gefallen. Aber dann ...« Sie griff nach einem Handtuch. Heftig rubbelte sie ihr Gesicht trocken. »Wir waren immer nur zu Hause. Samstags: Wocheneinkauf. Sonntags: Brunch, Ausflug, Tatort, Sex. Ich bin erst dreißig Jahre alt.« Sie hängte das Handtuch zurück. »Ich habe ihn wirklich geliebt, aber manchmal habe ich gedacht, das kann doch nicht alles gewesen sein.«

»Also haben Sie eine Affäre mit dem Nachbarn angefangen.«

»Affäre?« Salings Unterlippe zitterte. »Das klingt so ...« Sie stockte, setzte erneut an, die Stimme ein Flüstern. »... so berechnend. Aber so war es nicht.« Ihr Blick war offen. »Diese Bilder. Willi war zu einer Fortbildung. Wir waren tanzen. So als Nachbarn, die sich gut verstehen. Und da ist es halt passiert. Und wir haben nur geknutscht, wirklich.« Sie streckte die Hand nach Demel aus, ließ sie jedoch auf halbem Weg sinken. »Sie müssen mir glauben«, flüsterte sie. »Ich habe Willi nicht betrogen.«

»War Nils mit auf der Radtour?«

»Nein.« Saling schüttelte den Kopf. »Ich glaube, er war mit dem Kahn unterwegs. Er hat mir abends noch Zander vorbeigebracht.«

»Mit dem Kahn?«, wiederholte Demel. »So, so!«

»Warum sagen Sie das?« Saling starrte ihn an.

25. KAPITEL

Während die Sektionshelferin alles für die zweite Obduktion vorbereitete und die Ärzte an ihren Berichten arbeiteten, spazierte Klaudia über das Gelände des Rechtsmedizinischen Institutes und dachte über Nylonnetze nach. Konnte es wirklich sein, dass der Tote in einem Netz transportiert worden war? Bis auf die Fäden, die sie an und in der Nähe der Leiche gefunden hatten, sprach nichts für diese Variante. Keine Abdrücke, nichts. Klaudia schloss für einen Moment die Augen und kehrte in Gedanken an den Fundort des Toten zurück, versuchte ihn aus der Sicht des Täters zu betrachten. Sie sah sich selbst einen Kahn staken, darin nicht gedeckte Tische und Bänke, sondern der Tote, eingeschlagen in ein Netz? Ein absurder Gedanke. Sie dachte an die Kopfverletzungen. So viel Blut. Eine Plane wäre so viel wahrscheinlicher gewesen. Aber ein Netz? Wer hatte so etwas schon? Fischer, dachte Klaudia. Sie runzelte die Stirn. War nicht Kowars Nachbar Fischer? Ihre Ermittlerader pochte. Aber was hatte der Mann mit dem Toten zu tun?

Ein Fenster wurde geöffnet. Klaudia blickte auf. Klaas winkte ihr zu.

Das Erste, was Klaudia sah, als sie in den Sektionssaal zurückkehrte, waren Kowars Füße.

Ihre Fußnägel waren blutrot lackiert, an einigen Stellen blätterte der Lack ab. Ansonsten sah man ihren Füßen an, dass Kowar immer barfuß gelaufen war. Die Hornhaut war dick und fast schwarz. Trauer stieg in Klaudia auf. Was immer PH sagte, sie fühlte sich schuldig. Kowar hatte Hilfe gebraucht und Klaudia war zu beschäftigt gewesen, um es zu merken. Nur zu bereitwillig hatte sie sich von ihr abwimmeln lassen. Was hatte sie noch gesagt? Sie würde mit ihrem Pfarrer sprechen wollen. Nachdenklich zog Klaudia die Unterlippe zwischen die Zähne. Vielleicht hatte sie das ja getan?

»Wie war die Auffindesituation?« Stemmler zog das grüne OP-Tuch von der Toten. Eine Hälfte von Kowars Gesicht wirkte friedlich, als würde sie schlafen, die andere war blau, schimmerte fast schwarz.

Klaudia atmete einmal bewusst ein und aus, bevor sie die Auffindesituation beschrieb.

»Sie hat also im Bett gelegen, das Gesicht in den Kissen?«, fasste Stemmler am Schluss ihrer Ausführungen zusammen.

»Ja«, bestätigte Klaudia.

»Auf dem Bauch zu schlafen beinhaltet immer ein gewisses Risiko«, dozierte Stemmler. »Wussten Sie, dass die Bauchlage bei Säuglingen das Risiko, am plötzlichen Kindstod zu versterben, um das Neunfache erhöht? Außerdem ist die Atmung deutlich flacher. Und man bekommt mehr Falten. Was jetzt wohl keine Rolle mehr spielt.« Stemmler musterte die Tote und öffnete den Mund, um fortzufahren, als Klaas ihn unterbrach.

»Wie dem auch sei«, fuhr sie ihm in die Parade, »die Auffindesituation korreliert auf jeden Fall mit den Leichenflecken.«

»Stimmt«, bestätigte Stemmler gut gelaunt. Die beiden waren ein eingespieltes Team, und er nahm es ihr offensichtlich nicht übel, wenn sie ihm hin und wieder einen Schubs in die richtige Richtung gab. Trotzdem war er noch nicht ganz fertig mit dem Dozieren, und in Ermangelung von Studenten musste die Sektionsassistentin herhalten. »Und warum?«, fragte er sie.

Die schien das gewohnt zu sein, denn sie blickte nicht einmal von ihrem Klemmbrett auf, als sie antwortete. »Kommt der Blutkreislauf zum Erliegen, sackt das Blut in die unteren Gefäßbereiche ab. Und da die Tote auf dem Bauch gelegen hat, ist das Blut in die vordere Körperhälfte abgesackt. Also Gesicht, Brust, Bauch …«

»Was verraten uns Totenflecken noch?«, fragte Stemmler.

»Sie können uns etwas über den Zeitpunkt des Todes verraten.« Nun legte die Sektionsassistentin ihr Klemmbrett doch ab und trat näher an den Metalltisch. »Die ersten Stunden nach dem Tod wechseln sie mit der Lage, man kann sie wegdrücken, das unterscheidet sie von Unterhautblutungen. Außerdem variieren sie in der Farbgebung und Farbintensität. Sind sie besonders stark ausgeprägt, wie bei dieser Frau, kann das auf Tod durch Ersticken hinweisen.« Die Assistentin trat einen Schritt zurück und griff wieder nach ihrem Klemmbrett.

»Ausgezeichnet, Klara. Wenn du so weitermachst, sind wir bald überflüssig. Was meinen Sie?«, wandte sich Stemmler an Klaudia. »Ist die Tote erstickt?«

»Was ist mit den Schlaftabletten?«, gab Klaudia zu bedenken.

»So schnell schießen die Preußen nicht«, erwiderte Klaas. »Der Befund steht noch aus.«

»Schade.« Klaudia schloss für einen Moment die Augen und kehrte zurück in das Haus der Toten, saß im Nachthemd auf der Bettkante, drückte eine Schlaftablette nach der anderen ins Glas und trank dann diese bestimmt bittere Brühe. Unwillkürlich schüttelte Klaudia sich. Sie hätte es anders gemacht, aber sie war nicht das Maß der Dinge. Es gab Menschen, die Tabletten auflösten, weil sie sie ansonsten nicht schlucken konnten. Klaudia glitt zurück in die Situation, spürte die Müdigkeit in den Gliedern, legte sich ins Bett, drehte sich auf den Bauch, ihr Atem wurde immer langsamer, das Kissen lag dicht an ihrer Nase, und langsam, aber sicher erstickte sie an ihrem eigenen Atem. So konnte es gewesen sein. Trotzdem ...

»Vielleicht wollte sie sich auch überhaupt nicht umbringen«, sagte die Sektionsassistentin, als hätte Klaudia ihren Zweifel ausgesprochen. »Vielleicht wollte sie einfach nur schlafen.«

»Dann nimmt man eine Tablette und haut sich aufs Ohr«, widersprach Klaas. Es klang, als würde sie genau dies, regelmäßig tun.

»Ich weiß nicht.« Klaudia war nicht überzeugt. »Sie hat sich nicht umgebracht, als ihr Mann starb, obwohl ...« Ihr fiel die Bemerkung des Nachbarn ein.

»Was obwohl?«, hakte Klaas nach.

»Sie hat es versucht, aber ihre Nachbarin hat sie gefunden.«

»Also ist sie dazu in der Lage, einen solchen Entschluss zu fassen und einmal gefasst, auch durchzuziehen.« Stemmler zog das Tuch von der Leiche.

Unwillkürlich senkte Klaudia den Blick, um noch nicht den nackten Körper der Toten sehen zu müssen. »Ich weiß nicht«, sagte sie. »Ich meine: Sie wirkte gefasst. Klar war sie durch den Wind, aber trotzdem ... Außerdem war da der Hund, und sie war gläubig.«

»Auch Gläubige töten sich selbst.« Klaas musterte Klaudia. »Sie war deine Zeugin.« Ihre Stimme klang sanft. »Deshalb fühlst du dich verantwortlich für ihren Tod, oder?«

»Ist das so offensichtlich?«

»Ziemlich«, sagte Stemmler zu Klaudias nicht geringem Erstaunen. Sie hätte jeden Eid darauf geschworen, dass er in seinem Obduktionssaal nichts anderes als die Leiche vor sich wahrnahm. »Wenn Frau Kowar sich nicht selbst getötet hat, bleiben zwei Möglichkeiten. Unfall oder Fremdeinwirkung.« Stemmler setzte eine Stirnlampe auf, wie Klaudia sie von ihrem Hals-Nasen-Ohren-Arzt kannte und griff nach einem Nasenspekulum. »Dann schauen wir mal, ob wir etwas finden, das die eine oder andere Theorie unterstützt. Wie zum Beispiel das hier«, murmelte er. »Pinzette bitte.«

Klaas reichte ihm eine und beugte sich ebenfalls vor.

»Heute scheint unser Fasertag zu sein.« Stemmler richtete sich auf.

»Was ist das?« Klaudia kniff die Augen zusammen und starrte auf die Pinzette und das, was sie hielt.

»Wofür halten Sie es?«

»Das ist jetzt keine Nylonfaser, oder?«

»Eher nicht.« Stemmler genoss die Situation.

»Es sieht aus wie eine Wollfaser«, klaute ihm Klaas die Pointe.

»Aber Kowars Bettwäsche war aus Leinen.« Klaudia hatte das Bild noch sehr klar vor Augen.

»Trotzdem hat sie aus irgendeinem Grund Wollfasern eingeatmet.«

»Ich lasse alle Kissen aus dem Haus zur KTU bringen.« Klaudias Ermittlerader wummerte einen Tusch.

»Diese Faser muss nichts bedeuten«, dämpfte Stemmler ihre Erwartungen, während er sich vorbeugte, um die Lippen und Mundschleimhaut der Toten zu inspizieren. »Keine Hautabschürfungen im Gesicht oder Einblutungen an der

Lippe«, murmelte er. »Aber das muss nichts heißen«, fuhr er fort. »Es gibt sanfte Tötungsarten, die wenig Spuren hinterlassen. Vor allem, wenn es sich bei dem Opfer um einen sehr jungen oder sehr alten Menschen handelt.«

»Das ist mir durchaus bewusst«, sagte Klaudia. »Deshalb ist diese Faser ja auch so wichtig.«

Die restliche Obduktion erbrachte noch weitere Ergebnisse, die sich mit der Auffindesituation der Toten deckten: Die Lunge war gebläht, und die Ärzte dokumentierten flohstichartige Einblutungen an Pleura und Perikard. Stemmler versprach, seine Berichte so bald wie möglich zu schicken, und verschwand.

»Danke, dass ihr so schnell wart.«

»Immer wieder gern.« Klaas wusch sich die Hände. »Grüß Demel von mir«, rief sie Klaudia hinterher.

»Mach ich«, versprach die. Kaum hatte sie das Rechtsmedizinische Institut verlassen, rief sie Wibke an.

»Okay«, seufzte die. »Sammeln wir alle Kissen ein.«

»Kommst du zur Lagebesprechung?«

»Das schaffe ich nicht. Wir ertrinken geradezu in Spuren. Da hilft es auch gar nicht, wenn die ermittelnde Beamtin noch ihr Date mit zum Tatort bringt.«

»Sorry«, entschuldigte sich Klaudia. »War nicht meine Idee, aber wie hätte ich ihn abhängen sollen?«

»Weißt du zumindest mittlerweile, was er von dir will?«

»Nein.« Klaudia zog die Unterlippe zwischen die Zähne.

»Wir machen es folgendermaßen«, sagte Wibke. »Ich schick dir alles, was wir bisher haben, und du berichtest darüber. Wäre das in Ordnung für dich?«

»Natürlich«, versicherte Klaudia. »Und denke bitte an die Kissen.«

Wibke schnaubte. »Dafür schuldest du mir mindestens eine Berliner Weiße, wenn nicht zwei. Hast du gesehen, wie viele da herumlagen?«

»Ich weiß, aber trotzdem ...«

»Meldet sich deine Ermittlerader?«, spottete Wibke. »Du weißt, es gibt tausend mögliche Gründe, warum diese Faser in der Nase der Toten gewesen ist. Und warum sollte jemand deine Zeugin töten?«

»Gute Frage, nächste Frage.«

»Klingt, als hättest du keine Antwort.«

»Stimmt auffallend«, räumte Klaudia ein. »Aber vielleicht weiß ihr Nachbar mehr.« Sie hob den Schlüssel und entriegelte ihren Wagen.

»Wieso das?«, fragte Wibke.

»Weil er Fischer ist.«

»Du und deine Ermittlerader.« Wibke legte auf, bevor Klaudia noch etwas erwidern konnte.

26. KAPITEL

Die Hitze staute sich im Treppenhaus des Reviers, und Schweiß perlte von Klaudias Nacken herab, als sie die Stufen hinaufeilte. Petras Schreibtisch war bereits aufgeräumt, doch die Tür zu PHs Büro stand offen. Er saß an seinem Schreibtisch, die Arme vor der Brust verschränkt, die Augen geschlossen. Er schnarchte leise, und sein immer noch dichtes Haar wehte im Wind des Tischventilators. Klaudia spürte geradezu das Lächeln, das sich auf ihrem Gesicht breitmachte. Es war ein gutes Gefühl, ihn hinter seinem Schreibtisch zu sehen. Sie hob die Hand und klopfte an den Türrahmen. PHs

Arme fuhren in die Höhe, und der Bürostuhl klapperte gegen den Rollschrank, der hinter ihm stand.

»Da bist du ja.« PH rollte zurück zu seinem Schreibtisch und schaltete den Ventilator aus. »Alles klar?«

»Das Gleiche wollte ich dich fragen.« Klaudia lehnte sich, die Arme vor der Brust verschränkt, gegen den Türrahmen. »Was hast du mit den beiden verhackstückt?«

PH tat erst gar nicht so, als wüsste er nicht, von wem sie sprach. »Das Übliche«, erwiderte er. »Ermittlungstaktik und so.«

»Okay.« Klaudia nickte nachdenklich. »Und das konnte die Pressestelle nicht telefonisch erledigen?«

»Du kennst Demeter-Anders.«

Ja, dachte Klaudia. Genau in diesem Büro war sie der Staatsanwältin das erste Mal begegnet. Sie war auf dem Weg zum Krankenhaus gewesen, um Uwe beizustehen, der dabei war, Witwer und Vater zu werden.

»Wie war's in Potsdam?«

»Gib mir eine halbe Stunde und ich dir eine spontane Antwort.«

»Fünfzehn Minuten«, erwiderte PH nach einem Blick auf seine Armbanduhr. »Der Tag war lang genug.«

»Du bist eben nichts mehr gewohnt.«

»Die Zeit läuft.« PH griff nach seiner Schäfchentasse und schaltete den Ventilator wieder ein.

Demels Tür war ebenfalls nur angelehnt. Er und Meinert stritten miteinander. Jetzt wo PH zurück war, mussten die beiden sich wohl das Büro teilen. Unwillkürlich blies Klaudia die Wangen auf. Das konnte ja heiter werden. Die beiden waren schlimmer als Hund und Katze. Sie klopfte an den Türrahmen und stieß die Tür auf. Jemand hatte einen zweiten

Schreibtisch vor das Fenster geschoben. Davor hockte Meinert auf dem Fußboden und fummelte an der Elektrik herum.

»Das wird nicht funktionieren.« Demel klang, als sagte er diesen Satz nicht zum ersten Mal. »Da fliegt höchstens die Sicherung raus.« Er wandte sich ihr zu. »Klaudia, sag du ihm ...«

»Lage in einer Viertelstunde«, unterbrach ihn Klaudia und zog sich hastig in ihr eigenes Büro zurück. Auch hier stand jetzt ein zusätzlicher Schreibtisch, und dahinter saß Uta. PH war wirklich nicht untätig gewesen.

»Hi«, begrüßte Klaudia die Kollegin aus Senftenberg. »Bist du die Verstärkung?«

»Nö, ich dachte, ich schau mal vorbei«, antwortete Uwes Freundin gut gelaunt. »Ich habe mich gerade durch die Akten gearbeitet«, fuhr sie ernster fort. »Ihr habt eine Menge auf dem Teller.«

»Wir sind aber auch ein gutes Team«, sagte Thang, ohne sein Tippen zu unterbrechen. Er war der einzige Mensch, den Klaudia kannte, der gleichzeitig tippen und reden konnte.

»Lage in ...«, Klaudia blickte auf ihre Armbanduhr, »zwölf Minuten.«

»Du bist schlimmer als PH.« Thang hielt mit dem Tippen inne.

»Wenn du meinst.« Klaudia setzte sich an ihren Schreibtisch. Während der Rechner hochfuhr, fischte sie eine Tüte Gummibärchen aus ihrer Notfallschublade und stopfte sich eine Handvoll in den Mund.

»Wie kommt das Zeug da eigentlich rein?« Thang sah aus, als hätte er Zahnschmerzen. »Ich sehe dich immer nur Süßigkeiten rausnehmen, aber nie welche hineintun.«

»Es gibt viele Schubladen im Multiversum«, nuschelte Klaudia, sich eine Hand vor den Mund haltend. Thang, der ein eingefleischter Terry-Pratchett-Fan war, lachte, während Uta eher verwirrt aussah.

»Gibt's diese Schublade an jedem Schreibtisch?«, fragte sie. »Dann könnte ich über eine Versetzung nachdenken. Wie ich höre, seid ihr auf der Suche nach einem Sachbearbeiter.«

»Leider nicht«, erwiderte Klaudia.

»Also sucht ihr nicht?«

»Doch, klar«, nuschelte Klaudia. »Meine Antwort bezog sich auf die Schublade.«

»Hat die Obduktion etwas ergeben?«, fragte Thang.

»Später.« Klaudia schluckte die süße Masse herunter und gab ihr Kennwort in die Anmeldemaske ein, dann versank sie für die nächsten zwölf Minuten in den Tiefen der computergestützten Vorgangsbearbeitung. Wibke hatte ihr Versprechen gehalten, und Klaudia zog sich einen Block heran, bevor sie zu lesen begann. Immer wieder machte sie sich Notizen, dann blickte sie auf die Uhr und loggte sich aus.

»Bist du so weit?« Thang verschwand unter seinem Schreibtisch, um den Computer herunterzufahren.

»Wo ist Uta?«

»Für kleine Mädchen.« Thang stand auf und streckte ächzend den Rücken durch.

»Sitzen ist das neue Rauchen.« Klaudia hatte den Spruch irgendwo gelesen und fand, das sei eine gute Gelegenheit, ihn mal anzubringen.

»Das musst du gerade sagen«, schnaubte Thang, dann blickte er sich um und fuhr leiser fort. »Stimmt es eigentlich, dass sie«, er nickte in Richtung des dritten Schreibtisches, »mit Uwe zusammen ist?«

»Keine Ahnung.« Klaudia griff nach dem Block mit ihren Notizen. Im Revier war Petra für Klatsch und Tratsch zuständig.

»Ja.« Uta ging zu ihrem Schreibtisch und griff nach ihrem Handy. »Ist das ein Problem für dich?«

»Nein«, stammelte Thang.

»Dann ist ja gut.« Sie ging zur Tür. »Können wir dann? Ich glaube, die anderen warten bereits.«

Es tat gut, PH auf seinem Platz vor dem Flipchart zu sehen, auch wenn er demonstrativ auf seine Armbanduhr klopfte, als die drei das Besprechungszimmer betraten. Meinert saß neben ihm, er hatte sein Pokerface aufgesetzt, während Demel grinste. Uwe blätterte in seinen Unterlagen und blickte nur kurz auf, als sie eintraten. Er hatte die undankbare Aufgabe übernommen, alle Kahnführer zu befragen. Wenn jemand etwas bemerkt hatte, dann sie. Uta setzte sich neben ihn. Die beiden vermieden es, sich anzublicken, doch sowohl ihre Wangen als auch Uwes überzogen sich mit einem rosigen Hauch.

»Da sind ja unsere KTU-Kollegen!«, rief Demel bei ihrem Eintreten aus.

»Was?« Klaudia setzte sich neben ihn.

»Na Klaudia, Thang und Uta – KTU.«

»Hast du deinen Arbeitstag damit verbracht, dir diesen lahmen Scherz auszudenken?« Klaudia griff nach der Kaffeekanne und schüttelte sie wenig hoffnungsfroh, doch wider Erwarten war sie gut gefüllt. Überrascht blickte sie zu PH, der gerade Uta begrüßte. Der Chef hatte noch nie Kaffee gekocht. Er habe zwei linke Hände, behauptete er, und Klaudia hatte sich mehr als einmal gefragt, wie er seinen Alltag ohne Petra meisterte.

»Ich war so frei«, sagte Meinert, ihren Blick richtig interpretierend. »Ich dachte, wir könnten alle einen gebrauchen.«

»Danke.« Klaudia nickte ihm zu. Immer wenn sie dachte, er sei der schrecklichste Kollege ever, zeigte er seine netten Seiten. Sie wurde einfach nicht schlau aus ihm. »Klappt die Elektrik?«

»Besser als die Zusammenarbeit.« Meinert senkte den Blick auf die Tischplatte.

»Können wir anfangen?«, fragte PH. »Wo ist Wibke?«

»Wenn wir Ergebnisse wollen, sollen wir ohne sie auskommen, hat sie gesagt.« Klaudia füllte ihre Tasse. »Doch sie hat mir alles geschickt, was sie bisher haben. Allerdings würde ich gern mit den vorläufigen Obduktionsergebnissen beginnen.« Bevor Stemmler nicht seinen Bericht geschrieben hatte, war alles, was er heute gesagt hatte, nur vorläufig. Klaudia begann mit der Obduktion von Willi Rollenhagen.

Keiner der Kollegen konnte sich auf diese Nylonfaser einen Reim machen. Klaudia sprach von ihrem Verdacht, dass es sich um die Faser eines Fischernetzes handeln könnte.

»Aber wie kommt so etwas in die Wunde?«

»Vielleicht wurde er in einem Fischernetz transportiert?«

»Verdächtigst du Boris?« Uwe schüttelte den Kopf.

»Es ist eine Variante.« Klaudia biss sich auf die Unterlippe. Wieso rechtfertigte sie sich überhaupt?

»Aber warum sollte er?«, beharrte Uwe. »Soweit wir wissen, kannten die beiden sich nicht einmal.«

»Hat Stemmler sich festgelegt, was den Todeszeitpunkt angeht?«, unterbrach Meinert die fruchtlose Diskussion.

»Du kennst ihn.« Klaudia grinste schief.

»Haben wir etwas, was uns da weiterhelfen könnte?«, fragte PH.

»Die Geodaten seines Handys enden am frühen Samstagabend.« Es war Thang, der diese Frage beantworten konnte. »Bis dahin ist es immer wieder in Funkzellen zwischen Lübben und Straupitz aufgetaucht. Was einer Radtour entsprechen könnte.« Mit Radtouren kannte Thang sich aus.

»Könnte er dann nicht an dem Haus des zweiten Opfers vorbeigekommen sein?«, fragte Klaudia.

»Durchaus wahrscheinlich«, räumte Thang ein.

»Bei der zweiten Leiche gab es ebenfalls eine Besonderheit.« Klaudia berichtete von der Faser in der Nase der Toten.

»Das ist ein Hinweis, dem wir nachgehen sollten.« Meinert machte sich eine Notiz.

»Ist bereits veranlasst.« Klaudia lehnte sich zurück. Der Satz hatte gutgetan.

»Aber sie lebt in dem Haus«, meldete sich Uta zu Wort. »Ihre DNA wird auf jeden Fall auf den Kissen sein.«

»Mir geht es auch weniger um ihre DNA.« Klaudia griff nach dem Block, der vor ihr lag. »Unter den Fingernägeln des Toten haben die Techniker Hautpartikel gefunden.«

»Reicht es für ein DNA-Profil?«, fragte Meinert.

»Wibke ist zuversichtlich«, antwortete Klaudia.

»Ich denke, ich wüsste, wem die gehören könnten.« Demel ließ die Bombe einfach so platzen.

»Ihr habt einen Verdächtigen?« Klaudia starrte ihn an.

»Jepp«, trumpfte Demel auf. »Den Lover der kleinen Saling.«

»Geht's ein bisschen sachlicher?« Wie ein ungeduldiger Lehrer klopfte PH auf die Tischplatte.

»Nils Heck, der Nachbar der Lebensgefährtin des Opfers, der ein Verhältnis mit selbiger unterhielt«, wiederholte Demel in lupenreinem Amtsdeutsch. »Auch wenn die das noch leugnet.«

»Und?«, fragte Klaudia. »Weiter?«

»Er war angeln. Laut Jana Saling. Sie erwähnte, dass er mit dem Kahn unterwegs war.«

»Warum weiß ich davon nichts?« Meinert scrollte sich durch die digitale Akte.

»Du weißt es jetzt.«

»Und wo war er angeln?«, fragte Klaudia.

»Das weiß ich nicht.«

»Wissen wir, ob die beiden sich getroffen haben?«, hakte Uta nach.

»Noch nicht.« Demel kratzte sich den Nacken. »Aber das werden wir herausfinden. Ich habe ihn für morgen Vormittag zur Befragung einbestellt.«

»Und wann hast du das gemacht?« Meinerts Stimme klang sachlich.

Zu sachlich, wie Klaudia fand.

»Gerade eben.«

»Und davon erfahre ich erst jetzt?« Meinert klappte sein Laptop zu. »Wir sind ein Team. Zumindest sollten wir eins sein.«

»Ich hielt es nicht für angebracht, ihn in Salings Gegenwart zu befragen oder vorzuladen«, rechtfertigte sich Demel.

»Das ist die lahmste Begründung für Bockmist, die ich gehört habe, seit ich nicht mehr als *Verdeckter Ermittler* arbeite«, fauchte Meinert.

Auch wenn Klaudia es nur ungern tat, stimmte sie ihm zu. Sie blickte zu PH, der die Stirn runzelte.

»Und seitdem hast du keine Zeit gefunden, mich über die Entwicklung zu informieren?«

»Was hätte das für einen Unterschied gemacht?« Nur scheinbar entspannt lehnte Demel sich zurück. »Du erfährst es jetzt. Wie die anderen Kollegen auch.«

»Es reicht, Peter!«, mischte sich PH ein. »Das war unkollegial, und das weißt du.«

»Das war nicht nur unkollegial, das war unprofessionell«, schnaubte Meinert.

»Wie ist dieser Heck denn so?«, lenkte Klaudia die Aufmerksamkeit aller zurück auf ihre Ermittlungen. Das Kind war bereits im Brunnen. Es hatte keinen Sinn, noch Steine hinterherzuwerfen.

»Schmächtig«, antwortete Demel. »Unauffällig.«

»Und er war also angeln.«

»Oder fischen.« Demel griff sich an die Brusttasche, ließ aber dann die Hand sinken. »Was weiß ich. Ist doch alles das Gleiche, oder?«

»Nicht ganz«, erwiderte Thang. »Bei dem einen benutzt du eine Angel, bei dem anderen ein Netz.«

»Und beides besteht aus Nylonfasern.« Klaudia starrte auf ihre Hände. War es wirklich so einfach?

27. KAPITEL

Demel wälzte sich auf die linke Seite. Seine Hüfte schmerzte. Das tat sie jetzt häufiger. Noch im Halbschlaf blickte er auf die Uhr: halb sechs! Die halbe Stunde hätte ihn der Schmerz auch noch schlafen lassen können. Vielleicht sollte er sich eine neue Matratze zulegen. Er schmatzte den Geschmack von Asche fort. Außerdem sollte er endlich aufhören, zu rauchen. Der Wecker hatte noch nicht einmal geklingelt, und er hatte schon zwei gute Vorsätze gefasst, um sein Leben zu verbessern. Demel wusste, dass er keinen davon umsetzen würde. Er ließ den Arm aus dem Bett fallen und tastete nach der Wasserflasche. Liegend trank er einen Schluck. Wasser rann über seine Wange und versickerte im Kopfkissen. Demel stellte die Flasche ab und zog die Decke über den Kopf. Er war hundemüde. Zunächst hatte er nicht schlafen können, weil Justin nicht zu Hause war. Der war erst so gegen Mitternacht eingetrudelt. Demel hatte mit dem Gedanken gespielt, ihn zur Rede zu stellen, sich dann jedoch dagegen entschieden. Zwei Tage mussten sie noch miteinander auskommen, dann war er wieder der Wochenend-Papa, der die Erziehung seiner Ex überlassen konnte. Eine Rolle, die ihm sehr viel mehr behagte. Er würde mit ihm ins Kino oder ins Schwimmbad gehen. Trotz seiner Raucherlunge schaffte er es noch immer, der Länge nach durch das Fünfzig-Meter-Becken zu tauchen. Eine der wenigen Fähigkeiten, für die sein Sohn ihn bewunderte. Egal, wie viel Luft Justin in seine Lungen pumpte, er schaffte es nicht. Demel hatte ihm schon mehr als einmal erklärt, dass es nicht darum ging einzuatmen, sondern im Gegenteil, dass es darum ging auszuatmen, um den CO_2-Spiegel im Blut und damit den Atemimpuls zu senken. Und dann musste man noch langsam zählen, der Körper musste wissen, dass es ein Ziel gab. Doch gleichgültig, was er sagte, es ging bei seinem Sohn zum einen Ohr rein und zum anderen raus.

Ein Stöhnen unterdrückend, schwang Demel die Beine über die Bettkante und schlurfte ins Bad. Die Tür zu Justins Zimmer war geschlossen. Das Stoppschild ignorierend, drückte er die Klinke herunter und öffnete sie. Im Zimmer stank es nach Gras. Er musste unbedingt mit seiner Ex sprechen. Der Junge kiffte zu viel. Wie sehr sehnte sich Demel nach der Zeit zurück, als er noch Justins Held gewesen war. Jetzt war er eher der nützliche Idiot, der bestenfalls ignoriert wurde. Zusammengerollt lag Justin unter der Bettdecke, das Kissen lag auf dem Fußboden, und aus einer umgefallenen Flasche tröpfelte Wasser aufs Laminat. Demel richtete die Flasche auf, warf das Kissen auf den Sitzsack und wischte mit einem herumliegenden Handtuch den Wasserfleck auf, dann öffnete er das Fenster. Justin knurrte etwas und drehte sich auf den Bauch.

Der Junge schlief noch, als Demel die Wohnung verließ und in seinen roten Audi stieg. Er würde deutlich zu früh im Revier sein, aber so konnte er ein, zwei Stunden ohne Meinert im Nacken arbeiten. Der Kollege lag ihm mindestens so im Magen wie sein Sohn. Nur war da niemand, der ihm den Kollegen abnahm. Immerhin musste er nur noch das Büro mit ihm teilen. Klaudia hatte darauf bestanden, bei Hecks Befragung anwesend zu sein. Meinert war nicht so begeistert gewesen, hatte dann jedoch auf PHs Druck nachgegeben. Nach der Besprechung war selbst dem klar geworden, dass sie kein Dream Team waren. Also hatte er kurzerhand Meinert und die Kollegin aus Senftenberg zusammengepackt. Uwe hatte wenig begeistert gewirkt. Des einen Freud, des anderen Leid. Demel war äußerst zufrieden. Er und Klaudia waren einfach das bessere Team. Wenn sie auch sonst nicht sein Typ war, zu knochig. Trotzdem grub er sie von Zeit zu Zeit an, einfach um nicht aus der Übung zu kommen. Klaudia ließ ihn zwar immer abblitzen, nahm sein Anbaggern aber ansonsten sportlich, und dafür war er ihr dankbar. Er würde sie ungern an den Innendienst verlieren. Was allerdings nicht bedeutete, dass er Meinert als Chef haben wollte. Wenn Klaudia das Rennen machte, würde Meinert sich anderweitig umschauen, zumindest hoffte Demel das.

Er lenkte den Wagen auf den Parkplatz hinter dem Revier. So früh er auch dran war, Klaudias Peugeot parkte bereits am Zaun, der das Grundstück von den Bahngleisen trennte. Ob sie überhaupt zu Hause gewesen war? Demel stieg aus und steckte sich die erste Zigarette des Tages an. Seit Justin bei ihm wohnte, vermied er es, zu Hause oder im Wagen zu qualmen. Rauchringe in die Morgenluft blasend, schlenderte er zum Hintereingang. Noch war es frisch, doch in der Wettervorhersage wurde ein weiterer Spätsommertag mit Temperaturen von bis zu dreißig Grad angesagt. Demel sah den Rauchringen nach, die sich im Morgenwind auflösten. Er machte sich selten Gedanken über das Wetter, doch so langsam fragte er sich, was für eine Welt sie ihren Kindern hinterließen. Er blickte über die Schulter zurück zu seinem Audi, der nicht gerade sparsam im Verbrauch war. Vielleicht sollte er über einen Hybrid oder so etwas nachdenken oder wie Thang mit dem Fahrrad kommen.

Bevor er seinen Badge auf das Kontaktfeld drücken konnte, wurde die Tür aufgestoßen. Kuloth schob seinen Wanst aus dem Flur.

»Ich dachte, du bist in Australien«, begrüßte Demel den Kollegen.

»Kanada«, korrigierte der ihn. »Ich war in Kanada. Meine Tochter lebt dort.«

»Ist aber weit weg.«

»Kannste laut sagen.« Kuloth ruckelte den Gurt zurecht. »Ich muss dann mal.«

»Zu einem Einsatz?«

»Brötchen holen.« Kuloth grinste und tippte sich an die Dienstmütze. »Die Wagner ist auch schon da. Soll ich euch was mitbringen?«

»Ich denke nicht.« Demel drückte seine Zigarette aus und entließ den letzten Rauch aus den Lungen. »Aber danke, dass du fragst.«

Kuloth ruckelte wieder an seinem Gürtel. Es war ein Wunder, dass das schwere Ding überhaupt hielt.

»Ich hab gehört, PH ist wieder da.« Sein Blick bekam etwas Lauerndes. »War die Wagner wohl überfordert.«

»Wir haben zwei Todesfallermittlungen und zu wenig Personal«, erwiderte Demel von oben herab. »Es ist gut, dass PH zurück ist, und wenn Klaudia ihn zurückgeholt hat, zeigt das eher Führungsstärke als Führungsversagen.« Er fand, dass er gerade selbst sehr nach Chef klang.

»Ich hoffe trotzdem, es wird dieser Meinert.« Wieder ruckelte Kuloth an seinem Gürtel. »Es ist immer besser, wenn jemand von außen Chef wird.«

»Nach dem Motto: Neue Besen kehren gut?«

»Ungefähr. Die Wagner ist einfach schon zu sehr drin im System. Wenn du verstehst, was ich meine.«

»Und ob ich das verstehe.« Demel boxte den uniformierten Kollegen spielerisch gegen den Bauch. »Sie kennt einfach ihre Pappenheimer. Wa?«

Er blickte dem Kollegen nach, der mit so viel Würde, wie seine umfangreiche Gestalt hergab, zum Streifenwagen stolzierte. Nachdenklich betrat er das Revier. Wie immer roch es nach abgestandenem Kaffee, Bohnerwachs und feuchtem Putz. Was wäre, wenn Meinert das Rennen machte? Demel wusste, dass Klaudia sich mit Bach getroffen hatte. Es ging das Gerücht, dass der Leiter des MEK im Zuge der aktuellen

Polizeireform eine neue Einheit aufbauen sollte. Was, wenn er Klaudia abwarb? Die Situation war so oder so verfahren. Leicht keuchend erreichte Demel das Dachgeschoss.

»Moin«, begrüßte er Klaudia, die gähnend aus dem Bad kam. Ihr Gesicht war gerötet, und in ihrem Pony glitzerten noch einzelne Wassertropfen.

»Hat dich dein schlechtes Gewissen nicht schlafen lassen?« Sie ging in die Teeküche, und Demel folgte ihr.

»Bist du überhaupt im Bett gewesen?« Er ignorierte ihre Frage.

»Ich habe hier geschlafen.«

»Das sehe ich.« Demel blickte zu dem zerdrückten Sofakissen und der Wolldecke, die am Fußende der Couch lag.

»Thang hat im Bereitschaftszimmer geschlafen«, kam sie seiner Frage zuvor. »Er brauchte wohl mal wieder eine Runde Nachtschlaf.«

»Irgendwelche Vorfälle?«

»Nein.« Gähnend griff Klaudia nach der Kaffeedose. »Irgendwie sind die Leichen immer für mich. Was treibt dich so früh hierher?«

»Die Aussicht, mein Büro wenigstens ein paar Stunden für mich zu haben.«

»Meinert ist kein übler Typ«, sagte Klaudia, während sie Kaffee in den Filter löffelte. »Und er ist ein ausgezeichneter Ermittler.«

»Deshalb muss ich ihn ja nicht mögen.«

»Es würde schon reichen, wenn ihr euch nicht ständig gegenseitig Steine vor die Füße werfen würdet. Willst du auch einen?« Sie hielt einen gefüllten Kaffeelöffel hoch.

Demel nickte, und sie kippte das Pulver in den Filter.

Klaudia schaufelte einen weiteren Löffel hinterher. »Was

willst du machen, wenn er das Rennen macht? Zurück nach Königs-Wusterhausen gehen?«

»Was weiß ich.« Demel kratzte sich das Kinn. Die Wendung, die das Gespräch nahm, gefiel ihm nicht. »Was wollte eigentlich Bach von dir?«

»Keine Ahnung.« Klaudia stellte die Dose zurück und füllte Wasser in die Kanne.

Ihre Antwort versetzte Demel einen Stich. Sie wollte also nicht mit ihm darüber sprechen.

»Es heißt, er soll eine neue Truppe zusammenstellen«, bohrte er weiter.

»Weißt du mehr?« Klaudia kippte das Wasser in den Tank und schaltete die Kaffeemaschine ein. Augenblicke später gurgelte das erste Wasser in den Filter und füllte die kleine Küche mit dem Duft von frisch aufgebrühtem Kaffee.

»Nein«, erwiderte Demel. »Würdest du weggehen?«

»Wenn Meinert Chef wird?« Klaudia stellte die Dose zurück in den Schrank. »Keine Ahnung«, sagte sie schließlich. »Für wann hast du Heck einbestellt?«

»Für neun Uhr«, antwortete Demel. »Ich hab ihm auf den AB gesprochen und Petra eine Mail geschrieben, dass wir das Besprechungszimmer brauchen. Mein Büro ist zu voll«, fügte er erklärend hinzu. »Ich frage mich, wo PH die Schreibtische herhat?«

»Wahrscheinlich aus irgendeinem Lager der Polizei. Ist es für dich in Ordnung, wenn ich die Befragung durchführe?«

»Absolut okay.« Demel hatte nichts anderes erwartet. Schließlich war es Klaudias Fall.

Demel nahm den gefüllten Becher, den Klaudia ihm reichte und verzog sich in sein Büro. Meinert tauchte eine Stunde später auf und hockte sich vor seinen Rechner. So arbeiteten sie eine Weile. Das Klappern ihrer Tastaturen und das Sirren der Rechner waren die einzigen Geräusche. Demel blickte auf seine Armbanduhr. Wollte er vor der Befragung noch eine rauchen, musste er los. Doch vorher musste er noch etwas erledigen. Klaudias Worte hatten ihm zu denken gegeben. »Das mit gestern ...«, setzte er an.

»War eine Retourkutsche, ich weiß.« Zum ersten Mal an diesem Morgen blickte Meinert ihn an. Er wirkte nicht wütend, eher amüsiert. »Ich denke, wir sind quitt.« Er grinste tatsächlich.

Klaudia war nicht allein. Eine andere Frau war bei ihr. Sie stand auf, als Demel den Raum betrat.

»Das ist Rechtsanwältin Pech«, stellte Klaudia die Mittvierzigerin mit kurzem dunkelblondem Haar, schicker Bluse und Nadelstreifenhose vor. »Sie vertritt Herrn Heck.«

»Freut mich.« Demel ergriff die ausgestreckte Hand der Rechtsanwältin und stellte sich ebenfalls vor. Er würde bestimmt niemanden anheuern, der das Pech schon im Namen führte. »Danke, dass Sie so kurzfristig kommen konnten.«

»Mein Mandant will dieses Gespräch so schnell wie möglich hinter sich bringen.«

»Verständlich.« Demel ging um den Konferenztisch herum und setzte sich neben Klaudia.

Sie saßen so, dass sie die Sonne im Rücken hatten. Dadurch lagen ihre Gesichter im Schatten, während ihre Gesprächspartner gegen die Sonne blinzeln mussten. Ein Trick aus der Giftkiste der Verhörpsychologie, den es wahrscheinlich gab, seit die peinliche Befragung aus der Mode gekommen war.

»Wenn ich das richtig verstehe«, Pech schlug den schmalen Hefter auf, der vor ihr lag, »geht es darum, was mein Mandant am Samstag getan hat?«

»Genau.« Klaudia blickte auf ihre Armbanduhr. »Dafür, dass Herr Heck es so eilig hat, lässt er sich Zeit.«

»Ich denke, er wird gleich hier sein«, erwiderte Pech. Doch leider irrte sie sich.

28. KAPITEL

»Und nun?« Demel blickte der Rechtsanwältin hinterher, die, das Handy zwischen Schulter und Ohr gepresst, aus dem Besprechungszimmer rauschte. Er hatte ein schlechtes Gewissen. Wenn er nicht diese Nummer abgezogen hätte, wäre diese Befragung bereits gestern erfolgt. So hatte er sie verzögert, und nun war der Vogel ausgeflogen. Verstohlen blickte er zu Klaudia. Wenn sie das Gleiche dachte, ließ sie es sich zumindest nicht anmerken. Was irgendwie schlimmer war als Vorwürfe.

»Tut mir leid«, murmelte Demel. »Ich hab's vergeigt.«

»Ich frage mich, warum er eine Anwältin anheuert, wenn er nicht vorhat zu erscheinen?«

Demel wartete, ob Klaudia noch etwas sagen würde, doch sie schwieg.

»Wir fahren zu ihm«, sagte sie schließlich, schob ihre Unterlagen zusammen und stand auf.

»Willst du ihn nicht eher zur internen Fahndung ausschreiben?«

»Das auch«, bestätigte Klaudia. »Kümmerst du dich bitte darum.«

Noch immer kein Vorwurf, und Demel fragte sich, ob sie seine Entschuldigung überhaupt gehört hatte.

Klaudia nahm ihr Smartphone vom Tisch. »Wir treffen uns dann in einer halben Stunde auf dem Parkplatz.« Sie eilte aus dem Besprechungszimmer.

»Du meinst doch nicht wirklich, dass er zu Hause ist?«, rief Demel ihr hinterher.

Sie blieb stehen und wandte sich zu ihm um. »Eher nicht«, räumte sie ein. »Aber mich interessiert, ob die Saling da ist.«

»Das ging aber schnell.« Meinert kam mit einer dampfenden Suppenschale in der Hand aus der Teeküche.

»Er ist nicht aufgetaucht.« Demel vermied es, den Kollegen anzuschauen.

Meinert stieß einen leisen Pfiff aus. »Das ist übel.«

»Ja«, bestätigte Demel.

»Und nun?«

Demel berichtete dem Kollegen von Klaudias Plan.

»Klingt vernünftig.« Meinert nippte an der Schale. Auch er machte ihm keinen Vorwurf. Demel fragte sich, ob er die gleiche Größe aufgebracht hätte. Immerhin hatte er die Ermittlungen gefährdet.

»Soll ich mich um die interne Fahndung kümmern?«, bot Meinert an.

Demels erster Impuls war es, abzulehnen, doch dann nickte er. Sie würden vielleicht kein Dream Team werden, aber er hatte seine Lektion gelernt.

Jana Saling öffnete nach dem ersten Klingeln.

»Oh«, sagte sie enttäuscht. »Ich dachte, es wäre Nils. Wo ist er?« Ihre vom Weinen geschwollenen Augen wurden groß. »Haben Sie ihn …« Sie schluckte. »Hat er …?«

»Was hat er?«, fragte Klaudia. »Den Mord an ihrem Freund gestanden?«

»Nein!« Saling griff sich an die Kehle. »Natürlich nicht. Wo ist er?« Sie blickte suchend an den Polizisten vorbei in den Flur.

»Das wollten wir Sie gerade fragen«, erwiderte Klaudia. »Dürfen wir reinkommen?«

»Ja, sicher.« Saling trat zur Seite und führte die beiden ins Wohnzimmer. Sie nahm eine Wolldecke von der Couch und ein Kissen. »Ich hab hier geschlafen«, erklärte sie. »Im Schlafzimmer ...« Ihre Augen füllten sich mit Tränen. »Ich mochte ihn wirklich, und ich wollte ihm nicht wehtun. Ich verstehe das Ganze nicht.« Ihr Blick blieb an Demel hängen. »Was hat Nils denn gesagt?«

»Herr Heck ist nicht zur Befragung erschienen.«

»Nicht?« Saling drückte Kissen und Decke an sich, als gäben die ihr Halt. »Aber er ...« Sie senkte den Blick. Tränen tropften von ihrem Kinn. »Ich habe doch extra noch mit Frau Pech telefoniert.«

»Sie haben sich um die Anwältin gekümmert?«

»Ja.« Saling stockte, ihr dämmerte wohl, wie das auf die Beamten wirken musste: Die Freundin des Opfers besorgt dem Verdächtigen einen Anwalt. »Er hat Willi nichts getan. Das weiß ich.«

»Frau Saling.« Klaudia legte ihr die Hand auf die Schulter. »Sie helfen Ihrem Freund ...«

Demel fragte sich, welchen Freund Klaudia meinte, den toten oder den lebenden.

»... mehr, wenn Sie uns alles sagen, was Sie wissen.«

»Er hat Willi nicht getötet.« Saling bezog das Wort Freund eindeutig auf Heck.

»Aber er ist ihm begegnet?« Klaudias Frage war ein Schuss ins Blaue.

»Ja.« Saling nickte. »Aber das wusste ich nicht.« Hastig sah sie zu Demel hinüber, dann senkte sie den Blick, als hätte sie ein schlechtes Gewissen ihm gegenüber. »Er hat es mir gestern erst erzählt. Nachdem Sie ...«

»Wollen wir uns nicht setzen?« Klaudia drückte sie aufs Sofa und nahm dicht neben ihr Platz.

Es wirkte, als habe sie ihn vergessen, doch Demel wusste es besser. Er bewunderte die Kollegin für ihre Fähigkeit, diesen Kokon um sich und die Zeugin zu spinnen. Ohne ein Geräusch von sich zu geben, setzte er sich mit etwas Abstand zu den beiden Frauen.

»Dürfen wir das Gespräch aufnehmen?« Klaudia reichte Saling ein Taschentuch.

Eine nette Geste und gleichzeitig ein Trick: Gib und dir wird gegeben! Klaudia hatte es echt drauf. Wie erwartet nickte Saling, und Demel schaltete die Aufnahmefunktion seines Handys ein.

Nach den Eingangsformalien forderte Klaudia die Zeugin auf, einfach zu erzählen.

»Also wie gesagt. Er hat es mir gestern gesagt, als Sie weg waren.« Saling zerknüllte das Papiertaschentuch in den Händen. Das Kissen hielt sie vor den Bauch gepresst.

»Dass die beiden sich getroffen haben?«, hakte Klaudia nach.

»Ja«, bestätigte Saling.

»Wann hat Herr Heck Ihnen das erzählt?«

»Nachdem ...«, ihr Blick wanderte zu Demel, »ich ihm von unserem Gespräch im Bad erzählt habe. Das hat ihm nicht gefallen. Ich meine ...«, sie putzte sich die Nase, »dass ich

Ihnen von dem Kahn erzählt habe, und als Sie dann angerufen und ihn für heute einbestellt haben ...« Sie schüttelte den Kopf, als könnte sie das Folgende immer noch nicht begreifen. »Er ist völlig zusammengebrochen. Hat gesagt, dass Sie ihn plattmachen würden. Und ich habe gefragt: Aber wieso? Du warst doch nur angeln. Und dann hat er es mir erzählt.«

»Dass er Herrn Rollenhagen getroffen hat«, warf Klaudia ein. Es war eine Kunst, Zeugen mit gezielten Bemerkungen immer wieder auf den Punkt zurückzubringen, ohne sie aus ihrem Erzählstrom zu reißen.

»Ja«, bestätigte Saling. »Aber es war Zufall. Das müssen Sie mir glauben. Willi ist an der Stelle vorbeigekommen, an der Nils geangelt hat.« Sie presste die Fäuste gegen den Mund und atmete tief ein und aus.

Klaudia ließ ihr die Zeit, die sie brauchte, und endlich fuhr Saling fort. »Nils hat ihn angesprochen und ihn gefragt, warum er nicht mit auf der Radtour sei. Und da hat Willi ihn gefragt, warum er nicht mit auf der Radtour wäre. Nils hat dann so etwas gesagt wie: Ist doch eher was für Pärchen. Daraufhin ist Willi ausgerastet. Er wüsste, was los sei, hat er gebrüllt. Er habe Fotos von uns beiden. Aber das stimmt nicht.« Saling rang die Hände.

»Er hatte keine Fotos?«, fragte Klaudia.

»Doch«, erwiderte Saling. »Sonst hätte er sie ja nicht erwähnt. Oder?« Sie blickte von Klaudia zu Demel. »Aber es stimmt nicht, dass Nils und ich etwas miteinander haben. Wir sind Freunde! Da war nie mehr als diese Knutscherei. Wirklich!«

Klaudia nickte verständnisvoll. »Ich glaube Ihnen. Aber das bedeutet nicht, dass Herr Heck sich nicht mehr gewünscht hätte«, gab sie zu bedenken. »Wie ging es weiter?«

»Ich weiß nicht. Willi ist dann weitergefahren, denke ich.« Saling hielt den Blick gesenkt.

»Dazu hat Herr Heck also nichts gesagt?«

»Nein.« Saling schüttelte den Kopf.

»Und deshalb haben Sie ihm eine Rechtsanwältin besorgt? Weil Herr Rollenhagen einfach so weitergefahren ist?« Klaudia musterte die Zeugin. Sie glaubte ihr nicht oder wollte den Eindruck erwecken, dass sie ihr nicht glaubte. So genau konnte das Demel im Moment nicht auseinanderhalten.

»Ja.« Saling schob das Kinn vor. »Das habe ich. Ich meine, uns war klar, wie das aussehen muss. Und wir hatten recht. Sie verdächtigen ihn.«

»Wir verdächtigen ihn, weil er verschwunden ist«, stellte Klaudia richtig. »Hat Herr Heck gesagt, wo die beiden sich getroffen haben?«

»Nein«, erwiderte Saling. »Aber es gibt da eine Stelle zwischen Alt Zauche und Straupitz, wo er immer angelt. Er hat mich mal mitgenommen.«

»Interessant«, murmelte Klaudia. Sie hatte diesen entschlossenen Zug um den Mund, den sie immer hatte, wenn sie fand, dass eine Sache stank. Es gab Zufälle, und es gab zu viele Zufälle. Und die Tatsache, dass Heck in der Nähe von Kowars Haus geangelt hatte, gehörte eindeutig in die letzte Kategorie.

29. KAPITEL

Klaudia parkte vor Kowars Haus hinter einem Polizeiwagen. Die Haustür stand offen.

»Die sammeln wahrscheinlich gerade die Kissen ein.« Sie stieg aus und schaute auf das Display ihres Handys.

»Sie werden dich ewig hassen.« Demel zog eine Zigarette aus der Jackentasche und kramte nach dem Feuerzeug.

»Nicht, wenn wir den Fall aufklären.«

»Und das am besten gestern.« Demel klopfte seine Taschen ab. Wo war verflucht noch mal das Feuerzeug? »Du hast das Zeug dazu«, sagte er anerkennend. »Als Chefin wärst du echt verschenktes Potenzial.«

»Meinst du?«

»Na ja.« Demel ärgerte sich über sich selbst, dass er dieses Thema überhaupt angesprochen hatte. Trotzdem fuhr er fort: »Dienstpläne und Mitarbeiterführung gehören nicht gerade zu deinen Stärken.«

»Sagt das Kuloth?« Klaudia schüttelte den Kopf.

Zwei Kollegen in Schutzanzügen, die große Beutel trugen, verließen das Haus. Demel erkannte einen von ihnen, als sie sich aus ihren Schutzanzügen schälten. Es war Straub, der Herr der Drohnen. So nannte Demel ihn in Gedanken, weil er in der Regel die Drohne steuerte, wenn sie zum Einsatz kam.

»Heute mal ohne dein Spielzeug unterwegs?«, spottete er, dabei hatte Demel großen Respekt vor dem Ding. Bei ihrem letzten Todesfall hatten ihn ihre Bilder aus der Ermittlung gekickt.

»Fürs Einsammeln von Kissen ist sie überqualifiziert.« Straub musterte Klaudia mit einem Blick, der verriet, was er von dieser Aktion hielt.

»Ist doch gut, wenn ihr dann auch noch zum Einsatz kommt«, sagte sie nur und wandte sich ab.

So macht man sich Freunde, dachte Demel.

»Hier irgendwo muss ein Weg abgehen, der zum Fließ führt.« Klaudia schien die Kollegen der KTU bereits vergessen zu haben. Mit der Hand schirmte sie die Augen gegen die Sonne ab. »Da.«

Sie lief los, und seufzend steckte Demel seine Zigarette zurück in die Schachtel, als sie in den Schatten der Bäume traten.

»Das ist doch wie die Nadel im Heuhaufen«, murrte er. Nikotinentzug machte ihn immer ein wenig mürrisch. »Du rennst jetzt eher deiner Idee hinterher als einer konkreten Spur.« Nach wenigen Metern waren sie am Wasser.

»Und nun?« Demel blickte sich um. Wasser, Bäume, Weg. Alles, was zum Spreewald gehörte.

»Nun wandern wir.« Klaudia musterte ihn. »Alles in Ordnung mit dir?«

»Geht schon.« Demel unterdrückte einen Hustenreiz. Seine Lunge schrie geradezu nach Nikotin. Vielleicht sollte er anfangen zu dampfen. Das konnte man überall, und man brauchte auch kein Feuerzeug.

Sie ließen Kowars Haus hinter sich und liefen an der Spree entlang. Ein Kohlweißling flatterte über den Weg, und an einer Stelle scheuchten sie Fliegen auf. Klaudia streifte Handschuhe über und ging in die Hocke. Vorsichtig teilte sie den Farn, um bessere Sicht zu haben. Demel blickte ihr über die Schulter. Das Adrenalin vertrieb die Sucht. War das die erste Spur? Doch alles, was sie sahen, war ein aus dem Nest gefallenes und schon ziemlich verwestes Taubenküken.

»Wäre auch zu einfach gewesen.« Demel richtete sich auf.

»An diesem Fall ist nichts einfach.«

Klaudia klang so frustriert, dass Demel sie trösten wollte. »Immerhin haben wir einen Verdächtigen, der sich vom Acker gemacht hat.«

Klaudia zuckte nur mit den Schultern.

Nach der nächsten Wegkehre sahen sie den Kahn. Wenn es denn der Kahn war, den sie suchten. Auf jeden Fall lag er abgedeckt am Ufer. Klaudia, die immer noch die Handschuhe trug, hob die Plane hoch. Demel leuchtete das Innere des Kahns mit seinem Smartphone aus. Eine Bank, ein Rudel. »Nichts zu sehen«, sagte er.

»Ja, leider.« Klaudia ließ die Plane fallen und blickte sich aufmerksam um. »Sieht nicht so aus, als hätte hier ein Kampf stattgefunden.« Sie bückte sich und rieb mit der Hand über den Boden, dann betrachtete sie den Handschuh.

Demel wusste, warum sie das tat. Wenn Rollenhagen hier erschlagen worden war, musste es Blutspuren geben. Denn selbst wenn das Blut versickert war, würden Reste ihren Handschuh einfärben, doch da war nichts.

Hinter Demel knackte ein Ast. Er fuhr herum. »Hallo?«, rief er.

»Was ist?« Klaudia richtete sich auf.

»Da ist jemand.« Demel ging ein paar Schritte den Weg entlang.

»Bestimmt nur ein Vogel.«

»Nein«, beharrte er. »Da war jemand. Hörst du das nicht?« Er streckte den Kopf vor. »Schritte! Da läuft jemand vor uns weg.« Er folgte dem Pfad.

»Vielleicht ein Kind«, rief ihm Klaudia hinterher.

»Dann sollte es hier nicht alleine herumlaufen.« Demel rannte jetzt. Schon nach wenigen Metern zwang ihn ein Stechen in den Seiten, seinen Schritt zu verlangsamen.

Klaudia holte auf. »Was soll das?«, fragte sie.

»Jemand hat uns beobachtet«, beharrte Demel.

»Na und?« Klaudia schüttelte den Kopf. »Auf den gemeinen Spaziergänger an und für sich wirken wir schon sehr seltsam.« Sie zog die Handschuhe von den Händen und stopfte sie in ihren Rucksack.

»Da!« Demel zeigte auf eine Stelle zwischen den Bäumen. »Da ist doch jemand.«

»Sieht aus wie eine Frau.« Klaudia kniff die Augen zusammen. »Hallo«, rief sie und machte einen Schritt vom Weg herunter. »Warten Sie doch mal!«

Doch die Frau wandte sich um und rannte durch den Wald.

»Merkwürdig«, sagte nun auch Klaudia.

Sie folgten der Frau und kamen zu einem Haus, das aussah wie das, welches sie gerade hinter sich gelassen hatten. Wie bei Kowars Haus führte der Weg am Grundstück vorbei, das direkt an der Spree lag. Am Anleger dümpelte ein Kahn, und auf einem Gestell vor einem baufälligen Schuppen trockneten Fischernetze. Auf der Wiese zwischen Haus und Fließ lagen Kanus in allen Farben und Größen. Vor dem Haus stand ein weißer VW-Bus mit offener Heckklappe. Keine Spur von der Frau.

»Vielleicht ist sie im Haus.« Demel öffnete das Gartentor.

In dem Moment trat ein Mann aus dem Haus. Er trug zwei Koffer.

»Der Kanuverleih ist geschlossen«, rief er ihnen zu.

»Verreisen Sie?« Klaudia trat zu ihm.

»Ja. Auch wir brauchen mal Urlaub.« Er verstaute die Koffer in seinem Bus.

»Wohin geht's denn?«, fuhr Klaudia im Plauderton fort. »Sieht ja aus, als würden Sie eine Weltreise machen.«

Demel bewunderte sie um die Unverfrorenheit, mit der sie in den VW-Bus blickte. So etwas konnten sich auch nur

Frauen herausnehmen. Jeder Mann, der das Gleiche tat, riskierte eins auf die Schnauze zu kriegen.

»Nach …« Der Mann stockte und musterte Klaudia. »Kennen wir uns?«

»Mein Name ist Wagner«, stellte sie sich vor. »Kripo Lübben. Wir sind uns an Frau Kowars Haus begegnet. Sie sind Herr …?«

»Glaubitz«, sagte der Mann. »Was führt Sie zu mir?«

»Das ist mein Kollege.« Klaudia stellte Demel vor.

»Wollen Sie mich befragen oder so etwas?«

Demel erwartete, dass sie den Mann nach der Frau fragte, doch zu seinem Erstaunen tat sie das nicht. »Wir haben eine Zeugenaussage, dass Herr Rollenhagen am Samstag hier gewesen ist.«

»Hier?« Glaubitz blickte sich um. »Bei mir auf dem Hof? Wie kommen Sie denn darauf?«

»Wir haben über seine Handydaten ein Bewegungsprofil erstellt.«

»Und das ist so genau?«

»Genau genug.«

»Davon weiß ich nichts.« Glaubitz streckte den Arm aus und schloss die Heckklappe. »Ich war am Samstag nicht da.«

»Wo waren Sie denn?«, fragte Klaudia.

»Ist das ein Verhör?«

»Natürlich nicht, aber wir ermitteln in einem Mordfall.« Klaudia klang jetzt, als wollte sie sich entschuldigen. »Da müssen wir schon herumfragen. Das verstehen Sie doch, oder?«

»Wahrscheinlich«, brummelte Glaubitz.

»Läuft das Geschäft?« Sie zeigte auf die Kanus.

Diese abrupten Themenwechsel, ein weiterer Kunstgriff der Verhörtechnik, beherrschte Klaudia aus dem Effeff.

»Geht so.« Glaubitz schob die Koffer tiefer in den VW-Bus. »Meine Frau kümmert sich darum.«

»Haben Sie jedes Wochenende geöffnet?«

»Sicher«, sagte er. »Am Wochenende ist ja am meisten los.«

»Auch letztes?«

Für einen Moment sah es so aus, als wollte er die Frage verneinen, dann nickte er.

»Vielleicht hat Ihre Frau Herrn Rollenhagen ja dann gesehen.«

Daher weht also der Wind. Demel musste sich anstrengen, um nicht beifällig zu nicken.

»Svenja?« Glaubitz runzelte die Stirn.

»Können wir sie fragen? Ich glaube«, fügte Klaudia hinzu, »sie ist gerade nach Hause gekommen.«

»Sie ist nicht da«, erwiderte Glaubitz hastig. Es war offensichtlich, dass er log. »Sie ist …«

Die Melodie von *I am alive* unterbrach ihn.

»Entschuldigen Sie.« Klaudia griff nach ihrem Smartphone. »Es ist Saling«, flüsterte sie Demel zu und ging zum Anleger, um mit der Freundin des Toten zu sprechen.

Demel wollte ihr folgen, als die Schuppentür knarrte. Er sah, wie sie sich langsam schloss. Da bist du also! Die Hände in den Hosentaschen schlenderte er zum Schuppen hinüber. »Schönes Grundstück haben Sie hier«, rief er über die Schulter zurück.

»Wollen Sie es kaufen?« Glaubitz' Stimme klang angespannt.

»Steht es denn zum Verkauf?« Demel hatte den Schuppen erreicht und öffnete die Tür. Innen herrschte diffuses Zwielicht.

»Frau Kollegin!«, rief er. »Kommen Sie mal bitte?« Klaudia reagierte nicht. Demel zögerte einen Augenblick, dann tat er einen weiteren Schritt. Die Luft roch nach Staub, Stroh und ein bisschen nach Lavendel. Hinter ihm raschelte es. Demel fuhr herum. Er sah die Frau, ihr Gesicht war eine Grimasse der Angst. In den erhobenen Armen hielt sie einen Spaten. Demel hob die Hände, doch er war nicht schnell genug.

30. KAPITEL

»Was haben Sie gesagt?« Klaudia verstand die Freundin des Toten nur sehr bruchstückhaft. Die Verbindung war einfach zu schlecht. »Was ist mit Herrn Heck?«

»Er … und … Pech« Es knisterte und rauschte in der Leitung, und dann brach die Verbindung ab.

Klaudia steckte ihr Smartphone ein und wandte sich um. Peter verschwand im Schuppen. Was wollte er da? Hatte er etwas gehört? Glaubitz machte Anstalten, ihm zu folgen.

»Sie bleiben hier«, rief Klaudia. Sie ging auf den Schuppen zu, dann hörte sie einen Schrei.

»Peter!« Klaudia rannte jetzt. Ihre Augen brauchten einen Moment, um sich an das Zwielicht zu gewöhnen. Dann sah sie Peter. Er lag am Boden. Eine Frau beugte sich über ihn. Das kurze blonde Haar stand ihr in allen Richtungen vom Kopf ab, in den erhobenen Händen hielt sie einen Spaten, als wollte sie ihn in die Erde rammen. Doch da war keine Erde, sondern Peters Kopf.

»Nein!« Klaudia warf sich gegen die Frau, stieß sie zur Seite. Die Frau taumelte und fiel dann. Klaudia beugte sich über Demel. Überall Blut. Sie tastete nach seiner Halsschlagader. Gott sei Dank, er lebte. Die Frau rappelte sich auf und wollte weglaufen.

Klaudia setzte ihr nach, doch auf einmal waren da Maschen und Arme schlangen sich um ihren Körper, hoben sie hoch. Klaudia trat um sich, konnte aber wenig ausrichten. Je mehr sie sich wehrte, umso mehr verhedderte sie sich in dem Netz. Sie wurde zu Boden gerungen, und auf einmal war da wieder die Frau. Sie hob den Spaten, und das war das Letzte, was Klaudia sah.

In Klaudias Kopf sirrte ein Hornissenschwarm. Sie versuchte, die Augen zu öffnen, doch ihre Lider klebten auf den Augäpfeln. Schließlich gelang es ihr doch: rote Schlieren, dahinter Schatten. Sie schluckte und schloss die Augen wieder, es war so viel einfacher, nichts zu sehen, einfach hier zu liegen und … Tränen liefen ihr über die Wangen.

Klaudia wusste nicht, wie viel Zeit vergangen war, seit sie das erste Mal die Augen geöffnet hatte. Diesmal war ihr Blick nicht mehr verschwommen. Vor ihrem Gesicht lag ein Koffer. Er vibrierte, ruckelte hin und her und kam dabei ihrem Gesicht immer näher. Sie selbst vibrierte. Ein Auto, dachte Klaudia. Ich bin in einem Auto. Und auf einmal war die Erinnerung wieder da. Der VW-Bus, der Schuppen. Peter! Die Frau mit dem Spaten! Klaudia keuchte, ihr Herzschlag stolperte. Was hatten sie mit Peter gemacht? Und was hatten sie mit ihr vor? Sie versuchte etwas zu hören, doch bis auf den Hornissenschwarm in ihrem Kopf war da nichts. Ich bin taub! Bevor die Panik über sie hinwegrollen konnte, konzentrierte Klaudia sich auf ihre anderen Sinne. Riechen konnte sie: Es roch nach Abgasen. Sie spürte ihre Haut und das Netz auf dem Gesicht. Etwas steckte in ihrem Mund. Ein Knebel?

Allein der Gedanke ließ Klaudia würgen, Galle schoss ihr in die Kehle. Ich kann nicht atmen!

Bleib ruhig! Sie visualisierte ein Stoppschild und schaffte es, die bittere Flüssigkeit herunterzuschlucken. Sie wartete, bis sie sich so weit beruhigt hatte, dass sie wieder gleichmäßig atmen konnte, dann setzte sie ihre Bestandsaufnahme fort. Ihre Kopfhaut spannte, als hätte sie einen Schlag über den Schädel bekommen. Ihr Hals fühlte sich rau an, die Schultern taten weh. Ihr ganzer Körper schmerzte wie durchgewalkt. Sie versuchte, die Hände zu bewegen. Es dauerte einen Moment, der ihr wie eine Ewigkeit vorkam und der ihr Herz schneller schlagen ließ, bis sie ihre Finger spürte. Sie fühlten sich an wie Fremdkörper, trotzdem gelang es ihr, die Finger zur Faust zu ballen. Sie setzte ihre Bestandsaufnahme fort. Und nach einer Weile spürte sie ihre Füße. Auch sie fühlten sich an wie Fremdkörper, trotzdem gelang es ihr, die Zehen zu krümmen. Sie mühte sich, ihre Körperhaltung zu ändern, doch sie schaffte es nicht. Überall war dieser Widerstand. Erschöpft schloss Klaudia die Augen: Sie lag verschnürt und geknebelt in einem fahrenden Auto. Sie war taub und hatte keine Ahnung, was ihre Entführer mit ihr vorhatten. Schlimmer geht immer, dachte sie.

Das nächste Mal, als Klaudia zu sich kam, war das Sirren in ihrem Kopf leiser. Dafür hörte sie andere Dinge: Stimmen, undeutlich, wie durch eine Wasserwand. Aber eindeutig Stimmen. Sie konnte hören. Die Erleichterung trieb ihr Tränen in die Augen. Klaudia schluckte und atmete schnaufend ein, doch da war nicht genug Luft. Die Panik kehrte zurück. Sie wäre nicht die Erste, die an einem Knebel erstickte. Kein guter Gedanke. Wieder visualisierte sie ein Stoppschild. Ihr Atem beruhigte sich so weit, dass sie einigermaßen klar denken konnte. Der Wagen stand, sie spürte, dass sie allein war. Wahrscheinlich ein Parkplatz. Auch ein Hippie muss mal Pippi. Ein Spruch aus ihrer Kindheit, absurd, aber er half ihr, ihre Gedanken zu fokussieren. Wieder hörte sie Stimmen. Diesmal schon deutlicher. Ihr Herz schlug schneller. Sie kehrten zurück. Doch die Stimmen entfernten sich. Ein Lastwagen fuhr vorbei, der Wagen ruckelte ein bisschen. Es musste ein öffentlicher Parkplatz sein, auf dem sie sich befanden.

Schreien konnte sie nicht, klopfen auch nicht. Aber vielleicht konnte sie sich anders bemerkbar machen. Klaudia kniff die Augen zusammen und konzentrierte sich auf ihre Knie, die gegen ihren Bauch drückten, ihre Füße. Sie spannte die Muskeln an, streckte die Knie durch. Die Maschen des Netzes schnitten in ihre Gesichtshaut. Sie stöhnte. Es gab nicht nach. Trotzdem versuchte sie es wieder – und wieder und wieder. Ihre Kopfhaut fühlte sich an, als würde jemand mit einem Schürhaken darin herumstochern. Ihre Nackenwirbel knirschten, Blut sickerte ihr in die Augen. Anstrengung und Schmerz nahmen ihr die Luft, die sie brauchte. Ihr Schweiß brannte in den Schnitten, die das Nylonnetz in ihre Haut gefräst hatte. Klaudia keuchte, wollte aufgeben. Da hörte sie wieder Stimmen. Ganz nah diesmal. Du schaffst das! Eine letzte Kraftanstrengung, und das Netz riss. Ihre Füße traten gegen die Hecktür. Immer und immer wieder.

Bitte, dachte sie. Jemand muss mich doch hören.

Und ihre Bitte wurde erhört, wenn auch anders, als sie gehofft hatte.

Die Heckklappe hob sich, ihre Füße traten ins Leere. Ein Schatten ragte über ihr auf. Auch wenn sie das Gesicht nicht sehen konnte, wusste sie, dass es Glaubitz war. Der Fischer, in dessen Netz sie geraten war. Er beugte sich vor. Seine Hand griff nach ihr. Klaudia warf den Kopf zurück, doch sie war nicht schnell genug. Daumen und Zeigefinger griffen nach ihrer Nase. Mehr brauchte es nicht: einen Daumen, einen Zeigefinger, eine Nase. Klaudias Körper bäumte sich auf. Jemand griff nach ihren Beinen. Sie warf den Kopf hin und her, doch sie konnte der Dunkelheit nicht entkommen. Ihr Körper erschlaffte. Das Letzte, was sie sah, war ihr Kater. Er musterte sie vorwurfsvoll schielend, dann wandte er sich ab und verschwand in der Dunkelheit. Klaudia folgte ihm.

31. KAPITEL

Wasser schlug über Demel zusammen, war in seiner Nase, seinem Mund. Reflexhaft hielt er die Luft an. Die Kälte des Wassers vertrieb seine Benommenheit. Er sah den Grund des Fließes, bemooste Steine, im Wasser treibende Algen. Blutschlieren. Er wollte gerade den Kopf drehen, um zu atmen, als eine weibliche Stimme sagte: »ER hat mich verfolgt!« Sie klang panisch. Demel kämpfte gegen den Atemimpuls an. Begann langsam zu zählen: eins …

»Geh zum Wagen«, sagte eine männliche Stimme.

Zwei … Drei … Der Druck in seiner Lunge nahm zu. Vier …

»Nimm mich in den Arm«, forderte die Frau. »Halte mich.«

Fünf … Ohne sein Zutun drehte sich sein Kopf zur Seite. Nase und Mund tauchten aus dem Wasser auf. Gierig atmete Demel ein. Glaubitz und die Frau standen auf dem Anleger. Sie wirkten zu ruhig, ihrer Sache zu sicher. Wo war Klaudia? Was hatten die beiden mit ihr gemacht?

»Nun geh schon«, sagte Glaubitz. Er küsste seine Frau auf den Scheitel. Denn das musste sie sein. Seine Frau.

»Mach IHN tot.«, forderte sie.

»Das ist er bereits.«

Gut, dachte Demel. Es war gut, dass sie ihn für tot hielten.

»Das haben wir schon einmal gedacht«, beharrte sie. »Und ER ist zurückgekehrt.«

Sie mussten von Rollenhagen reden. Aber für wen hatte sie den gehalten? Und vor allem, für wen hielt sie ihn? Wer war »ER«?

»Ich kümmere mich darum«, versprach Glaubitz.

Das klang überhaupt nicht gut. Hechelnd, wie eine Schwangere im Wochenbett, atmete Demel aus.

»Und nun geh.« Glaubitz drehte seine Frau Richtung Haus. Er blickte ihr nach, während Demel sich bemühte, so viel CO_2 wie möglich abzuatmen, dann bückte er sich. Als er sich erhob, hatte er das Rudel in der Hand.

Demel schloss die Augen und begann wieder zu zählen. Eins ... Zwei ... Das Rudel drückte sich zwischen seine Schulterblätter. Sein Körper sank auf den Grund. Eine Krabbe schoss unter einem Stein hervor und verschwand mit der Strömung. Zehn ... Elf ... Demel wäre ihr gern gefolgt. Er hielt ganz still, dachte an nichts anderes als die Zahlen in seinem Kopf. Fünfundzwanzig ... Sechsundzwanzig. Justins Gesicht schob sich zwischen die Zahlen. Demel drückte es weg. Er würde dies hier überleben. Siebenunddreißig ... Achtunddreißig ... Was war mit Klaudia? Auch diesen Gedanken schob Demel fort. Zweiundvierzig, dreiundvierzig, vierundvierzig. Unwillkürlich zählte er schneller. Die Luft wurde knapp. Der Druck in seinem Brustkorb nahm zu. Neununddreißig. Vierzig. Achtunddreißig. Doch seine Lunge ließ sich nicht täuschen. Demel presste die Lippen aufeinander. Nicht atmen. Vierzig … Zweiundvierzig … Vierzig. Der Druck zwischen seinen Schulterblättern verschwand. Demels Körper stieg auf. Einundvierzig … Jede Zelle in seinem Körper schrie nach Sauerstoff. Sein Herzschlag wurde langsamer, setzte einen Schlag aus, stolperte in einen anderen Rhythmus, setzte wieder einen Schlag aus. Demel zählte weiter. Erst als er die Fünfzig erreicht hatte, drehte er den Kopf so, dass er atmen konnte, ohne dass es vom Anleger zu sehen war. Er atmete flach, und es dauerte eine Weile, bis sich sein Herzschlag normalisiert hatte. Demel zählte weiter und lauschte dabei angestrengt. Er hörte das Sirren der Mücken, die über dem Wasser tanzten, das Singen der Vögel und das Rauschen der Bäume im Wind. Ein Automotor sprang an. Demel dachte an den gepackten VW-Bus. Langsam wendete er den Kopf. Das ist eine Falle, sagte eine atemlose Stimme in ihm. Doch die Stimme irrte. Demel war allein. Mit letzter Kraft stemmte er sich auf den Anleger. Dort lag er, die Wange an das warme Holz gepresst, und atmete keuchend ein und aus. Schließlich hievte er sich mühsam in die Höhe und wankte auf das Haus zu. Der Hof war verlassen, dort, wo der VW-Bus gestanden hatte, lag ein blutiges Smartphone.

Klaudia, dachte Demel und bückte sich danach. Der Schwindel, der ihn erfasste, zwang ihn in die Knie. Das Handy in der Hand hockte er auf dem Kies. Er konnte es nicht entsperren, aber er wusste, dass Klaudia die Notruffunktion aktiviert hatte. Sie alle hatten das. Er drückte dreimal kurz hintereinander auf die Einschalttaste, dann meldete sich die Leitstelle.

»Bist du verletzt?«, fragte die Kollegin, nachdem er ihr die Situation geschildert hatte.

»Ich weiß nicht.« Demel tastete nach seinem Kopf. Als er die Hand zurückzog, war da Blut. »Ich denke ja.«

»Okay.« Ihre Stimme klang beruhigend. »Ich kümmere mich um einen Krankenwagen. Was ist mit Klaudia?«

»Ich weiß nicht«, sagte Demel. »Sie ist fort.«

»Aber du rufst von ihrem Handy an.«

»Ich weiß«, erwiderte Demel. Er fühlte sich unendlich müde. Am liebsten hätte er sich im Staub zusammengerollt. »Meins ist abgesoffen.«

»Bleib, wo du bist.«

»Ich hab nicht vor, irgendwo hinzugehen«, murmelte Demel. Er legte das Handy zur Seite und versuchte aufzustehen, doch es gelang ihm nicht. Sein Kopf schmerzte, die Welt drehte sich, und sein Magen zog sich zusammen.

»Peter?«, hörte er die Stimme der Kollegin. »Peter!«

32. KAPITEL

Etwas kroch über Klaudias Gesicht. Es kitzelte. Panik ergriff sie. Keuchend atmete sie ein, doch da war nicht genug Luft. Der Knebel! Trotz der Fesseln bäumte sie sich auf.

»Psst«, sagte eine weibliche Stimme, und wieder war da dieses Gefühl auf ihrer Haut. Doch diesmal konnte Klaudia es einordnen. Es war eher ein Streicheln als ein Kriechen. Sie öffnete die Augen und erkannte diese Frau. Sie gehörte zu Glaubitz, war wohl seine Frau. Er hatte von seiner Frau gesprochen. Sie hieß Svenja. Daran erinnerte sie sich. Sie wusste auch noch, dass sie dieser Frau gefolgt waren. Und dass Svenja Peter niedergeschlagen hatte. Das alles wusste Klaudia. Ihr Herzschlag beschleunigte sich.

»Alles wird gut.« Svenja beugte sich zu ihr. Ihre wasserblauen Augen musterten sie besorgt. Sie war vielleicht Ende dreißig, Anfang vierzig mit Lachfältchen um die Augen. Wie eine freundlich besorgte Handarbeitslehrerin runzelte sie die Stirn. »Du musst keine Angst haben.« Sie hielt ein fedriges Etwas in der Hand und strich damit über Klaudias Stirn. »Der Traumfänger zieht IHN aus deinen Gedanken.«

Die Federn strichen über Klaudias Lider. Sie wagte kaum zu atmen. Was war das jetzt für ein Voodoo-Scheiß? Das Gesicht der Frau war jetzt so dicht über ihrem, dass ihr warmer Atem Klaudias Wange streifte. Er roch säuerlich.

»ER ist nun fort.« Svenja betonte das Personalpronomen, als würde es ihr ebenso die Luft nehmen wie Klaudia der Knebel.

»ER kann dir nichts mehr tun.«

ER vielleicht nicht, dachte Klaudia. Aber du! Tränen liefen ihr über die Wangen. Jeder Atemzug war mühsamer als der vorherige. Sie riss die Augen auf, starrte in das freundliche Gesicht der Frau, die Peter erschlagen hatte. Sie sah so normal aus, so durchschnittlich, so völlig durchgeknallt. Sie sah das Mitleid in ihrem Blick. Daran konnte sie andocken. Daran musste sie andocken. Bitte, flehte sie innerlich. Bitte!

»Warte.« Die Frau legte den Traumfänger zur Seite und dann spürte Klaudia Fingernägel über ihre Wangen kratzen.

Beeil dich! Schwärze griff nach Klaudia, doch ein Ruck brachte sie zurück: ein kurzer, heftiger Schmerz, als würde ihr die Haut von den Wangen gerissen, und Luft strömte in ihre Lungen. Gierig atmete sie ein.

»Danke«, krächzte sie. Jetzt, wo sie wieder atmen konnte, nahm sie auch wieder den Rest ihres Körpers wahr. Sie lag immer noch auf vibrierendem Blech. Immer noch Fahrgeräusche, das Klackern des Blinkers. Sie spürte ihren Kopf, der im Wesentlichen aus Schmerz bestand; ihre Gesichtshaut, in die das Nylon schnitt; ihre eingequetschte Brust, die an ihren Körper gepressten Arme.

Der Rest fehlte!

Nur keine Panik, rief sich Klaudia zur Ordnung. Das muss nichts heißen. Du bist gefesselt, die Blutversorgung ist schlecht. Sie konzentrierte sich wieder auf die Frau, die sie so aufmerksam musterte, als erwartete sie etwas von ihr. Aber was konnte das sein?

»Hat …« Klaudia biss sich auf die Zungenränder, um genügend Speichel für die Frage zu produzieren. »Hat ER …«. Auch sie betonte das Personalpronomen. »… dir etwas getan?«

»Ja.« Das Gesicht der Frau fiel in sich zusammen. Auf einmal sah sie aus wie ein alt gewordenes Kind. »Aber nun ist er tot. Boris hat ihn totgemacht.«

Boris war Glaubitz, das immerhin wusste Klaudia.

Er ist tot! Klaudia presste die Kiefer aufeinander, um nicht aufzustöhnen. Peter war tot! Für einen Moment schloss sie die Augen, damit die Frau nicht den Schmerz in ihnen sah.

»Ja«, versicherte sie. »Ist das nicht fein?« Vor Freude klatschte sie in die Hände.

»Ja.« In Gedanken entschuldigte sich Klaudia bei Peter. Sie verriet ihn gerade, doch vielleicht rettete ihr das das Leben. Auf keinen Fall durfte die Frau in ihr etwas anderes sehen als ein Opfer. Es würde schon schwierig genug sein, mit Glaubitz fertig zu werden.

»Wo sind wir?«, fragte sie. Ihre Stimme hatte an Kraft gewonnen.

»Svenja?«

Klaudias Herzschlag stolperte. Sie hätte besser aufpassen müssen.

»Wieso spricht sie?«, rief Glaubitz.

»ER kann ihr nichts mehr tun.« Svenjas Stimme klang nachsichtig. Sie lächelte Klaudia zu und verdrehte die Augen zum Wagenhimmel. Ihr Blick sagte so viel wie: Männer!

Die ist ja knallverrückt. Ihr Leben lag in den Händen eines Mörders und einer Verrückten.

»Stopf ihr den Knebel wieder zwischen die Zähne«, forderte Boris barsch.

Nein! Allein der Gedanke nahm Klaudia die Luft. Flehend blickte sie zu Svenja auf.

»Aber ...« Ihre Stimme klang kindlich, trotzdem griff die Frau neben sich.

Als ihre Hand wieder in Klaudias Blickfeld auftauchte, hielt sie eine Tennissocke in der Hand: weißes Frottee, graue Sohle, gallegrüne Flecken. Klaudias Magen hob sich.

»Kein Aber«, sagte Glaubitz. »Sie ist der Feind. Sie gehört zu IHM.«

Svenja rollte den Socken zusammen. Ihre Hand näherte sich Klaudias Mund.

»Es tut mir leid«, murmelte sie. »Aber du hast gehört, was Boris gesagt hat.«

Klaudia presste die Kiefer aufeinander. Schmerz schoss ihr in die Wirbelsäule, trieb ihr Tränen in die Augen. Doch das war nichts, im Vergleich zu dem, was passieren würde, wenn es Svenja gelang, ihr den Knebel zwischen die Zähne zu schieben. Dann wollte sie lieber gleich hier und jetzt sterben.

Svenja senkte die Hand. Eine Träne tropfte von ihrem Kinn. Dann legte sie den Zeigefinger an die Lippen, strich ihr noch einmal mit dem Traumfänger übers Gesicht, und kroch zu den Vordersitzen.

»Warum hast du ihr den Knebel rausgenommen?«, murrte Glaubitz.

»Sie konnte nicht atmen«, rechtfertigte sich Svenja. »Du hast gesagt, ich soll nach ihr sehen. Ich konnte sie doch nicht sterben lassen.« Ihre gerade noch so kindliche Stimme klang jetzt wie die einer unfreundlichen Ehefrau.

»Hast du ihn wieder reingetan?«

Diesmal ließ sich Svenja Zeit mit der Antwort. Klaudia hielt die Luft an.

»Ich habe dich etwas gefragt«, fuhr Glaubitz sie an.

»Ja«, wimmerte sie schließlich. »Aber das ist nicht richtig.« Ihre Stimme klang wieder kindlich. »Ich will das nicht.«

»Ich weiß, Schatz«, beschwichtigte Boris seine Frau. »Ich will das doch auch nicht. Nichts davon.«

Dann lass es einfach! Klaudias Gedanken rasten. Solange sie fuhren, war sie einigermaßen in Sicherheit. Gefährlich wurde es erst, wenn sie anhielten. Andererseits: Glaubitz hätte sie schon längst töten können, wenn er das gewollt hätte. Er hatte schließlich auch vollendet, was seine Frau angefangen hatte. Peter war tot. Dass sie noch lebte, bedeutete, dass er sie brauchte. Also war sie wahrscheinlich so etwas wie eine Geisel.

»Es wird alles gut«, hörte Klaudia ihn sagen. »Du musst keine Angst haben.« Seine Stimme klang beschwichtigend. »Ich lasse nicht zu, dass dir jemand wehtut. Bald sind wir über der Grenze.«

Natürlich, dachte Klaudia: die Grenze. Und wahrscheinlich will er mehr als eine Grenze zwischen sich und Deutschland bringen. Die Frage war nur, welche Grenze er zuerst erreichen wollte. Klaudia tippte auf die tschechische. Sie hatte zwar keine Ahnung, wie lange sie bewusstlos gewesen war, doch man brauchte von Lübbenau zur polnischen Grenze je nach Verkehr eine knappe Stunde, wenn es schlecht lief, vielleicht anderthalb. Sie wären also schon längst über der Grenze, wenn Polen das erste Ziel der Reise gewesen war. Nach Tschechien dauerte es etwa doppelt so lange. Aus den Umgebungsgeräuschen zu schließen und der Art, wie Glaubitz fuhr, waren sie auf der Autobahn unterwegs. Das passte auch zu ihrer letzten Erinnerung. Sie mussten auf einem Rastplatz gewesen sein. Wahrscheinlich hatten sie tanken müssen oder pinkeln. Der Gedanke an Letzteres drückte Klaudia auf die Blase. Besser nicht darüber nachdenken. Sie fragte sich, ob jemand außer Glaubitz ihren Tritt gehört hatte? Aber selbst wenn nicht, solange sie unterwegs waren, gab es Hoffnung. Sie betete um Baustellen und Staus. Je länger die Fahrt dauerte, umso wahrscheinlicher wurde es, dass sie vermisst wurde. Die Kollegen würden ihre Spur aufnehmen und sie würden Glaubitz jagen. Und das war dann auch der Grund, warum sie noch lebte. Ihr Leben gegen freies Geleit.

»Ich will nach Hause.« Svenja klang, als hätte sie die Unterlippe vorgeschoben und die Arme vor der Brust verschränkt.

»Ich mache dir ein neues Zuhause«, versprach ihr Mann. »Wie damals.«

Damals? Was sollte das denn heißen? Waren die beiden schon einmal vor der Polizei geflohen? Aber konnte das sein? Klaudia versuchte, sich an ihre erste Begegnung mit Glaubitz zu erinnern. *Den Täter zieht es immer an den Tatort zurück.* Gerade noch rechtzeitig unterdrückte sie ein Schluchzen.

Würde Peter noch leben, wenn sie diese Binsenweisheit berücksichtigt hätte? Doch sie hatte in ihm nur den besorgten Nachbarn gesehen. Und besorgt war er gewesen, wenn auch aus anderen Gründen, wie sie jetzt wusste. Warum hatte ihre Ermittlerader an dem Abend nicht angeschlagen? Weil Uwe ihn kannte? Sie hatte erst angefangen zu pochen, als das mit den Fischernetzen aufkam, doch dann waren sie auf Nils Heck gestoßen, der dann nicht zur Befragung gekommen war. Ob Glaubitz der Grund dafür war?

»Ich will kein neues Zuhause.« Svenja maulte wie Klaudias Neffe, wenn er seinen Willen nicht kriegte.

»Aber wir können nicht zurück.« Glaubitz klang beschwichtigend. »Außerdem brauchst du Hilfe.«

»Ich will nicht wieder ins Krankenhaus«, wehrte Svenja ab. »Du hast IHN doch totgemacht. Das hast du doch?«

»Ja, natürlich, aber …«

»Und ist ER diesmal wirklich tot?« Svenjas Stimme schraubte sich in die Höhe. »Oder kommt ER zurück? ER kommt immer wieder zurück. Ist er etwa schon hier?«

Diesmal? Wieder? Klaudia fragte sich, wie oft Glaubitz IHN schon getötet hatte.

»Wo ist der Traumfänger?«, fragte Glaubitz gehetzt. »Wo hast du ihn?«

»Ich weiß nicht.« Svenjas Stimme sank zu einem Flüstern herab. »Ich spüre IHN«, sagte sie. »ER ist ganz nah. ER will mich holen, will wieder Sachen mit mir machen.« Ihre Stimme war jetzt so leise, dass Klaudia sie kaum noch verstehen konnte.

»Hast du ihn mit nach hinten genommen?«, fragte Glaubitz. Auch in seiner Stimme schwang Panik mit. Er fürchtete sich, jedoch nicht vor IHM, sondern vor IHR, seiner Frau.

»Bitte nicht«, wimmerte Svenja.

»Geh nicht fort«, flehte Glaubitz. »Wir finden den Traumfänger.

Geh nicht fort? Was sollte das denn heißen? Bevor Klaudia darüber nachdenken konnte, wurde der Wagen langsamer, und sie hörte das Klackern des Blinkers. Panik wallte in Klaudia auf. Er würde sehen, dass Svenja ihn angelogen hatte. Und er würde ihr den Knebel wieder zwischen die Zähne zwingen. Es gehörten nur zwei Finger dazu, um sie dazu zu bringen, mit offenem Mund nach Luft zu schnappen. Warme Nässe breitete sich zwischen ihren Oberschenkeln aus. Es war egal. Sie war schon tot, ihr Körper wusste es nur noch nicht.

33. KAPITEL

»Vitalzeichen stabil. Unterkühlt. Kopfverletzung.«

Die Stimme des Mannes schlich sich in Demels Bewusstsein. Sie klang, als wüsste sie, wovon sie sprach, und das beruhigte ihn. Zumindest so lange, bis ihm bewusst wurde, dass die Stimme über ihn sprach.

»Herr Demel!«

Ja! Demel versuchte die Augen zu öffnen. Doch ein Gewicht drückte auf seine Lider.

»Patient reagiert nicht auf Ansprache.«

Wie? Reagiert nicht? Muss ich erst aufzeigen? Demel versuchte, die Hand zu heben, doch auch auf seinem Arm lag ein Gewicht.

Habt ihr Klaudia gefunden? Autsch! Der Typ kniff ihn doch tatsächlich. Was war das denn für ein Idiot?

»Keine Reaktion auf Schmerzreize.«

Spinnst du? Die Frage stand klar in seinem Bewusstsein, und Demel war sich sicher, dass er sie auch ausgesprochen hatte, doch wieder schien ihn niemand gehört zu haben.

Hände tasteten ihn ab, ruckelten an ihm herum. Jemand ergriff seine Hand. Er spürte ein Klopfen auf dem Handrücken.

»Ich leg ihm einen Zugang.«

Die Stimme einer Frau.

»Leg ihm gleich zwei.«

Wieder der Mann.

»Hier ist eine Menge Blut.«

Das ist von Klaudia, erklärte Demel. *Ihr müsst sie finden.* Er spürte einen Stich, dann lief etwas kalt in seine Venen. Jetzt zog auch noch jemand seine Augenlider hoch. Konnten sie ihn nicht in Ruhe lassen und sich auf das Wesentliche konzentrieren? Klaudia war in der Gewalt zweier Irrer. Demel stöhnte, als das grelle Licht ihn blendete.

»Pupillen beidseits isokor«, sagte die Stimme.

»Das ist ein gutes Zeichen, oder?«

Thang! Demel schrie den Namen fast, doch wieder schien ihn niemand wahrzunehmen.

Wieder ein Stich. Diesmal in der Ellenbeuge. Autsch!

Thang!, Demel bemühte sich ruhig zu sprechen. Was nicht einfach war, wenn jeder so tat, als sei man nicht da. *Ihr müsst diesen Glaubitz finden. Er fährt einen weißen VW-Bus. Das Kennzeichen ist ...*

»Wird er wieder?«

Konnte Rudnik nicht einfach mal die Klappe halten? Musste er ihn unterbrechen? Demel fraß die Ungeduld geradezu auf.

»Ihr Kollege hat schwere Kopfverletzungen«, beantwortete der Mann Rudniks Frage.

Mir geht es gut, unterbrach ihn Demel.

»Mehr kann man erst sagen, wenn er in der Röhre war.«

Ich brauche keine Röhre, wütete Demel. *Ein Pflaster reicht.*

»Ich müsste mit ihm sprechen«, sagte Rudnik. »Es ist wichtig.«

Dann halt die Klappe und hör mir zu!

»Das verstehe ich«, sagte der Mann. »Aber es ist ein Wunder, dass er überhaupt den Notruf abgesetzt hat. Sie sehen doch, in welchem Zustand er ist.«

Welcher Zustand?, knurrte Demel. *Mir ginge es erheblich besser, wenn ihr mit mir sprechen würdet und nicht über mich.*

»Er ist tachykard«, sagte die Frau.

»Was heißt das?« Rudniks Stimme wurde immer leiser.

Du musst Klaudia finden!, schrie Demel. *Glaubitz hat sie. Er fährt einen …*

Thang hatte das Gefühl, nicht eine Sekunde länger die Tränen zurückhalten zu können. So hilflos hatte er sich das letzte Mal nach Janinas Selbstmordversuch gefühlt. Er wandte den Blick ab von den Sanis, die sich um Demel bemühten. Es war alles so unwirklich: das Haus, die Kanus, die kieloben auf der Wiese lagen, die Absperrbänder. Der Einsatz hatte bereits die ersten Neugierigen angelockt, einer von ihnen sprach mit Kuloth.

»Wie ist der Blutdruck?«, fragte der Arzt.

Thang konzentrierte sich wieder auf die Vorgänge im Inneren des Rettungswagens.

»Eher hoch.«

»Okay?«

Der Arzt wirkte unentschlossen, und das machte Thang nervös. Ein Arzt sollte wissen, was er tat.

»Wir intubieren«, sagte er schließlich.

»Wieso?« Thang starrte auf Demel. »Er atmet doch!«

»Ihr Kollege hat aller Wahrscheinlichkeit nach ein Schädel-Hirn-Trauma«, erklärte der Arzt. »Durch den Schlag kommt es zu einer Schwellung des Gehirns. Dass er unterkühlt ist, hat den Prozess verlangsamt, doch er läuft ab.«

»Aber Sie haben doch gesagt, das mit den Pupillen sei ein gutes Zeichen«, beharrte Thang. »Eine Kollegin ist verschwunden, und Peter ist unser einziger Zeuge. Wenn Sie ihn intubieren ...«

»Es tut mir leid«, unterbrach ihn der Arzt. »Aber Sie werden nicht mit Ihrem Kollegen sprechen können. Sie sehen doch, wie die Situation ist. Selbst wenn wir ihm keine Schlaf- und Beruhigungsmittel geben und ihn nicht beatmen, kann er Ihnen nicht antworten. Und wenn wir nicht alles tun, um zu verhindern, dass der Druck in seinem Kopf weiter ansteigt, kann er das vielleicht nie wieder.«

»Verflucht!« Thang ballte die Hände zu Fäusten. Er wäre gern auf jemanden losgegangen. Doch auf wen? Das hier durfte doch alles nicht wahr sein! Panik stieg in ihm auf. Das schaffe ich nicht ohne Peter und Klaudia. Ganz ruhig, rief er sich selbst zur Ordnung. Du gehst einfach einen Schritt nach dem anderen. Sein Handy schmetterte »Auferstanden aus Ruinen«.

Irritiert blickten Arzt und Sanitäterin von ihrer Arbeit auf.

»Das kann ja Tote wecken«, murmelte die Frau. Es klang eher vorwurfsvoll.

»Wenn es das täte«, meinte der Arzt, »wäre es wohl rezeptpflichtig. Gib mir mal das Lidocain.«

Thang drückte das Gespräch weg. Was immer Janina wollte, würde warten müssen. Wie oft hatte Klaudia ihm gesagt, er solle den Klingelton endlich ändern. Er hätte es schon längst tun sollen, aber es gab eben keinen Weg, wie die Dinge sein sollten, es gab nur genau das, was passierte und was man tat.

»Wir haben das Kennzeichen des VW-Busses.« Uta trat an den Krankenwagen heran. »Wie sieht's aus?«, fügte sie mit einem hastigen Blick auf Demel hinzu.

»Kann man noch nicht sagen.« Thang nahm ihren Unterarm und verließ den Krankenwagen. Je mehr er sich von Demel entfernte, umso besser funktionierte sein Gehirn. »Er wird über die Grenze wollen«, sagte er.

»Wenn er das nicht schon ist«, gab Uta zu bedenken. »Wir haben die Fahndung auf jeden Fall auf Polen und die Tschechei ausgeweitet. Aber entweder sind wir zu spät, oder er ist durchgeschlüpft. Sollten wir nicht an die Öffentlichkeit gehen?« Diese Frage richtete sie an Meinert, der zu ihnen trat.

»Nein«, erwiderte der Kollege. »Im Moment ist es für die Geisel sicherer, wenn wir die Entführer nicht unter Druck setzen und im Verborgenen agieren.«

Du Mistkerl, dachte Thang, obwohl Meinert durchaus recht hatte. Aber die Geisel hatte einen Namen, sie hieß Klaudia, und sie war ihre Kollegin.

»Ein mobiles Einsatzkommando steht auf jeden Fall bereit.« Meinert senkte die Stimme. »Wie sieht's aus?« Er nickte in Richtung des Krankenwagens.

»Kann man noch nicht sagen«, beantwortete Uta seine Frage.

Uwe trat zu ihnen. Auch er wirkte angeschlagen. »Wie sieht's aus?«

»Kann man noch nicht sagen«, beantwortete Meinert seine Frage.

»Kuloth und ich haben so weit alles abgesperrt.« Uwe zeigte zum Schuppen.

»Wer ist der Typ, mit dem Kuloth spricht?«, fragte Thang.

»Ein Reporter der Lausitzer Rundschau.«

»Hoffentlich sagt Kuloth nichts, was wir nachher bereuen.«

»Wird er schon nicht«, verteidigte Uwe den Kollegen halbherzig. »Ich verstehe das alles nicht«, murmelte er. »Ich kenn Boris seit Jahren. Er könnte keiner Fliege was zuleide tun.«

»Die Spuren sprechen eine andere Sprache«, erinnerte ihn Meinert. »Wieso hatten wir ihn eigentlich nicht auf dem Schirm?«

»Er hatte nichts mit dem ersten Opfer zu tun«, beantwortete Thang die Frage.

»Aber mit dem zweiten.«

»Er war da«, murmelte Uwe.

»Wann?«, fuhr Meinert ihn an.

»Er war an der Absperrung. Aber ich hab mir nichts dabei gedacht. Schließlich wohnt er ja hier, da ist es doch nur natürlich …«

»Und Klaudia hat ihn nicht befragt?«, unterbrach Meinert ihn.

»Natürlich hat sie das«, fauchte Uwe. »Und es steht auch im Bericht. Mit allem, was dazugehört.«

»Ist ja gut.« Thang hob beschwichtigend die Hände. »Niemand macht Klaudia einen Vorwurf.«

»Da bin ich mir nicht so sicher.« Uwe musterte Meinert.

»Außerdem hattet ihr ja einen Verdächtigen«, mischte sich Uta ein. »Und der hat sich schließlich auch noch abgesetzt.«

»Aber nicht zu dem Zeitpunkt«, widersprach Meinert.

»Time Out.« Thang bildete mit seinen Händen den Buchstaben T. »Es ist keinem geholfen, wenn wir uns jetzt gegenseitig an die Kehle gehen. Lasst uns mit dem arbeiten, was wir haben. Zwei Tote, einen verletzten Kollegen, eine verschwundene Kollegin ...«

»Und einen verschwundenen Nils Heck«, ergänzte Meinert. »Von dem wir bis jetzt angenommen haben, dass er sich abgesetzt hat.«

»Ja«, bestätigte Thang. Unwillkürlich wanderte sein Blick vom Haus zum Schuppen.

»Wo bleiben nur die Kollegen von der Spurensicherung?« Meinert wirkte ebenso frustriert, wie Thang sich fühlte, und wahrscheinlich ging es den anderen Kollegen ähnlich. Um keine Spuren zu kontaminieren, waren sie gezwungen, erst einmal abzuwarten. Dabei war jeder von ihnen im Fight-or-Flight-Modus. Der Mensch war einfach nicht dazu geschaffen, abzuwarten und zu sichern.

»Wir haben eine Meldung der Kollegen der Autobahnpolizei«, Kuloth watschelte auf sie zu. Auch er wirkte angeschlagen. Es hatte zwei von ihnen erwischt. Das ging an keinem spurlos vorüber. »Eine Frau hat angerufen und gesagt, dass sie komische Geräusche aus einem Bus gehört habe. Die Kollegen haben es erst für einen Scherz gehalten, aber dann kam unsere Fahndung rein.«

»Das passt«, keuchte Uta, und auch Thang hielt für einen Moment die Luft an.

»Wo?«, fragten er und Meinert gleichzeitig.

»Auf der A 13, Rastplatz *Freienhufener Eck*«, antwortete Kuloth. »Das ist ...«

»Dann will er in die Tschechei.« Thang klopfte sich mit

dem Zeigefinger gegen die Zähne. »Wir müssen ihm nach.«
Endlich konnte er etwas tun. Sie mussten nur schnell sein.

»Wir müssen erst einmal unseren Job hier machen«, pfiff
Meinert ihn zurück. »Den Zugriff überlassen wir besser den
Kollegen vom MEK.«

Auch wenn es arrogant klang, wusste Thang, dass Meinert
recht hatte. Doch es war schwer, die Füße stillzuhalten,
wenn Peter vielleicht nie wieder wach wurde und Klaudia in
der Gewalt eines Mörders war.

»Es sollte trotzdem jemand von uns dabei sein«, gab Uta
zu bedenken. »Im Moment reicht es hier den Tatort zu sichern.«

»Wie denn?«, fragte Meinert. »Wollt ihr da mit Überschall-
geschwindigkeit hinrasen? Außerdem: Das Letzte, was Bach
braucht, ist unsere Hilfe.«

»Das ist gut möglich«, erwiderte Thang. »Aber was ist mit
Klaudia?«

34. KAPITEL

Der Wagen hielt. Klaudia spannte alle Muskeln an, zumindest die, die sie spürte. Das Netz schnitt ihr in die Gesichtshaut, drückte gegen ihre Lider. Der Motor erstarb. In der
plötzlichen Stille war ihr Tinnitus überlaut. Dass sie auf ihrem kranken Ohr lag, war das einzig Gute an dieser Situation,
so hörte sie wenigstens, wie die Fahrertür aufgestoßen wurde.

»Ich muss Pipi«, sagte Svenja mit kindlicher Stimme.

»Gleich«, erwiderte Glaubitz. »Ich hol dir erst den Traumfänger.«

»Ich muss Pipi«, beharrte Svenja.

»Okay«, gab Glaubitz nach. »Ich komme mit.«

»Das ist so lieb von dir«, plapperte Svenja. »Allein würde ich mich gar nicht trauen.«

»Ich bin immer für dich da.«

Die Beifahrertür öffnete sich. Wieder ging ein Ruckeln durch den Wagen, als diesmal Svenja ausstieg. Die Türen wurden zugeschlagen, die Zentralverriegelung schnappte. Svenjas plappernde Stimme entfernte sich. Eine Welle der Erleichterung trieb Klaudia Tränen in die Augen.

Du solltest besser nicht heulen, sagte eine Stimme in ihr, die Klaudia von ihren Ermittlungen kannte. Ihre Gedanken rasten. Konnte es wirklich sein, dass Svenja ihr gerade eben zur Hilfe gekommen war? Und wenn ja, welche Svenja?

Klaudia hatte schon einmal davon gehört, dass traumatisierte Menschen verschiedene Persönlichkeiten entwickelten. Es gab sogar einen Fachbegriff für dieses Phänomen, der ihr nur gerade nicht einfiel.

Klaudia biss sich auf die Zunge, um so viel Speichel wie möglich zu produzieren. Alles in ihr wollte schreien, losbrüllen, doch sie zählte langsam von zehn rückwärts. Erst bei Eins brüllte sie los.

Die Türen wurden aufgerissen. Glaubitz ragte dunkel vor ihr auf. Er griff nach ihrem Kopf, seine Hand legte sich über ihren Mund, erstickte ihren Schrei. Mit Daumen und Zeigefinger presste er ihre Nasenflügel zusammen. Klaudia bäumte sich auf, die Maschen des Netzes schnitten wieder in ihr Fleisch. Sie achtete nicht darauf. Ihre einzige Chance war, so viel Krawall wie nur irgend möglich zu machen.

»Lass sie!«

Auf einmal war Svenja über ihm. »Du darfst Mama nicht wehtun!«

»Bitte!« Eine Hand auf Klaudias Mund gepresst, wehrte

Glaubitz seine Frau ab. »Das ist nicht deine Mama. Und ich bin nicht ER.«

War ER Svenjas Vater? Der Druck auf ihren Kiefer presste Klaudia das Kinn gegen den Kehlkopf. Ihre Nackenwirbel knackten. Verzweifelt sog sie das bisschen Luft ein, das ihr blieb. Aber es war nicht genug, es war nie genug. In einem verzweifelten Versuch, ihren Kopf zu befreien, bäumte sie sich auf.

»Was machst du da?«, rief Glaubitz.

Svenja hatte sich auf ihn geworfen. Mit beiden Händen zerkratzte sie sein Gesicht. Der Ausdruck in ihren Augen war mörderisch. Wer immer da gerade in ihr die Oberhand hatte, war bereit, zu töten.

Der Druck auf Klaudias Kiefer ließ nach. Glaubitz brauchte jetzt beide Hände, um sich seiner Frau zu erwehren.

Klaudia atmete tief ein und schrie, dabei versuchte sie, mit ihrem gefesselten Körper so weit wie möglich von Glaubitz wegzurobben.

Er griff nach den Händen seiner Frau und schüttelte sie ab. Sie taumelte, fiel und war aus Klaudias Blickfeld verschwunden.

Keuchend drehte sich Glaubitz zu Klaudia im. Sein Gesicht war eine starre Maske der Angst. Blut perlte aus den Kratzern auf seinen Wangen.

Klaudia schrie und kreischte, was ihre Lunge hergab. Warum half ihr niemand?

Glaubitz beugte sich vor, als er sich wieder erhob, hielt er eine Eisenstange in der Hand.

»Hilfe!«, kreischte Klaudia.

Bevor sie ein weiteres Mal um Hilfe rufen konnte, sauste die Eisenstange auf sie nieder.

35. KAPITEL

Thang saß neben Uwe, der mit Blaulicht und eingeschaltetem Martinshorn durch den nachmittäglichen Autobahnverkehr raste. Noch bevor Wibke und ihre Kollegen am Haus des Fischers angekommen waren, hatten sie sich auf den Weg gemacht. Eigentlich hatte Thang allein fahren wollen, und das war schon schwierig genug durchzusetzen, doch dann hatte auch Uwe darauf bestanden, mitzukommen.

Er könne seinen Kindern nicht mehr in die Augen schauen, wenn er nicht mitkäme, hatte er argumentiert.

Für einen Moment hatte es so ausgesehen, als würde Meinert die Dienstgradkarte ziehen, doch dann hatte er eingewilligt. Je weniger Kollegen sich am Tatort aufhielten, umso einfacher war die Arbeit der Spurensicherung. Sie konnten sich auf diesem Fischerhof eh nur die Beine in den Bauch stehen und auf die Brosamen hoffen, die ihnen Wibke und ihre Kollegen zuwerfen würden.

Uwe hatte sich hinter das Steuer des Streifenwagens geklemmt und kaum, dass sie auf der Bundesstraße waren, Blaulicht und Martinshorn eingeschaltet. Der permanente Lärm ließ Thangs ohnehin schon hohen Adrenalinspiegel durch die Decke gehen. Seine Fingerkuppen kribbelten, und seine Kehle war so trocken, dass er ständig schlucken musste. Letzteres lag möglicherweise aber auch an Uwes Fahrweise.

Vor ihnen scherte ein LKW aus. Unwillkürlich stemmte Thang die Füße gegen das Bodenblech. Uwe nahm nicht einmal den Fuß vom Gaspedal, die Schultern hochgezogen und den Kopf vorgestreckt, raste er dicht an der Mittelplanke entlang an ihm vorbei.

»Ich würde gern lebend ankommen«, presste Thang hervor, nachdem sie den LKW hinter sich gelassen hatten.

»Und?«, knurrte Uwe, während er den nächsten Autofahrer mit Lichthupe von der Überholspur drängte.

»Nichts.« Thangs iPhone vibrierte. Unterdrückte Rufnummer. Es meldete sich Bach.

»Ich habe gehört, ihr seid unterwegs?« Der MEK-Leiter klang nicht gerade begeistert.

»Wir mischen uns nicht ein«, versprach Thang. »Wir wollen nur da sein, wenn …«

»Kein Thema.«

»Gibt's Neuigkeiten?«

»Der VW-Bus wurde auf dem Parkplatz am Nöthnitzgrund gesehen.«

»Da sind wir gerade vorbei!« Uwe schlug mit der Faust aufs Lenkrad. Der Wagen machte einen Schlenker.

»Mach keinen Scheiß«, rief Thang.

»Alles klar bei euch?« Bach klang beunruhigt. »Ihr helft Klaudia nicht, wenn ihr einen Unfall baut. Wo seid ihr?«

»Kurz hinter Heidenau.«

»Warum habt ihr den Scheißkerl nicht festgesetzt?«, rief Uwe. Wieder machte der Wagen einen Schlenker.

»Was hat er gesagt?«

Thang wiederholte Uwes Frage und stellte dann sein Telefon auf Lautsprecher. Sollten die beiden doch miteinander sprechen.

»Bis die Kollegen der Autobahnpolizei vor Ort waren, war der Wagen bereits weg«, erklärte Bach. »Eine ältere Dame hat bei der Leitstelle angerufen, weil ein Mann eine Frau geschlagen hat.«

»Und da ist keiner dazwischengegangen?« Uwe schnaubte.

»Was hätte die alte Dame machen sollen?«, fragte Bach. »Mit ihrem Schirm auf ihn losgehen? Falls sie überhaupt einen hatte«, fügte er hinzu.

»Sie wird ja wohl nicht allein auf dem Parkplatz gewesen sein«, beharrte Uwe. »Ein bisschen mehr Zivilcourage kann ja wohl nicht schaden.«

»Alles zu seiner Zeit«, erwiderte Thang. »Wenn wir richtigliegen, und alles weist im Moment darauf hin, hat dieser Typ mindestens zwei, wenn nicht drei Menschen auf dem Gewissen.« Er dachte an den verschwundenen Nachbarn. »Auf einen mehr oder weniger kommt es dem jetzt wohl auch nicht mehr an.«

»Immerhin wissen wir, dass wir auf der richtigen Spur sind«, sagte Bach.

»Und was habt ihr vor?«

»Die Kollegen an der Grenze sind informiert. Wir stoppen ihn spätestens dort.«

»Aber er hat Klaudia.«

»Das ist uns bewusst. Deshalb ist das auch nur Plan B.«

»Und was ist euer Plan A?«, fragte Thang.

»Daran arbeiten wir gerade. Eins noch«, fügte Bach hinzu. »Solltet ihr auf eurer Fahrt auf das Zielobjekt stoßen, fahrt ihr vorbei. Ist das klar? Und schaltet verdammt noch mal das Martinshorn aus. Ich will Ruhe im Karton.« Mit dieser Aufforderung beendete Bach das Gespräch.

»Was soll das denn heißen?«, knurrte Uwe.

»Mach einfach, was er sagt.«

»Also gut.« Uwe beugte sich vor. Die Stille war für einen Moment allumfassend, dann kehrten die Fahrgeräusche zurück, und Thangs iPhone vibrierte wieder. Diesmal war es Wibke.

»Wisst ihr schon mehr?«, fragte sie. »Dieser Meinert hüllt sich in Schweigen.«

»Nicht viel.« Thang erzählte ihr von dem Gespräch mit Bach.

»Wahrscheinlich provozieren sie einen Stau«, mutmaßte die Kollegin.

»Gute Idee, Frau Kriminaltechnikerin.« Es ärgerte Thang, dass er nicht selbst darauf gekommen war. »Was gibt's bei euch?«

»Im Schuppen haben wir einen blutigen Spaten und eine supersaubere Axt gefunden.«

»Könnte passen.« Thang klopfte sich mit dem Zeigefinger gegen die Schneidezähne. »Irgendwelche Hinweise auf weitere Opfer?« Er dachte an Heck.

»Noch nicht«, erwiderte Wibke. »Wenn euer Vermisster nicht bald auftaucht, will Meinert Leichenspürhunde anfordern.«

»Auch keine schlechte Idee.«

»Ich hoffe, Klaudia schafft das«, brach es aus Wibke heraus.

»Bach wird alles daransetzen, sie da rauszuhauen.« Thang spürte selbst, dass dieser Trost nicht ausreichte. Ihre Kollegin war in der Gewalt eines Mörders. Und das nicht zum ersten Mal. Bisher war es immer irgendwie gutgegangen. Aber was, wenn ihr Glück aufgebraucht war? Er dachte an ihr blutiges Handy.

»Wenn sie tot wäre, hätte Glaubitz sie zurückgelassen«, sagte Wibke und sprach damit seine Hoffnung aus.

»Hast du was von Demel gehört?«

»Nein«, erwiderte Wibke. »Ich denke, es ist zu früh. So ein Scheißfall«, brach es aus ihr heraus.

»Weinst du etwa?« Etwas in Thang zog sich zusammen. Wibke war nicht unbedingt der emotionale Typ. Zumindest kannte er sie nicht so. Andererseits war Klaudia ihre Trauzeugin gewesen. Und sie war die Patentante von Uwes Jüngstem und von seiner Linh. Sie war Familie. Für jeden von ihnen. Thang wurde die Kehle eng.

»Ich mach meinen Job«, schniefte Wibke. »Heulen tu ich, wenn ich zuhause bin. Dann zieh ich mir die Decke über den Kopf und wünsche mir, nie wieder aufstehen zu müssen.«

»Das klingt nach einem Plan.« Thang spürte geradezu die Müdigkeit in den Knochen.

»Warum tun wir das eigentlich?«

Ja, dachte Thang. Warum tun wir das eigentlich? Wenn Demel und Meinert sich nicht gegenseitig Knüppel zwischen die Beine geworfen hätten, wäre er mit Klaudia zu dem Haus gefahren. Dann wäre er jetzt auf dem Weg zum Krankenhaus.

Ohne darüber nachzudenken, wählte er Janinas Nummer.

»Du lebst!« Sie klang wütend.

»Ja«, stammelte Thang. »Was denn sonst?«

»Bei Twitter steht was von zwei toten Polizisten, und ich konnte dich nicht erreichen.« Janina schluchzte. Im Hintergrund hörte er seine Mutter, die nach ihm fragte, und die weinenden Zwillinge.

»Mir geht es gut«, versicherte er, »und du solltest nicht alles glauben, was im Netz steht.«

»Ich konnte dich nicht erreichen«, beharrte seine Frau.

»Verdammt!«, brüllte Thang. »Ich kann nicht immer ans Telefon gehen.«

»Aber ...«

»Wir reden heute Abend.« Er drückte das Gespräch weg und bereute es sofort.

»Du kommst in Teufels Küche«, prophezeite Uwe.

Thang steckte das Handy weg.

»Glaub mir.« Uwe hupte einen Käfer von der Überholspur. »Als Silke mit Annalene schwanger war, hat sie sich auch ständig Sorgen gemacht, und als dann Bhanu kam, hat sie mir die Pistole auf die Brust gesetzt. Also bin ich jetzt ein Restposten.«

»Ein was?« Thang war noch zu sehr bei seinem Gespräch mit Janina, als dass er das Wortspiel verstanden hätte.

»Revierpolizist«, erläuterte Uwe, »kurz REPO, gleich Restposten.«

»Wer kommt denn auf so einen Scheiß?«

»Klaudia«, erwiderte Uwe. »Als sie bei mir eingezogen ist, hat sie die Abkürzung gegoogelt, weil sie keine Ahnung hatte, und die ersten Treffer sind die Restpostenmärkte. Seitdem bin ich ihr Restposten.«

»Auf so etwas kann auch nur Klaudia kommen.« Thang spürte einen Stich in der Brust. Er vermisste sie und Demel jetzt schon, dabei lebten sie noch. Die Hoffnung war das Einzige, was ihn noch funktionieren ließ. Er dachte an den bewusstlosen Peter und an Klaudias blutiges Handy, und auf einmal hatte er die Stimme des Todes aus Terry Pratchetts »Ein gutes Omen« im Ohr.

DENK DARÜBER NICHT ALS STERBEN, sagte der Tod. DENK EINFACH DARAN, DASS DU FRÜHER GEHST, UM DEM ANSTURM AUSZUWEICHEN.

Kein gutes Omen! Thang schob den Gedanken beiseite. Vor ihnen leuchteten Bremslichter auf, Warnblinklichter wurden eingeschaltet. Demel nahm den Fuß vom Gaspedal. Thang spürte geradezu, wie sein Blutdruck stieg. »Plan A«, murmelte er.

36. KAPITEL

»Scheiße!«

Der Fluch hallte in Klaudias Schädel. Schmerzen! Vergeblich versuchte sie die Augen zu öffnen. Der Gestank von Schweiß und Urin. Etwas drückte gegen ihr Gaumenzäpfchen. Sie würgte. Die Erkenntnis, dass sie wieder geknebelt war, ließ sie schneller atmen. Sie schluckte gegen den Würgereiz an, überstreckte den Hals, visualisierte ein Stoppschild. Als es ihr schließlich gelang, den Würgereiz zu überwinden, floss ihr der Schweiß in Strömen von der Stirn. Das Salz brannte in den Abschürfungen. Der Schmerz lenkte sie ab von den pochenden Kopfschmerzen. Sie konnte klarer denken, und dafür war sie dankbar. Zuerst einmal machte sie Inventur: Kopfschmerzen, Knebel, Fesseln, Kribbeln in Händen und Füßen. Das bedeutete, dass das Blut in ihre Extremitäten zurückkehrte. Aber warum? Vorsichtig, um nicht die Aufmerksamkeit ihrer Entführer zu erregen, bewegte sie die Finger. Es war schwierig, aber möglich. Sie versuchte, den Arm zu heben, kniff vor Anstrengung die Augen zusammen. Ihr Arm fühlte sich an, als sei er mit Blei ausgegossen. Ihr Magen hob sich. Klaudia wartete, bis sich ihre Atmung beruhigt hatte, dann konzentrierte sie sich auf ihre Umgebung. Der Wagen bewegte sich nur langsam vorwärts, blieb immer wieder stehen. Um sie herum Dunkelheit. Zunächst dachte Klaudia, es wäre Nacht. Dieser Gedanke ließ ihr Herz stolpern: Wie lange war sie bewusstlos gewesen? Und wo waren sie? Ein Licht leuchtete durch die Heckscheibe. Also befanden sie sich in einem Tunnel? Klaudias Gedanken rasten. Auf der Strecke in die Tschechei gab es einige Tunnel. Den letzten kurz vor der Grenze. Der Blinker klackerte. Der Wagen beschleunigte ruckartig und bremste dann stark. Glaubitz fluchte wieder.

Klaudia rutschte über das Bodenblech und stieß gegen etwas Weiches. Erst jetzt realisierte sie, dass sie nicht mehr allein auf dem Bodenblech des Busses lag. Svenja lag neben ihr, das Gesicht bleich, die Augen weit aufgerissen.

Für einen Moment dachte Klaudia, sie sei tot, doch dann sah sie das gleichmäßige Heben und Senken ihrer Brust. Klaudia schnaubte, berührte mit ihrer Stirn die Schulter der Frau. Sie reagierte nicht, starrte nur weiter zum Wagenhimmel. Ihre Augäpfel flitzten hin und her. War sie in Trance?

Unter Schmerzen hob Klaudia den Kopf so weit, dass sie hinaufsehen konnte. Der Traumfänger hing über ihnen. Dieses fedrige Ding, das so wichtig zu sein schien, schwang hin und her. Svenjas Augen verfolgten die Bewegung des Traumfängers. Klaudia fragte sich, was es mit diesem Ding auf sich hatte. Svenja hatte sie damit berührt, ihr damit übers Gesicht gestrichen und dann von diesem ominösen ER gesprochen. Und Glaubitz hatte extra angehalten, um ihn zu suchen. Er hatte Angst gehabt. Und das wahrscheinlich aus gutem Grund. Klaudia dachte an Demel. Svenja hatte ihn niedergeschlagen. Hatte sie Rollenhagen getötet? Hatte sie in den beiden Männern IHN gesehen? Aber wie passte Kowar ins Bild?

Glaubitz bremste erneut und fluchte, die Faust krachte aufs Lenkrad. Und auf einmal war da diese andere Stimme. Mit wem sprach Glaubitz? Wer hatte Svenjas Platz neben ihm eingenommen? Vorsichtig drehte Klaudia ihren Kopf Richtung Fahrersitz. Die Bewegung schnitt wie ein Fleischermesser durch ihr Gehirn. Schweiß perlte ihr in die Augen. Sie blinzelte ihn fort. Die Stimme war so leise, dass Klaudia nur einzelne Worte wie Unfall und Rettungsgasse verstand, danach Musik. So normal, so absurd. Sie lag hier gefesselt und geknebelt auf dem Bodenblech, mit der katatonischen Frau des Entführers neben sich, und er hörte Radio. Ein Martinshorn näherte sich. Klaudias Herz schlug schneller. Glaubitz lenkte den Bus weiter nach links. Blaulicht erhellte das Innere des Wagens, raste vorbei.

Nein, dachte Klaudia. Ich bin doch hier! Die Kollegen mussten doch wissen, was für einen Wagen Glaubitz fuhr. Das war doch eine der einfachsten Übungen. Oder wussten sie immer noch nicht, was passiert war? Konnte es sein, dass man sie noch überhaupt nicht suchte? Dass für alle das Leben weiterging, als wäre nichts geschehen? Dass ihre Kollegen es zu spät erfahren würden und dass sie dann ebenso tot wäre wie Demel? Entweder weil Glaubitz sie nicht mehr brauchte oder weil der Knebel sie erstickte. Wenn sie wenigstens wüsste, wie viel Zeit mittlerweile vergangen war. Wieder näherte sich ein Einsatzwagen mit Blaulicht, und wieder fuhr er vorbei. Klaudias Kehle wurde eng. Bitte nicht! Sterben war keine Option. Nicht, wenn die Kollegen so nah waren.

Glaubitz bremste. Wieder schlug er mit der Hand aufs Lenkrad. Er setzte zurück, doch hinter ihnen hupte es.

37. KAPITEL

»Ist er das?«

Uwe trat so stark auf die Bremse, dass Thangs Sicherheitsgurt arretierte. Links vor ihnen rollte ein weißer VW-Bus an der Tunnelmauer entlang.

»Kannst du das Kennzeichen sehen?«

»Ich kann mich nicht einmal mehr bewegen.« Thang löste den Gurt und beugte sich vor. »Falsches Kennzeichen«, murmelte er.

Uwe drückte das Gaspedal durch, und der Wagen schoss vorwärts.

Als die ersten Einsatzfahrzeuge mit Blaulicht an ihnen vorbeirasten, hatte er sich an die Kollegen angehängt und ebenfalls wieder das Martinshorn eingeschaltet. Jetzt waren sie im Tunnel, und die Wände warfen das Licht und das Signal tausendfach zurück.

»Schalt wenigstens das Martinshorn aus«, bat Thang. »Ich krieg echt Blutdruck davon.«

»Da vorne ist noch einer«, sagte Uwe.

Thang hatte sich gerade wieder angeschnallt, als er beschleunigte und dann erneut abrupt abbremste. Wieder presste ihn der Gurt an den Beifahrersitz.

»Ist er das?«

»Ich muss das Kennzeichen sehen.« Thang zerrte an dem Gurt.

Uwe rollte an dem Wagen vorbei. »OSL SB 747«, las er vor. »Das ist er, oder?«

»Jepp«, bestätigte Thang. »Fahr weiter.«

»Aber …«

»Kein Aber.« Thang kämpfte noch immer mit dem Gurt. »Du hast gehört, was Bach gesagt hat. Das ist ein MEK-Einsatz. Wir sind nur hier, um nachher Händchen zu halten.«

»Aber ich kann doch nicht einfach …«, beharrte Uwe.

»Fahr weiter«, befahl Thang. »Wir wollen kein Risiko eingehen.«

»Wir können Klaudia doch nicht einfach so im Stich lassen. Ich meine …« Uwe fuhr im Schritttempo durch die

Rettungsgasse. Das Blaulicht wurde von den Tunnelwänden zurückgeworfen. »... die ist da in dem Wagen, und wer weiß, wie es ihr geht? Vielleicht kommt es auf jede Minute an.«

»Gib endlich Gas.«

Rechts von ihnen fuhren die ersten Wagen an.

»Er versucht rauszufahren«, sagte Uwe plötzlich.

»Egal, wo er hinwill«, versuchte Thang den Kollegen zu beruhigen. »Die Kollegen vom MEK werden schon da sein. Das ist wie bei Hase und Igel. Wir sind immer schon da.« Thang zwang sich, ruhig zu bleiben. Es war ein Fehler gewesen, Uwe mitzunehmen. Er und Klaudia hatten einfach schon zu viel miteinander durchgestanden. Nach Silkes Tod hatte Thang gedacht, die beiden würden ein Paar werden, doch dann war Uwe erst mit Tanja und jetzt mit Uta zusammen. Trotzdem waren die beiden mehr als Kollegen.

»Und wenn nicht?« Uwe lenkte den Wagen zwischen die links von ihnen fahrenden Autos.

»Was soll das denn werden?« Thang griff nach seinem Arm.

»Ich kann das nicht!« Uwe riss sich los, sprang aus dem Auto und war im nächsten Augenblick aus Thangs Blickfeld verschwunden.

Fluchend löste Thang den Sicherheitsgurt. Das durfte jetzt einfach nicht wahr sein.

Sein iPhone vibrierte. Er nahm den Anruf an, während er lossprintete.

»Was macht ihr für einen Scheiß?«, brüllte Bach.

»Ich hab keine Ahnung.« Thang sah jetzt den VW-Bus, den Mann hinterm Steuer. Für einen Moment begegneten sich ihre Blicke, dann prallte Thang gegen eine Autotür, sein iPhone flog im hohen Bogen durch die Luft, und er landete auf dem Hintern. Der Schmerz schoss ihm bis in die Nackenwirbel hinauf.

»Bleib, wo du bist!«, brüllte Bachs Stimme. Suchend blickte Thang sich um. Sein iPhone lag unter dem Wagen neben ihm. Auf einmal waren überall Schreie, Kommandos hallten durch den Tunnel. Die MP im Anschlag rannten MEK-Kollegen, die Gesichter hinter Sturmmasken verborgen, an ihm vorbei. Um nicht umgerannt zu werden, hechtete Thang hinter das Fahrzeug. Er hielt den Kopf gesenkt, hörte die Stimmen der Kollegen, und dann war Stille. Vorsichtig stemmte er sich in die Höhe. Das Erste, was er sah, war Glaubitz, der mit dem Oberkörper auf dem Asphalt lag. Ein vermummter MEK-Kollege kniete auf ihm, das Knie auf seinem Rücken, einen seiner Arme fest im Sicherungsgriff. Trotzdem brüllte Glaubitz den Namen seiner Frau. Seine Schreie wurden von den Tunnelwänden zurückgeworfen.

»Svenja! Svenja! Svenja!«

Wieder begegneten sich ihre Blicke. Thang sah die Verzweiflung darin.

»Zugriff erfolgt.«

Thang fuhr herum.

Der MEK-Leiter zog sich die Sturmmaske vom Kopf. »Ihr habt mehr Glück als Verstand«, sagte er kopfschüttelnd.

»Was ist mit Klaudia?«

»Ich glaube, sie hatte schon bessere Tage. Aber sieh selbst.« Bach legte ihm die Hand auf die Schulter. Einen irrationalen Augenblick lang fühlte sich diese Geste wie ein Ritterschlag an.

»Und schaff mir deinen irren Kollegen vom Hals ...«

Bachs Augen verengten sich zu Schlitzen. »… bevor ich auf die Idee komme, ihm ein Disziplinarverfahren anzuhängen.«

38. KAPITEL

»Hände aufs Lenkrad und keine Bewegung.« Klaudias Herz setzte einen Schlag aus, nur um dann im doppelten Tempo loszujagen. Uwe!, dachte sie. Er war hier. Die Kollegen waren ihnen die ganze Zeit auf den Fersen gewesen. Sie hatten sie nicht im Stich gelassen. Vor Erleichterung schluchzte sie auf, und dann kamen die Tränen und diesmal half auch kein Stoppschild. Jeder Atemzug wurde zur Qual, während Klaudia Kampfgeräusche und Kommandos hörte. Ihre Nase schwoll immer weiter zu, bis sie schließlich keine Luft mehr bekam. Sie bäumte sich auf, das Netz schnitt in ihre Haut, Schwärze griff nach ihr. Klaudia hatte keine Kraft mehr zu kämpfen. Licht blendete sie, sie schloss die Augen. Sah ihren Vater, ihren Kater. Ein heftiger Schmerz, als würde ihr die Haut vom Gesicht gerissen, der Knebel verschwand, Luft strömte in ihre Lungen. Keuchend atmete sie ein.

»Na da ist uns aber ein kapitaler Fang ins Netz gegangen.« Bach beugte sich über sie. »Lange nicht mehr gesehen.«

»Und doch wiedererkannt«, krächzte Klaudia.

»Eine schöne Frau kann eben nichts entstellen.« Sein erschreckter Blick sprach eine andere Sprache. Er sah von Klaudia zu Svenja, die immer noch regungslos neben ihr lag. »Und wen haben wir da?« Mit einer Hand tastete er nach ihrem Puls. »Was ist mit ihr? Tot ist sie offensichtlich nicht, aber sehr lebendig wirkt sie auch gerade nicht.«

»Sie hat Demel erschlagen«, murmelte Klaudia. »Er ist …«

»Er lebt«, sagte Bach.

»Er lebt?« Wieder strömten die Tränen.

»Zumindest ist das mein letzter Stand«, schränkte Bach ein. »Er konnte noch die Leitstelle informieren, und dann hat es ihm die Lichter ausgeknipst.« Er legte den Kopf schief und musterte Klaudia. »Und du scheinst ebenfalls ordentlich einen über den Schädel bekommen zu haben.«

»Geht schon«, wehrte Klaudia ab. »Ich würde nur gern endlich aus diesem Netz befreit werden.«

»Geht's ihr gut?« Wieder Uwes Stimme.

»Was macht er hier?«, fragte Klaudia.

»Das wüsste ich auch gern«, knurrte Bach, trat dann aber doch zur Seite, um Uwe vorbeizulassen.

Der kletterte in den Bus und hockte sich neben sie. Vorsichtig strich er ihr über den Kopf. »Ich bring den Kerl um«, presste er hervor. Aus seinen Augen tropften Tränen auf ihre Stirn.

»Nicht.« Sie zuckte zusammen.

»Tut mir leid.« Hastig zog er die Hand zurück. »Du musst schreckliche Schmerzen haben.«

»Geht so«, krächzte Klaudia. »Mach dir keine Sorgen.« Ein heulender Uwe half Klaudia gerade nicht. »Mir geht's gut.«

»Das lass mal lieber die Rettung entscheiden.« Von irgendwoher hatte Bach ein Messer organisiert, damit schnitten Uwe und er Klaudia aus dem Netz. Sie stöhnte vor Schmerz, als das Blut wie tausend Ameisenheere in ihre Extremitäten zurückkehrte.

»Ich hab Durst.«

»Das ist ein gutes Zeichen«, sagte Uwe. »Ich besorg dir was.« Vorsichtig bettete er ihren Kopf zurück auf den Wagenboden.

»Auch das lässt du lieber die Rettung entscheiden«, widersprach Bach. »Du hast schon genug angerichtet.«

Klaudia schloss die Augen. Sie war zu erschöpft, und auch zu froh, dass der Albtraum endlich vorbei war, um sich zu fragen, was Uwe angerichtet hatte. Die Hauptsache war: Demel lebte. Und ich auch, dachte Klaudia. Sie fror und schwitzte gleichzeitig. Svenja wurde aus dem Bus gehoben.

»Der Traumfänger«, murmelte Klaudia.

»Was?« Uwe beugte sich zu ihr.

»Sie sollen den Traumfänger mitnehmen.«

»Warum?«, fragte er.

»Sag's ihnen einfach.«

Uwe verschwand, und auf einmal war Thang neben ihr.

»Alles wird gut«, sagte er, und dann verschwand auch er, und Klaudia bekam eine Nackenschiene umgelegt. Sie wurde auf eine Trage gebettet und in einen Rettungswagen geschoben. Das helle Licht blendete sie. Über ihr tauchte ein weibliches Gesicht auf; Frau Doktor Soundso. Klaudia vergaß den Namen sofort wieder. Die Ärztin leuchtete ihr in die Augen, fragte sie nach ihrem Namen, ihrem Alter, ihrer Adresse. Klaudia beantwortete jede Frage, auch wenn ihre Zähne vor Kälte aufeinanderschlugen. Die Sanitäter hüllten sie in eine Folie.

»Nein!« Kraftlos schlug Klaudia um sich. Allein der Gedanke, wieder in ihrer Bewegungsfreiheit eingeschränkt zu werden, brachte sie an den Rand der Panik.

»Es wird Sie wärmen«, sagte die Ärztin. »Sie stehen unter Schock. Das Adrenalin, das Sie bis jetzt hat funktionieren lassen, wird gerade abgebaut. Sie brauchen Wärme, und Sie brauchen Flüssigkeit. Ich werde Ihnen einen Zugang legen, und dann fahren wir zum Krankenhaus. Ihre Kopfverletzung sieht böse aus. Verstehen Sie das?«

»Ja«, krächzte Klaudia. »Was ist mit Demel?«

»Demel?« Die Ärztin runzelte die Stirn. »Ist das der Fahrer?«

»Nein.« Klaudia schloss die Augen. »Nicht der Fahrer.« Sie war so schrecklich müde.

39. KAPITEL

Thang starrte auf die geschlossene Tür des Krankenwagens. Er hatte sie nur kurz gesehen, doch dieser kurze Blick hatte gereicht, um ihm Angst zu machen. Wie hatte dieses Monster es nur geschafft, beide Kollegen derart schwer zu verletzen? Unwillkürlich ballte er die Fäuste, als er an Demel und Klaudias blutüberströmte Gesichter dachte. Er musste die beiden von hinten niedergeschlagen haben. Sowohl Demel als auch Klaudia konnten mehr als nur Mikado. Klaudia war eine routinierte Nahkämpferin. Einmal hatte sie, nur mit Slip und BH bekleidet, einen Geiselnehmer außer Gefecht gesetzt. Und auch Demel wusste, wie man sich zur Wehr setzte. Thang schluckte trocken. Da war er wieder, der Gedanke, dass eigentlich er an Demels Stelle sein müsste.

»Meinst du, sie wird wieder?«, fragte Uwe in seine Gedanken hinein.

»Sicher«, sagte Thang mit mehr Zuversicht, als er tatsächlich empfand. »Du hast doch mit ihr gesprochen, oder?«

»Ja, schon«, räumte Uwe ein. »Aber du hast ja gesehen,

wie das mit Peter gelaufen ist. Erst konnte er noch einen Notruf absetzen, und dann war er nicht mehr ansprechbar.

»Kopfverletzungen sind tückisch.« Thang hustete. Die nach Rauch und Abgasen stinkende Luft kratzte in seiner Kehle.

»Und sie hat auch heftig einen über den Schädel bekommen.« Uwe kratzte sich am Kopf. »Das sah echt übel aus.«

»Ich weiß«, bestätigte Thang.

»Wenn ich nicht …«, setzte Uwe an.

»Wenn du was nicht?« Thang fuhr zu ihm herum. »Was hast du dir eigentlich dabei gedacht?« Er war so wütend auf den Kollegen, der die ganze Aktion in Gefahr gebracht hatte, dass er ihn am liebsten geschüttelt hätte.

»Gedacht?«, schnaubte Uwe, als sei Denken das Letzte, was in dieser Situation angemessen gewesen wäre. »Ich konnte sie da nicht einfach drin lassen«, rechtfertigte er sich. »Die hatten ihr eine Socke in den Mund gestopft und das Ganze mit Isolierband festgeklebt. Wenn ich nicht eingegriffen hätte, wäre sie erstickt. Sie war kurz davor.«

»Nun mach mal halblang«, knurrte Thang, war sich aber nicht mehr so sicher, ob Uwe nicht doch recht hatte. Auf einmal schämte er sich, weil er die Verantwortung für Klaudias Leben so bereitwillig dem MEK überlassen hatte. Aber er war Sachbearbeiter, er wurde gerufen, um zu ermitteln, nicht um einzugreifen. Das war einfach nicht seine Baustelle. Aber Uwes, erinnerte er sich. Als Kollege, der regelmäßig Streife fuhr, war er der Mann fürs Grobe. Trotzdem hätte er sich an Bachs Anordnung halten müssen.

»Der Wagen war quasi umzingelt.« Thang zeigte auf all die Autos, die im Licht der Scheinwerfer, die den Tunnel taghell ausleuchteten, mit offenen Türen um den weißen VW-Bus standen. Außer Einsatzfahrzeugen war kein anderer Wagen mehr im Tunnel. Die Aktion war punktgenau geplant und wäre wie ein Räderwerk abgelaufen, wenn …

»Das wusste ich ja nicht.« Uwe starrte auf seine Schuhkappen.

»Aber du hättest es dir denken können.« Thang wusste selbst nicht, warum er nicht einfach die Klappe hielt. Glaubitz war verhaftet worden, und die beiden Geiseln wurden versorgt. Es war also alles in Butter, trotzdem konnte er nicht aufhören, Uwe langzumachen. »Bach ist so kurz davor«, er hielt Daumen und Zeigefinger millimeterweit auseinander, »dir ein Disziplinarverfahren an den Hals zu hängen.«

»Soll er doch.« Uwe schnaubte. »Ich würde es jederzeit wieder tun. Ich meine: Das war Klaudia in dem Wagen, und sie war so kurz davor«, er imitierte Thangs Geste, »zu ersticken. Wenn ich Glaubitz nicht meine *SFP 9* in die Fresse gehalten hätte, wäre sie jetzt tot.«

»Das weißt du nicht«, widersprach Thang.

»Und ob ich das weiß.« Uwe verschränkte die Arme vor der Brust. »Und wenn du mir nicht glaubst, frag Bach. Der hat ihr nämlich im letzten Augenblick das Isolierband vom Gesicht gerissen. Dieser Scheißkerl hätte dann eine Leiche mehr auf dem Gewissen gehabt. Ich hab ihm also quasi einen Gefallen getan.« Er spuckte aus. »Ich hätte abgedrückt«, fuhr er flüsternd fort. »Hätte er nur eine falsche Bewegung gemacht. Und dabei kenne ich ihn mein ganzes Leben lang. Aber ich hätte abgedrückt«, wiederholte Uwe, als könnte er es selbst nicht glauben. »Boris hat das gewusst, deshalb hat er genau das getan, was ich gesagt habe. Dem ist alles aus dem Gesicht gefallen, als die Tür plötzlich aufflog, und dann hat er die Hände aufs Lenkrad gelegt und angefangen zu flennen. Und dann waren da auch schon die Kollegen vom MEK.«

»Wo haben sie ihn hingebracht?«

»Dort drüben.« Uwe nickte in Richtung eines Einsatzwagens.

»Ich will mit ihm sprechen. Wir müssen wissen, was mit Nils Heck ist.«

»Glaubst du ...?«

»Es geht nicht darum, was ich glaube.« Thang erwischte sich dabei, dass er sich mit dem Zeigefinger gegen die Frontzähne klopfte. Klaudia nannte es seine Denkerpose und zog ihn damit auf. Er steckte die Hände in die Hosentaschen. »Sondern um mögliche Szenarien. Und in einem möglichen Szenarium«, fast hätte er Multiversum gesagt, »sind Glaubitz und Heck zusammengetroffen.«

»Na dann«, Uwe rückte den Gürtel zurecht, »nehmen wir ihn uns mal zur Brust.«

»Du nicht«, wehrte Thang ab. Uwe kannte den Entführer, das hatte er selbst gerade noch einmal betont. Das war mindestens ein guter Grund, ihn nicht bei der Befragung dabeizuhaben. Jeder Jurastudent nach dem ersten Staatsexamen würde ihnen daraus einen Strick drehen. »Bleib du besser hier«, sagte Thang deshalb, um die Abfuhr abzumildern. »Ich meine, falls ...« Er hatte keine Ahnung, wie er den Satz beenden sollte. Schließlich sagte er: »Vielleicht braucht sie ja was.«

»Okay ...« Uwe kratzte sich den Nacken.

Wahrscheinlich wusste er ebenso wenig wie er selbst, was Klaudia im Moment von einem von ihnen gebrauchen könnte. Thang drehte Uwe den Rücken zu und machte sich auf den Weg zu Glaubitz. Nach ein paar Schritten blieb er stehen und wählte Meinerts Nummer.

»Wie geht's Klaudia?« Der Kollege hielt sich nicht mit Höflichkeitsfloskeln auf. Thang nahm es ihm nicht übel. Es gab Wichtigeres als Grußformeln.

Er schilderte Meinert kurz die Situation, unterschlug dabei jedoch Uwes Anteil. Die Kollegen würden noch früh genug davon erfahren. Selbst wenn Bach keine Schritte gegen ihn einleitete, würde sich Uwes Alleingang herumsprechen. Wahrscheinlich war er schon morgen der Held des Reviers. »Was ist mit Heck?«, kam er schließlich auf den Grund seines Anrufs zu sprechen. »Gibt's was Neues?«

»Noch nicht. Mittlerweile haben wir alle umliegenden Krankenhäuser abtelefoniert. Nichts.«

»Und sein Handy?«

»Liegt bei ihm zu Hause.« Meinert fluchte leise. »Kannst du dir vorstellen, dass heutzutage noch jemand ohne sein Handy das Haus verlässt?«

»Ich würde es tun, wenn ich nicht gefunden werden will«, erwiderte Thang. »Ich meine: Heutzutage lernst du doch schon im Kindergarten, dass du mit dem Handy in der Tasche zu orten bist.«

»Das stimmt schon«, räumte Meinert ein. »Aber wie es aussieht, hatte er keinen Grund, sich abzusetzen. Er hätte sein Handy also durchaus mitnehmen können.«

»Shit happens.« Thang seufzte. »Vielleicht taucht er ja wieder auf. Die Hoffnung stirbt ja bekanntlich zuletzt.«

»Weil sie sich von Illusionen ernährt«, konterte Meinert.

»Ich spreche auf jeden Fall gleich mit Glaubitz. Gibt es irgendeinen Hebel, den ich ansetzen könnte? Habt ihr was gefunden?«

»Du meinst außer der Axt?«

»Was immer ihr habt.«

»Einen Spaten mit blutigem Blatt«, zählte Meinert auf, »Schleifspuren, die zum Anleger führen und warte mal.«

Thang hörte Wibkes Stimme, konnte aber nicht verstehen, was sie sagte.

Schließlich meldete sich Meinert wieder: »Die Kollegen der Spurensicherung haben gerade Tablettenblister im Schuppen gefunden.«

»Was für welche?«

»Zyprexa«, erwiderte Meinert. »Ich google das gerade«, fuhr er fort. »Ins Unreine gesprochen würde ich sagen: So etwas kriegst du verschrieben, wenn du heftig einen an der Klatsche hast.«

»Geht's ein bisschen sachlicher?«, fuhr Thang den Kollegen an. Er wusste, dass er überreagierte, doch immer wenn jemand abfällig über psychisch kranke Menschen redete, musste er an Janina denken.

»Ich rede von Schizophrenie oder akuter Psychose«, sagte Meinert. »Das Zeug verhindert Wahnvorstellungen. Hilft dir das weiter?«

»Ich denke«, murmelte Thang. »Glaubitz hat also Wahnvorstellungen.« Das erklärte natürlich einiges.

»Was ist mit seiner Frau?«

»Keine Ahnung«, erwiderte Thang. »Sie lag mit Klaudia hinten im Bus. Im Moment wird sie ärztlich versorgt. So weit ich das verstanden habe, steht sie unter Schock.«

Die Seitentür des zweiten Krankenwagens wurde aufgestoßen, und eine Rettungssanitäterin stieg aus. Sie zog ein Päckchen Tabak aus der Brusttasche ihrer Dienstjacke.

»Ich melde mich.« Thang beendete das Gespräch und trat zu ihr. »Wie geht's ihr?«, fragte er.

»Schon mal was von Schweigepflicht gehört?« Die Rettungssanitäterin verteilte Tabak auf ein Blättchen und drehte sich routiniert eine Zigarette.

»Schon mal was von Ermittlungen gehört?«, erwiderte Thang und stellte sich vor.

»Lübben?«, fragte die Frau. »Ist das nicht in Brandenburg?«

»Man kann sich nicht aussuchen, wohin ein Geiselnehmer flieht.«

»Üble Sache.« Die Frau hob die gerollte Zigarette zum Mund und leckte über die Gummierung. Dann zuckte sie mit den Achseln. »Also, ich kann Ihnen nicht sagen, was er mit ihr gemacht hat.« Sie rollte die Zigarette noch einmal zwischen Daumen und Fingern und steckte sie zwischen die Lippen. »Wir kommen nicht an sie ran.«

»Steht sie unter Schock?«

»Ich weiß nicht. Vielleicht. Sie ist geradezu katatonisch.«

Thang kramte ein Feuerzeug aus den Tiefen seiner Jackentaschen und gab es ihr. Er winkte ab, als sie es zurückreichen wollte. Gib und dir wird gegeben. »Und das bedeutet?«, fragte er.

»Sie ist steif wie ein Brett.«

»Heißt das, sie ist gelähmt?« Thang hatte nur einen kurzen Blick auf die Frau werfen können, als die Sanitäter sie zum Rettungswagen rollten, trotzdem hatte er die Stille gespürt, die von ihr ausging.

»Keine Ahnung. Die Ärztin meinte, sie hätte einen psychotischen Schub.« Die Rettungssanitäterin zog an ihrer Zigarette, und das Blättchen verbrannte mit einem leisen Knistern. Würziger Tabakduft legte sich über die abgasgetränkte Luft im Tunnel.

»Einen psychotischen Schub?« Thangs Theorie stürzte lautlos wie ein Kartenhaus in sich zusammen.

»Ja«, bestätigte die Rettungssanitäterin. »Was immer das heißt.« Nachdenklich musterte sie die Zigarette in ihrer Hand.

»Könnte der durch Medikamente wie Zyprexa behandelt werden?«

»Sorry.« Die Rettungssanitäterin hob abwehrend die Hände. »Das müssen Sie schon einen Arzt fragen. Ich bin eher für Bergen, Retten und Abliefern zuständig.«

»Kann ich mit der Ärztin sprechen?« Thang griff nach dem Türgriff. »Es ist wichtig.«

»Gehen Sie ruhig rein.« Die Rettungssanitäterin schnippte die Kippe gegen die Tunnelwand, an der sie funkenstiebend hinabglitt.

Das Innere des Rettungswagens lag in einem diffusen Zwielicht. Svenja Glaubitz lag auf der Trage. Ihre Augen waren weit geöffnet, und ihre Pupillen flitzten hin und her. Aber das war auch das Einzige, was sich an ihr bewegte. Über ihrem Kopf hing ein Beutel mit Infusionslösung.

»Was wollen Sie hier?«

Thang brauchte einen Moment, bis er die Ärztin sah, die mit einem Klemmbrett in der Hand hinter der Trage saß. »Rudnik, Kripo Lübben«, stellte er sich vor.

»Sie können nicht mit ihr sprechen.« Die Ärztin stand auf und legte das Klemmbrett auf den Sitz. »Sie sehen ja, in was für einem Zustand sie ist.«

»Die Rettungssanitäterin sprach von Katatonie.«

»Klara redet zu viel«, sagte die Ärztin kurz angebunden.

»Aber vielleicht war das gut so«, verteidigte Thang die junge Frau. »Sonst wäre ich nämlich nicht auf die Idee gekommen, Ihnen von dem Zyprexa zu erzählen, das die Kollegen der Spurensicherung im Schuppen des Geiselnehmers gefunden haben.«

»Zyprexa!« Die Ärztin stieß einen kurzen Pfiff aus. »Das würde allerdings einiges erklären. Der Wirkstoff Olanzapin gehört zu den atypischen Neuroleptika. Wenn sie das abgesetzt hat, kann sie durchaus in so einen Zustand geraten. Vor allem, wenn sie unter Stress gerät. Und das ist sie ja wohl.« Die Ärztin trat an die Trage und hob den Arm.

Thang dachte, sie würde nach dem Infusionsbeutel greifen, doch mit einer Handbewegung versetzte sie etwas Fedriges in Schwingung, das er bisher nicht bemerkt hatte. »Was ist das?«, fragte er.

»Ein Traumfänger«, sagte die Ärztin. »Er kommt aus der Kultur der Native Americans. Einer ihrer Kollegen hat ihn gebracht. Er meinte, Ihre verletzte Kollegin hätte ihn geschickt.«

Thang klopfte sich gegen die Zähne. Klaudia wusste also, was es mit diesem Traumfänger auf sich hatte, und offensichtlich war es ihr wichtig genug, dass sie trotz ihres angeschlagenen Zustandes, daran dachte, Uwe damit loszuschicken.

»Darf ich?« Er griff danach. Vielleicht war dieser Traumfänger der Hebel, den er brauchte.

40. KAPITEL

Eine Kollegin in Schutzausrüstung stand auf, als Thang und Bach einstiegen. Der Einsatzleiter hatte darauf bestanden, bei der Befragung anwesend zu sein. Das war Thang nicht unbedingt recht, doch was hätte er tun sollen? Also hatte er nur darum gebeten, dass Bach sich bei der Befragung zurückhielt.

»Vertritt dir ein bisschen die Beine«, forderte Bach die Kollegin auf.

Thang wartete, bis sie den Einsatzwagen verlassen hatte, dann setzte er sich Glaubitz gegenüber. Der Gefesselte ließ mit keinem Wimpernzucken erkennen, dass er ihre Anwesenheit wahrnahm. Er hielt den Kopf gesenkt, aus seiner Nase tropfte Blut. Die Hände waren auf dem Rücken gefesselt, die Schultern herabgesackt. Auf eine mutlose Art wirkte er ebenso bewegungslos wie seine Frau.

»Herr Glaubitz.« Thang sprach sehr leise. Es dauerte einen Moment, doch schließlich reagierte der Angesprochene.

Glaubitz' Augen waren verquollen, die Wangenhaut aufgeschürft, und seine Nase sah aus, als wäre sie gebrochen. Dafür, dass er sich laut Uwe einfach so ergeben hatte, wirkte er ziemlich zerschlagen. Thang wollte lieber nicht darüber nachdenken. Bei so einem Einsatz war auch immer eine Menge Adrenalin im Spiel, und das MEK war nicht gerade dafür bekannt, Zielpersonen mit Samthandschuhen anzupacken.

»Was ist mit meiner Frau?«, wandte sich Glaubitz an Bach. Der sah mit seiner Schutzausrüstung deutlich beeindruckender aus als Thang. Doch Bach musterte ihn nur schweigend.

Thang ließ das Schweigen wachsen, bis Glaubitz den Blick wieder senkte.

»Was hat es mit diesem Traumfänger auf sich?«, fragte er und zog das fedrige Teil unter seiner Jacke hervor, wo er es bisher verborgen hatte.

Glaubitz schluckte. »Er gehört Svenja«, sagte er. »Sie braucht ihn. Bitte.«

»So wie das Zyprexa?«, fragte Thang.

»Sie kann nichts dafür. Es ist meine Schuld.«

»Darüber sollten wir sprechen.« Thang nahm sein iPhone in die Hand und schaltete die Aufnahmefunktion ein. »Allerdings muss ich Sie darauf aufmerksam machen …« Er klärte Glaubitz über seine Rechte auf. »Haben Sie das verstanden?«, fragte er.

Glaubitz nickte.

»Könnten Sie das bitte sagen, damit ich es aufnehmen kann?«

»Ich habe verstanden.«

»Möchten Sie einen Rechtsanwalt hinzuziehen?«

»Nein.«

»Brauchen Sie einen Arzt?« Aus den Augenwinkeln nahm Thang Bachs Stirnrunzeln wahr.

Wieder verneinte Glaubitz. »Kann ich bitte Wasser haben?«, bat er stattdessen.

Thang schaltete die Aufnahme aus und blickte zu Bach.

»Ich kümmere mich darum«, sagte der. Er machte Anstalten, das Einsatzfahrzeug zu verlassen, als Glaubitz ihn bat, den Traumfänger zu Svenja zu bringen.

»Ich denke, das hat Zeit«, erwiderte Bach.

»Glauben Sie mir«, murmelte Glaubitz.

Thang sah die Angst in seinen Augen.

»Sie wollen nicht wissen, was passiert, wenn Svenja ihn nicht hat.«

Thang reichte Bach den Traumfänger, der daraufhin schulterzuckend den Einsatzwagen verließ.

Wenig später kehrte er mit einer PET-Flasche zurück. Er löste die Handschellen und fesselte Glaubitz' Hände dann vor dem Bauch, damit er trinken konnte. Glaubitz trank mit kleinen vorsichtigen Schlucken, dann wischte er sich das Blut von der Nase.

»Ich habe Svenja vor zwanzig Jahren in Chemnitz kennengelernt. Ich arbeitete dort als Pfleger in der Psychiatrie. Sie war dort stationär. In der Zeit ist nichts gewesen, wirklich nicht«, erklärte Glaubitz. »Ich fand sie toll, das schon. Aber sie war ja Patientin. Später trafen wir uns wieder. Einfach so im Park. Ich war laufen, und sie saß auf einer Bank und hat gelesen. Ich erkannte sie gleich und hab mich zu ihr gesetzt. Tja, und so kam eins zum anderen, und wir sind ein Paar geworden.«

»Warum war Ihre Frau in der Psychiatrie?«

»Dissoziative Persönlichkeitsstörung«, antwortete Glaubitz. »Sie hatte eine traumatische Kindheit.« Es war ihm anzumerken, dass er reden wollte. Er hatte so lange alles mit sich selbst ausgemacht, dass es jetzt aus ihm herausbrach. »Missbrauch, Gewalt. Deshalb hat sie multiple Persönlichkeiten entwickelt. Um damit umzugehen, und es hat auch gut geklappt, sie hat ihre Medikamente genommen, und wir hatten die Sache im Griff. Wir sind zurück in den Spreewald. Die Ruhe hat ihr gutgetan. Aber dann ist Chris aufgetaucht.«

»Wer ist Chris?«, fragte Thang.

»Ich kannte sie nicht. Sie muss ganz tief in Svenja vergraben gewesen sein. Und ich habe auch erst gar nichts von ihrer Anwesenheit bemerkt. Aber dann ist Svenja immer dünner geworden. Und das hat mir zu denken gegeben.«

»Was genau hat Ihnen zu denken gegeben?«, fragte Thang.

»Svenja hatte durch die Medikamente ziemlich zugenommen. Das ist eigentlich normal, und mir war das egal, aber Chris nicht. Sie wollte dünn sein. Sie wollte ausgehen, tanzen, Leute treffen. Alles so Dinge, die man macht, wenn man

Anfang zwanzig ist. Eben die Dinge, die Svenja nicht so gut hat machen können.«

»Sie war also so etwas wie der Teenager in Ihrer Frau?«

»Kann man so sagen. Aber sie war geschickter, nicht so auf Krawall gebürstet. Eher so durch die Hintertür. Aber dann haben die Kinder Angst bekommen.«

Thang hob den Kopf. Niemand hatte etwas von Kindern gesagt.

»Sie tauchen immer mal wieder auf. Ich mag sie.« So etwas wie ein Lächeln zog über Glaubitz' Züge. »Dann war Svenja besonders fröhlich. Doch als sie dann die Medikamente abgesetzt hat, haben sie halt Angst gekriegt, dass ER«, Glaubitz spuckte das Personalpronomen geradezu aus, »wieder auftaucht.«

»Und wer ist ER?«, fragte Thang.

»Der Mann, der Svenja zerstört hat. Sie hatte eine höllische Angst vor ihm.« Glaubitz schluckte. »Er hat wirklich üble Sachen mit ihr gemacht. Und auch mit ihrer Mutter.«

»Reden wir von dem Vater Ihrer Frau?«

»Stiefvater«, sagte Glaubitz. »Er war ihr Stiefvater.«

»Und wieso sollte er wieder auftauchen? Lebt er hier in der Nähe?«

»Er ist tot«, antwortete Glaubitz. »Hatte wohl Krebs. Genau weiß ich das nicht. Ich hoffe einfach nur, er ist elendiglich verreckt.« Glaubitz' Augen verengten sich zu Schlitzen. »Auf jeden Fall ist er gestorben, ohne je zur Rechenschaft gezogen zu werden. Und deshalb haben die Kinder halt Angst vor ihm«, sagte er, als sei es das Selbstverständlichste der Welt.

»Sie ist ihn einfach nie losgeworden«, fuhr Glaubitz fort. »Einmal, es war noch in Chemnitz, Svenja wurde damals mit ihrer Medikation umgestellt, da hat sie IHN im Stationsarzt gesehen. Mit vier Pflegern haben wir sie festgehalten, trotzdem war der Arzt zwei Wochen krankgeschrieben, so hat sie ihn zugerichtet. Ich glaube, das war damals schon Chris. Es muss einfach Chris gewesen sein, Svenja konnte noch nicht einmal die Fischköpfe abschlagen.«

»Wollen Sie uns gerade erzählen, dass Ihre Frau Willi Rollenhagen niedergeschlagen hat?«, fragte Thang.

»Nicht Svenja! Chris!«

»Aber dazu hat sie sich des Körpers Ihrer Frau bedient?«

Glaubitz nickte.

»Würden Sie das bitte sagen?«

»Ja«, murmelte Glaubitz.

»Und dann?«, fragte Bach.

Auch wenn es anders abgesprochen war, hatte Thang nichts gegen die Einmischung des MEK-Leiters. Ihm rauschte der Kopf von den vielen Namen. Seit er bei der Polizei arbeitete, war er mehr als einem psychisch Kranken begegnet. Entgegen der landläufigen Meinung waren die meisten eher eine Gefahr für sich als für andere. Doch ganz selten gab es Ausnahmen, wie die Frau auf der Trage.

»Ich war unterwegs, hab Räucheraal an die umliegenden Spreewaldmärkte ausgeliefert. Als ich nach Hause kam, stand ein Fahrrad im Hof. Ich dachte, das würde einem Kunden gehören. Bei uns stehen öfter mal Fahrräder.« Er trank einen Schluck Wasser. »Ich bin dann in den Schuppen, und da lag er, daneben die blutige Axt. Ich bin fast gestorben vor Angst, habe nach Svenja gerufen, aber sie hat nicht geantwortet.«

»Und Sie haben nicht die Polizei gerufen?« Thang versetzte sich selbst in die Situation: blutige Axt, Leiche, Frau weg.

»Ich konnte nicht«, erwiderte Glaubitz, »es war doch

nicht ihre Schuld. Ich bin ins Haus, doch da war sie nicht. Schließlich habe ich sie gefunden, zusammengerollt wie ein Embryo lag sie auf dem Anleger. Über und über voller Blut war sie. Es war ein Wunder, dass niemand außer mir sie gesehen hat. Aber die Saison ist eigentlich schon gelaufen. Zumindest für uns in den Außenbezirken.«

»Könnten Sie bitte zu Ihrer Frau zurückkehren«, unterbrach Thang ihn.

»Na ja.« Glaubitz wischte sich mit dem Handrücken Blut von der Nase.

Thang reichte ihm ein Papiertaschentuch.

»Danke.« Wieder trank Glaubitz einen Schluck Wasser, bevor er fortfuhr: »Svenja war völlig katatonisch.«

»Und das bedeutet?«, fragte Bach.

»Sie haben es doch selbst gerade gesehen. Weggetreten, steif wie ein Brett. Also habe ich sie erst einmal in unser Schlafzimmer gebracht. Dort habe ich ihr ein Schlafmittel eingeflößt und gewartet, bis sie eingeschlafen ist, und ihr den Traumfänger übers Bett gehängt.«

»Was macht das Ding denn mit Ihrer Frau?«

Wieder mischte sich Bach ein. Thang räusperte sich warnend. Was war so unverständlich an der Ansage: Halte dich heraus? Er wollte nicht, dass Glaubitz sich mit Erklärungen aufhielt, die im Moment nicht ermittlungsrelevant waren. Er wollte einen chronologischen Ablauf. Doch es war zu spät. Bereitwillig beantwortete Glaubitz die Frage.

»Nach dem Zwischenfall in der Klinik hat eine Psychologin ihr den gegeben, damit sich ihre Ängste darin verfangen können. Ein eher mystischer Ansatz, aber bei Svenja hat es auf jeden Fall funktioniert. Vielleicht wegen der Kinder.« Glaubitz verzog das Gesicht vor Schmerz.

»Wie ging es weiter?«, hakte Thang nach. »Was haben Sie gemacht, als Ihre Frau schlief?«

»Mich um den Mann gekümmert«, sagte Glaubitz. »Ich habe ihn in Netze eingeschlagen und in meinen Kahn verfrachtet.« Er stellte die Wasserflasche ab. »Ich weiß, dass ich das nicht hätte tun sollen, aber ich liebe meine Frau.«

»Was haben Sie mit dem Fahrrad gemacht?«

»Zusammen mit dem Handy in die Spree geworfen. Ich musste die Sachen ja irgendwie loswerden«, rechtfertigte er sich. »Ich konnte Svenja ja nicht ans Messer liefern.«

»Und deshalb musste Frau Kowar sterben?« Sein Instinkt ließ Thang diese Frage stellen.

»Ja«, sagte Glaubitz schlicht. »Svenja hat zwar verstanden, dass sie ihre Medikamente wieder nehmen muss, aber Chris war stärker. Ich musste sie einsperren. Ich konnte ja nichts riskieren. Es war zu ihrer eigenen Sicherheit. Aber sie ist durchs Fenster und ist mit dem Kahn weg. Dabei kann sie überhaupt nicht staken. Hanka hat sie gefunden und mich angerufen. Als ich bei ihr ankam, hatte Chris ihr alles von IHM erzählt. Sie war so stolz, dass sie ihn ausgeschaltet hatte.«

»Wenn Sie von Chris reden«, stellte Thang sicher, »dann meinen Sie Ihre Frau? Svenja Glaubitz?«

»Ja.«

»Und wie haben Sie Frau Kowar getötet?«

»Ich habe versucht, sie zu beruhigen. Ihr gesagt, dass die Sache Svenja einfach so durcheinandergebracht hat, dass sie fantasiert. Ich konnte sie auch beruhigen, aber sicher war ich mir nicht, ob sie nicht doch irgendwann mit Ihnen«, sein Blick streifte Thang, »oder ihrem Pfarrer darüber reden würde. Also habe ich Svenja nach Hause gebracht und bin zurück. Hanka hat geschlafen, und da hab ich sie mit einem Kissen erstickt.«

Daher die Faser, dachte Thang.

»Es ging viel schneller, als ich dachte.« Glaubitz wiegte nachdenklich den Kopf. »Sie hat sich nicht einmal gewehrt, es war ganz einfach. Sie hat nur erst heftiger geatmet und dann nicht mehr. Als es vorbei war, habe ich sie auf den Bauch gedreht, mit dem Gesicht in die Kissen. Anschließend habe ich noch ein paar ihrer Schlaftabletten aufgelöst und das Glas neben das Bett gestellt. Ich dachte, wenn die Polizei von Suizid ausgeht, schaut sie nicht so genau hin. Hanka war ja alt, und einsam war sie auch.«

Dies alles schilderte Glaubitz so emotionslos, dass Thang sich fragte, wer von den beiden – oder wie viele sie auch immer waren – verrückter war.

»Aber ...«, mischte sich Bach wieder ein.

Thang brachte ihn mit einer Handbewegung zum Schweigen. Es war jetzt nicht der Zeitpunkt für Widerspruch. Was immer ihm unklar war, würde warten müssen. Diese Geschichte kannte zunächst nur eine Richtung, nämlich: weiter. Er räusperte sich und wollte gerade nach Nils Heck fragen, als das iPhone in seiner Hand vibrierte und dazu »Auferstanden aus Ruinen« abspielte.

41. KAPITEL

Klaudia dämmerte zwischen Wachen und Schlafen. Die Schmerzen waren mal weit weg und dann so nah, dass sie aufstöhnte. Doch egal, in welchen Zustand sie sich befand, ihr Gehirn arbeitete auf Hochtouren. Sie sah Svenja, den blutigen Spaten, spürte die Enge des Netzes, sah, wie die Hand mit dem Knebel sich ihrem Gesicht näherte.

»Nein!« Was ein Schrei hatte sein sollen, endete als heiseres Krächzen.

Jemand legte ihr die Hand auf die Stirn. Die Berührung war sanft, wie die einer Feder. Feder? Traumfänger? Ein Gesicht! Eine Hand!

»Frau Wagner!«

Die Stimme einer Frau. Nicht Svenja. Wer war Svenja? Wo war Glaubitz?

»Sie sind in Sicherheit. Niemand kann Ihnen etwas tun.«

Klaudia schlug die Augen auf. Über ihr schwang ein Infusionsbeutel sachte hin und her. Wie Nebel über den Fließen lösten die Schreckensbilder sich auf. Sie war nicht mehr in Glaubitz' Gewalt. Sie war in einem Krankenwagen, und die Stimme gehörte der Ärztin. Das hektische Piepen musste ihr Puls sein, und was sich gerade eng um ihren Oberarm schloss, war eine Blutdruckmanschette. Glaubitz konnte ihr nichts mehr tun. Sie hatte es geschafft, hatte überlebt.

Peter, dachte Klaudia. Was war mit Peter? Der Krankenwagen ruckelte. Schmerz explodierte in ihrem Gehirn und löschte jeden Gedanken an Demel aus. Zischend atmete sie ein.

»Wir sind gleich da«, versprach die Ärztin.

Aber was war *gleich* und wo war *da*? Klaudia leckte sich über die trockenen Lippen. Was in ihrem Kopf eine komplexe Frage gewesen war, kam als schlichtes *Wo* heraus.

»Wir bringen Sie in die Helios Klinik nach Pirna.« Die Ärztin streckte sich und drehte an dem Rädchen, mit dem die Flüssigkeitszufuhr geregelt wurde. Sie hatte dunkle Schweißflecken unter den Achseln.

Ob ich sie ins Schwitzen gebracht habe? Der Gedanke gefiel Klaudia nicht. Was war mit ihr? Warum erinnerte sie sich nicht an den Namen der Ärztin? Und was war mit ihrem Kopf? Statt einer Antwort tauchte ein Traumfänger vor ihrem inneren Auge auf. Klaudia sah ihn so deutlich, dass sie die Hand danach ausstreckte. Die Ärztin ergriff sie und drückte Klaudias Hand. Die Berührung tat gut. Es war nie ein gutes Zeichen, wenn man Dinge sah, die nicht da waren. Klaudia schloss die Augen und der Traumfänger verschwand. Sie war so müde.

»Dort sind Sie in guten Händen.« Vorsichtig, als sei ihr Arm zerbrechlich, schob die Ärztin Klaudias Arm unter die Folie, die sie umhüllte. Der Geruch von Urin stieg Klaudia in die Nase.

»Pirna ist die nächste Klinik mit einem Traumazentrum.«

Traumazentrum! Klaudias Herzschlag beschleunigte sich.

»Alles wird gut«, versprach die Ärztin.

Klaudia hatte das Gefühl, diese Floskel nicht zum ersten Mal zu hören. »Mein Kopf«, murmelte sie.

»Sie haben eine ordentliche Beule, aber Ihre Pupillenreaktion und Ihre Reflexe sind normal. Mehr können wir jedoch erst sagen, wenn Sie in der Röhre gewesen sind. Verstehen Sie das?«

Klaudia versuchte zu nicken, aber ihr Hals steckte in einem Stifneck fest.

»Haben Sie Schmerzen?«

»Ja.«

»Ich würde Ihnen ja etwas geben, aber im Moment ist es wichtiger, dass Sie ansprechbar bleiben, damit wir schnell merken, wenn sich etwas ändert. Verstehen Sie das?«

»Ja«, murmelte Klaudia.

»Ich prüfe noch einmal Ihre Pupillenreaktion. Das ist ...«

»Ich weiß«, hauchte Klaudia. Diese zwei Worte verbrauchten einen Großteil ihrer Energie.

»Warum bin ich so müde?«

»Das ist ganz normal«, versicherte ihr die Ärztin.

Wieder legte sie ihr die Hand auf die Stirn. Sie war angenehm kühl. Wie Mamas! Der Gedanke erschreckte Klaudia. Bedeutete diese Erinnerung, dass sie ihrer Mutter gerade näher war als den Lebenden?

»Sie haben auf jeden Fall eine Gehirnerschütterung«, fuhr die Ärztin fort.

Ihre Stimme legte sich wie ein Plätschern über Klaudias Ängste.

»Und Ihr Körper hat in den letzten Stunden so viel Adrenalin ausgeschüttet, dass er so ziemlich sämtliche Reserven erschöpft hat. Diese Erschöpfung ist also ganz normal.«

Ganz normal. Klaudia hielt sich an diesen beiden Worten fest wie an einem Rettungsseil.

42. KAPITEL

»Entschuldigung.« Thang nahm sein iPhone und verließ den Einsatzwagen.

Die Kollegin, die Glaubitz bewacht hatte, lehnte an der Beifahrertür. Fragend blickte sie auf, als Thang herauskam. Er schüttelte den Kopf. Nein, die Befragung war noch nicht beendet. Zwei der drei Krankenwagen waren verschwunden und auch die meisten der Fahrzeuge, die das Zielobjekt eingekreist hatten. MEK-Kollegen sicherten den Einsatzort, irgendwo knisterte ein Funkgerät, ansonsten war es geradezu gespenstisch still im Tunnel.

Thang wandte sich ab, um mit seiner Frau zu sprechen. »Ich kann jetzt nicht.« Die Tunnelwände warfen seine Stimme zurück, verstärkten sie so sehr, dass er trotz seiner Wut leiser sprach. Warum, verdammt noch mal, konnte Janina nicht einfach warten, bis er sich meldete.

»Es tut mir leid.« Ihre Stimme klang gehetzt. »Aber ich weiß nicht, was ich machen soll.« Ohne Luft zu holen, raste Janina durch die Sätze. »Demels Ex hat angerufen.«

»Was?« Das Echo erreichte ihn, als er die zweite Frage aussprach. »Wieso?«

»Wahrscheinlich, weil ich die Frau eines Kollegen bin?«, sagte Janina. »Sie sagt, sie hätte meine Nummer noch von den Einladungen, die wir zur Taufe verschickt haben. Dabei haben wir sie doch überhaupt nicht eingeladen, aber wie auch immer«, unterbrach sie sich selbst. »Sie sagt, sie wüsste nicht weiter, und …«

»Time Out!« In Thangs Kopf häuften sich die Fragezeichen. »Was wollte sie?«

»Wissen, was mit Peter ist«, antwortete Janina. »Was sonst? Sie hat ebenso wie ich von den toten Polizisten gehört, und …«

»Niemand ist tot.«

Tot! Tot! Tot!

Das Echo verschaffte Thang die Aufmerksamkeit aller Anwesenden. Er zwang sich zur Ruhe. »Peter und Klaudia sind verletzt, und beide werden ärztlich behandelt.«

»Weißt du wo?«

»Keine Ahnung. Und ehrlich gesagt, habe ich im Moment auch echt andere Sorgen. Sag Demels Ex, sie soll bei der Leitstelle anrufen.«

»Was meinst du, was sie getan hat, aber die sagen ihr nichts. Die beiden sind ja geschieden.«

»Ich verstehe.« Thangs Gedanken rasten. Demel würde wollen, dass seine Ex Bescheid wusste. Schließlich war sie die Mutter seines Sohnes. »Sie soll sich zum Leiter der Dienststelle durchstellen lassen.« PH war das Beste, was ihm auf die Schnelle einfiel. »Ich sag ihm Bescheid. Aber jetzt muss ich auflegen.«

»Ich bin so froh, dass dir nichts passiert ist.« Janina schluchzte. »Ich war fast verrückt vor Angst. Ich meine: wenn du das gewesen wärst. Ich hätte nicht …«

»Ich bin der Stubenhocker der Dienststelle«, fiel ihr Thang ins Wort, bevor sich die Angst in ihr festsetzen konnte. Es war besser, wenn Janina nie erfuhr, dass eigentlich er hätte mit Klaudia rausfahren sollen. »Ich melde mich später.« Mit diesen Worten beendete er das Gespräch und wählte PHs Dienstnummer.

Der Chef nahm sofort ab. »Wie geht es Klaudia?«

»Die Rettung kümmert sich um sie, aber das ist nicht der Grund, warum ich anrufe.« Thang informierte ihn kurz darüber, dass Peters Exfrau sich bei ihm melden würde.

»Okay«, sagte PH gedehnt.

Dann sagte er eine Weile nichts. Und dieses Schweigen beunruhigte Thang. »Was ist mit ihm?«

»Ich habe gerade mit dem diensthabenden Arzt gesprochen.« Wieder diese merkwürdige Pause. »Peter ist im OP.«

»Also lebt er.« Thang stieß die Luft aus.

»Ja.«

Die Art, wie PH dieses »Ja« betonte, gefiel Thang überhaupt nicht.

»Wenn ich das richtig verstanden habe«, etwas klapperte, und PH fluchte leise, »hat Peter eine Blutung zwischen den Hirnhäuten, und deshalb nimmt der Druck in seinem Gehirn zu. Der Arzt hat etwas von Mittellinienverlagerung gesagt. Was immer das heißt.« PH räusperte sich. »Damit er keine bleibenden Schäden davonträgt, entfernen sie ihm ein Stück Schädel und räumen die Blutung aus.«

»Ach du Scheiße«, murmelte Thang.

»Kannst du laut sagen«, stimmte ihm PH zu. »Und das muss ich jetzt seiner Exfrau sagen.« Er klang resigniert und legte ohne ein weiteres Wort auf.

Mittellinienverlagerung, Schädelknochen entfernen. Eins klang schlimmer als das andere. Thang litt mit dem Kollegen, gleichzeitig spürte er einen Anflug von Erleichterung, den er sofort verdrängte. Reiß dich zusammen, rief er sich zur Ordnung. Du hilfst Demel am besten, wenn du deinen Job machst. Er stieg wieder in den Einsatzwagen und atmete den Geruch von Schweiß und Blut ein.

Bach blickte ihm stirnrunzelnd entgegen, während Glaubitz ihn nicht einmal wahrzunehmen schien. Blut tropfte ihm aus der Nase und versickerte im Stoff seiner Drillichhose. Seine Hände waren wieder auf dem Rücken gefesselt.

Thang vermied Bachs fragenden Blick und setzte sich neben ihn.

»Herr Glaubitz?« Er schaltete die Aufnahmefunktion seines iPhones ein und wartete, bis der Angesprochene reagierte, dann fuhr er fort: »Wir haben mit Ihnen über den Tod von Willi Rollenhagen und Hanka Kowar gesprochen. Möchten Sie dem, was sie gesagt haben, noch etwas hinzufügen?«

»Nein.« Hastig sah Glaubitz zu Bach, bevor er den Blick senkte. Thang fragte sich, was in den wenigen Minuten seiner Abwesenheit passiert war. »Dann würde ich gern mit Ihnen über Nils Heck sprechen.«

»Kenne ich nicht.« Glaubitz' Stimme klang gleichgültig, trotzdem fragte er: »Wer ist das?«

»Ein junger Mann«, mischte sich Bach ein. »Er ist verschwunden.«

»Davon weiß ich nichts.« Glaubitz drückte sich gegen den Sitz, als wollte er so viel Abstand wie möglich zwischen sich und Bach bringen. »Glauben Sie, ich laufe durch die Gegend und bringe Menschen um?«

Ja, dachte Thang, sprach den Gedanken jedoch nicht aus. »Kann Ihre Frau ihm begegnet sein?«

»Sie war die ganze Zeit bei mir«, widersprach Glaubitz. »Nach der Sache mit Hanka. Ich meine ...« Er hustete und spuckte einen Klumpen geronnenes Blut aus. »Sie können mir jetzt nicht jeden verschwundenen Typen anhängen. Ich will einen Arzt.« Er senkte den Kopf, und egal, was Thang oder Bach noch sagten, er wiederholte lediglich seine Forderung nach einem Arzt, während ihm das Blut vom Kinn tropfte.

Schließlich übergaben sie Glaubitz der MEK-Kollegin, damit sie ihn zum Krankenwagen brachte.

»Wieso waren seine Hände wieder auf dem Rücken gefesselt?«, fragte Thang, kaum waren die beiden im Krankenwagen verschwunden.

»Reine Vorsichtsmaßnahme«, antwortete Bach.

»Und das Nasenbluten? Auch eine reine Vorsichtsmaßnahme?« Thang musterte den Kollegen von der Seite. Bachs Gesicht wurde noch kantiger, als es ohnehin schon war. »Was ist da drin passiert?«

»Nichts«, erwiderte Bach. Es klang wie: nichts, was du wissen willst.

»Und hat dieses Nichts dir Klarheit gebracht?«

»Nein«, erwiderte Bach schlicht.

»Was wolltest du denn wissen?«

»Warum er hiergeblieben ist. Ich meine«, fuhr Bach fort, »er hätte schon längst über alle Berge sein können, wenn er gleich abgehauen wäre. Das hätte Peter Demel und Klaudia einiges erspart.«

»Wenn er nach Hankas Tod verschwunden wäre, hätten wir ihn verdächtigt«, gab Thang zu bedenken. »In seiner Logik hat er alles richtig gemacht.«

»Aber was für eine Logik ist das?«

»Nicht meine.« Thang schüttelte nachdenklich den Kopf. In seinen Jahren als Polizist war er schon vielen Freaks begegnet, aber Glaubitz und seine Frau waren ein Kaliber für sich.

»Da drin.« Bach nickte in Richtung des Einsatzwagens, in dem sie die Befragung durchgeführt hatten. »Du warst so freundlich.«

»Das klingt wie ein Vorwurf.«

»Ich könnte das nicht.« Bach kratzte sich den Nacken.

»Aber nur so funktioniert es«, erwiderte Thang. »Die Rambo-Nummer klappt nur im Film.«

»Was machst du jetzt?«

»Weiter, was sonst?« Thang winkte Uwe und gemeinsam machten sie sich auf den Rückweg.

43. KAPITEL

Es war kurz nach Mitternacht, als Thang vor dem Haus hielt, in dem er lebte. In seiner Wohnung brannte Licht, und für einen Moment spielte er mit dem Gedanken, zum Revier zurückzufahren und sich im Bereitschaftszimmer aufs Ohr zu hauen. Doch das konnte er Janina nicht antun. Also stieg er aus und lief über die Wiese zum Haus. Der Bewegungsmelder tauchte den Eingang in fahles Licht, und der Türöffner summte. Sie hatte also am Fenster gestanden und auf ihn gewartet. Sie würde reden wollen, und er wusste nicht, was er ihr sagen konnte. Zögernd stieg Thang die Stufen zu seiner Wohnung hinauf.

Janina erwartete ihn auf dem Treppenabsatz. »Ich bin so froh.« Sie drückte sich an ihn, und Thang versank in ihrem Duft nach Deo und Wundschutzcreme.

»Willst du was essen?«

Er schüttelte den Kopf.

»Willst du reden?«

Wieder schaffte er nur ein Kopfschütteln.

»Ein Bier?«

Er nickte. »Bier wäre gut.« Er ließ sich auf die Küchenbank fallen, die er selbst getischlert hatte.

»Habt ihr ihn?« Janina nahm eine Flasche aus dem Kühlschrank und reichte sie ihm. Dann setzte sie sich ihm gegenüber.

»Ja.« Thang löste den Bügelverschluss und trank gierig. Der Alkohol stieg ihm gleich zu Kopf. Das war genau das, was er jetzt brauchte. Er setzte die Flasche ab und unterdrückte ein Rülpsen.

»Es tut mir leid«, sagten sie gleichzeitig, und dann lachten sie so lange, bis aus dem Lachen ein Schluchzen wurde.

Janina griff nach seiner Hand und führte ihn ins Schlafzimmer. Dort half sie ihm, sich auszuziehen und deckte ihn zu. Thang starrte an die Zimmerdecke. Er sah Peter und Klaudia und diesen Traumfänger. Janina lag neben ihm, hielt seine Hand. An der Art, wie sie atmete, merkte er, dass auch sie nicht schlief. Thang dämmerte gerade weg, als Linh weinte. Janina ließ seine Hand los und stieg aus dem Bett, um Linh zu ihnen zu holen, bevor sie ihre Schwester weckte. Sie legte sie neben ihn, und ihr Babyduft half ihm zumindest die paar Stunden zu schlafen, die ihm blieben, bis der Wecker klingelte. Als er eine Stunde später in die Einfahrt des Polizeireviers einbog, schob sich die Sonne über den Horizont. Es würde ein langer, heißer Tag werden.

Die Stimmung war gedrückt, als Thang das Revier betrat. Petra wirkte, als habe sie geweint. Demel sei auf der Intensivstation, sagte sie ihm. Von Klaudia wusste sie nichts zu sagen. Thang betrat das Besprechungszimmer des Reviers. Obwohl es früh war, saßen die anderen Kollegen bereits am Konferenztisch. Uwe wirkte zerknittert, und Uta starrte auf ihre Hände. Selbst PH wirkte angeschlagen. Er saß zwischen Meinert und Demeter-Anders. Die drei unterhielten sich flüsternd. Außer den beiden waren noch zwei weitere LKA-Kollegen anwesend. Wahrscheinlich Verstärkung. Einen kannte Thang bereits von einer anderen Mordkommission, er hieß Heiner und war ziemlich dicke mit Meinert, die andere war ihm fremd. Die Kollegin mit dem grauen Bob schien eher zu PHs Generation zu gehören. So langsam gingen dem LKA wohl die Leute aus. Die beiden saßen auf den Plätzen, auf denen üblicherweise Klaudia und Demel saßen. Obwohl Thang wusste, dass es irrational war, nahm er ihnen das übel. Wibke saß ebenfalls am Konferenztisch. Ihr Haar lockte sich feucht über ihren Schultern. Obwohl sie offensichtlich gerade geduscht hatte, war sie so blass wie die Wand in ihrem Rücken, ihre Augenlider wirkten entzündet, und es sah nicht so aus, als wäre sie in letzter Zeit einer Matratze begegnet. Sie nickte Thang zu, und er setzte sich auf den freien Platz neben ihr. Sie roch nach der Kernseife, die sie im Revier in den Duschen liegen hatten. Wahrscheinlich war sie direkt aus Eberswalde gekommen und hatte nur einen kurzen Boxenstopp in der Kellerumkleide gemacht. Thang musterte sie besorgt. Es hatte keinen Sinn, wenn sie sich aufrieben. Ihre Gehirne brauchten Auszeiten. »Du hättest nach Hause fahren sollen«, murmelte er.

»Um Gottes willen, nein«, antwortete Wibke ebenso leise. »Dann hätte ich mir die Decke über den Kopf gezogen und wäre nie wieder aufgestanden. Es ist besser, im Flow zu bleiben.«

»Hast du was von Klaudia gehört?« Wenn, dann wusste Wibke Bescheid. Sie und Klaudia waren Freundinnen.

»Platzwunde, schwere Gehirnerschütterung, aber keine Blutung.«

»Das ist gut«, murmelte Thang. »Peter liegt auf der Intensivstation.«

»Ich weiß«, flüsterte Wibke. »Das ist fast so schlimm wie damals.« Sie warf einen hastigen Seitenblick auf Uwe, doch der schien sie nicht gehört zu haben.

»Immerhin leben beide«, tröstete Thang sie.

»Was immer das bei Peter heißt.« Wibke blies die Wangen auf und flocht ihre feuchten Haare zu einem Zopf.

Ja, dachte Thang. Was immer das heißt.

»Können wir anfangen?« PH musterte jeden Einzelnen von ihnen. »Für die, die es noch nicht wissen, wir haben Verstärkung. Herr Kade und Frau Samrei werden uns in den nächsten Tagen unterstützen. Auch wenn der Fall abgeschlossen scheint, gibt es noch eine Menge zu tun. Danke«, wandte er sich an Wibke, »dass du trotz der vielen Arbeit, die Zeit gefunden hast, an dieser Besprechung teilzunehmen.«

»Alles fürs Team«, erwiderte Wibke. »Allerdings würde ich gern anfangen und dann verschwinden. Ist das für euch in Ordnung?«

Alle nickten, nur Meinert wirkte, als wollte er widersprechen, unterließ es dann jedoch.

»Ich kann euch auch nur eine erste Übersicht geben, wir sind noch damit beschäftigt, die vielen Spuren ins System aufzunehmen. Aber wie es aussieht, haben wir zumindest die Tatwaffe, mit der Peter niedergeschlagen wurde, sowie eine mögliche Tatwaffe für den Fall Rollenhagen. Das mit den gefundenen Medikamenten wisst ihr bereits, und ansonsten gibt es Blutspuren in Glaubitz' Kahn und auf dem Anleger. Allerdings haben wir weder Rollenhagens Fahrrad noch sein Smartphone gefunden.«

»Die hat Glaubitz in der Spree versenkt«, sagte Thang.

»Es wäre schön, wenn wir das eingrenzen könnten«, erwiderte Wibke. »Was wir noch haben, sind erschreckend viele DNA-Spuren. Es kann Monate dauern, bis wir da Ergebnisse haben. Wir brauchen unbedingt Vergleichs-DNA von Glaubitz und seiner Frau.«

»Darum kümmere ich mich«, versprach Demeter-Anders. »Ich führe Glaubitz heute Nachmittag dem Haftrichter vor.«

»Ich werde auf jeden Fall heute auch noch mal mit ihm sprechen«, sagte Thang. »Es sind einfach noch zu viele Fragen offen. Was ist eigentlich mit seiner Frau? Wir müssen unbedingt mit ihr sprechen.«

»Das geht leider nicht«, beantwortete Demeter-Anders seine Frage. »Nach Auskunft der Ärzte ist sie nicht ansprechbar.«

»Ist sie bewusstlos oder was?«, fragte Meinert.

»Eher: oder was.«

Zum ersten Mal, seit Thang sie kannte, wirkte die Staatsanwältin unsicher.

»Ich werde auf jeden Fall veranlassen, dass sie noch heute nach Eberswalde verlegt wird.«

»Wenn es stimmt, was Glaubitz sagt, gehört sie da unbedingt hin«, murmelte Thang. Eberswalde war eine der beiden forensischen Psychiatrien des Landes Brandenburg.

»War's das von deiner Seite, Wibke?«, fragte PH. Es war offensichtlich, dass er diese Besprechung so kurz wie möglich halten wollte.

»Im Wesentlichen.« Wibke klappte ihr Notebook zu. »Das heißt«, fuhr sie nachdenklich fort, »eine unserer Verwaltungsmitarbeiterinnen – sie hat die Kissen ins System eingepflegt ...«

»Welche Kissen?«, fragte Samrei.

Wibke erklärte es ihr. »Wie dem auch sei«, fuhr sie fort. Ihre Beobachtung ist, dass von jeder Kissensorte zwei vorhanden sind. Also zwei rote, zwei grüne«, präzisierte sie. »Bis auf eins, das war ein Unikat. Und ihr kennt ja den Obduktionsbericht. Sollte das Kissen wirklich fehlen, könnte es ein Hinweis darauf sein, dass ...«

»Ist das jetzt wirklich noch von Belang?«, unterbrach sie Meinert. »Ich meine, wir haben sein Geständnis.« Er blickte zu Thang. »Das haben wir doch, oder?«

»Trotzdem«, beharrte Wibke. »Es kann nie schaden, Geständnisse durch Beweise zu untermauern.« Sie schob ihr Notebook in ihren Rucksack. »Wie auch immer«, fuhr sie fort. »Ich hab's euch gesagt. Macht was draus oder lasst es. Und das wäre es dann auch von meiner Seite.«

»Ich werde die Info mit in die nächste Runde nehmen«, versprach Thang. Für ihn waren Verhöre wie Boxkämpfe. Man brauchte einen langen Atem, und es war gut, immer noch etwas mehr als nur die Faust im Handschuh zu haben. Und natürlich hatte Wibke recht. Ein Geständnis konnte widerrufen oder von findigen Verteidigern auseinandergepflückt werden. Er dachte an Glaubitz' blutende Nase. Beweise hingegen hatten Bestand. Im Krimi endete die Ermittlung immer mit der Festnahme. Im wirklichen Leben begann die eigentliche Arbeit jetzt erst.

»Ich habe übrigens noch Klaudias Smartphone.« Wibke legte es auf den Tisch. »Der Techniker hat es gereinigt. Es dürfte also funktionieren. Ich würde es ihr heute Abend vorbeibringen, falls das nicht einer von euch übernehmen will?«

»Gib's mir.« Meinert streckte die Hand aus. »Ich wollte sowieso gleich zum Krankenhaus fahren und mit ihr sprechen.«

»Ist das nicht ein bisschen früh?«, fragte PH. »Ich meine, sie hat eine schwere Gehirnerschütterung.«

»Ich werde vorsichtig sein«, versprach Meinert. »Aber je eher wir mit ihr sprechen, umso besser. Wir wissen immer noch nicht, was auf dem Hof genau passiert ist. Glaubitz' Aussage gibt dazu nichts her. Habt ihr ihn überhaupt danach gefragt?«

»Dazu war keine Gelegenheit mehr«, rechtfertigte sich Thang. »Nachdem ich ihn auf Heck angesprochen habe, hat er jede weitere Aussage verweigert.«

»Apropos Heck.« PH schlug sich gegen die Stirn. »Sorry, hätte ich euch gleich sagen sollen. Seine Anwältin hat heute Morgen um einen Termin gebeten. Er sei jetzt bereit, mit uns zu sprechen.« Dass er jetzt erst mit dieser wichtigen Information herausrückte, war ein Zeichen von Stress. Zwei seiner Beamten waren verletzt, einer davon schwer. Das zerrte an ihm.

»Er war also doch abgetaucht?« Thang atmete auf. Ein Opfer weniger.

»Ja«, bestätigte PH. »Er hat sich wohl bei Frau Saling gemeldet, und die konnte ihn davon überzeugen, dass er besser mit uns spricht. Vielleicht können Sie das übernehmen«, bat er Uta. »Der Termin ist um zehn, hier im Revier.«

»Warum ist er überhaupt abgehauen?«, murmelte Meinert. »Das alles wäre nicht passiert, wenn …«

Er beendete den Satz nicht, was auch nicht nötig war, weil jeder am Tisch das Gleiche dachte.

»Das ergibt alles keinen Sinn.« Meinert ballte die Fäuste.

»Wenn Leute immer sinnvoll handelten, wären wir überflüssig. Sonst noch etwas?« PH blickte von einem zum anderen.

»Jemand muss Glaubitz' Aussage überprüfen, dass er am Samstag Räucheraal ausgeliefert hat«, meldete sich Thang zu Wort. »Kannst du das bitte übernehmen?«, fragte er Uwe. »Du kennst die Spreewaldmärkte hier in der Gegend.«

»Kann ich tun.« Uwe nickte.

»Okay«, PH schlug mit der flachen Hand auf die Tischplatte, »dann macht ihr euch am besten an die Arbeit. Herr Kade? Sie begleiten den Kollegen Meinert, und Walburga, du begleitest den Kollegen Rudnik.«

Oh, dachte Thang, die beiden kennen sich also.

»Frau Watzke spricht mit Herrn Heck und wird die Akten auf Vordermann bringen. Wir sind im Endspurt, Leute.«

Der letzte Satz sollte sie anspornen, doch die Kollegen nickten nur müde.

»Wir treffen uns dann heute Abend wieder hier«, fuhr PH fort. »Bis dahin will ich Ergebnisse haben. Das ist das Mindeste, was wir für Klaudia und Peter tun können. Gute Arbeit leisten, damit der Täter auch wirklich verurteilt wird.«

44. KAPITEL

Thang informierte die JVA über ihr Kommen und folgte dann der LKA-Kollegin zum Parkplatz, um einen der bereitstehenden Dienstwagen zu nehmen. Die Fahrt würde lang werden. Manchmal wünschte Thang sich kürzere Wege, aber die Zeiten, da jedes Revier noch Zellen hatte, waren endgültig vorbei.

»Macht es dir etwas aus, wenn ich fahre?« Die LKA-Kollegin duzte ihn ganz selbstverständlich. »Du wirkst etwas angeschlagen.«

»Aus Gründen.« Thang warf ihr die Autoschlüssel zu und setzte sich auf den Beifahrersitz. Nach den ersten Kilometern auf der Autobahn bereute er seine Nachgiebigkeit. Walburga fuhr nicht viel rücksichtsvoller als Uwe, nur dass sie dazu weder Martinshorn noch Blaulicht einschaltete, was Thang den Schweiß aus den Poren trieb. Er war geradezu erleichtert, als sie in einen Baustellenstau gerieten und die LKA-Kollegin das Tempo drosseln musste. Unauffällig wischte er sich die Stirn.

»Woher kennst du PH?«, fragte er, nur um überhaupt etwas zu sagen.

»Wen?« Walburga runzelte die Stirn.

»Naumann.«

»Nennt er sich Pi Äitsch?« Walburga schnaubte.

»Wir nennen ihn so«, korrigierte Thang. »Weil keiner weiß, wie er richtig heißt.«

»Dass er immer noch ein Geheimnis aus seinem Namen macht.« Walburga sah eine Lücke und gab Gas.

»Ich glaube nicht, dass Glaubitz schon auf dem Transport zum Haftrichter sein wird, selbst wenn wir etwas später kommen.« Thang löste die Finger vom Griff der Beifahrertür, nach dem er unwillkürlich gegriffen hatte. Vor ihnen leuchteten Bremslichter auf. »Wie heißt er denn?«

»Wer?«, fragte Walburga.

Entweder war sie tatsächlich schwer von Begriff, oder sie machte sich einen Spaß daraus, ihn absichtlich falsch zu verstehen. »Naumann.« Er war viel zu neugierig, um sich über die Kollegin zu ärgern. »Du hast gesagt, er macht immer noch ein Geheimnis aus seinem Namen.«

»Wie albern, nicht wahr? Ich meine: Ich heiße Walburga. Der Name ist ja auch nicht unbedingt ein Grund, meinen Eltern dankbar zu sein.«

»Woher kennt ihr euch?«

»Wir haben nach der Wende zusammen Lehrgänge gemacht. Ich gehörte zu einer Gruppe von NRW-Kollegen, die helfen sollten, das neue Rechtssystem zu etablieren.«

»Und da bist du hier hängen geblieben.«

»Wo die Liebe halt hinfällt.«

»Und wie heißt er nun?«

»Das weißt du nicht von mir.« Walburga blinzelte ihm zu. Sie hatten jetzt die Baustelle hinter sich gelassen. »Er heißt Pablo Hieronymus. Pablo nach Pablo Neruda und Hieronymus nach Hieronymus Bosch.«

»Großer Gott!« Nicht einmal Walburgas Fahrstil schaffte es, das Grinsen von Thangs Gesicht zu wischen. Was mussten das für Eltern sein, die ein Kind mit so einem Namen fürs Leben zeichneten.

»Und denk dran, das hast du nicht von mir.« Walburga musterte ihn von der Seite.

»Mein Wort drauf«, versprach Thang. »Das ist zu gut, um wahr zu sein.«

Die JVA lag westlich des Stadtzentrums in einem Waldstück. Sie gehörte zu den ältesten des Landes und hatte eine wechselvolle Geschichte hinter sich, die eine Dauerausstellung in der Gedenkstätte Zuchthaus Brandenburg-Görden dokumentierte. Walburga lenkte den Dienstwagen auf den Besucherparkplatz, und die Beamten meldeten sich an der Pforte. Nachdem sie das übliche Prozedere hinter sich gebracht und drei Flaschen Wasser aus dem Automaten gezogen hatten, wurden sie in ein Vernehmungszimmer geführt. Die vergitterten Fenster waren so hoch, dass man nicht hinausschauen konnte. Die Wände waren in einem fahlen Weiß gehalten. In der Mitte des Raumes standen ein Tisch und drei Stühle, alles am Boden verschraubt. In einer Ecke des Raumes war ein Handwaschbecken, in der anderen standen ein weiterer Tisch und ein Stuhl, beides wohl für einen eventuellen Protokollanten vorgesehen. Samrei legte den Schnellhefter auf die zerkratzte Tischplatte und setzte sich. Thang nahm ebenfalls Platz und stellte die Wasserflaschen neben dem festgeschraubten Tischbein ab.

»Ist es in Ordnung für dich, wenn ich die Befragung durchführe?« Er räusperte sich. Die LKA-Kollegin könnte die Dienstgradkarte spielen, dann würde er zum Zuhören verdammt sein.

»Einverstanden.« Samrei griff nach der Akte und las darin.

Sie legte sie erst weg, als Glaubitz von einer Vollzugsbeamtin hereingeführt wurde.

Obwohl er erst eine Nacht in Untersuchungshaft war, hatte er bereits diesen schleppenden Gang, als hingen Gewichte an seinen Beinen. Um die Augen herum hatte sich ein Brillenhämatom gebildet, die Lider waren geschwollen. Er trug einen grauen Jogginganzug, der eindeutig aus dem Fundus der JVA stammte.

»Wie geht's meiner Frau?«, fragte Glaubitz, kaum dass er saß. Seine Stimme klang, als hätte er eine schwere Erkältung.

»Sie ist noch nicht ansprechbar«, erwiderte Thang.

»Kann ich sie …?«, Glaubitz schluckte, »… sehen?«

»Ich denke nicht.« Thang schüttelte den Kopf. »Das ist meine Kollegin Frau Samrei«, stellte er Walburga vor. »Wir hätten noch einige Fragen.« Er legte sein iPhone, das er hatte mitnehmen dürfen, auf den Tisch vor sich. »Sie wissen, dass Sie nicht mit uns sprechen müssen.« Er klärte Glaubitz wieder über seine Rechte auf.

»Haben Sie bereits einen Anwalt?«, fragte Samrei.

Glaubitz schüttelte den Kopf.

»Sie sollten sich darum kümmern.« Sie klang, als würde sie sich wirklich um ihn sorgen.

»Warum?« Glaubitz starrte an Thang vorbei. »Was ich getan habe, habe ich getan. Ich habe diesen Rollenhagen und Hanka getötet.«

»Moment mal«, unterbrach ihn Thang. »Gestern haben Sie ausgesagt, dass Ihre Frau …«

»Das stimmt nicht«, unterbrach ihn Glaubitz. »Sie hat ihn niedergeschlagen, das stimmt, doch getötet habe ich ihn. Haben Sie das?« Er pochte mit dem Zeigefinger auf die Tischplatte. »Haben Sie das?«, wiederholte er mit Nachdruck.

Du lügst, dachte Thang. Gestern hast du die Wahrheit gesagt, und heute lügst du. Aber machte es einen Unterschied? War es wirklich wichtig? Willi Rollenhagen war so oder so tot. Doch, dachte Thang. Die Wahrheit machte einen Unterschied. Sie schuldeten sie seiner Familie und auch der Gesellschaft. Svenja Glaubitz war gefährlich, wenn sie ihre Medikamente nicht nahm. Sie gehörte weggesperrt.

»Willi Rollenhagen lebte also noch, als sie zurückkamen?«, fragte Samrei, als würde sie sich nach dem Weg erkundigen.

»Ja.« Glaubitz verschränkte die Arme vor der Brust. »Ich konnte ihn nicht leben lassen, weil … Was hätte ich denn tun sollen?« Sein Blick wanderte von Samrei zu Thang, als hoffte er auf ihr Verständnis. »Es war ja nicht Svenja, die ihn ge …, ich meine niedergeschlagen hat, es war Chris.«

Thang brauchte einen Moment, um die Namen zu sortieren.

»Svenja hätte das nie getan«, schluchzte Glaubitz. »Ich hätte sie nicht allein lassen dürfen. Ich hätte mehr auf sie achtgeben müssen.« Er schlug die Hände vors Gesicht. »Es ist meine Schuld. Alles ist meine Schuld. Aber ich dachte, ich schaffe das.« Er blickte auf. »Ich dachte«, wiederholte er. »wenn ich sie nur genug liebe, dann kann ich sie beschützen. Und als dann dieser Typ im Hof lag, da wusste ich, dass ich versagt hatte. Ich musste ihr einfach helfen.«

45. KAPITEL

»Nein. Nicht«, wimmerte Klaudia. Die Hand mit dem Knebel wuchs vor ihrem Gesicht. Dunkelheit. Klaudia wich zurück, ihr Herzschlag stolperte, sie riss die Augen auf. Sah den Bettgalgen über sich, atmete keuchend aus. Sie war nicht mehr geknebelt, lag nicht mehr gefesselt auf dem Bodenblech des VW-Transporters. Sie war im Krankenhaus, und die Sonne schien durchs Fenster. Die Kollegen hatten sie gerettet. Sie lebte. Ihre Gedanken jubelten, doch nicht jede ihrer Körperzellen teilte diese Freude. Klaudia strampelte die Bettdecke von den Beinen und rollte sich auf die Seite, tastete mit den Fingern über das Nachtschränkchen, doch sie fand nicht, wonach sie suchte, dafür fegte sie die Spuckbeutel von der Ablage, die eine fürsorgliche Nachtschwester dorthin gelegt hatte.

Klaudia presste die Kiefer aufeinander. Wo war ihr Handy? Wie sollte sie herausfinden, was mit Peter war? Wie sollte sie Schiebschick sagen, dass er sich um Dickie kümmern musste? Wie sollte sie? Stopp, rief sich Klaudia selbst zur Ordnung. Sie wäre fast gestorben und hatte nicht die Nerven verloren. Sie würde jetzt nicht wegen eines Handys ausflippen.

… nicht wegen eines Handys ausflippen.

Sie wiederholte dieses Mantra, bis sie es selbst glaubte.

… nicht wegen eines Handys ausflippen.

Erst als sich ihre Atmung beruhigt hatte, wurde Klaudia sich der Stille bewusst. Es war nicht so, dass es um sie herum still gewesen wäre. Sie hörte Schritte, Stimmen, das Klingeln eines Telefons. Diese ganzen Geräusche hatten sie abgelenkt, von dem, was sie nicht hörte. Das Sirren in ihrem Kopf, das seit ihrem Hörsturz zu ihr gehörte, war verstummt. Klaudia lauschte: Es fühlte sich falsch an, wie – amputiert.

Fröstelnd zog sie die Bettdecke wieder über die Beine. Wie spät war es überhaupt? Sie hatte jegliches Zeitgefühl verloren. Irgendwann nach vielen Untersuchungen, da war es schon längst Nacht gewesen, hatten sie Klaudia in dieses

Zimmer gebracht. Eine Schwester hatte ihr geholfen, ihre verschmutzte Kleidung auszuziehen und ihr dieses OP-Hemd übergestreift. Dann war sie ins Bett gesunken, und auch wenn das Kopfkissen sich anfühlte, als sei es mit Kieseln gefüllt, war sie eingeschlafen. Doch wie lange hatte sie geschlafen? Erst jetzt sah sie das Tablett auf dem ausgefahrenen Betttisch, sah die angebissene Scheibe Brot, auf der sich eine Scheibe Käse wellte. Sie erinnerte sich nicht einmal daran, dass sie gegessen hatte. Und doch musste es geschehen sein. Vorsichtig tastete Klaudia ihren Kopf ab. Sie trug so etwas wie eine Kappe. Okay, sie hatte einen über den Schädel bekommen, daran erinnerte sie sich und auch an die Fahrt und an Peter und an Uwe. Noch einmal lauschte sie in sich hinein. Immer noch still. War das jetzt ein gutes Zeichen? Hatte dieser Irre ihr am Ende einen Gefallen getan und ihren Tinnitus mit einem Schlag außer Gefecht gesetzt? Klaudia rollte sich auf den Rücken, griff nach dem Haltegriff, der am Bettgalgen hing. Ihre Finger schlossen sich um das Metall, doch sie hatte nicht die Kraft, sich hochzuziehen. Und jetzt musste sie auch noch pinkeln, und sie lag wie ein Käfer auf dem Rücken. Doch Krankenhausbetten konnte man verstellen. Die Nachtschwester hatte ihr das Bedienfeld erklärt und es am Bettrahmen befestigt, damit Klaudia es erreichen konnte. Warum erinnerte sie sich daran, aber nicht an dieses Käsebrötchen? Das Gehirn war schon wirklich eine merkwürdige Blackbox. Mit der rechten Hand tastete sie sich am Holm entlang, bis sie die Fernbedienung fand. Sanft fuhr das Kopfteil hoch und brachte sie in eine sitzende Position. Für einen Moment wurde ihr schlecht, doch sie biss die Zähne zusammen. In ihrem Kopf herrschte selbst jetzt noch Stille – das war gut. Ihre Kopfhaut fühlte sich allerdings an, wie zu straff gespannt – weniger gut. Sie betastete die Beule am Hinterkopf. Ihr Nacken schmerzte – war aber auszuhalten. Der Geschmack in ihrem Mund war jedoch einfach nur widerlich. Klaudia sehnte sich geradezu nach einer Zahnbürste. Und einer Dusche, einer sehr heißen Dusche, deren Strahl ihren Nacken massierte. Ihre Blase funkte SOS. Besser nicht an fließendes Wasser denken. Klaudia fuhr fort mit der Bestandsaufnahme. Sie hatte einige blaue Flecken, vor allem im Schulterbereich und so wie sich ihr verlängerter Rücken anfühlte, auch am Steißbein. In ihrem Handrücken steckte eine Kanüle, die jedoch abgestöpselt war. So weit, so gut. Vorsichtig bewegte Klaudia den Kopf. Die Bewegung schmerzte zwar im Nacken, doch immerhin wurde ihr nicht wieder schlecht. An der ihr gegenüberliegenden Wand war der obligatorische Fernseher an einem gelben Wandelement befestigt, daneben hing nicht der übliche Kunstdruck, sondern das Bild eines farbenfrohen Mosaiks. Zu farbenfroh für Klaudias angeschlagenes Gehirn. Für einen Moment schloss sie die Augen, bevor sie sich weiter umblickte. Vor dem mit wollweißen Gardinen verhangenen Fenster standen ein runder Tisch und zwei bequem aussehende Sessel. Keine weiteren Betten. Klaudia fühlte sich gleich ein wenig besser. Sie sammelte noch ein wenig Kraft, dann schlug sie die Decke zurück. Ihre Beine sahen aus wie Spargelstangen und wirkten noch blasser als sonst. Der Nagellack an ihrer linken Großzehe war abgesplittert. Auf einmal sah Klaudia Kowars stille Gestalt auf dem Sektionstisch. Sie verdrängte den Gedanken und rutschte vor, bis ihre Füße den Boden berührten. Das Linoleum fühlte sich angenehm kühl an.

Unvermittelt öffnete sich die Zimmertür. Ein Pfleger kam herein.

»Guten Morgen«, begrüßte er sie gut gelaunt. Er drückte auf einen Knopf neben der Tür und desinfizierte sich die Hände. »Da komme ich wohl gerade richtig. Sie haben strenge Bettruhe. Mit einer Gehirnerschütterung ist nicht zu spaßen. Und wie ich sehe, haben Sie auch nichts gegessen.« Missbilligend schnalzte er mit der Zunge. »Das ist gar nicht gut. Ihr Körper braucht Nahrung.« Das Lächeln kehrte zurück. »Wir wollen doch wieder gesund werden?«

Autsch, dachte Klaudia. Sie war also schon in der »Wirwollen«-Liga. So schnell ging das im Krankenhaus. Dabei lächelte der Pfleger sie so strahlend an, dass sie es nicht übers Herz brachte, ihm böse zu sein.

»Ich hatte wohl keinen Hunger …« Sie wollte ihm nicht sagen, dass sie sich nicht an das Frühstück erinnerte.

»Und was bringt uns auf die Bettkante?« Der Pfleger trat näher.

»Ich …« Sie blickte in Richtung Bad. Stell dich nicht an wie ein Mädchen, rief sie sich selbst zur Ordnung. Der Mann ist Pfleger.

Aber ein sehr gut aussehender, jammerte der Teil ihres Egos, der bei dem Gedanken heiße Ohren bekam, dass dieser dunkelhaarige Mann mit dem freundlichen Lächeln im sonnengebräunten Gesicht ihr ins Bad half.

»Dann ist es doch gut, dass ich hier bin«, sächselte der Pfleger. »Ich bin übrigens der Heiner. Dann woll'n wa mal.« Er trat an ihr Bett und beugte sich vor.

Klaudia atmete seinen Geruch nach Desinfektionsmittel und Duschgel ein. Der Gedanke an ihren Körpergeruch, der ihm gerade in die Nase steigen musste, trug nicht gerade zu ihrem Wohlbefinden bei.

»Wie gesagt: Sie sollten auf keinen Fall alleine aufstehen.«

Heiner klang so gut gelaunt, dass sie sich noch schlechter fühlte, als sie es ohnehin schon tat. Ihr blieb gar nichts übrig, als dem Zug seiner Arme zu folgen. Schließlich stand sie. Klaudia atmete auf. Ihre Beine trugen sie. Jetzt musste sie nur noch laufen. Sie blickte zur Tür, auf der in großen Lettern »Bad« stand. So weit war das gar nicht. Das konnte sie schaffen. Sie musste nur den ersten Schritt tun. Klaudia atmete ein und winkelte das Knie an, hob den Fuß, setzte die Ferse auf. Funktioniert doch, dachte sie. Ein zweiter Schritt und die Wände des Zimmers schwankten. Übelkeit stieg ihr in die Kehle. Sie presste die Kiefer aufeinander. Atme, dachte sie. Atme einfach weiter.

»Alles klar, Frau Wagner?« Heiners Stimme klang weit weg, wie ein Echo im Wald, dabei stand er dicht neben ihr.

Einatmen – Ausatmen – Pause! Schweiß perlte von Klaudias Stirn, lief ihr in die Augen. Warum kam diese dämliche Badezimmertür nicht näher, wenn doch alle anderen Wände sich auf sie zubewegten.

Das Nächste, was Klaudia sah, war wieder der Haltegriff über ihrem Bett. Sie lag auf dem Rücken. Die Übelkeit war vorüber, die Zimmerwände verhielten sich wieder wie Zimmerwände, und ihr Tinnitus sirrte wie ein aufgescheuchter Hornissenschwarm durch ihre Hirnwindungen.

»Ich glaube«, sagte Pfleger Heiner neben ihr, »wir versuchen es erst einmal hier mit.« Er hielt eine Bettpfanne in der Hand.

Klaudia wollte abwehren, doch sie war zu müde. Noch einmal wanderte ihr Blick zur Badezimmertür, die nun offen stand. So nah und doch so fern. Scheiß was auf Würde, dachte sie und ließ sich von Heiner auf die Bettpfanne helfen. Er war diskret genug, die Bettdecke über ihr auszubreiten und das Zimmer zu verlassen. Sie solle einfach schellen, wenn sie fertig sei. Er nahm das Tablett mit dem angebissenen Brot und verließ das Zimmer.

Als sich die Tür hinter ihm schloss, stieß Klaudia einen Stoßseufzer aus. Dann faltete sie die Hände auf der Brust, schloss die Augen und versuchte, ihre Beckenbodenmuskulatur zu entspannen. Doch das war leichter gedacht als getan. Sie stellte sich tropfende Wasserhähne vor, gurgelnde Bäche, reißende Flüsse. Der Druck in ihrer Blase stieg, aber ihr Beckenboden gab nicht nach. Klaudia schwitzte und wollte gerade nach dem Schwesternruf greifen, als jemand an ihre Zimmertür klopfte. Vor Schreck entspannte sich ihr Beckenboden.

46. KAPITEL

Dieser Typ. Die abfällige Formulierung legte einen Schalter in Thang um. »Dieser Typ«, zischte er, »war ein Mensch. Ein Mensch mit Familie, der das Pech hatte, Ihrer Frau zu begegnen. Sie ist auf ihn losgegangen, wie sie auf meinen Kollegen losgegangen ist.« Mit jedem Wort wurde er atemloser. Was dachte dieser Glaubitz sich eigentlich? Glaubte er wirklich, sie würden ihn verstehen? Klaudia hatte eine schwere Gehirnerschütterung, Demel lag im Koma, und er jammerte darüber, dass er seiner Frau hatte helfen müssen? Dieser Mann war doch mindestens so verrückt wie diese Svenja oder Chris oder wer immer gerade in ihr steckte.

»Ich verstehe.« Samrei legte ihre Hand auf Thangs Unterarm.

Die Berührung brachte ihn zum Schweigen. Sie hatte ja

recht. Er war nicht hier, um seinen Frust loszuwerden. Er war hier, um die Wahrheit herauszufinden.

»Das Opfer lebte also noch, als sie nach Hause kamen.« Samrei übernahm ganz selbstverständlich.

»Ja«, bestätigte Glaubitz.

»Wann war das ungefähr?«

»Äh, so gegen Abend.«

»Und Sie kamen von ...«

»Das habe ich doch alles schon gesagt«, wehrte sich Glaubitz.

»Ich weiß.« Samrei wirkte, als täte es ihr wirklich leid, dass sie all diese Fragen noch einmal stellen musste. »Aber gestern haben Sie auch gesagt, dass Ihre Frau ...« Sie griff nach dem Schnellhefter, der vor ihr auf dem Tisch lag, und blätterte darin.

»Ich habe Räucheraal ausgeliefert«, sagte Glaubitz hastig. »Zuletzt war ich ...« Er nannte den Namen eines Hofladens in Lübbenau.

»Vielen Dank.« Samrei nickte ihm zu. »Und«, fuhr sie fort, »wie haben Sie das Opfer vorgefunden?«

»Er lag im Schuppen.«

»Sagten Sie nicht gerade: im Hof?« Samrei beugte sich vor.

»Das war falsch. Das Fahrrad stand im Hof. Der T ... Mann«, korrigierte Glaubitz nach einem hastigen Blick auf Thang.

»Und er lebte noch?«

»Sagte ich doch bereits.« Glaubitz setzte sich aufrechter hin.

»Und woher wussten Sie das?« Thang hatte seine Gefühle wieder unter Kontrolle. Ihre einzige Chance auf die Wahrheit war, den Verdächtigen mit kleinteiligen Fragen zu zermürben. Die Wahrheit hatte den Vorteil, dass es Bilder dazu gab. Solche Bilder fehlten bei Lügen, also gab es keinen inneren Film, sondern nur zurechtgezimmerte Sätze. Und je mehr Details sie erzwangen, umso schwieriger wurde es für den Befragten, sich an diese Sätze zu erinnern.

»Er.« Glaubitz räusperte sich. »Kann ich etwas zu trinken haben?«

Thang bückte sich und reichte ihm eine der Wasserflaschen.

Glaubitz öffnete sie umständlich und trank in kleinen Schlucken. Er spielte auf Zeit, doch auch das würde ihm nichts nützen. Irgendwann würde er antworten müssen.

»Ich habe seinen Puls gefühlt«, sagte Glaubitz schließlich.

»Wo?«, fragte Thang.

»Äh.« Glaubitz nippte wieder an dem Wasser. »An der Halsschlagader.«

»Rechts oder links?«, fragte Samrei.

Dafür, dass sie das erste Mal zusammen arbeiteten, waren sie ein wirklich gutes Team.

»Ist das wichtig?«

»Beantworten Sie bitte die Frage«, wies Thang ihn zurecht.

»Ich weiß es nicht. Ich denke ...« Glaubitz streckte die Hand aus. »Es war links.«

»Sind Sie Linkshänder?«, fragte Samrei.

»Nein.« Glaubitz schüttelte den Kopf. Die Zwischenfrage verwirrte ihn, doch Samrei ließ ihm keine Zeit.

»Und Sie haben einen Puls gefühlt?«, schoss sie die nächste Frage auf ihn ab.

»Ja!« Glaubitz presste die Kiefer aufeinander.

»War er kräftig?« Thang glaubte dem Mann kein Wort, hatte sich aber so weit wieder im Griff, dass seine Frage interessiert neutral klang.

»Was?«

»War der Puls kräftig?«

»Ja.« Nur noch mit Mühe beherrschte Glaubitz seine Ungeduld.

Du bist frustriert, nicht wahr?, dachte Thang. Du hast dir das so viel einfacher vorgestellt, als du schlaflos auf deiner Pritsche lagst und dir diese Geschichte zurechtgelegt hast.

»Wie ging es weiter?«

»Ich habe ihn zum Anleger geschleift und in meinen Kahn gelegt.«

»Wo war Ihre Frau?«

»Sie war …« Glaubitz stockte, »am Anleger. Zusammengerollt wie ein Embryo lag sie auf den Brettern.«

Gestern hatte er die gleichen Worte benutzt, nur die Situation war eine andere gewesen, gestern hatte er noch seine Frau gesucht, heute fand er sie, als er die Leiche entsorgen wollte. Doch gestern wie heute lag der gleiche Schmerz in seiner Stimme. Er sprach jetzt davon, wie er seine Frau ins Haus gebracht und schließlich den Toten zu der Wiese im Hochwald gestakt hatte.

»Warum ausgerechnet dorthin?«, fragte Samrei.

»Es war am einfachsten, außerdem verirren sich selten Leute hin.«

»Frau Kowar hat sich dahin verirrt«, sagte Thang.

»Ich habe einfach nicht nachgedacht«, verteidigte sich Glaubitz. »Es schien eine gute Stelle zu sein, und sie war einfach zu erreichen.«

»Ist Ihnen eigentlich niemand begegnet, als Sie mit der Leiche unterwegs waren?«

»Doch schon«, sagte Glaubitz, »ein paar Kanuten, aber die haben ihn nicht gesehen. Ich hatte ja Netze über ihn gebreitet.«

»Was haben Sie mit dem Fahrrad gemacht?«, fragte Thang.

»Wie gesagt, ich hab's versenkt.« Die Antwort kam prompt. »Obwohl es mir leidgetan hat. Es war ein gutes Rad.«

Du hast zwei Menschen umgebracht, und das mit dem Rad tat dir leid? Thang setzte an, etwas zu sagen, doch Samrei legte ihm wieder die Hand auf den Unterarm.

»Was ist mit Rollenhagens Handy?«, fragte sie. »Was haben Sie damit gemacht?«

»Das habe ich doch schon gestern alles gesagt.«

»Können Sie die Stelle beschreiben?«

»Weiter weg vom Haus. Ich würde es wiederfinden.«

»Gut«, sagte Samrei. »Eine Frage: Sie haben also Heringe ausgeliefert.«

Thang war sich ziemlich sicher, dass die LKA-Kollegin durchaus noch wusste, welche Art Fisch Glaubitz ausgeliefert hatte, doch sie benutzte diesen Kunstgriff, um den Befragten zu verwirren. Damit begab sie sich auf einen sehr schmalen Grat, und Thang konnte nur hoffen, dass sie nicht abstürzten.

»Räucheraal«, korrigierte Glaubitz sie auch prompt. »Ich habe Räucheraal ausgeliefert.«

»Und das war in welchen Geschäften?«

»Was wollen Sie eigentlich von mir?« Glaubitz ballte die Fäuste.

»Eine minutiöse Beschreibung des Tages«, antwortete Samrei unbeeindruckt.

»Aber ich habe doch bereits gestanden.« Glaubitz rückte, soweit es ihm möglich war, auf dem Stuhl zurück und verschränkte die Arme vor der Brust.

»Das mag sein, Herr Glaubitz«, mischte sich nun Thang wieder ein. »Aber wir haben zwei sehr unterschiedliche Geständnisse von Ihnen, und deshalb brauchen wir so viele Details wie möglich, um das richtige herauszufiltern.«

»Was ich Ihnen heute gesagt habe, stimmt. Meine Frau hat niemanden getötet. Das war ganz allein ich. Ich habe diesen Mann und Hanka umgebracht.«

»Haben Sie das wirklich?«, fragte Samrei. »Oder war es nicht eher so, dass Ihre Frau – wer immer sie in dieser Situation war – Hanka Kowar getötet hat?«

Thang stutzte. Er hatte nie infrage gestellt, dass Glaubitz den Mord an seiner Nachbarin begangen hatte, doch natürlich hatte Samrei recht. Wenn er den einen Mord auf seine Schultern nahm, konnte man davon ausgehen, dass er auch den anderen gestand, um seine Frau zu retten.

»Das ist nicht wahr.« Glaubitz sprang auf. Sofort öffnete sich die Tür zum Verhörraum. Zwei Vollzugsbeamte erschienen im Türrahmen. Samrei musste den Alarm gedrückt haben.

»Setzen Sie sich«, sagte sie streng. »Wir sind noch nicht fertig.«

»Ich will einen Anwalt.« Glaubitz blieb stehen und blickte auf sie herab.

Thang erhob sich ebenfalls und griff frustriert nach seinem iPhone. Es musste doch irgendetwas geben, mit dem sie diesem Typen ein Bein stellen konnten. Er hatte das Gefühl, dass die Antwort auf diese Frage, direkt hinter seiner nächsten Hirnwindung lauerte. Was hatte Wibke heute Morgen noch erzählt? War da nicht etwas mit einer Angestellten und einem Kissen gewesen? Vielleicht war das der Hebel?

Glaubitz und seine Bewacher waren bereits auf dem Flur. Er eilte Ihnen hinterher.

»Eine Frage noch«, rief er.

»Ich habe alles gesagt.« Unwillig drehte Glaubitz sich um.

»Was haben Sie mit dem Kissen gemacht?« Thang schaltete die Aufnahmefunktion seines iPhones ein.

»Welchem Kissen?« Glaubitz runzelte die Stirn.

»Mit dem Sie Hanka Kowar erstickt haben.« Thang beobachtete den Mann. Er sah, wie es in ihm arbeitete.

»Ich erinnere mich nicht«, sagte er schließlich.

»… und bin so klug als wie zuvor.« Samrei blieb vor der Gefängnismauer stehen und streckte das Gesicht in die Sonne.

»Ich wäre nicht einmal auf die Idee gekommen, dass er Hanka Kowar nicht getötet haben könnte.« Thang stemmte die Fäuste in die Hüften und schaute auf seine staubigen Schuhspitzen. Ohne darüber nachzudenken, rieb er sie an der Rückseite seiner Jeans blank. Wie immer nach JVA-Terminen fühlte er sich schmuddelig. Dieser Geruch nach Bohnerwachs und zu lange getragenen Socken klebte an ihm wie eine zweite Haut.

»Es ist ja auch nicht gesagt, dass er es nicht getan hat«, erwiderte Samrei. »Es ist lediglich eine Möglichkeit. Das wird nicht leicht.« Ein Ruck ging durch die Kollegin. »Aber wir werden herausfinden, wer für die Morde verantwortlich ist.«

»Wahrscheinlich ein toter Mann, der vor vielen Jahren einem kleinen Mädchen sehr wehgetan hat.« Thang dachte an seine eigenen Töchter. Der Gedanke, sie nicht immer beschützen zu können, schnürte ihm die Kehle zu.

47. KAPITEL

Sowohl in ihrem privaten als auch in ihrem beruflichen Leben hatte Klaudia genug erlebt, um ihre Nächte mit Albträumen zu füllen. Als Teenager hatte sie ihre Mutter tot und blutüberströmt gefunden. Sie war niedergeschlagen und in einem Kriechkeller ihrem Schicksal überlassen worden. Sie war nackt und gefesselt in einem fremden Haus aufgewacht, hatte einen Menschen getötet, den sie für ihren Freund gehalten hatte, und hatte zuletzt geknebelt und in ein Netz gewickelt auf dem Bodenblech eines Transporters gelegen. Doch was jetzt passierte, würde es an die Spitze ihrer Top Ten des Grauens schaffen: Bach, der Leiter des Mobilen Einsatzkommandos, betrat ihr Krankenzimmer. Er hielt einen Strauß Moosröschen mit Schleierkraut in der Hand, und sie saß auf der Bettpfanne.

»Ich wollte nur mal nachfragen, wie es dir geht.« Bach vermied es, sie anzusehen, wofür Klaudia dankbar war. Stattdessen blickte er sich im Krankenzimmer um. »So kann man es aushalten. Hast du eine Vase oder so was?«

»Ich kenne mich hier noch nicht so gut aus.« Klaudia presste die Hände auf die Bettdecke. Warmer Urin plätscherte in die Bettpfanne. Sie konnte es einfach nicht mehr anhalten. Warum musste er ausgerechnet jetzt kommen?

»Das ist deine Stärke«, sagte Bach.

»Was?« Klaudia hatte große Probleme, sich auf das Gespräch zu konzentrieren.

»Egal wie beschissen die Situation ist, du verlierst nicht deinen Humor.«

Wenn du wüsstest, wie beschissen die Situation ist, dachte Klaudia. »Ich ruf die Schwester.« Sie griff nach der Fernbedienung.

»Das eilt nicht«, wehrte Bach ab. »Lass mich dich erst einmal begrüßen. Er näherte sich dem Bett.

Er wollte sie doch wohl jetzt nicht umarmen. Gerade als er sich vorbeugte, öffnete Heiner die Tür. »Geschäft erledigt?«, fragte er gut gelaunt. Erst dann sah er den Besucher. »Oh.« Er fing sich schnell wieder und bat Bach, das Zimmer zu verlassen.

»Das war unangenehm, was?«

Er half Klaudia von der Bettpfanne. Sie wusste überhaupt nicht, wohin mit sich und ihrem Unbehagen, und atmete erst wieder auf, als er mitsamt Bettpfanne im Bad verschwand. Es klapperte und rauschte, und Klaudia nutzte die Zeit, um wieder unter der Bettdecke zu verschwinden. Am liebsten hätte sie sich aufgelöst oder wäre wie aus einem Albtraum erwacht. In ihrem eigenen Bett liegend, mit dem schnarchenden Kater auf den Beinen, der seit seinem Unfall ziemlich häuslich geworden war.

»So.« Heiner verrieb Desinfektionsmittel in seinen Händen. »Kann ich sonst noch etwas für Sie tun?«

»Haben Sie vielleicht eine Vase?«

»Sofort«, versprach der Pfleger. »Und es tut mir leid, dass ich gerade so hereingeplatzt bin.«

»Schon in Ordnung«, sagte Klaudia. »Ich hatte ja nach Ihnen geschellt. Kann ich einen Spiegel haben?«

»Sie sehen großartig aus«, log Heiner wenig überzeugend.

»Bitte!« Klaudia versuchte Dickies Blick nachzuahmen, mit dem der Kater sie immer herumkriegte. Doch da sie nicht schielte, fiel ihr das schwer. Trotzdem gab Heiner nach und zog einen Taschenspiegel aus seinem Kasak.

»Sie sind aber gut bestückt«, sagte Klaudia spontan und wäre im selben Moment am liebsten in ihrer Matratze versunken, als ihr dämmerte, was sie gerade gesagt hatte. »Entschuldigung«, stammelte sie. »Das meinte ich so nicht.«

»Habe schon verstanden.« Heiner grinste breit.

»Ich meine«, fuhr sie hastig fort. »Früher hatte eine gute Schwester immer Schere und Pflaster in der Tasche. Ich weiß das, weil meine Mutter Krankenschwester war. Aber Sie haben einen Spiegel.« Erschöpft von diesem Satz griff sie danach. Großartig sah sie tatsächlich nicht aus, aber ihr Gesicht war weniger verschrammt, als es sich anfühlte. Trotzdem war es schlimm genug. Rote Striemen zierten ihre Wangen. Allein der Gedanke an den Knebel ließ sie frieren. Ihre Lippen waren aufgeplatzt, und oberflächliche Schnitte, die aussahen wie ein Netz, überzogen ihr Gesicht von der Stirn bis zum Kinn.

»Vielleicht sollte ich es mal mit einer Pflegemaske versuchen?« Klaudia reichte Heiner den Spiegel zurück.

»Ihr Mann wird einfach nur froh sein, dass Sie leben«, versicherte er ihr. »Ich hole jetzt mal die Vase.« Er öffnete die Zimmertür. »Sie können dann zu Ihrer Frau«, sagte er zu Bach.

»Es tut mir leid.« Bach wirkte einigermaßen zerknirscht, als er wieder das Zimmer betrat. »Ich hätte vorher anrufen sollen.«

»Das ist im Moment nicht so einfach. Ich weiß nicht, wo

mein Handy ist.« Klaudia zeigte auf die Stühle. »Und nun setz dich und erzähl mir, was mit Peter ist.«

»Das kann ich nicht wirklich«, antwortete Bach zu ihrer Enttäuschung. »Doch ich weiß, dass er die Kollegen auf deine Spur gesetzt hat. Aber lass uns von dir reden. Du hast uns ja ganz schön in Atem gehalten.«

»Man tut, was man kann«, antwortete Klaudia enttäuscht. Sie konnte ihn nicht zwingen, über Peter zu sprechen. »Da hast du mich also mal wieder rausgehauen.« Das Lächeln, zu dem sie sich zwang, fühlte sich an, als gehörte es in ein anderes Gesicht.

»Immer wieder gern«, antwortete Bach. Er erzählte ihr von der Aktion, und wie Uwe ihren Plan durcheinandergebracht hatte.

»So sind wir Wald- und Wiesenpolizisten eben«, verteidigte Klaudia den Freund. »Wir stehen füreinander ein.«

»Du bist alles«, sagte Bach. »Aber bestimmt keine Wald- und Wiesenpolizistin. Du hast eine gute Nase, bist intelligent, anpassungsfähig.«

»Anpassungsfähig?« Klaudia schnaubte.

»Immerhin kommst du mit Typen wie Demel und Rudnik klar. Und das als Wessi.«

»Die Wiedervereinigung ist dreißig Jahre her«, erinnerte ihn Klaudia. »Wird es nicht langsam mal Zeit, mit diesem Ossi- und Wessi-Scheiß aufzuhören?«

»Ich sag's ja.« Bach hob den Daumen. »Klug und anpassungsfähig.«

»Und um mir das zu sagen, bist du den ganzen weiten Weg von Potsdam gekommen? Was willst du von mir?« Klaudia musterte ihn. »Könntest du mir das nicht einfach sagen? Mein Kopf schmerzt einfach zu sehr, um herumzurätseln.«

»Erstens«, zählte Bach auf. »Bin ich wirklich hier, weil ich wissen will, wie es dir geht. Ich kümmere mich nämlich um meine Leute.«

»Nur dass ich nicht zu deinen Leuten gehöre«, erinnerte ihn Klaudia.

»Das kann sich ändern.«

»Bietest du mir etwa gerade einen Job beim Mobilen Einsatzkommando an?« Klaudia musterte ihn fassungslos.

»So ungefähr.«

»Ich …«, setzte Klaudia an, »… fühle mich geschmeichelt«, fuhr sie fort, obwohl das bestimmt nicht der Fall war. Doch es klang gut und sollte ihrer Ablehnung die Spitze nehmen. Natürlich wusste Klaudia, dass die Polizei große Personalprobleme hatte. Doch dass Bach mittelalte Kolleginnen aus peripheren Dienststellen rekrutieren wollte, fand sie dann doch überzogen.

»Vielleicht hörst du mir erst einmal zu, bevor du ablehnst.«

»Ja, natürlich.« Klaudia lehnte sich in die Kissen zurück. »Aber dir ist schon klar, dass ich Mitte vierzig bin und lieber in Zivil arbeite? Ich meine«, sie versuchte es mit einem Scherz, »schusssichere Westen tragen so auf.«

»Das ist mir bewusst«, versicherte ihr Bach. »Und glaube mir, was ich dir jetzt anbieten werde, ist besser, als der Job, auf den du dich beworben hast.«

»Nun hast du mich neugierig gemacht.« Klaudia griff nach der Wasserflasche, die neben ihrem Bett stand, und trank vorsichtig.

»Also.« Bach beugte sich vor. »Du weißt, dass Umstrukturierungen geplant sind.«

»Du meinst Entlassungen.« Seit Beginn der Polizeireform waren mehr als tausend Stellen weggefallen.

»Und diese Umstrukturierungen betreffen vor allem die Reviere mit Kriminalpolizei.«

»Wie Lübben«, ergänzte Klaudia. Der Gedanke gefiel ihr nicht. Sie waren ein gutes Team, und sie leisteten gute Arbeit.

»Genau«, bestätigte Bach.

Es klopfte, und nahezu gleichzeitig erschien Meinerts Kopf in der Türöffnung.

48. KAPITEL

»Ich hoffe, wir stören nicht.« Hinter Meinert tauchte Heiner Kade auf, den Klaudia von der Polizeihochschule kannte.

»Nein«, erwiderte Klaudia. Obwohl die beiden natürlich genau das taten. Heute schien der Tag der Überraschungsgäste zu sein, die im denkbar schlechtesten Moment auftauchten.

»Wir reden später.« Bach erhob sich und reichte Klaudia die Hand. Dann verließ er das Krankenzimmer.

»Was wollte der denn?«, fragte Meinert, kaum hatte sich die Tür hinter dem Leiter des MEK geschlossen.

»Das wüsste ich auch gern.« Klaudia seufzte. »Wie geht es Peter?«

»Er hat ordentlich einen über den Schädel bekommen, aber er lebt.«

»Bach sagte, er hätte noch einen Notruf abgesetzt.«

»Hat er. Dürfen wir?« Meinert zog einen der Stühle an ihr Bett, und Kade folgte seinem Beispiel. Der Kollege war für seine Verhältnisse erstaunlich still. Klaudia kannte ihn als jemanden, der sich selbst gern reden hörte. Sie nickte ihm zu.

»Was bedeutet ›noch‹ in diesem Zusammenhang?«, fragte sie Meinert.

»Dass er anschließend bewusstlos geworden ist«, antwortete der, sich im Zimmer umblickend. »Schöne Blumen«, fügte er hinzu. »Sind die von Detlev?«

»Lenk nicht ab.«

»Okay.« Meinert setzte sie ins Bild. Er fasste sich kurz und vermied jede Ausschmückung.

Trotzdem klang es schlimm genug. Allein die Vorstellung, dass Peter fast ertrunken wäre und die Ärzte ihm eine Knochenplatte aus dem Schädel geschnitten hatten, ließ sie schaudern. »Das ist ja schrecklich«, murmelte sie. »Was haben die beiden ihm nur angetan?«

»Das wollten wir eigentlich dich fragen«, mischte sich Kade ein.

»Ich dachte mir schon, dass das hier kein reiner Höflichkeitsbesuch ist. Wo ist eigentlich Thang?« Irgendwie war sie enttäuscht, dass nicht er hier war, um sie zu befragen. Immerhin waren sie ein Team. Wenn Demel und Meinert nicht so grottenschlecht miteinander gearbeitet hätten, wäre er mit ihr auf diesem Hof gewesen. O Gott, dachte Klaudia. Wie wird er damit fertig?

»Er vernimmt Glaubitz«, beantwortete Meinert ihre Frage. »Wir sollen dich grüßen, und er käme später vorbei.«

»Okay.« Klaudia nickte. »Wir waren am Fließ.« Ihre Gedanken kehrten zum Vortag zurück. Sie schilderte alles, an das sie sich erinnerte, dabei wurde das Sirren in ihrem Ohr immer lauter, als wollte ihr Körper sie vor ihrer eigenen Stimme schützen.

»Ihr seid also der Frau gefolgt?«, versuchte Meinert ihr zu helfen.

Das Sirren war jetzt so laut, dass Klaudia Mühe hatte, ihn zu verstehen. Es war geradezu ein Wunder, dass die Kollegen es nicht auch hörten.

»Ja.« Klaudia visualisierte ein Stoppschild, und das Sirren in ihrem Kopf wurde langsam leiser.

»Und dann hat Saling mich angerufen«, fuhr Klaudia fast flüsternd fort, um nicht die Hornissen wieder zu reizen. Worum war es in dem Anruf gegangen? »Aber der Empfang war so schlecht.«

»Heck ist wieder aufgetaucht«, mischte sich Kade ein. »Wahrscheinlich wollte sie dir das sagen. Seine Anwältin hat sich heute Morgen gemeldet.«

»Er lebt also.« Klaudia lehnte sich in den Kissen zurück. »Das ist gut.«

»Ich habe übrigens was für dich.« Meinert legte ihr Smartphone auf die Bettdecke. »Mit einem lieben Gruß von Wibke. Es ist gereinigt und geladen.«

»Danke.« Klaudia griff danach. Erleichtert drehte sie es in den Händen. Irgendwie fühlte sie sich jetzt vollständiger. »Wo habt ihr es gefunden?«

»Peter hatte es. Er hat damit telefoniert.«

»Ich hoffe, er kommt durch.«

»Das hoffen wir alle«, erwiderte Meinert. »Wie ging es weiter?«

»Nun«, antwortete Klaudia. »Als ich telefonierte, muss Peter etwas gehört oder gesehen haben. So genau weiß ich das nicht. Auf jeden Fall ist er Richtung Schuppen gegangen.«

»Und du?«, fragte Kade. »Du hast nichts gehört?«

»Ich war abgelenkt.« Das Sirren in Klaudias Kopf schwoll an. Natürlich hatte sie nichts gehört, sie hatte ja telefoniert, aber das konnte sie den Kollegen ja schlecht sagen. »Er ist dann im Schuppen verschwunden.«

»Wo war Glaubitz zu dem Zeitpunkt?«, fragte Meinert.

»Immer noch im Hof. Er wollte ihm folgen, aber ich habe ihm gesagt, er solle sich nicht von der Stelle rühren. Und dann hörte ich den Schrei. Ich bin Peter hinterher, und da sah ich ihn. Er lag am Boden. Sie stand über ihn gebeugt.« Das Bild der Frau mit dem Spaten in der Hand war so übermächtig, dass Klaudia für einen Moment die Augen schließen musste. »Es sah aus, als wollte sie ihm den Schädel spalten.«

»Sie hat das gemacht?« Kade stieß einen kurzen Pfiff aus.

»Ja«, bestätigte Klaudia. »Ich habe sie zur Seite gestoßen, und das Nächste, was ich weiß, ist, dass ich gefesselt und geknebelt in dem Wagen lag. Und den Rest kennt ihr ja.«

»Du hast es überstanden.« Meinert streckte die Hand aus und drückte ihre. Klaudia war ihm dankbar für diese spontane Geste.

»Ich hol mir einen Kaffee.« Kade stand auf und streckte den Rücken durch. »Wie sieht's mit euch aus?«

»Nein, danke«, erwiderte Klaudia, und auch Meinert lehnte ab.

Er wartete, bis sich die Tür hinter dem Kollegen geschlossen hatte, und wandte sich dann an Klaudia.

»Hat Detlev dir eine Stelle in der neuen Einheit angeboten?«

»Was weißt du darüber?«, beantwortete Klaudia seine Frage mit einer Gegenfrage.

»Es sollen landesweit Kriminalwachen mit festen Teams für benachbarte Landkreise gebildet werden, um die Sachbearbeiter in den Revieren zu entlasten. Für Lübben wäre das Oberspreewald-Lausitz und Dahme-Spreewald.«

»Und was hat Bach damit zu tun?«

»Organisatorisch würden sie den zentralen Diensten zuge-
hören. Also unabhängig sein.«

»Okay?« Nachdenklich starrte Klaudia auf ihr Smartphone. Sie hatte schon in Kriminalwachen gearbeitet. Sie
hatten den Vorteil, dass die Kollegen sehr fit waren, was den
Erstangriff anging. Meistens waren es junge Kollegen gewesen, denen es nichts ausmachte, lange Schichten zu schieben. Doch das war in Großstädten gewesen. Hier war ja nun
doch eine eher ländlich geprägte Region, wenn sich auch die
Grenznähe und die Nähe zu Berlin auf die Kriminalitätssta-
tistik auswirkten. »Ist das sinnvoll?«

»Keine Ahnung.« Meinert musterte sie. »Und? Hat er dir
eine Stelle angeboten?«

»Zumindest hat er es versucht«, räumte Klaudia ein.
»Doch das erste Mal kam ihm eine Leiche dazwischen und
heute ihr. Was ist mit dir?«, fragte sie. »Hat er dir eine Stelle
in dieser neuen Truppe angeboten?«

»Ja«, bestätigte Meinert. »Aber ich habe abgelehnt. Was
nicht heißt, dass mich die Sache nicht gereizt hätte. Wie du
weißt, bin ich für Abenteuer zu haben. Doch im Moment
sind mir geregelte Arbeitszeiten wichtiger. Sorry.«

»Du musst dich nicht entschuldigen.« Klaudia fragte sich,
ob sie Bachs zweite Wahl war oder ob er mehr wusste als sie?
Vielleicht wusste schon jeder außer ihr, wer PHs Nachfolger
sein würde. Der Gedanke machte ihr weniger aus, als sie gedacht hatte. Vorsichtig kratzte sie sich über den Verband.
»Du hast Familie. Was für eine Polizei wäre das, wenn wir
nicht einmal das haben können, ohne ein schlechtes Gewissen zu haben?«

»Juckt es?«, fragte Meinert mitleidig.

»Es ziept.« Sie stieß einen Stoßseufzer aus.

»Wie wichtig sind dir geregelte Arbeitszeiten?«, fragte Meinert.

»Du meinst wegen meiner Bewerbung um PHs Job?«

»Ganz allgemein«, wiegelte Meinert nicht sehr überzeugend ab.

»Sie sind nicht meine erste Priorität«, antwortete Klaudia schließlich. »Mein Kater kommt gut damit klar, allein zu Hause zu sein, und Schiebschick wurschtelt sowieso lieber ohne mich am Haus herum. Dabei fällt mir ein...« Sie wischte mit dem Daumen über das Display. »Ich muss ihn anrufen. Wahrscheinlich macht er sich schon Sorgen.«

49. KAPITEL

Endlich war es Herbst geworden. Es hatte ein paar Tage geregnet, die Nächte waren abgekühlt, die ersten Blätter färbten sich, und die große Hitze war vorbei. Klaudia saß auf den Stufen vor ihrem Haus und streichelte Dickie, der, seit sie aus dem Krankenhaus entlassen war, nicht von ihrer Seite wich. Die Luft roch nach frisch gemähter Wiese und dem Diesel des Rasenmähers. Schiebschick kam aus dem Schuppen und setzte sich ächzend neben Klaudia. Dickie machte ihm nur widerwillig Platz, trollte sich dann jedoch in die Büsche.

»Du solltest nicht auf den kalten Steinen sitzen. Wa?«, murrte Schiebschick.

»Mir geht's gut«, erwiderte Klaudia. Auch Schiebschick war, seitdem sie aus dem Krankenhaus entlassen war, ständig um sie herum. Allerdings schlief er nicht an ihrem Fußende wie der Kater, sondern noch immer in seinem eigenen Haus. Dafür war Klaudia dankbar und auch für jede Schicht am Kleinen Hafen, die ihn daran hinderte, ihr Gesellschaft zu leisten. Er harkte ständig Blätter von den Wegen und erzählte ansonsten von Gott und der Welt.

»Was macht Peter?«, fragte er.

»Es geht aufwärts«, antwortete sie. Noch hatte keiner der Kollegen mit Peter sprechen können. Nicht einmal PH hatten sie zu ihm gelassen. Was sie wussten, hatten sie von seiner Exfrau, die sie auf dem Laufenden hielt.

»Wenn alles so weitergeht, werden sie ihm demnächst die Knochenplatte wieder einsetzen.«

»Sachen machen die.« Schiebschick wackelte mit dem Kopf. »Aber dann ist er ja bald wieder bei euch. Ist er doch? Wa?«

»Das hoffen wir.« Klaudia war sich da nicht so sicher. Im Gegensatz zu ihr würde Peter nicht um eine polizeiärztliche Untersuchung herumkommen, um seine Dienstfähigkeit zu überprüfen. Sie hatte bei der Abschlussuntersuchung im Krankenhaus ein wenig geschwindelt und war damit durchgekommen. Zumindest hatte sich der polizeiärztliche Dienst bisher nicht bei ihr gemeldet.

»Wann musst du denn zu deinem Termin?«

»Wibke wird gleich da sein.«

Die Kollegin hatte darauf bestanden, Klaudia zu dem Gespräch mit dem Personalrat nach Cottbus zu fahren.

»Bist nervös. Wa?« Schiebschick wischte sich mit einem Taschentuch die nassen Altmänneraugen.

»Eigentlich nicht.«

»Meinst du, du kriegst den Job?«

»Wir werden sehen.« Klaudia brachte es nicht übers Herz,

ihm zu sagen, dass die Entscheidung wahrscheinlich schon längst gefallen war und es bei diesem Termin nur darum ging, den Schein zu wahren. Die Kollegen vom Personalrat hatten angeboten, den Termin zu verschieben, doch sie hatte abgelehnt. Sie wollte es hinter sich bringen und dann die ganze Sache vergessen.

»Verdient hättest du es.« Schiebschick wackelte bedächtig mit dem Kopf. »Wenn ich daran denke, was dir schon alles passiert ist.« Er schnalzte mit der Zunge. »Das ist kein Beruf für eine nette holça wie dich.«

»Was soll ich denn sonst machen?«, fragte Klaudia. »Touristen staken?«

»Du solltest heiraten und Kinder kriegen. Das solltest du. So wie Wibke.«

»Wibke ist schwanger?« Klaudia starrte Schiebschick an.

»Wie kommst du denn darauf?«, wetterte der Alte.

»Du hast es gerade gesagt?«

»Nichts hab ich gesagt. Nur, dass sie geheiratet hat«, brummelte er. »Das Wort im Mund dreh'ste mir um. Wa?«

»Ich glaube, da kommt sie.« Klaudia erhob sich und klopfte ihre Hose ab. Noch immer surrte es in ihrem Kopf, und sie hatte eine Extradosis Schmerztabletten genommen, um so frisch wie möglich bei diesem Termin zu wirken.

Während Wibke ausstieg, um sich von Schiebschick die moosgrünen Fensterläden zeigen zu lassen, schnallte Klaudia sich an.

»Du siehst ... interessant aus«, sagte die Kollegin liebevoll, als sie zu ihr in den Wagen stieg. Sie hatten sich das letzte Mal am Tag nach der Geiselnahme im Krankenhaus gesehen.

»Ich weiß«, erwiderte Klaudia. »Aber was soll ich machen?«

»Daran arbeiten wir gleich«, versprach Wibke.

»Klingt wie eine Drohung«, murmelte Klaudia.

»Eher wie ein Angebot, das man nicht ausschlagen sollte. Wie geht's dir? Bist du nervös?«

»Nein.« Klaudia schüttelte den Kopf und atmete zischend ein. Auch mit Schmerzmittel gab es Bewegungen, die sie besser vermied.

»Du hast Schmerzen«, sprach Wibke das Offensichtliche aus. »Hast du nichts genommen?«

»Natürlich habe ich was genommen.«

»Du hättest diesen Termin verschieben sollen.« Wibke setzte den Blinker, um auf die Landstraße abzubiegen, die zur Autobahn führte. »Du bist krankgeschrieben, und das aus gutem Grund.«

»Ich will es hinter mir haben.«

»Aber du bist nicht fit. Was ist, wenn die einen falschen Eindruck von dir kriegen? Meinert ist nicht gerade ein leichter Gegner.« Wibke ließ den Wagen an einer Ampelkreuzung ausrollen.

»Ich glaube, die Sache ist schon längst entschieden.« Die Herbstsonne blendete Klaudia, und sie kramte ihre Sonnenbrille aus dem Rucksack.

»Wie meinst du das?«

Klaudia erzählte Wibke von ihrer Vermutung.

»Es scheint dir nichts auszumachen.« Wibke musterte sie kurz von der Seite und konzentrierte sich dann wieder auf den Verkehr. »Wolltest du den Job überhaupt?«

»Ich weiß es nicht«, räumte Klaudia ein. »Ich glaube, ich wäre nicht gut darin. Was meinst du?«

Wibke ging nicht auf Klaudias Frage ein, was schon Antwort genug war. »Was ist mit dem Job, den Bach dir angeboten hat?«, fragte sie stattdessen.

Klaudia schnaubte. »Hat Meinert dir davon erzählt?«

»Nein, aber du kennst das Revier.«

Die Ampel sprang um, und Klaudias Kopf wurde gegen die Nackenstütze gedrückt, als Wibke beschleunigte. »Autsch!«

»Sorry«, entschuldigte sich Wibke.

»Ist schon in Ordnung. Was gibt's Neues?« Thang hielt Klaudia weitestgehend auf dem Laufenden, also wusste sie von Glaubitz' Geständnissen und den Fragen, die sich daraus ergaben. »Habt ihr Rollenhagens Fahrrad gefunden?«

»Ja«, erwiderte Wibke. »Den Helm übrigens auch. Nur das Handy ist verschwunden. Ich glaube nicht, dass wir es je finden werden. Aber Kowars Tox-Screen ist zurück.«

»Und?«

»War nicht besonders hoch. Das deckt sich also mit der Aussage des Verdächtigen.« Wibke betonte die Worte, als würde sie sie mit Fingerspitzen anfassen.

»Okay«, sagte Klaudia. »Was hast du in petto?«

»Wir haben das Kissen gefunden.«

»Das, mit dem Kowar erstickt wurde?« Thang hatte ihr von dem verschwundenen Kissen erzählt und auch von der Vermutung der LKA-Kollegin, die das Team verstärkte, dass Svenja Glaubitz Kowar erstickt haben könnte. Sie dachte an ihre eigene Begegnung mit der Frau und ihrem Traumfänger. ER sei nun fort, hatte sie gesagt. ER könne ihr nichts mehr tun. Und dann dachte sie daran, was Boris Glaubitz gesagt hatte: *Sie gehört zu IHM.* Fröstelnd zog Klaudia die Schultern hoch.

»Und«, fragte sie. »Wo war es?« Eigentlich liebte sie diese

Frage-und-Antwortspielchen, doch jetzt gerade wünschte sie sich, Wibke würde auf den Punkt kommen.

»In Glaubitz' Haus«, sagte die Kollegin, als könnte sie ihre Gedanken lesen. »Es lag einfach so zwischen anderen Kissen.«

»Das ist merkwürdig, oder?«, murmelte Klaudia. »Ich meine: Warum hat er es nicht wie das Fahrrad versenkt oder verbrannt?«

»Vielleicht hat er gedacht, zwischen anderen Kissen würde es am wenigsten auffallen.« Wibke wechselte die Spur, um die Autobahn zu verlassen. »Auf jeden Fall habe ich das Kissen vorgezogen. Und siehe da, wir haben DNA-Spuren von Kowar auf dem Kissen. Aber leider waren das auch die einzig verwertbaren Spuren, die wir darauf gefunden haben.«

»Wissen wir schon etwas von dem Material unter ihren Fingernägeln?«

»Auch nur eigene DNA«, erwiderte Wibke. »Wenn wir nicht das Kissen ausgerechnet in Glaubitz' Haus gefunden hätten, stünden wir mit leeren Händen da. Gut, dass er gestanden hat.«

»Ja«, sagte Klaudia. »Auch wenn diese neue Kollegin wohl eher glaubt, dass Svenja Glaubitz auch in diesem Fall die Täterin ist.«

»Nur leider können wir das nicht beweisen. Wenn Glaubitz bei seiner Aussage bleibt, war's das. Allerdings hat er sich erst bei der zweiten oder dritten Befragung daran erinnert, dass er das Kissen mitgenommen hat. Er tut alles, um seine Frau zu schützen.«

»Das mag sein«, räumte Klaudia ein, »doch ihren Angriff auf Rollenhagen und Peter kann er nicht weggestehen. Und selbst wenn es stimmt, dass Rollenhagen noch lebte, als

Glaubitz nach Hause kam, macht es keinen Unterschied. Die Frau ist knallverrückt, und so ganz dicht im Oberstübchen scheint er auch nicht zu sein. Er war bereit, den Job für sie zu Ende zu bringen. Er hat Peter in die Spree geworfen!« Allein der Gedanke stellte Klaudia die Nackenhaare auf. »Hat schon einer mit Svenja Glaubitz sprechen können?« Von Thang wusste sie, dass die Frau in der forensischen Psychiatrie in Eberswalde untergebracht war.

»Uta und Walburga haben sie befragt«, antwortete Wibke. »PH meinte, es sei besser, nur Frauen zu ihr zu schicken. Sie haben alles versucht, doch Svenja erinnert sich an nichts.«

»An überhaupt nichts?«

»Ja«, bestätigte Wibke. »Sie ist tief verzweifelt über das, was passiert ist, und außerdem fest davon überzeugt, dass ihr Mann nichts mit den Morden zu tun hat.«

»Sie geht also durchaus davon aus, dass sie es war?«

»Ja«, bestätigte Wibke. »Nur erinnern tut sie sich halt nicht. Und die Ärzte sagen, dass das wohl durchaus möglich ist. Dass, wer immer in Svenja für die Taten verantwortlich war, abgetaucht ist.« Wibke bog in die Juri-Gagarin-Straße ein.

»Du meinst diese Chris?« Thang hatte Klaudia von den vielen Persönlichkeiten erzählt, die sich Svenjas Körper teilten.

»Oder wer immer.« Wibke klopfte mit dem Zeigefinger aufs Lenkrad. »Die beiden schienen ja auch nicht allein zu sein, wenn man Glaubitz' erster Aussage vertrauen kann. Aber die Ärzte sind guter Hoffnung, dass die Medikamente einen weiteren Durchbruch zuverlässig verhindern.«

»Trotzdem hoffe ich, dass sie nie wieder rauskommt«, murmelte Klaudia und stieg aus. »Also dann.« Sie straffte die Schultern.

»Warte.« Wibke stieg ebenfalls aus. »Ich wollte dich doch noch ein wenig aufhübschen.«

»Lass gut sein.« Klaudia gefiel der Gedanke nicht, dass Wibke mit Schminke in ihrem Gesicht herumfuhrwerkte. Sie waren beide Alltagslaien auf dem Gebiet der kosmetischen Verschönerung. »Du solltest bei deinem Leisten bleiben.«

»Und der wäre?« Wibke lachte.

»Du findest Spuren, du vertuschst sie nicht.«

»Guten Tag, die Damen.« Die Stimme ließ Klaudia herumfahren. Bach stand vor ihr und grinste aus seiner lichten Höhe auf sie herab.

EPILOG

Es war ein frostiger Novembertag, als Klaudia Peter besuchte. Sie hatte schon länger vorgehabt, zu ihm zu gehen, doch erst hatte ihn niemand besuchen dürfen, und dann war er ziemlich schnell in der Reha verschwunden. Sie hatten Durchhaltesmileys hin und her gepostet und ein paar Mal telefoniert. Beim letzten Telefonat hatte er gesagt, dass er wieder zu Hause sei, und Klaudia besorgte kurzentschlossen Weihnachtsplätzchen und stand nun vor dem Haus in der Nähe des Spreeweltenbades, in dem Peter lebte. Sie wollte gerade ein zweites Mal klingeln, als der Türöffner summte. Peter erwartete sie am Treppenabsatz. Er trug eine gefütterte Jacke und Sweathosen. Sein Haar war noch recht kurz und wirkte grauer, als Klaudia es in Erinnerung hatte. Die kreisförmige Narbe, die bis in die Stirn ragte, war noch nicht verblasst. Er war schlanker geworden, das Gesicht fast hager.

»Hi.« Sie begrüßte ihn mit einer vorsichtigen Umarmung.

»Ich breche schon nicht auseinander.« Peter drückte sie fester an sich.

Er roch so normal nach Tabakrauch und Duschgel, dass Klaudia die Kehle eng wurde. Mein Gott, wie hatte sie ihn in den letzten Wochen vermisst.

»Ich bin so froh, dass du lebst.« Er schob sie von sich und musterte sie.

»Geht mir nicht anders.«

»Als ich dein blutiges Handy gefunden habe ...«

»Es war nicht mein Blut.« Klaudia schluckte die Rührung

herunter und rettete sich in Geschäftigkeit. »Es war deins. Mir hat er zunächst nur eine ordentliche Beule verpasst. Aber lass uns nicht davon reden: Ich habe dir was mitgebracht.« Sie drückte ihm die Tüte in die Hand. »Vielleicht hätte ich es als Geschenk verpacken sollen, aber ...«

»Komm erst mal rein«, unterbrach Peter ihren Wortschwall. »Ich kann gar nicht so schnell zuhören, wie du redest.«

»Sorry.« Klaudia musterte den Kollegen verstohlen. Sie hoffte, dass diese Bemerkung einfach nur so dahingesagt war. Sie trat in den Flur und sah sich direkt einem Stoppschild gegenüber, das an einer der Türen hing.

»Das Zimmer deines Sohnes?« Klaudia erinnerte sich noch gut an ihre eigene Teenagerzeit und ihre hilflosen Versuche, ihre Privatsphäre vor übergriffigen Eltern und Schwestern zu verteidigen.

»Gut geraten.«

»Nett hast du es hier.« Klaudia blickte sich um. Es gab ein Schuhregal aus hellem Holz, eine dazu passende Garderobe, an die sie ihre Jacke hängte. An den Wänden hingen großformatige Fotografien von Häusern vor dramatischen Abendhimmeln.

Demel führte sie ins Wohnzimmer. Der Raum war hell und nur spärlich möbliert. Auch hier hingen großformatige Hochglanzfotos an den Wänden. In jeder Ecke des Raumes hing außerdem eine Box, aus der im Moment klassische Musik rieselte. Er war offensichtlich mit seiner Wäsche beschäftigt gewesen. Auf einem Sessel stand ein Wäschekorb, und auf dem Couchtisch stapelten sich gefaltete Handtücher zwischen einer Spielekonsole und diversen Fernbedienungen. Die Heizung knackte, trotzdem stand die Balkontür offen.

Auf der Brüstung lag eine Zigarette, von der ein dünner Rauchfaden aufstieg.

»Du rauchst also immer noch.«

»Ich sollte wirklich aufhören.« Demel schloss die Balkontür und nahm den Korb vom Sessel. »Setz dich doch«, forderte er sie auf, während er die Handtücher hineinpackte.

»Aber Rauchen macht auf jeden Fall mehr Spaß, als ...«, Demels Adamsapfel ruckte über seinen Hals, »... sich von einer Irren niederschlagen zu lassen und dann noch in der Spree zu landen.«

»Du hättest da nicht allein reingehen sollen.«

»Ich weiß.« Wieder schluckte Demel. »Das sage ich mir auch bei jedem Blick in den Spiegel.«

»Das wird wieder.« Unwillkürlich griff Klaudia sich an den Hinterkopf. Sie war mit einer dicken Beule davongekommen.

»Ich hätte dir Bescheid sagen sollen.« Demel kratzte sich den Nacken.

»Ich habe mit Saling telefoniert.«

»Du hättest mich ja trotzdem gehört. Hättest du doch, oder?« Er musterte sie mit zur Seite geneigtem Kopf.

»Natürlich.« Klaudia wurde auf einmal warm, und dann fror sie.

»Wie dem auch sei.« Demels Grinsen wirkte zu breit für das schmale Gesicht. »Ich bin auf jeden Fall froh, dass du da bist.«

»Wir sind Kollegen«, erinnerte ihn Klaudia. »Natürlich bin ich für dich da. Wir sind alle für dich da. Ich wusste gar nicht, dass du klassische Musik hörst«, wechselte sie einigermaßen unelegant das Thema.

»Hättest du mir jetzt nicht zugetraut, oder?« Demel

grinste. »Aber du hast recht.« Das Grinsen fiel aus seinen Mundwinkeln. »Ich bin auch erst in der Reha auf den Geschmack gekommen.«

»Klingt gut«, sagte Klaudia, deren eigene Musikvorliebe bei C wie Céline begann und bei D wie Dion endete.

»Hier würde selbst dein Scheiß«, grinsend zeigte Demel auf die Boxen, »gut klingen. Ist doch wohl ein irrer Sound, oder?« Er schob den Wäschekorb unter den Couchtisch.

»Auf jeden Fall«, bestätigte Klaudia. Auch wenn diese Dolby-Surround-Beschallung an sie als Monohörerin verschwendet war.

»Willst du einen Kaffee?«

»Du weißt, dass ich davon lebe.« Sie war froh, dass das Thema Hörgenuss beendet war.

Während Demel in der Küche beschäftigt war, stand Klaudia auf und sah sich die Fotos an. »So einen Himmel habe ich hier noch nie gesehen«, sagte sie anerkennend. »Das ist wirklich großartig.«

»Danke.« Er reichte ihr einen dampfenden Becher.

»Wann kommst du zurück?« Klaudia setzte sich wieder.

»Keine Ahnung.« Demel nahm auf dem Sofa Platz und stellte seinen Becher auf den Couchtisch.

Für einen Moment wirkte er so verloren, dass Klaudia ihn am liebsten in den Arm genommen hätte.

»Noch bin ich nicht dienstfähig geschrieben. Ich habe nächste Woche einen Termin beim polizeiärztlichen Dienst.«

»Wahrscheinlich musst du erst einmal Innendienst schieben«, sagte Klaudia. »Zumindest ging es mir so. Wie fühlst du dich denn?«

»Bis auf Kopfschmerzen ganz okay.« Wieder tasteten seine Finger nach der Narbe. »Also zumindest glaube ich nicht, dass ich jetzt mehr einen an der Klatsche habe als vorher. Aber lass uns nicht von mir reden«, bat er. »Irgendwie habe ich das in den letzten Wochen genug getan. Was gibt's Neues? Habt ihr den Fall in einigermaßen trockenen Tüchern?«

»Wir haben sein Geständnis und ihre Fingerabdrücke auf der Axt, auf der auch noch Blutspuren waren, die wir Rollenhagen zuordnen konnten. Na ja und dann haben wir natürlich den Spaten.«

»An dem wahrscheinlich mein Blut klebte.«

»Ansonsten erinnert sie sich nicht und ist mehr als erschrocken darüber, was ihr Mann getan hat.«

»Dieser Heck war dann also eine Fehlanzeige. Und warum ist er dann abgehauen?«

»Weil er die Nerven verloren hat. Er hat wohl gedacht, wir hätten nichts Besseres zu tun, als ihm den Mord anzuhängen. Aber dann hat er doch eingesehen, dass er mit uns sprechen muss. Er und Saling waren übrigens auf Rollenhagens Beerdigung.«

»Woher weißt du das nun wieder?«

»Rate mal…«

»Dumme Frage.« Demel griff nach seiner Tasse.

Erst jetzt realisierte Klaudia, dass er sich insgesamt langsamer bewegte.

»Wahrscheinlich Schiebschick. Hat er etwa den Kahn mit dem Sarg gestakt?«

»Ich glaube, es war eine ganz normale Beerdigung«, erwiderte Klaudia. »Auf jeden Fall hat er erzählt, dass Heck und Saling mit dem Sohn des Opfers gesprochen haben. Er hat sich wohl bei ihnen entschuldigt.«

»Und das alles weiß Schiebschick?« Demel blickte von seiner Tasse auf.

»Er stand wohl zufällig in der Nähe.« Klaudia schmunzelte. Wenn es interessant wurde, war Schiebschick immer in der Nähe. »Lucas Rollenhagen fühlt sich wohl schuldig, weil seine Aktion zu dem Streit geführt hat.«

»Weißt du das auch von Schiebschick?«

»Natürlich. Von wem sonst?«

»Vielleicht sollten wir ihn zum Revierpolizisten machen«, spottete Demel. »Gegen den ist Uwe doch der reinste Waisenknabe.«

»Der hat übrigens den Hund adoptiert.«

»Welchen Hund?« Wieder kratzte Demel sich die Narbe, dann musterte er seinen Fingernagel.

»Den von Frau Kowar.«

»Okay«, sagte Demel gedehnt. »Dann ist er ja versorgt. Ich meine, wer einen Hund hat, braucht keine Frau.«

»Ich glaube, das sieht Uta anders.«

»Ist sie jetzt fest bei uns?«

»Zumindest so lange, bis du wieder da bist.«

»Ist PH noch da?«

»Nein.« Klaudia schüttelte den Kopf. »Weißt du übrigens, wofür PH steht?«

»Polizeihauptkommissar?«, riet Demel.

»Nein.« Klaudia beugte sich vor. »Ich weiß es von Uta, die hat es von Uwe und der von Petra.«

»Und woher hat die ihr Wissen? Ich meine«, Demel runzelte die Stirn, »sie wird es ja nicht all die Jahre gewusst haben und erst jetzt damit herausrücken.«

»Dein Ermittlergehirn funktioniert zumindest«, räumte Klaudia ein. »Ich weiß nicht, woher sie es weiß. Du kennst sie. Petra schützt ihre Quellen.«

»Wofür steht PH denn nun?«

»Für Pablo Hieronymus.«

»Nicht dein Ernst.« Erst klappte Demels Unterkiefer herab, dann breitete sich ein Grinsen in seinen Mundwinkeln aus.

»Doch wirklich«, versicherte Klaudia.

»Und sonst?«

»Ansonsten ist es ruhig. Wir arbeiten den Fall ab. Wibke lässt dich übrigens grüßen. Sie wollte dich demnächst mal besuchen.«

»Du bist also quasi die Vorhut.« Demel legte den Kopf schief und musterte sie. »Warum habe ich den Eindruck, dass du nicht meine neue Chefin wirst?«

»Weil Meinert das wird«, erwiderte Klaudia. »Ich soll dich auch von ihm grüßen.«

»Meinert?« Demels Unterkiefer klappte wieder herab. »Aber wieso? Du hast den Job doch schon gemacht. Und das einigermaßen ordentlich.«

»Das ist jetzt eine sehr nette Umschreibung für meine organisatorischen Fehlleistungen«, erwiderte Klaudia.

»Trotzdem. Ich finde, die hätten dich nehmen müssen. Immerhin reden sie ja immer von Frauenquote und so, und dann haben sie mal die Chance, eine qualifizierte Frau zu befördern, und tun das nicht? Ich meine ...«

»Ich habe meine Bewerbung zurückgezogen«, unterbrach ihn Klaudia.

»Du hast was?«

»Bach hat mir ein Angebot gemacht, das ich nicht ausschlagen kann.« Klaudia erzählte ihm von der geplanten Kriminalwache.

»Ach du Scheiße.« Demel stand auf und ging auf den Balkon, dort steckte er sich eine Zigarette an.

Klaudia folgte ihm. Ein kühler Westwind pfiff ums Haus, doch nahe der Wohnzimmertür war es einigermaßen auszuhalten, trotzdem verschränkte sie die Arme vor der Brust.

»Vielleicht sollte ich mich da auch bewerben.« Nachdenklich blies Demel Rauchringe in die Luft, die sich langsam in der leichten Brise auflösten. »Ohne dich wird's ätzend. Wann wechselst du?«

»Keine Ahnung.« Klaudia trat von einem Bein aufs andere. »Du weißt, wie das geht. Erst werden Pläne gemacht, und dann stellt sich heraus, dass es Geld kosten wird, und dann werden die Pläne auf Eis gelegt. Aber ich denke, irgendwann in den nächsten beiden Jahren. So lange bleiben wir das Dream Team der Kripo Lübben.«

»Wenn sie mich wieder mitspielen lassen.« Demel tastete über die Narbe.

»Das werden sie«, versprach Klaudia. »Das werden sie.«

DANKSAGUNG

Einen Roman zu schreiben ist immer auch ein Eintauchen in fremde Erlebenswelten. Ich bin froh und dankbar, dass ich auch für dieses Buch Menschen gefunden habe, die mir dabei geholfen haben.

Ich danke Tom Blebee, dass er für mich gedanklich noch einmal in sehr schwierige Zeiten seines Lebens eingetaucht ist und mir auch ansonsten zur Seite stand.

Randolph und Natalia Hankel danke ich für das Vermitteln von Kontakten und das immer offene Ohr.

Marc Fahnert und Marco Schröter für ihr jeweils sehr spezifisches Fachwissen.

Klaus Ahmann danke ich für seine nicht ganz alltägliche Geschichte aus dem Leben eines Revierpolizisten und Stefan Spieckermann für die korrekte Dienstbezeichnung.

Und natürlich danke ich meiner Agentur und all den lieben und engagierten Menschen im Aufbau Verlag, die aus meinem Manuskript dieses Buch gemacht haben, das Sie in Händen halten.

QUELLEN

https://beruhmte-zitate.de/zitate/2082193-terry-pratchett-es-gibt-keinen-weg-wie-die-dinge-sein-sollten-es/

https://beruhmte-zitate.de/zitate/1999450-terry-pratchett-denk-daruber-nicht-als-sterben-sagte-der-tod-de/

https://beruhmte-zitate.de/autoren/terry-pratchett/zitate-uber-menschen/

https://www.aphorismen.de/zitat/1040